ERZÄHLTE LANDESGESCHICHTE

Gunter Haug

In stürmischen Zeiten

Die Jugendjahre König Wilhelms I. von Württemberg

Historischer Roman

DRW-Verlag

Dem Andenken an meinen hochverehrten Lehrer
Professor Dr. Hannsmartin Decker-Hauff gewidmet.

ISBN 3-87181-530-6

Produktion: Wager ! Kommunikation, Altenriet
Gestaltung: Wulf Wager, Altenriet
Abbildungen auf dem Einband: Die Stammburg der Württemberger auf dem Rotenberg über dem Neckartal bei Stuttgart. Ausschnitt aus einem kolorierten Kupferstich von Friedrich August Seyffer Anfang 19. Jahrhundert. Ferner das Jugendbildnis des späteren Königs Wilhelms I. von Württemberg und seine Mutter, Auguste von Braunschweig-Wolfenbüttel, deren Schicksal er ein Leben lang betrauerte (Originale: Staatliche Schlösser und Gärten, Schlossverwaltung Ludwigsburg).

Gesamtherstellung: Karl Weinbrenner & Söhne GmbH & Co., Leinfelden-Echterdingen
Bestellnummer: 530

1

„Mutter! Hilfe! Lasst mich! Ihr sollt mich loslassen!" Blitzschnell warf sich der verzweifelte kleine Junge auf den kalten Marmorboden und umklammerte krampfhaft die Knöchel der jungen Frau. Heftig mit den Beinen zappelnd, versuchte er gleichzeitig, sich der zahlreichen Hände zu erwehren, die mit derbem Griff seine Bewegungsfreiheit mehr und mehr einzuengen drohten. „Ich will nicht! Mutter!" drang ein ersticktes Schluchzen aus seiner Kehle. Doch aus dem Mund der leichenblassen Frau kam keine Antwort. Als wäre sie zu einer Salzsäule erstarrt verharrte sie regungslos in der Eingangshalle des prunkvollen Palastes und stierte aus tränenverschleierten Augen blicklos ins Leere.

Die gespenstische Szene schien noch nicht einmal bis in ihr Bewusstsein zu dringen. Der riesige, mit Blattgold, Stuck, kristallenen Lüstern, gewaltigen Spiegeln, Edelsteinen, Marmor und gigantischen Skulpturen überladene Raum. Die uniformierten Schergen, die sie mitleidslos an den Handgelenken gepackt hielten. Die beiden Kleinen, die erschrocken und laut weinend versuchten, sich in den Falten ihres Rockes zu verstecken. Ihr sich auf dem Boden wälzender, aus Leibeskräften wehrender fünfjähriger Sohn Fritz, der sich vergeblich der längst beschlossenen Trennung entgegen zu stemmen versuchte. Die Kutsche, die schon mit weit geöffnetem Schlag draußen vor dem Portal zur alsbaldigen Abreise bereit stand. Der in einigem Abstand von ihr verharrende korpulente Mann in der Uniform eines russischen Generalleutnants mit den hasserfüllten Gesichtszügen, auf dessen entschiedene Handbewegung hin alles begonnen hatte. Die verlebte alte Frau in dem pompösen Kleid, die die unwirkliche Szenerie von der Treppe aus mit starrer Miene beobachtete.

„Mutter! Hilf mir doch! Bitte!" Immer mehr, immer deutlicher, immer lauter mischte sich Panik in die Stimme des Jungen. Einer der Angreifer hatte sich jetzt über ihn geworfen, während zwei weitere brutal an seinen Oberarmen zerrten. Sekunden später war es geschehen. Die Kraft des Kindes war zu Ende, sein Widerstand gebrochen. Ein riesiger Soldat presste den nun kläglich wimmernden Buben fest an die Brust. „So – das hätten wir!"

verkündete er mit triumphierender Miene in Richtung seines Auftraggebers.

„Na dann!" Ein diabolisches Grinsen huschte über das Gesicht des Dicken. Er streckte den Arm aus und wies zur Kutsche hinüber. „Gehen wir! Ihr nehmt die Kleinen!", näherte er sich gleichzeitig den vor Angst zitternden Kindern, die erschrocken aufheulten und sich voller Panik noch enger an ihre Mutter schmiegten.

„Na, was ist das denn für ein Benehmen dem eigenen Vater gegenüber?" Der Mann stemmte die Arme in die Hüften und baute sich drohend vor seiner dreijährigen Tochter und ihrem noch keine zwei Jahre alten Bruder auf. „Ihr kommt jetzt mit mir mit – und zwar auf der Stelle!", donnerte er ihnen entgegen, ohne die Mutter auch nur eines Blickes zu würdigen.

„Aua!" Ein Schmerzensschrei hallte durch den Saal, während der Soldat seinen linken Unterarm in die Höhe riss. „Er hat mich in die Hand gebissen! Bis ins Fleisch!" Trotz der schraubstockartigen Umklammerung durch die gewaltigen Pranken des Mannes schien sich der Junge noch immer nicht wehrlos in sein Schicksal ergeben zu wollen, und so hatte er die einzige sich ihm bietende Möglichkeit zur Gegenwehr wahrgenommen und ganz offensichtlich mit aller ihm verbliebenen Kraft zugebissen. In der Tat konnten nun auch die Umstehenden erkennen, wie sich die weiße Manschette am Handgelenk des Soldaten allmählich rot färbte und sein Blut vor ihn auf den Marmorfußboden tropfte. Entgeistert betrachtete dieser seine Wunde, bis sich die angestaute Aggression und der pochende Schmerz unaufhaltsam Bahn brachen.

„Du Miststück!" Eine schallende Ohrfeige des wutbebenden Soldaten ließ den Jungen in die Knie gehen. Laut aufheulend fasste er sich an die schmerzende Wange. „Mutter! Bitte!"

„Fritz!" Mit einem Mal schien sich die Verkrampfung bei der jungen Frau zu lösen. Mit einer raschen Bewegung befreite sie sich aus den Händen ihrer Bewacher, und mit vor Schreck geweiteten Augen beugte sie sich zu ihrem Sohn hinunter. „Das dürfen sie nicht tun! Fritz! Sie dürfen es nicht!"

„Aus dem Weg, Dummkopf!" Mit brachialer Gewalt stieß der dicke Offizier den Soldaten zur Seite, der seine blutende Hand noch immer in die Höhe streckte, und näherte sich der Frau mit drohend geballter Faust. „Ihr Werk, Madame!" Keuchend vor Erregung wischte er sich mit einem Seidentaschentuch die dicken Schweißperlen von der Stirn und deutete anschließend mit einer fordernden Handbewegung auf seinen Sohn. „Genug des Theaters jetzt für heute! Du kommst jetzt mit! Und zwar sofort! Ich befehle es dir!"

Schützend legte die Mutter ihren Arm um die Schulter des zitternden kleinen Buben. Schluchzend begann sie mit leiser, stockender Stimme zu sprechen: „Aber... Friedrich... bitte! Ich flehe Euch an... Allergnädigster..."

„Ruhe!" donnerte in diesem Augenblick eine unwirsche Respekt gebietende Frauenstimme.

Die im Saal Anwesenden zuckten unwillkürlich zusammen und drehten sich zur Treppe, von der ihnen jetzt mit schnellen Schritten die pompös gekleidete ältere Dame entgegenkam. „Es ist genug jetzt! Der Schaden ist angerichtet, es ist zu spät! Der Herr Gouverneur von Finnland lässt seinen Sohn vor aller Augen ohrfeigen!" Sie zeigte mit einer gebieterischen Handbewegung auf den blutenden Soldaten. „Nehmt ihn mit! 20 Stockstreiche für diese Ungeheuerlichkeit! So," zornbebend holte sie Atem, „ und jetzt verlässt der Herr Gouverneur bitte auf der Stelle dieses Haus! Ohne weitere Unruhe zu verursachen! Und Ihnen, Madame," damit baute sie sich majestätisch direkt vor der zitternden jungen Frau auf, die mittlerweile alle drei Kinder eng umschlungen an sich drückte, „von Ihnen möchte ich doch mehr Contenance erbitten! Vergessen Sie nicht Ihre Erziehung! Die Würfel sind gefallen! Sie hätten sich Ihre Gedanken vorher machen müssen!"

„Vorher!" Die Mutter schüttelte langsam und traurig den Kopf. „Aber Majestät! Ich habe Euch doch nur in meiner Not um Hilfe gebeten!"

„Um Hilfe gebeten! Als es zu spät war, da hat man sich mit einem Mal der Helferin in der Not erinnert!" Missbilligend blies die Zarin Luft durch die Lippen. „Eine Szene haben Sie mir gemacht, das heißt: nicht nur eine! Sondern eine nach der anderen! Aber vorgestern, im Theater, das war zu viel! Entschieden zu viel!" Wütend stampfte sie mit dem Fuß auf dem Boden auf. „Aber nicht mit mir und nicht auf diese Art und Weise! Es ist vorbei! Ihr Mann hat seine Entlassung erhalten, und Sie," die Frau musterte die andere mit einem verächtlichen Blick, „Sie schauen erst einmal zu, dass Sie wieder zu einem angemessenen Verhalten zurückfinden! Und Ihr Mann... Herr

Gouverneur!", wandte sie sich nun an den Dicken in der Generalsuniform. „Es ist Zeit zu gehen!" Sie machte eine auffordernde Handbewegung. „Also bitte: Sie dürfen sich verabschieden..."

„Aber Pardon, liebste Schwiegermutter..." ließ sich nun die Stimme einer jüngeren Frau vernehmen, die mit hastigen Schritten die Treppe herunter-eilte. „Das hat er nicht verdient, das ist...!"

Unwirsch drehte sich die Zarin auf dem Absatz um und gebot der anderen Einhalt. „Maria Feodorowna! Ich hätte es mir denken können! Auf der Seite des Herrn Bruders – wieder einmal! Was auch immer der Herr Gouverneur getan hat! Aber zu spät! Es ist genug, ein für alle Mal!" Die gebieterische Kopfbewegung der Herrscherin signalisierte Gefahr. Lebensgefahr für jedes weitere Widerwort! „Ihr dürft Euren Bruder hinaus begleiten! Adieu!" Ohne weiteren Kommentar wandte sie sich um und wies die Uniformierten mit einer kaum wahrnehmbaren Bewegung ihres Kopfes an, die Angelegenheit schleunigst zu Ende zu bringen.

Die elegant gekleidete junge Frau bedachte ihren Bruder mit einem bedeutungsvollen Blick und nickte mit dem Kinn nach draußen. „Kommt! Es ist besser, jetzt zu gehen!" flüsterte sie leise und setzte sich in Bewegung.

„Was für ein Hochmut! Ich solle ihr nicht mehr unter die Augen treten, hat sie mir gestern befohlen!" knirschte der Dicke mit den Zähnen. „Weiß denn eigentlich der Zarewitsch davon?"

„Natürlich nicht! Er ist ja auf Reisen!", verneinte die Gefragte und hob leicht die Schultern. „Und selbst wenn er es wüsste: Er würde seiner Frau Mutter niemals widersprechen! Das wisst Ihr doch genau!"

„Da hat unsere Sophie ja eine tolle Partie gemacht!" schnaubte der Mann wütend. „Ein Muttersöhnchen!"

„Bitte, Friedrich! Lasst das! Und nennt mich bitte nicht mehr mit meinem früheren Namen! Ich heiße Maria, Maria Feodorowna, nicht anders! Ich habe versucht, was ich konnte, aber vergeblich! Ihr habt es ja gerade selbst erlebt..."

Ihr Bruder Friedrich lachte trocken. „Die große Katharina! Die mächtige Zarin! Die Herrscherin über Mütterchen Russland! Von wegen!" Der Mann hielt inne und tippte sich bedeutungsvoll an die Schläfe. „Und dabei ist sie doch nur eifersüchtig darauf, dass ich nicht Ihr, sondern der Gräfin Lichnowsky nahe gekommen bin! Und die alte Schachtel hat sich dann mit dem Fürsten Kutusow trösten wollen! Der sich aber viel lieber an meine Frau herangeschlichen hat!" Er schüttelte den Kopf und atmete tief durch. „Ausgerechnet die große Katharina, die ein Auge auf Michael Ilarionowitsch geworfen hat! Und deshalb ist die Zarin so außer sich gewesen: nur deshalb! Gut – ich gehe jetzt nach Stuttgart. Aber verlasst Euch darauf: Ich komme wieder! Spätestens dann, wenn Ihr die Zarin seid! Die Kinder nehme ich mit, die Frau aber könnt ihr behalten!"

Die Schwester des Dicken faltete die Hände vor der Brust und nahm den erregten Mann ernst ins Visier. „Aber dann lasst ihr doch wenigstens die beiden Kleinen, sie brauchen ihre Mutter – und die Mutter ihre Kinder! Bedenkt doch bitte: Paul ist noch nicht einmal zwei Jahre alt, Katharina keine vier Jahre! Lasst ihr doch – um der Barmherzigkeit Willen – die Kleinen!"

„Die Kleinen! Von wegen! Und Friedrich Wilhelm soll alleine fort, ohne die Geschwister! Nein!" Entschieden schüttelte der Offizier seinen Kopf. „Das ist die bittere Konsequenz! Die Dame hat mich kompromittiert!"

„Und Ihr sie etwa nicht?!" Es schwang ein durchaus vorwurfsvoller Unterton in der Frage mit.

Doch Friedrich machte eine wegwerfende Handbewegung. „Das ist ja wohl etwas anderes!"

„Etwas anderes!" Maria Feodorowna stampfte wütend mit dem Fuß auf den Boden. „Die Herren meinen wieder, sie dürfen sich alles erlauben!"

Der Dicke zuckte gelangweilt mit der Schulter. „Wie auch immer! Meine Entscheidung ist gefallen. Die Kinder kommen mit! Alle! Es ist aus! Ein für alle Mal!" Er machte eine tiefe Verbeugung, so gut es seine Körperfülle eben ermöglichte, dann legte er mit einer übertriebenen Geste die rechte Hand auf sein Herz. „Lebt wohl, geliebte Schwester! Bis in wenigen Jahren dann – auf dem Zarenthron! Dann komme ich gerne wieder! Adieu!"

Im selben Moment wurde der sich immer noch verzweifelt windende Fritz von einem der Uniformierten mit einem groben Schubs zu seinen Geschwistern in die Kutsche gestoßen. Die Tür des Gefährts wurde verriegelt, der Kutscher schnalzte mit der Zunge und das Gespann setzte sich augenblicklich in Bewegung. Aus den Augenwinkeln konnte der ehemalige Gouverneur von Finnland, der in der nachfolgenden Kutsche Platz genommen hatte, noch erkennen, wie seine Frau auf den Boden sank und regungslos liegen blieb. Ein bitteres Lächeln umspielte seine Züge. „Tja, meine Teuerste! Das hättet Ihr Euch vorher überlegen müssen!"

2

„Monsieur, Pardon! Ich hatte Sie etwas gefragt! Haben Monsieur denn nicht zugehört?"

Der Junge zuckte erschreckt zusammen und blinzelte irritiert in das grelle Licht der um diese Jahreszeit tief stehenden Sonne, das von draußen durch die Fensterscheiben in den schmucklosen Raum hineindrang. Mit verdrießlicher Miene musterte der Lehrer seinen Zögling. „Ihr Herr Vater wird alles andere als erbaut davon sein, wenn ich ihm erzählen muss, dass Monsieur im Unterricht geschlafen haben!"

„Aber ich hätte doch die Antwort gewusst, Herr Lehrer!" meldete sich in diesem Moment ein kleiner Bub zu Wort und wedelte heftig mit dem ausgestreckten rechten Arm.

„Jedoch habe ich Sie nicht gefragt, sondern Ihren Bruder", ließ sich der junge Mann nicht so leicht ablenken. „Also: Die Frage ging an Sie, Monsieur Friedrich Wilhelm..."

„Fritz!" Der Schüler schüttelte leicht den Kopf. „Ich bitte Sie sehr, zum wiederholten Male, Monsieur Gros, nennen Sie mich so, wie mich alle nennen: nämlich Fritz! Bitte!" Er tippte sich leicht an die Stirn. „Ich habe diese ganzen Förmlichkeiten satt! Ich halte dieses Getue und diese steife furchtbare Etikette nicht mehr aus! Sollen das doch die anderen draußen machen – wenigstens hier im Raum bitte ich Euch darum: Lasst uns in normalem Tonfall miteinander sprechen!" Fast flehentlich schien der Ausdruck in seinen Augen, mit dem er sein Gegenüber bedachte.

Ein Lächeln huschte über das Gesicht des Erziehers. „Fritz! Einverstanden! Das heißt: Halt!" Er rieb sich die Nase und schien kurz zu überlegen. Dann blinzelte er schelmisch in Richtung seines Schülers hinüber, der gespannt abwartete. „Aber nur unter einer Bedingung..."

„Und die wäre?"

„Dass ihr mich dann ebenfalls mit meinem Vornamen nennt. So alt bin ich ja schließlich auch wieder nicht: gerade einmal 25 Jahre alt. Also: Mein Name ist Karl Heinrich, genannt Karl!"

„Karl! Das wird uns der Vater nie erlauben!" Der Junge verschränkte die

Arme vor der Brust und verzog skeptisch die Mundwinkel. „Nie und nimmer!"

Gros grinste amüsiert. „Muss er doch auch nicht! Sie haben es doch gerade selbst gesagt: Das machen wir nur unter uns – entre nous! Einverstanden?"

„Einverstanden!" Begeistert klatschte sich der kleine Paul auf die Schenkel. „Das machen wir, Herr Karl!"

„Nur Karl!"

„Also gut!" Zufrieden schlug Fritz in die dargebotene Rechte des Erziehers ein. „Karl!"

„Fritz! Paul!"

Die drei in dem nüchternen kleinen Raum lachten fröhlich. „Eine verschworene Gemeinschaft! Wenn das euer gestrenger Herr Vater wüsste! Der würde mich lieber heute als morgen an die frische Luft setzen, das garantiere ich euch." Gros klatschte aufmunternd in die Hände. „Aber jetzt an die Arbeit! Er soll uns zumindest nicht nachsagen können, dass wir die von ihm gesetzten Lernziele nicht erreichen könnten! Also", er überlegte kurz. „Wo waren wir stehen geblieben? Richtig, Geographie und Geschichte. Bei Russland. Meine Frage an Sie Monsieur..."

„Fritz!", verbesserte der Angesprochene entschieden.

„Fritz! Natürlich! Wird sicher noch ein paar Mal passieren, ehe ich es gewohnt bin. Also, die Frage lautete, in welchem Jahr die Zarin Katharina den Thron bestiegen hat. Die Schwiegermutter eurer Tante Sophie Dorothea, also der heutigen Zarewitza Maria Feodorowna, der Frau des Zarewitsch Paul. Enge Verwandtschaft, zumal euer Vater ja einige Jahre in den Diensten der großen Zarin stand. Also sicher eine ganz simple Frage für euch, nicht wahr?" Der Lehrer setzte sich lässig auf die Kante des großen Tisches und bedachte seine beiden Schüler mit einem milden Lächeln.

„Ich weiß es auch! Ich kann es sagen!" Wieder war es Paul, der eifrig mit dem Arm in der Luft wedelte, um sich zu melden.

„Ich wollte es aber eigentlich von Fritz wissen..." Merkwürdig, die Antwort konnte doch kein Problem für den aufgeweckten Jungen darstellen – und dennoch schien dieser zu zögern. „Was ist denn, Fritz?"

Der Schüler fuhr sich mit der Hand über die Stirn, als wolle er damit die

Gedanken beiseite wischen, die ihn so unvorbereitet in ihren Bann geschlagen hatten. „Verwandtschaft!" stieß er schließlich hervor. „Enge Verwandtschaft!" Er hielt inne und starrte vor sich auf den hölzernen Fußboden.

Karl Heinrich Gros, der junge Theologie- und Philosophiestudent aus Tübingen, der seit zwei Jahren als Erzieher der beiden Söhne des künftigen württembergischen Herzogs Friedrich fungierte, war einfühlsam genug, um den Jungen nicht zu drängen. Er spürte, die Antwort würde von ganz alleine kommen, ganz ohne Druck. Und so warf er Friedrich Wilhelms Bruder Paul, der die Stirn in kritische Falten gelegt hatte, einen bedeutungsvollen Blick hinüber, der ihm abwarten signalisieren sollte.

„Es ist nämlich so", begann Fritz tatsächlich nach einiger Zeit mit seiner Erklärung. „Immer wenn ich an Russland und Zarin Katharina denke, da fällt mir St. Petersburg und unsere seinerzeitige Abreise vom Zarenhof wieder ein. Das war vor vier Jahren..."

„... also im Jahr 1786!" unterbrach ihn die fröhlich stolze Stimme seines Bruders. „Gut gerechnet, oder?!"

„Paul!" Der Lehrer führte den Zeigefinger an die Lippen. „Nicht jetzt!" Er war gespannt, worauf Friedrich Wilhelm, der älteste Sohn des dicken Thronanwärters von Württemberg, hinaus wollte.

Der fuhr nachdenklich in seiner Erzählung fort. „Ich erinnere mich noch ganz genau an unsere Abreise damals im Dezember. Es war kalt, bitterkalt. Die Katharina und du, Paul, ihr wart noch klein – zu klein, um euch noch daran zu erinnern. Du auf jeden Fall, du warst ja noch nicht einmal zwei Jahre alt – und die Katharina, nun ja, noch nicht ganz drei Jahre. Du wirst davon nicht das Geringste mehr wissen..."

„Was denn wissen?" hob Paul verständnislos die Achseln.

„Dass es das letzte Mal war, dass wir unsere Mutter gesehen haben!" Der Junge hob den Kopf, und Tränen funkelten in seinen Augen. „Ich weiß noch, wie ich mich aus Leibeskräften gewehrt habe, um nicht von der Mutter getrennt zu werden. Einen Soldaten habe ich sogar so fest in die Hand gebissen, dass es geblutet hat. Doch ich hatte keine Chance. Sie haben mich gepackt und mit euch zusammen in die Kutsche gesteckt. Und die Zarin hat zugeschaut – genauso wie unsere Tante, die Zarewitza!" Friedrich Wilhelm richtete seinen Blick zum Fenster hinaus. „Sie hat geweint, unsere Mutter.

Ich sehe sie noch vor mir: eine ganz junge, schöne Frau. Bitterlich geweint hat sie, unseren Vater angefleht, uns doch bei ihr zu lassen! Aber der Vater, der übrigens eine prächtige russische Uniform getragen hat, der hat nur böse gelacht. Und dann ist die Zarin gekommen und hat uns ganz schnell wegbringen lassen. Das ist das letzte Mal, dass wir unsere Mutter gesehen haben!" Er wandte sich seinem Lehrer zu, der erschrocken registrierte, wie nun die ersten Tränen über die Wangen des neunjährigen Buben liefen. „Ich weiß nicht einmal, ob sie überhaupt noch lebt!"

Eine Zeit lang herrschte Stille in dem Raum. Lastende, bedrückende Stille. Auch Paul hatte seinen Kopf gesenkt und verharrte regungslos.

Es war schließlich Gros, der sich vorsichtig räusperte. „Das scheint in der Tat niemand hier zu wissen! Ich hatte mich ja selber bei meinem Dienstantritt nach eurer Mutter erkundigt, habe aber keine Antwort erhalten. Das sei Sache der Exzellenz, hieß es. Einzig und allein. Das ginge keinen etwas an. Ich solle mich gefälligst nicht darum kümmern. Eine Mauer des Schweigens, in der Tat." Er hielt kurz inne, um nachzudenken. „Und ein Bild eurer Mutter habe ich, wenn ich es recht überlege, bislang auch nicht zu Gesicht bekommen!"

„Es gibt kein Bild von unserer Mutter! Nirgendwo! Nicht einmal ich habe eines!", deutete Fritz auf seine Brust, „Ich habe nur die Erinnerung an sie: dieses immer mehr verblassende Bild einer unglücklichen Frau. Und der Paul, der wird sich überhaupt keine Vorstellungen machen können von ihr..."

„Stimmt!" Der kleine Bruder nickte bekümmert.

„Aber das ist doch unmöglich!" Gros war aufgesprungen. „Da muss sich doch etwas machen lassen! Ihr müsst doch wenigstens wissen, was mit eurer Mutter geworden ist und – wie sie ausgesehen hat!"

„Unmöglich! Ihr kennt ja unseren Vater! Ich habe es ein paar Mal probiert. Immer dann, wenn ich gedacht habe, seine Laune sei heute etwas besser als sonst. Aber schon die kleinste Andeutung hat genügt, und er hat mich angebrüllt wie ein Löwe! Ich solle den Mund halten und parieren! Das sei nichts, was mich irgendetwas anginge..."

„Irgendetwas anginge!" Gros stampfte empört auf. „Das habe ich aber jetzt in der Tat noch nie gehört! Das kann doch nicht wahr sein! Und die Ursache? Wisst ihr etwas über die Ursache, weshalb ihr eure Mutter habt verlassen müssen?"

„Nicht das Mindeste," schüttelte Fritz den Kopf. „Nichts! Überhaupt nichts! Es ist ein Mantel des Schweigens, der alles überdeckt!"

„Unmöglich!" Der Erzieher rieb sich die Stirn und überlegte kurz. „Das kann nicht das letzte Wort gewesen sein. Ihr habt schließlich ein Recht darauf, zu erfahren, was aus eurer Mutter geworden ist! Wisst ihr was?" Entschlossen klatschte er die Hände zusammen. „Nächste Woche, wenn wir nach Mömpelgard fahren, zu eurer Schwester und zu den Großeltern, da werde ich mich erkundigen. Wäre doch gelacht, wenn wir dort in einem der Schlösser nicht fündig werden. Also entweder in Montbéliard direkt, oder in Étupes oder in Héricourt. Irgendwo dort wird es doch sicherlich noch jemanden vom Gesinde geben, der nicht unter einer ganz so strengen Knute steht, wie hier in Ludwigsburg! Ich forsche nach: Das verspreche ich euch!" Gros streckte zur Bestätigung seiner Worte den rechten Arm aus und die beiden Jungen schlugen begeistert ein.

3

„Fritz!" Karl Heinrich Gros winkte den Jungen zu sich, der mit seinem Bruder Paul und seiner siebenjährigen Schwester Katharina ausgelassen im hohen Pulverschnee herumtobte, der die weitläufige Parklandschaft des Schlosses Montbéliard über Nacht in ein riesiges Wintermärchen verwandelt hatte. Vor allem Fritz genoss das Wiedersehen mit seiner kleinen Schwester sichtlich. Sie bildete für ihn sozusagen das einzige Bindeglied, das ihm in der bitteren Rückbesinnung an seine schmerzlich vermisste Mutter noch geblieben war. Denn auch bei Katharina, die zum Zeitpunkt der Trennung ja erst dreieinhalb Jahre alt gewesen war, hatten sich schemenhafte Erinnerungsreste an die Zeit am Zarenhof in Petersburg im Gedächtnis gehalten. Im Gegensatz zu ihrem Bruder Paul, der damals schließlich noch nicht einmal zwei Jahre zählte. Kurz nach der überstürzten Abreise aus Russland waren die Geschwister auseinander gerissen worden: Während Friedrich Wilhelm und Paul in der strengen Obhut des Vaters erst nach Stuttgart und dann mit ihm auf das dort erworbene Landgut Bodenheim bei Mainz gereist waren, war Katharina an die burgundische Pforte gebracht worden, wo ihre Großeltern Friedrich Eugen und dessen Frau Friederike Sophie Dorothee als Statthalter der württembergischen Besitzungen Montbéliard (im schwäbischen Hausgebrauch Mömpelgard genannt) amtierten. Seit absehbar war, dass der regierende Herzog Carl Eugen keine eigenen legitimen Nachkommen bekommen würde, fungierte der Bruder Friedrich Eugen als Thronfolger. Und dies wiederum bedeutete, dass sich nun auch dessen Sohn Friedrich berechtigte Hoffnungen machen konnte, eines Tages seinen Vater zu beerben und in den Rang eines Herzog von Württemberg aufzusteigen. Das Thronfolgerpaar entwickelte im Lauf der Jahre eine glanzvolle Hofhaltung. Vor allem Friederike Sophie Dorothee war es, die dafür sorgte, dass die recht bescheidenen Gärten der Schlösser von Montbéliard, Héricourt und vor allem Étupes in prächtige Parks umgestaltet wurden und dass sich das kleine Mömpelgard zu einem viel bestaunten Zentrum europäischen Kulturlebens entwickelte, in dem zahlreiche Dichter, Musiker und Philosophen von internationalem Rang ganz selbstverständlich ein und aus gingen.

Bei den gelegentlichen Treffen der Geschwister während einem der seltenen Besuche in Burgund war Fritz aus dem Staunen kaum herausgekommen, angesichts der Pracht und der Eleganz, die hier an den Tag gelegt wurden, ganz im Gegensatz zum nüchternen Stuttgart oder gar dem öden Landleben von Bodenheim, wo der anfangs finanziell ziemlich in der Klemme steckende Vater mit seinen Söhnen ein alles andere als standesgemäßes Dasein fristete. Außerdem hatte Fritz es genossen, mit der so weit entfernt aufwachsenden kleinen Schwester Katharina, die von ihrer Großmutter liebevoll und fürsorglich erzogen wurde, wenigstens ab und zu die Erinnerung an die Zeit in Russland und an ihre Mutter am Leben zu halten.

„Fritz!" Der Erzieher steigerte seine Lautstärke und wedelte heftig mit den Armen, um seiner Aufforderung Nachdruck zu verleihen. Doch die Kinder schienen sich nur widerwillig von der weißen Pracht trennen zu wollen. „Au!" Gros zuckte schmerzhaft zusammen. Ein dicker weißer Schneeball hatte ihn im Nacken getroffen, und eiskalte Schneepartikel rieselten in seinem Hemdkragen am Hals hinunter. „Na wartet! Das zahle ich euch heim!", lachte der junge Mann vergnügt, während er mit hektischen Handbewegungen versuchte, die in Windeseile schmelzenden Reste des Schneeballs wegzuwischen.

Kichernd näherten sich die Kinder dem Lehrer, der sie mit gespielter Strenge ins Visier nahm. „Was ist denn, Karl?" Mit von den Anstrengungen der Schneeballschlacht geröteten Wangen blickte ihm Fritz neugierig ins Gesicht. „Wir haben doch noch zehn Minuten Pause, oder?"

„Karl?!" Verblüfft runzelte Katharina die Stirn. „Ihr nennt ihn Karl?"

„Ja!" bestätigte Fritz mit einer wegwerfenden Handbewegung. „Wieso?"

„Ihr nennt ihn tatsächlich beim Vornamen? Euren Erzieher?! Das ist ja allerhand!" Das siebenjährige Mädchen schien aus dem Staunen nicht mehr herauszukommen. „Und was sagt unser Herr Vater dazu?"

„Was soll er schon dazu sagen?" spielte Fritz den Überlegenen.

„Das ist... das wäre... das ist bei uns am Hofe völlig undenkbar! Wenn das die Herzogin erführe..." Katharina schüttelte heftig den Kopf. „Undenkbar!"

Ein amüsiertes Lächeln zuckte um die Mundwinkel des Bruders. „Na ja! Vive la difference! So ist das bei uns in Württemberg eben!"

Für Gros schien es nun höchste Zeit, einzugreifen. „Fritz! Jetzt übertreib mal nicht! Das bleibt schließlich unter uns! Das mit den Vornamen, das ist doch nur der schulische Umgangston zwischen uns während des Unterrichts. In der Öffentlichkeit, da wahren wir selbstverständlich die Etikette", wandte sich der junge Mann erklärend an das Mädchen.

„...wie man hört!" Wieder schüttelte sie missbilligend den Kopf. „Lasst das ja nie unseren Herrn Vater merken: Der kennt da kein Pardon! Ich weiß nicht einmal, wie da selbst die Frau Großmutter reagieren würde..."

„Wo kein Kläger, da kein Richter!" kommentierte Fritz trocken. „Und du wirst uns ja wohl nicht verraten, oder?"

„Wo denkst du hin? Natürlich nicht! Ich meine ja nur, dass Vorsicht angeraten ist – gerade hier im Schloss, wo die Wände Ohren haben", setzte Katharina noch warnend hinzu.

„Schon gut! Wir sind ja schließlich keine Plaudertaschen! Aber nun, Karl, was gibt es denn an so dringenden Neuigkeiten zu erzählen, dass wir dafür sogar unsere Schneeballschlacht unterbrechen müssen?" Neugierig musterte der Junge seinen Erzieher.

Gros setzte eine ernste Miene auf und begann mit leiser Stimme zu sprechen. „Ich habe tatsächlich etwas erfahren..."

„Etwas erfahren? Was denn erfahren? Und wieso muss dabei geflüstert werden?" Unwillig kickte Paul mit dem Fuß einen Schneeball zur Seite.

„Es geht um eure Mutter!" Der Erzieher deutete mit einer Bewegung seines Kopfes zum Schloss hinüber. „Lasst uns aber lieber hineingehen. Es ist besser, wenn uns keiner sieht!"

Damit wandte er sich um. Die Kinder folgten ihm schweigend. Allein der nüchterne Hinweis auf neue Erkenntnisse über ihre Mutter sorgte für ein heftiges Pochen in ihren Herzen.

Kurze Zeit später waren sie in dem Raum angekommen, in dem Gros während ihres Aufenthaltes im Schloss Montbéliard auf Anweisung des Vaters den Unterricht für seine Zöglinge zu halten hatte. Sorgfältig drückte er die Türe zu und winkte sie in den hintersten Winkel des Zimmers. Er lehnte sich an die Fensterbank an und schien zu überlegen, wie er die Weitergabe seiner Erkenntnisse beginnen sollte.

„Also, was ist denn nun", drängelte Paul und trommelte ungeduldig mit den Fingern an die Seidentapete.

„Gemach, gemach!", beschwichtigte der Erzieher. „Es ist nämlich nicht ganz einfach, was ich euch zu sagen habe." Ernst blickte er in die Runde. „Ihr müsst mir versprechen, tapfer zu sein. Einverstanden?"

„Einverstanden!", echote Paul, der bedingt durch sein Alter die geringste Gefühlsbindung an seine Mutter aufwies und deshalb einfach lediglich auf den Inhalt der Nachricht gespannt war, die ihn da erwartete.

Gros nickte langsam. Er überlegte kurz, wie er beginnen sollte und rieb sich nachdenklich mit Daumen und Zeigefinger die Nasenwurzel. Es war sehr still im Raum.

„Sie ist tot!", murmelte Fritz mit belegter Stimme, während er mit gesenktem Kopf auf den Boden starrte. „Das ist es doch, was du uns sagen willst!"

Es war ausgesprochen! Eine ganze Weile herrschte Stille. Keiner der Anwesenden sagte ein Wort. Schließlich räusperte sich Gros unbehaglich und begann leise zu sprechen. „Du hast Recht, Fritz! Ich muss deine Vermutung leider bestätigen. Eure liebe Mutter ist tot. Vor zwei Jahren ist sie gestorben. Im September 1788. Das hat mir einer der Bediensteten hier im Schloss bestätigt. Ein Mann, der für die Kurierdienste zuständig ist und der es nicht verstehen kann, weshalb man euch darüber im Unklaren lässt. Allerdings – ich habe ihm versprechen müssen, dass ich seinen Namen nicht preisgeben werde. Denn sonst kommt der Mann in Teufels Küche, obwohl wir uns hier ja in Mömpelgard befinden und nicht am württembergischen Hof in Stuttgart oder Ludwigsburg." Gros hielt inne, um den Kindern Gelegenheit zu geben, das gerade Gehörte zu verarbeiten.

Mitleidsvoll registrierte der Erzieher die Reaktion der Kinder, die weiterhin schweigend und mit betroffener Miene vor ihm standen. „Es gibt noch weitere Erkenntnisse, aber ich weiß nicht so recht, ob ich euch damit belasten soll...", fuhr er langsam in seiner Erklärung fort.

„Weitere Erkenntnisse...", wiederholte Fritz, der mit seinen Gedanken in weiter Ferne schien.

„Und was soll das sein?", meldete sich nun auch Katharina zu Wort.

„Ich möchte alles wissen! Alles was du weißt!" Mit einem Mal war Leben in den neunjährigen Jungen gekommen. Mit funkelnden Augen baute sich Fritz vor dem Lehrer auf. „Ich habe ein Recht darauf – wir alle haben schließlich ein Recht, zu erfahren, was aus unserer Mutter geworden ist!"

Karl Heinrich Gros nickte langsam. „Also gut! Ich werde euch sagen, was ich in Erfahrung gebracht habe. Eure Mutter ist wie gesagt im September vor zwei Jahren gestorben..."

„Im September habe ich Geburtstag..." flüsterte Fritz leise.

„Sie war auf Schloss Lohde in Estland. Seit der Trennung von euch hat sie dort gelebt."

„Wieso das denn? Was sollte sie denn in Estland?"

Gros hob ratlos die Schultern. „Das hat mein Informant allerdings auch nicht sagen können. Es wird da lediglich gemunkelt, dass die Zarin eurer Mutter das Schloss als vorläufiges Quartier angewiesen hat, bis es eine Scheidungsvereinbarung mit eurem Vater gegeben hätte, und sie danach wieder zu ihren Eltern an den Hof nach Braunschweig oder Wolfenbüttel zurückkehren hätte können."

„Eine Scheidungsvereinbarung?!"

„Ja! Es würde eine endgültige Trennung sein, das war klar, als die Zarin euren Vater aus Petersburg weggeschickt hat. Man spricht von – Entschuldigung, aber ich gebe nur weiter, was ich gehört habe – Eifersuchtsszenen am Zarenhof, von ernsten Konflikten zwischen eurer Mutter und eurem Vater, bis hin zu tätlichen Auseinandersetzungen..." Er unterbrach sich kurz und musterte die Kinder forschend. „Soll ich weiter erzählen?"

„Natürlich! Jetzt erst recht!", presste Fritz, dem das bisher Gehörte ganz offenkundig schwer zu schaffen machte, bitter zwischen den zusammengepressten Lippen hervor.

„Nun denn", Gros hob mit einer entschuldigenden Geste die Arme in die Höhe, „ich kann nur das wiedergeben, was man mir leider so erzählt hat. Mit der Ehe stand es also nicht zum Besten, immer wieder scheint es zu eifersüchtigen Wortgefechten und Auseinandersetzungen gekommen zu sein. Bis eure Mutter sich dann während einer Theateraufführung in Petersburg vor die Füße der Zarin geworfen und sie um Schutz vor ihrem Mann angefleht hat. Er habe sie in der letzten Zeit oft geschlagen..."

„Das glaube ich aufs Wort!" zischte Fritz, dessen Gesicht eine leichenblasse Tönung angenommen hatte.

„Das muss dann den Ausschlag gegeben haben. Die Zarin sei sehr erbost gewesen, sie habe euren Vater schon des Öfteren zur Räson gerufen. Und nun habe sie entschieden, ihn augenblicklich von seinem Posten als Gouverneur der russischen Gebiete in Finnland zu entbinden und ihn vom Zarenhof zu weisen. Viel mehr weiß man nicht. Euer Vater ist dann schon am nächsten Tag aufgebrochen nach Stuttgart. Euch konnte er mitnehmen. Erstaunlicherweise hat ihn Herzog Carl Eugen aber nicht gerne gesehen, und so hat er sich dann ja das Landgut in Bodenheim gekauft, während er Katharina hier in Mömpelgard bei der Großmutter gelassen hat. Eure Mutter aber ist auf Geheiß der Zarin in dieses Schloss in Estland gezogen, wo sie dann vor zwei Jahren verstorben ist..." Unglücklich beobachtete Gros, wie die Kinder mit gesenkten Köpfen vor ihm standen.

„Gestorben! Sie muss doch noch ganz jung gewesen sein! Da stirbt man doch nicht einfach!" Fritz wischte sich mit dem Handrücken die Augen. „Was ist denn dort um Himmels Willen bloß geschehen?"

Der Erzieher legte sanft seine Hand um die Schulter des Jungen. „Das weiß niemand! Das hat mir der Mann auch nicht sagen können. Nur so viel: Darüber wird am Hof niemals etwas gesprochen. Das ist tabu! Ein Mantel des Schweigens ist darüber ausgebreitet worden. Nicht einmal in Mömpelgard wird darüber geredet."

Katharina bestätigte den fragenden Blick des Lehrers mit einem traurigen Nicken. „Niemals! Kein Wort!" flüsterte sie beklommen.

„Eine Spur jedoch gibt es doch noch", setzte Gros vorsichtig hinzu. „Allerdings ohne Gewähr, was dabei herauskommen wird. Vielleicht wäre es ja doch besser, wir ließen die Toten ruhen..."

„Die Toten ruhen!" Erregt klatschte Fritz in die Hände. „Es ist meine Mutter! Und ich will wissen, was da gewesen ist! Also", er richtete sich kerzengerade auf und funkelte dem Erzieher zornig ins Gesicht. „Was ist das für eine Spur, die es noch geben könnte? Sag schon endlich!"

Gros spreizte beschwichtigend die Finger. „Schon gut. Also: Es soll da auf dem Dachboden von Schloss Étupes, das wir übermorgen ja besuchen werden, noch eine Kiste geben. Eine Kiste mit den Habseligkeiten eures Vaters aus seiner Zeit als preußischer Offizier in Lüben..."

Erstaunt sah Fritz auf. „Aus Lüben? Dort wo ich geboren bin? Lüben in Niederschlesien?"

„Genau! Kurz nach deiner Geburt seid ihr dann ja weitergezogen nach Russland. Dein Vater hat die preußische Uniform mit der russischen vertauscht, nicht ganz freiwillig allem Anschein nach. Es hat vorher offenbar eine Auseinandersetzung gegeben zwischen ihm und König Friedrich von Preußen, und so haben eure Eltern praktisch Hals über Kopf ihre Sachen gepackt, um dann nach Russland an den Zarenhof zu gehen, wo ja die Schwester eures Vaters den Zarewitsch geheiratet hatte. Einen Teil ihrer Habseligkeiten haben sie zurück zu den Eltern geschickt und so sind sie nach Mömpelgard gekommen. Es könnte also sein, dass wir in dieser Kiste, die mein Gesprächspartner erwähnt hat, noch etwas aus eurer Vergangenheit finden. Zumindest hat er das so gemutmaßt. Man habe die Habseligkeiten, die damals angekommen sind, eben auf den Dachboden nach Étupes gebracht. Und deshalb trifft es sich ja ganz gut, einmal nachzuforschen, wenn wir übermorgen sowieso dort zu Besuch im Schloss sind, weil eure Großmutter eurem Vater den nach ihren Plänen umgestalteten Schlosspark zeigen will. "

„Aber es hat doch so stark geschneit...", gab Fritz zu bedenken.

„Das ist für die Frau Großmutter sicher kein Hinderungsgrund", zerstreute Katharina die Bedenken ihres Bruders. „Die Großmutter ist doch so stolz auf ihren Park dort, sie will ihn immer unbedingt jedem zeigen, also auch dem Vater, deshalb seid ihr ja schließlich auch hergekommen!"

„Stimmt!", pflichtete Gros dem Mädchen bei. „Ich bin mir sicher, dass wir übermorgen dort sein werden. Und ob der Schnee liegen bleibt, ist ja noch eine ganz andere Frage, so warm, wie der Boden in den vergangenen Tagen noch gewesen ist. Und wenn wir erst in Étupes eingetroffen sind, dann findet sich sicherlich auch eine Möglichkeit für uns, einmal auf dem Dachboden nachzuforschen. Aber bis dahin", er legte den Zeigefinger an die Lippen und sah streng in die Runde, „kein Wort darüber! Zu nichts und niemandem! Das habe ich meinem Gewährsmann auch versprechen müssen! Ehrenwort?"

„Ehrenwort!" nickten die Kinder mit feierlicher Miene.

„Nun denn: Übermorgen wissen wir mehr!" Gros war sich alles andere als sicher, ob er in seinen Mitteilungen nicht schon viel zu weit gegangen war. Seine Befugnisse als Erzieher der beiden Söhne des allem Anschein nach späteren Herzogs Friedrich von Württemberg hatte er bereits maßlos überschritten, das war klar. Und ob er überhaupt ein Recht dazu hatte, so tief in die Geschichte dieser unglücklichen Familie einzusteigen, oder ob es für das Seelenheil der Kinder nicht doch besser gewesen wäre, die Toten ruhen zu lassen, das war die Frage, die sich immer stärker in seine Gedanken drängte. Für und Wider hielten sich bei diesen Überlegungen die Waage – was seinen Gemütszustand nicht eben verbesserte. Aber der erste Schritt war längst gemacht, es gab kein Zurück mehr: Übermorgen würden sie – vielleicht – zu neuen Erkenntnissen gelangt sein. Wie auch immer...

4

„Igitt! Was ist das denn?!" Mit hektischen Handbewegungen fuhr sich der Junge über das Gesicht. „Spinnweben! Pfui Teufel! Überall Spinnweben!"

„Psst! Leise Paul! Lass dieses Theater bleiben, sonst schicken wir dich wieder zurück!" Fritz bedachte seinen kleinen Bruder mit einem strengen Blick. „Ich habe keine Lust, mich hier oben entdecken zu lassen, bloß weil du Angst vor Spinnen hast!"

„Hab ich gar nicht!", gab der getadelte trotzig zur Antwort.

„Ruhe jetzt!", zischte nun auch Katharina und spähte im Schein der unsicher flackernden Kerzen in die Dunkelheit des riesigen Dachbodens von Schloss Étupes. In der Tat war trotz der Kerzen, die sie entzündet hatten, als sie heimlich die knarrende Holztreppe hochgestiegen waren, kaum etwas zu erkennen. Nur dicke hölzerne Balken, die gewaltige Dachkonstruktion, zahlreiche Kamine, Spinnweben, eine dicke Staubschicht und Kisten, überall Kisten.

„Wie soll man da nur etwas finden!", stöhnte das Mädchen angesichts des chaotischen Durcheinanders, das sich vor ihren Augen auftat. Und dabei hatte bislang doch alles so wunderbar geklappt. Schon zeitig am Morgen nach ihrer Ankunft in Schloss Étupes war die Großmutter mit ihrem Sohn zu einem ausführlichen Rundgang durch den nach ihren Plänen beeindruckend umgestalteten riesigen Schlosspark aufgebrochen, während sich die Kinder mit ihrem Erzieher zunächst zu Studien über die Geschichte des Schlosses in die Bibliothek zurückgezogen hatten. So jedenfalls hatte Gros seinem Auftraggeber gegenüber ihr Fernbleiben vom Parkbesuch begründet. Wenig später schon hatten sie die Tür zum Dachboden gefunden und waren unbemerkt von der Dienerschaft des Schlosses nach oben gelangt. Nicht nur dunkel und staubig war es hier oben, sondern darüber hinaus auch noch bitter kalt. Katharina hielt die Kerze höher und spähte angestrengt in die Dunkelheit hinein. „Ich weiß nicht, ob das einen Sinn macht", rieb sie sich frierend den Oberarm.

„Jetzt gib doch nicht gleich zu Beginn schon auf!" schüttelte Fritz missbilligend den Kopf, während er sich auf den Boden kniete und im flackernden Schein der Kerze versuchte, die Schrift auf dem vergilbten Etikett zu entziffern, das am Tragegriff der vor ihm stehenden Holzkiste angebracht war.

„Psst! Ich glaube, da ist etwas! Kommt einmal zu mir herüber!", winkte in diesem Augenblick Karl Heinrich Gros seine Zöglinge aufgeregt zu sich. „Ich glaube, ich habe eine der Kisten von damals gefunden!" Er hielt die Kerze näher an die Schrift heran. „Richtig! Da steht es: Friedrich Prinz von Württemberg, königlich preußischer Generalmajor ..."

„Das ist es! Das muss es sein!" Ungestüm drängelte Fritz sich vor und versuchte, den schweren Deckel der Kiste anzuheben. Vergeblich. Der Deckel bewegte sich um keinen Millimeter. „Verschlossen!", keuchte der Junge enttäuscht. „Das Ding ist verschlossen!"

Gros tippte sich an die Augenbraue. „Ist doch nahe liegend, oder? Es liegt doch auf der Hand, dass die Kisten nach wie vor verschlossen direkt vom Transport hier auf den Dachboden geschafft worden sind. Ohne dass sie jemand geöffnet hätte. Euer Vater nicht, der war zu dieser Zeit ja bereits in Petersburg, die Herrschaften nicht, was hätten die darin auch suchen oder finden wollen – und die Dienerschaft hatte darin nichts herum zu stöbern."

„Und jetzt? Was machen wir jetzt?" Unglücklich betrachtete Fritz die Kiste. „Daran habe ich wirklich nicht gedacht! Dann können wir ja unverrichteter Dinge wieder umkehren!"

„Immer langsam mit den jungen Pferden!" Der Lehrer lächelte amüsiert. „So schnell wird aber die Flinte nicht ins Korn geworfen, schon gar nicht von einem Württemberger!" Er stellte den Kerzenhalter auf dem Boden ab und griff mit der rechten Hand in die Innentasche seines Mantels, um einen großen Schlüsselbund hervorzuziehen und ihn den erstaunten Kindern mit stolzer Miene zu präsentieren. „Voilá! Der kluge Mann baut vor! Wäre doch gelacht, wenn der richtige Schlüssel nicht dabei sein sollte!" Gespannt steckte er den ersten Schlüssel in das eiserne Schloss und versuchte ihn zu drehen. Vergeblich.

„Also – Nummer eins war es schon mal nicht. Nummer zwei jetzt." Doch auch dieser Schlüssel passte nicht. Der Dritte genauso wenig.

Enttäuschung machte sich auf den Gesichtern breit. „Das wird nichts", murmelte Fritz bekümmert.

„Mir ist kalt!" Auch der kleine Paul hatte seinen Kerzenhalter auf dem Boden abgestellt und hauchte frierend in die Hände.

„Jetzt aber nur nicht gleich aufgeben! Es sind noch fast zwei Dutzend Schlüssel vorhanden", ließ sich Gros nicht beirren, während er geduldig weiter einen um den anderen Schlüssel ausprobierte. „Wieder nichts! Jetzt sind es noch... hast du mitgezählt, Paul?"

Doch Paul schüttelte nur stumm den Kopf.

„Der Nächste! Wetten, dass der passt", versuchte Gros sich und die anderen ein wenig aufzumuntern. „Aha! Was sage ich denn!" Tatsächlich begann sich der Schlüssel dieses Mal mit einem leisen metallischen Knirschen zu drehen. „Es geht!"

Blitzschnell waren die Kinder bei dieser Feststellung aufgesprungen und beugten sich neugierig über ihren Lehrer. „Moment, Moment!", lachte der und drückte sie sanft von sich. „So sehe ich doch gar nichts mehr! Jetzt wartet halt einen Augenblick noch."

Kurz darauf war das Schloss aufgesprungen und Gros hob vorsichtig den schweren Holzdeckel der Kiste. „So – und jetzt bitte Licht!"

Flugs hatten die drei ihre Kerzenhalter ergriffen und beleuchteten damit so gut es ging das Innere der Truhe. „Pass doch auf!", zischte Fritz ungehalten, nachdem sein kleiner Bruder die Kerze voller Spannung nach unten geneigt hatte, so dass flüssiges Wachs in die Kiste hinunter tropfte. Alle Augen waren auf die Truhe gerichtet.

„Immer ruhig bleiben!" Vorsichtig zog Gros an einem Ende des dicken grauen Leinentuchs, mit dem der Inhalt abgedeckt war. Der erste Gegenstand wurde sichtbar. Ein zirka dreißig Zentimeter langer und zwanzig Zentimeter hoher gerahmter Kupferstich. Die Silhouette einer Stadt.

„Gib mal!", streckte Fritz die Hand aus. „Da steht etwas. Leuchte mir mal herüber, Katharina!" Angestrengt kniff er die Augen zusammen, um kurz darauf einen Jubelschrei auszustoßen. „Lüben. Das heißt Lüben! Die Stadt, in der ich geboren bin!"

„Na also!" Gros nickte zufrieden. „Dann sind wir ja auf der richtigen Fährte. „Da ist ein Brief. Mit Datum. Allem Anschein nach von deinem Vater."

„Lass sehen!" Angefüllt mit Euphorie ergriff Fritz das dicke Papier. „Tatsächlich! Ein Brief vom 28. September 1781! Einen Tag nach meiner Geburt also! Ein Brief an unseren Großvater!" Hastig überflog der Junge, so gut es bei diesen Lichtverhältnissen ging, den Inhalt des Briefes. Dann hob er den Kopf und blickte ernst in die Runde. „Eine Lobeshymne auf unsere Mutter! Wie bravourös sie die schwere Geburt gemeistert habe – mit ihren 17 Jahren. Und dass er nunmehr sicher sei, dass sich die Irritationen, die sich zwischen ihnen aufgrund der öden Langeweile in der Garnisonsstadt entwickelt hatten, ganz rasch legten. Nun mit der Geburt eines Stammhalters. Dass er als Paten für mich nur die bedeutendsten Würdenträger aus ganz Europa aussuchen wolle: die Zarin, König Friedrich von Preußen, den König von England, den Onkel Carl Eugen und weitere: 24 an der Zahl! Und hier", er deutete mit dem ausgestreckten Zeigefinger auf die entsprechende Briefzeile, „nochmals: Wie sehr er seine Frau bewundere und dass von nun an alles gut werde!" Ein bitteres Zucken umspielte die Mundwinkel des Neunjährigen. „Von wegen! Nichts hat sich zum Guten entwickelt!" Er ließ den Brief sinken und starrte mit feuchten Augen traurig in die Dunkelheit des Dachbodens.

„Lasst uns weiter suchen!" durchbrach die Stimme des Erziehers die beklemmende Stille. „Es wird sich noch mehr finden lassen! Aha! Hier! Einmal! Nimm es mir bitte ab, Paul! Und hier, Katharina: noch einmal!"

Er ließ die beiden kleinen, in schwarzes Leinen gewickelten Behältnisse in die Hände der Kinder gleiten. „Willst du es auswickeln, Paul?"

Der Junge nickte eifrig. Nachdem er den Leinenstoff entfernt hatte, kam ein schön mit Intarsien verziertes Holzkästchen zum Vorschein. „Was da wohl drin ist?"

„Werden wir gleich sehen!", streckte Fritz ungeduldig seine Hand aus.

„Lass das! Das mache ich selber!", drehte sich Paul noch rechtzeitig genug zur Seite, um dem Begehren des Bruders auszuweichen.

„Dann mach auch endlich! Ich möchte hier oben nämlich keine Wurzeln schlagen!", kommentierte dieser ungeduldig.

„Ah!" Im selben Moment hatte Paul bereits den Verschluss entriegelt und den Deckel des Holzkästchens angehoben. „Ein Schmuckstück! Ganz aus Gold!"

„Oder ein Amulett! Lass mal sehen!" Neugierig betrachtete der Erzieher den Inhalt des auf seiner Innenseite mit dunkelrotem Samt ausgekleideten Kästchens. Behutsam nahm er das glitzernde Schmuckstück zwischen Daumen und Zeigefinger und hob es vor seine Augen. „Ja, ein Amulett, da bin ich mir sicher!" Er hielt inne und betrachtete die Kinder ernst. „Ich kann mir vorstellen, was darin sein wird. Das heißt, es muss nicht unbedingt sein... nicht, dass ihr hinterher enttäuscht seid!"

„Sind wir nicht! Lass endlich sehen!", drängte Fritz, der es vor gespannter Erwartung kaum noch auf dem Holzboden kauernd aushalten konnte.

„Gut!" Gros nickte, dann öffnete er das Amulett und warf einen vorsichtigen Blick hinein. „Tatsächlich!" Obwohl er damit gerechnet hatte, war er dennoch überrascht, seine Vermutung über den Inhalt so eindeutig bestätigt zu bekommen.

„Gib her!" Mit einem energischen Griff hatte sich Fritz des Amuletts bemächtigt und hielt es in den Lichtschein der Kerze. „Sie ist es! Sie ist es wirklich! Unsere Mutter! Mutter!" Schluchzend drückte er das Amulett an seine Brust. „Mutter! Das ist sie!" Während dicke Tränen über seine Wangen rollten, streckte der Junge das Amulett mit der dort eingefügten Miniatur seinen Geschwistern entgegen. Sie zeigte das Portrait einer jungen hübschen Frau im Alter von höchstens 20 Jahren. „Da! Schaut! Ich kann mich noch ganz genau an sie erinnern! So hat sie ausgesehen! Unsere Mutter!"

„Lass sehen!" Erregt griff Katharina zu und nahm das Amulett in ihre Hand. Kaum hatte sie das Bild der jungen Frau wahrgenommen, stieß das Mädchen einen erstaunten Schrei aus und schlug die Hände vor das Gesicht. „Wie in meinen Träumen! Dasselbe Bild! Sie ist es! Mein Traumbild! Wirklich und wahrhaftig: Die Frau, die ich immer in meinen Träumen sehe!"

„Gib mal her!" Interessiert, aber ohne von solch starken Gefühlsregungen ergriffen zu sein wie seine älteren Geschwister, nahm nun auch Paul den Inhalt des Amuletts ins Visier. „Das also ist unsere Mutter!" murmelte er verwirrt und schüttelte leise den Kopf. „Schon ein merkwürdiges Gefühl: Zum ersten Mal kann ich mir ein richtiges Bild von meiner Mutter machen! Und komisch: Genauso habe ich mir sie immer vorgestellt!" Nachdenklich warf er einen weiteren Blick auf das Portrait, dann sah er fragend in die Runde. „War da denn vorher nicht noch so ein Kästchen?"

„Ja, hier!" deutete seine Schwester Katharina auf den zweiten Gegenstand, der mit einem schwarzen Leinentuch umhüllt war. Sie hatte das Päckchen vor sich auf dem staubigen Holzboden abgestellt, als sie das Amulett in die Hand genommen hatte.

„Ob da wohl dasselbe drin ist?" Paul stand gerade eben im Begriff, die Hand nach dem anderen Kästchen auszustrecken, als Karl Heinrich Gros einen kalten Luftzug im Nacken bemerkte. Gleichzeitig begannen die Kerzen zu flackern, hastige Schritte, die über die hölzerne Treppe herauf eilten, waren zu vernehmen, Sekundenbruchteile später schon wurde die Tür des Dachbodens aufgerissen und krachte donnernd gegen die Wand.

„Ja, was ist denn das für eine heimliche Versammlung hier oben!" Der Vater! Mit zorngeröteter Miene verharrte er kurz, heftig nach Atem ringend, auf der obersten Treppenstufe und starrte mit angestrengt zusammengekniffenen Augen in den spärlich erleuchteten Raum. „Kerzen! Hierher!" winkte Friedrich anschließend mit unheildrohendem Gesichtsausdruck seine Begleiter zu sich und machte einen energischen Schritt vorwärts, um sich in seiner ganzen stattlichen und Respekt gebietenden Fülle vor den Kindern aufzubauen. „Da hin!" dirigierte er die mit Kerzen und Windlichtern versehenen Männer weiter nach vorne. Erschöpft wischte sich der sichtlich aufgebrachte Mann mit einem Seidentaschentuch den Schweiß von der Stirn. Dann streckte er anklagend den Arm aus und zielte dabei direkt auf Karl Heinrich Gros, den Lehrer. „Aha! So ist das also mit dem ungewöhnlichen Lerneifer in Wirklichkeit vonstatten gegangen! Hab ich mir doch gleich gedacht, dass etwas nicht so stimmt, wie Ihr es gesagt habt, Gros! Wieder einmal! Das also soll Unterricht sein! Von mir angeordneter und ganz genau ausgearbeiteter Unterricht! Von wegen! Das wird Konsequenzen zeitigen! Ihr seid mir eine Erklärung schuldig, Gros! Und zwar auf der Stelle! Sofort!"

Der zerknirschte junge Mann hatte sich erhoben, wobei er sich langsam und vorsichtig zwischen den württembergischen Prinzen und dessen Kinder schob. Fieberhaft suchte er nach einer Erklärung. Doch es wollte ihm einfach kein plausibler Grund einfallen, mit dem er ihren Aufenthalt auf dem Dachboden des Schlosses hätte begründen und den Unterrichtswechsel somit rechtfertigen können. „Verzeihung, Exzellenz! Ich bitte um Vergebung, aber es war meine Idee!" Schuldbewusst senkte er seinen Kopf.

„Was war Eure Idee?" donnerte der Dicke ungehalten. „Was habt Ihr hier oben zu suchen?"

Dass ihm ausgerechnet jetzt die passenden Begriffe nicht in den Sinn kommen wollten! Wo er doch ansonsten durchaus als pfiffig und schlagfertig galt! Mühsam rang Gros nach Worten. „Es ist also... Wir haben gedacht... Wenn wir schon einmal hier sind, in diesem beeindruckenden Schloss, dann..."

„Was dann?!" Friedrich stampfte ungeduldig mit dem Fuß auf. „Ich warte immer noch auf eine Erklärung! Eine plausible Erklärung!" Unwirsch nickte er mit dem Kinn in Richtung seiner Kinder. „Weshalb versteckt Ihr die Herrschaften hinter Eurem Rücken? Da", er bedeutete einem seiner Begleiter, mit dessen Windlicht hinter Gros zu leuchten.

„Was ist denn das für ein Verhalten, wenn der Vater kommt! Aufgestanden, augenblicklich!" Er machte eine gebieterische Geste, während die drei sich mit gesenkten Köpfen erhoben.

„Und was habt Ihr hier in der Hand, Friedrich Wilhelm?"

„Ich?" Der Junge zuckte zusammen und versuchte gleichzeitig, das Amulett in seinen Händen zu verbergen.

„Ja, Ihr? Wer sonst!"

„Nichts, gar nichts!"

„Was heißt hier nichts?! Spielt kein Spiel mit Eurem Vater, ich warne Euch!" Der Dicke schob den Erzieher grob zur Seite und machte einen drohenden Schritt auf seinen Sohn zu. „Also", streckte er fordernd die rechte Hand aus. „Her damit!"

„Da ist nichts!" Fritz hatte seine Antwort noch nicht ganz beendet, da klatschte auch schon eine gewaltige Ohrfeige schallend gegen seine Wange.

„Nichts! Was heißt hier nichts! So lasse ich nicht mit mir reden!" Der zornige Mann packte den Oberarm des Jungen und rüttelte ihn heftig. „Gebt her! Aber auf der Stelle jetzt!" Er verstärkte seinen Griff, bis Fritz einen Schmerzensschrei ausstieß und das Amulett zu Boden fallen ließ.

„Aha! Also doch!" Ein zynisches Lächeln spielte um die Mundwinkel des Dicken, als er den Griff lockerte. „Aufheben! Sofort!"

Interessiert betrachtete Friedrich das Amulett, das einer seiner Begleiter rasch vom Boden genommen und in seine Hand gelegt hatte. „Leuchte einmal näher heran! Ich kann so nichts erkennen!", winkte er den Mann mit dem Windlicht zu sich und hielt das Schmuckstück nun näher an seine Augen. Kaum hatte der Schein des Lichtes das Amulett erhellt, stieß er einen überraschten Ruf aus. „Das ist doch... Das gibt es nicht!" Ungläubig starrte der Mann auf das golden glitzernde Teil in seiner Hand. „Wo habt ihr das gefunden?" fragte er mit tonloser Stimme, während er den Verschluss entriegelte und den Deckel hochklappte. Mit entsetztem Gesichtsausdruck starrte Friedrich Wilhelm auf das Portrait seiner verstorbenen Frau Auguste, der Mutter seiner Kinder. Er schien sichtbar um Fassung zu ringen und atmete schwer. Es dauerte eine ganze Weile, bis sich der leichenblass gewordene Mann wieder in der Gewalt zu haben schien. „Wer hat euch das gegeben?" fragte er knapp und blickte streng in die Runde.

Die drei Kinder und ihr Erzieher hielten die Köpfe zu Boden gesenkt und antworteten nicht.

„Wer euch das gegeben hat, will ich wissen! Auf der Stelle!" Wütend stampfte er wieder auf dem Boden auf, doch immer noch erhielt er keine Antwort auf seine Frage.

„Euer Werk, Gros! Das Resultat Eurer verfehlten Erziehung!" schleuderte er dem Lehrer entgegen. „Keinerlei Respekt vor dem Vater! Aber verlasst Euch darauf: Ich werde Euch schon dazu bringen, mir Aufklärung zu verschaffen!" Der massige Mann packte Fritz, seinen Ältesten, blitzschnell an den Haaren und zog ihn zu sich. Der Junge stieß einen Schmerzensschrei aus und versuchte verzweifelt, sich aus dem Griff seines Vaters zu befreien.

Doch die vehemente Gegenwehr seines Sohnes brachte den aufgebrachten Friedrich von Württemberg erst recht in Rage. „Wagt Ihr es?! Die Hand gegen den eigenen Vater zu erheben!" Er streckte die Hand aus, um Fritz eine weitere Ohrfeige zu verabreichen, doch im selben Moment wurde er von einer strengen, lauten Frauenstimme veranlasst, innezuhalten.

„Aufhören! Sofort aufhören! Was geht hier vor?" Eine untersetzte korpulente Frau in den Fünfzigern stand heftig schnaufend in der Tür und betrachtete die Szenerie mit verdrießlicher Miene. „Was um alles in der Welt ist denn in Euch gefahren?" schleuderte die Herzogin ihre wütende Frage in das Gesicht ihres überraschten Sohnes. „Lasst sofort den Jungen los! Balgt sich wie ein dahergelaufener Kesselflicker! Und das vor den Augen der

Dienerschaft! Unglaublich!" Herzogin Friederike Sophie Dorothee von Württemberg, Friedrichs Mutter, war außer sich vor Empörung. Wieder einmal war ganz offensichtlich das jähzornige Temperament ihres Sohnes mit diesem durchgegangen, so dass es vor aller Augen zu dieser peinlichen Szene gekommen war, die sich mit absoluter Sicherheit in Windeseile in ganz Mömpelgard herumsprechen würde. Eine tätliche Familienauseinandersetzung vor den amüsierten Augen des Personals! Als wenn sie bei der sorgfältigen und durchaus mühevollen Erziehung ihres Sohnes nicht ganz genau darauf geachtet hätte, dass diesem der Unterschied zwischen den niederen Chargen der Gesellschaft und dem Hochadel deutlich bewusst geworden wäre! Ihr Sohn, der mit allergrößter Wahrscheinlichkeit einmal zum regierenden Herzog von Württemberg aufsteigen würde, ein Choleriker! Ein allem Anschein nach unberechenbarer Choleriker sogar, der seine Launen nicht im Griff hatte. Als wenn die peinliche Trennung von seiner Frau damals nicht schlimm genug gewesen wäre! Als wenn er ihr, seiner Mutter, nach dem peinlichen Verweis vom russischen Zarenhof nicht in die Hand hinein versprochen hätte, sich künftig besser im Zaum zu halten! Wo sie doch auch ganz genau wusste, wie misstrauisch der regierende Herzog, Carl Eugen, der Bruder ihres Mannes, die Nachrichten vom cholerischen Temperament seines Neffen aufgenommen hatte und wie sehr ihn, der ja keine legitimen eigenen Kinder vorzuweisen hatte, der Gedanke quälte, dass ausgerechnet Friedrich die besten Chancen hatte, ihn dereinst, spätestens nach seinem Vater, zu beerben.

Dabei hatte sie sich ehrlich gefreut, nach vielen Monaten endlich einmal wieder ihren Sohn, den ältesten von insgesamt zwölf Kindern, wiederzusehen. Schon deshalb, um ihm voller Stolz die Fortschritte zu präsentieren, die seine Tochter Katharina gemacht hatte, die er ja nach der Ausweisung aus Russland in die Obhut der Großmutter gegeben hatte. Vollkommen zurecht konnte sie zufrieden sein, wie sich das nunmehr siebenjährige Mädchen unter ihrer Anleitung entwickelt hatte: Eine Prinzessin aus bestem Hause, um deren Hand mit Sicherheit einmal die vornehmsten jungen Männer aus den ersten europäischen Häusern anhalten würden – falls die Großmutter dann nicht bereits die entscheidenden Verbindungen selbst hergestellt hatte, genau so wie bei ihren beiden Töchtern, der künftigen Zarin von

Russland Maria Feodorowna und der leider in diesem Jahr allzu früh verstorbenen Elisabeth, der Erzherzogin von Österreich. Und nun dieser Eklat! Die demütigende Züchtigung des Prinzen vor aller Augen! Unfassbar!

„Kommt zu mir, Friedrich Wilhelm!" Sie streckte den Arm aus und winkte ihren Enkel zu sich. „Er darf Euch nichts mehr tun!"

„Madame!" Die Augen des aufgebrachten Mannes schienen Funken zu sprühen. „Bei allem schuldigen Respekt! Das ist meine Sache! Mischt Euch da nicht ein!"

Die Herzogin stemmte die Hände in die Hüften. „Nicht einmischen! In meinem eigenen Haus! Und ihr da", sie wandte sich an die umstehende Dienerschaft, die das Geschehen mit unverhohlenem Interesse verfolgte. „Ihr könnt gehen – und zwar auf der Stelle!" Mit einer ungeduldigen Handbewegung winkte sie das Personal zur Treppe. „Wäre ja noch schöner, denen noch mehr Gesprächsstoff zu bieten, als sie nun ohnehin schon bekommen haben!" setzte sie säuerlich hinzu, als auch der letzte aus der Dienerschaft den Dachboden verlassen hatte.

„Und Euch, werter Prinz, lasst Euch gesagt sein: Eine weitere solche Szene dulde ich nicht mehr unter meinem Dach! Ein für alle Mal: Aber was zu viel ist, das ist zu viel! Habt Ihr denn Eure Erziehung vollkommen aus den Augen verloren?"

„Meine Erziehung!" Friedrich Wilhelm schien nach wie vor nicht bereit, vor seiner Mutter klein beizugeben. Schon gar nicht jetzt, im Angesicht seiner Kinder. „Hart, aber gerecht! Das war und ist schon immer meine Devise gewesen!"

„Hart, aber gerecht!" Die Herzogin blies empört die Luft durch die Nase. „Aber alles zu seiner Zeit! Selbstbeherrschung, das ist es, was ich bei Eurem Verhalten vermisse! Schmerzlich vermisse!" setzte sie mit Nachdruck noch dazu.

„Wenn der Erzieher schmählich versagt und meine Anweisungen nicht befolgt! Nein, Ihr sagt jetzt nichts!" gebot Friedrich dem Erzieher Einhalt, der bereits eine entrüstete Erwiderung auf den Lippen hatte. „Und selbst die Prinzessin scheint ja nur zu machen, wonach ihr gerade der Sinn steht!" nickte er in Richtung seiner Tochter Katharina hinüber.

Empört ballte die Herzogin bei diesen Worten die Fäuste. „Wie meint Ihr das?” zischte sie mit drohendem Unterton. „Soll das etwa heißen, Ihr seht Anlass, an meiner Erziehung zu zweifeln? Es ist Euch nicht gut genug, was ich erreicht habe? Überlegt Euch ganz genau, was Ihr jetzt sagt!” Die massige Frau näherte sich ihrem Sohn bis auf wenige Zentimeter und blickte ihm streng in die Augen.

Friedrich machte einen Schritt von seiner aufgebrachten Mutter zur Seite. Er schien zu begreifen: Ein falsches Wort noch, und der Eklat wäre perfekt! Und das konnte nicht in seinem Sinne sein! Das durfte nicht sein! „Schon gut! Ich ... das heißt ... ich meine ... es war nicht so gemeint”, presste er mühsam durch die Zähne. „Ein Versehen, eine unpassende Formulierung, die ich zu entschuldigen bitte!” Er verbeugte sich steif vor der Herzogin, so weit das seine Leibesfülle eben zuließ.

„Dann ist es ja gut!”, kommentierte Friederike Sophie trocken und winkte Katharina mit ihren Geschwistern zu sich. „Dann können wir ja endlich wieder hinunter gehen! In dieser Kälte hier oben holt man sich ja den Tod!”

Ohne sich weiter um eine Reaktion ihres Sohnes zu kümmern, wandte sie sich um und stieg mit ungelenken Bewegungen Stufe um Stufe die knarrende Holztreppe hinunter, gefolgt von den erleichtert aufatmenden Kindern. Fritz hatte seine rechte Hand tief in die Manteltasche gesteckt und umklammerte dabei krampfhaft einen harten viereckigen Gegenstand: Das zweite Holzkästchen, in dem er ein weiteres Amulett mit dem Bild seiner verstorbenen Mutter vermutete. Geistesgegenwärtig hatte er es während der scharfen Auseinandersetzung zwischen seinem Vater und der Großmutter in der Tasche verschwinden lassen, ohne dass dies jemandem aufgefallen war. Erst in der Nacht würde er es hervorholen und inspizieren. Und wenn es das war, was er vermutete, dann würde er es für immer bei sich behalten und auch geeignete Möglichkeiten finden, um es vor seinem Vater zu verstecken. Ein für alle Mal!

5

„... und damit ich eine solche Szene wie am vorgestrigen Nachmittag nicht noch einmal erleben muss, erhaltet Ihr hier von mir eine detaillierte schriftliche Anweisung, wie die weitere Ausbildung der Herren Prinzen nunmehr vonstatten zu gehen hat!" Mit hoch erhobenem Haupt hatte sich Friedrich von Württemberg im Salon seines Ludwigsburger Hauses vor Karl Heinrich Gros und seinen beiden Söhnen aufgebaut und musterte die vor ihm stehenden streng. Er nahm ein eng beschriebenes Blatt vom Tisch und streckte es dem Erzieher entgegen. „Bitte sehr! Ihr werdet meine Instruktionen nun vorlesen, sofort! Punkt für Punkt! Und die Herrschaften werden aufmerksam zuhören und sich alle Anweisungen ganz genau hinter die Ohren schreiben!"

Verblüfft nahm Gros das Schriftstück entgegen. Auf eine ernste Standpauke war er längst vorbereitet gewesen, so gut glaubte er seinen Auftraggeber, den Prinzen Friedrich, nach einer nun immerhin schon vier Jahre währenden Dienstzeit inzwischen zu kennen. Und vorgestern war es ja in der Tat zu einem der sich in letzter Zeit mehr und mehr häufenden Zusammenstöße zwischen dem cholerischen und ewig unzufriedenen Vater und seinen Söhnen gekommen. Herbst 1792! Tatsächlich: Schon vier Jahre stand er nun schon in den Diensten des dicken Friedrich, wie der künftige Herzog von Württemberg respektlos im Volksmund genannt wurde. Unglaublich, wunderte sich der junge Erzieher über sich selbst, dass er es nämlich tatsächlich so lange hier ausgehalten hatte. Allen Launen, aller Willkür und teilweise sogar öffentlicher Demütigungen des Prinzen zum Trotz. Woran es lag, dass er entgegen seiner eigentlich doch recht impulsiven Veranlagung durchgehalten hatte? Gros brauchte nicht lange zu überlegen: Es war Zuneigung, ja mehr als das. Tiefe Sympathie und Freundschaft, die ihn mit den beiden inzwischen elf und sieben Jahre alten Söhnen des Thronfolgers verband. Sie hatten sich seiner Meinung nach in den letzten Jahren überaus positiv entwickelt, waren sportlich, intelligent, schlagfertig und hatten sich sogar zu richtiggehend guten Kameraden für ihren Lehrer entwickelt. Vor allem Fritz war es, den als ältesten die zahlreichen Maßregelungen durch den gefühlskalten Vater besonders scharf betrafen, und mehr als einmal hatte Gros als Seelentröster und Kummerkasten für den mutterlosen Buben fungiert. Mit Tränen in den Augen hatte ihm Fritz vor einiger Zeit nach einer besonders heftigen Züchtigung zum ersten Mal das zweite Amulett gezeigt, das er damals auf dem Dachboden von Schloss Étupes in Mömpelgard eingesteckt hatte. Es zeigte tatsächlich das identische Bild seiner Mutter – genau dasselbe wie im anderen Amulett, das der Vater in Verwahrung genommen und schließlich beiseite geschafft hatte. Er hatte dem Jungen, der nach wie vor unbedingt mehr über seine Mutter und deren frühen Tod in Erfahrung bringen wollte, versprochen, die Ohren aufzuhalten und ihn gegebenenfalls mit weiteren Informationen zu versorgen. Doch wo er sich auch mit aller Vorsicht bisher am Ludwigsburger Hof oder bei einer der prunkvollen Lustbarkeiten auf der Solitude umgehört hatte, er war regelmäßig an einer unüberwindlich scheinenden Mauer des Schweigens abgeprallt.

„Aber eines Tages werde ich meinem Vater auf dem Herzogsthron nachfolgen – und spätestens dann... dann werde ich alles in Erfahrung bringen!" hatte der Junge seinem Erzieher mit fester Stimme mehr als einmal versichert, und für Gros bestand kein Anlass, Zweifel an diesem Entschluss zu hegen, so gut kannte er seinen Schützling inzwischen.

„Und dann werde ich auch ein Bild von meiner Mutter malen lassen: Genauso groß wie all die anderen Portraits, die in unseren Schlössern hängen! Nein", er unterbrach sich und schüttelte heftig den Kopf, „Nicht eines, sondern zwei Bilder werden es sein! Das zweite direkt in meinem Arbeitszimmer! So wahr ich hier stehe – und so wahr ich die Geschichte der Mutter aufklären werde!"

Es machte einen nachhaltigen Eindruck auf den doch nahezu zwanzig Jahre älteren Erzieher, wie der kleine Friedrich Wilhelm da vor ihm stand und mit einem glühenden Blick aus seinen hellblauen Augen unterstrich, dass es ihm überaus ernst war mit seinem Vorhaben – und dass auch all die Jahre, die längst ins Land gegangen waren, nichts an diesem Entschluss hatten verändern können.

Vorgestern nun war es wieder einmal zum Eklat gekommen, zwischen dem überstrengen Vater und den beiden Söhnen. Unangemeldet war der dicke Friedrich am Nachmittag plötzlich im Unterricht erschienen, um die

Lernfortschritte von Fritz und Paul zu prüfen, wie er sich ausgedrückt hatte. Der Prinz hatte am Morgen, so wurde später am Hof getuschelt, bereits ein recht unangenehm verlaufenes Gespräch mit seinem Onkel, dem regierenden Herzog Carl Eugen, geführt. Es war um Geld gegangen, um eine deutliche Erhöhung der Apanage für ihn und die standesgemäße Erziehung der Söhne. Schließlich sei ja nicht von der Hand zu weisen, dass er, Friedrich, eines Tages die Regierungsgeschäfte übernehmen würde, und so sei es nur natürlich, dass das Haus Württemberg ihm zur Vorbereitung auf dieses wichtige Amt einen dementsprechenden Lebensstil ermögliche, was aber mit einer wesentlich erhöhten alljährlichen Geldzuwendung an ihn einher gehen müsse. Der alte Herzog, dem die bloße (und überdies ziemlich nahe liegende) Vorstellung, dass ausgerechnet der ungeliebte Neffe ihn eines Tages beerben würde, zutiefst zuwider war, hatte das Verlangen rundweg abgelehnt. Selbst auf die Vorhaltung, dass Friedrich dann den schmachvollen, der Öffentlichkeit kaum zu verbergenden Weg einer Kreditaufnahme bei einer Frankfurter Bank ins Auge gefasst habe, hatte den Herzog nicht umgestimmt. Mit dem nüchternen Hinweis, sich in diesem Fall dann doch besser um eine gut dotierte Stellung an einem der befreundeten Fürstenhöfe zu bemühen, hatte er den finanziell stark angeschlagenen Neffen kühl aus der Audienz entlassen.

Dementsprechend frostig war also die Laune des Dicken bereits gewesen, als er in den Nachmittagsunterricht hereinplatzte. Dass die Söhne nicht postwendend von ihren Stühlen aufgefahren und den Vater nach allen Regeln der höfischen Etikette begrüßt hatten, war zu erwarten gewesen – und dennoch: Genau dies war der erste Punkt, an dem der missgelaunte Mann den Hebel ansetzte.

„Was ist das für ein Betragen, das Ihr den Prinzen beigebracht habt!" raunzte er unwirsch und klatschte aufgebracht in die Hände.

„Und wie sieht Eure Kleidung aus? Das ist ja nicht anzusehen! Ein Fleck auf dem Hemd, der Kragen nicht gebunden – und die Haare! Habe ich Euch jemals gesagt, dass es von Vorteil wäre, die Herrschaften zum korrekten Kämmen zu bewegen? Was ist mit den Zähnen? Wieder nicht geputzt! Die Hände: voller Tintenflecke! Und die Nägel! Zeigt mir Eure Fingernägel, Friedrich Wilhelm!"

Doch Fritz, den der stürmische Unterrichtsbesuch seines Vaters mitten in der Konzentration auf eine mathematische Aufgabenstellung gestört hatte, war auf seinem Stuhl einfach sitzen geblieben. Mit trotziger Miene blickte er hoch, während er gleichzeitig die Finger einrollte und die Hände fest auf die Tischplatte presste.

„Friedrich Wilhelm!" Zornesröte schoss ins Gesicht des Dicken. „Lasst mich sofort die Finger sehen!"

Doch Fritz zeigte keine Reaktion und schien mit starrem Blick einfach durch seinen Vater hindurchzusehen.

„Friedrich Wilhelm!" donnerte es von neuem, während der Mann einen erregten Schritt nach vorne machte und drohend die Hand erhob. „Auf der Stelle!"

Der Junge machte keine Anstalten, dem Befehl Folge zu leisten. Wie angewurzelt blieb er auf seinem Stuhl sitzen. Kein Ton drang aus seinem Mund.

Hilflos beobachtete der Erzieher die peinliche Situation. „Bitte, Euer Exzellenz", flüsterte er mit heiserer Stimme. „Er meint es nicht so..."

Schweißperlen traten auf die Stirn des Adligen, der den Einwand gar nicht zur Kenntnis nahm. „Ein letztes Mal: Hände zeigen!"

„Vater! Lasst ihn zufrieden!" Paul war urplötzlich in die Höhe gefahren und schob sich energisch zwischen die beiden ungleichen Kontrahenten. „Was soll das? Willst du ihn demütigen?"

„Elender Wicht!" Der siebenjährige hatte seine zornige Frage noch kaum beendet, da klatschte eine gewaltige Ohrfeige gegen seine linke Backe. „Dir werde ich beibringen, die Stimme gegen den eigenen Vater zu erheben! Aus dem Weg!"

Doch Paul, dem Tränen des Schmerzes und der Verzweiflung über die Wangen liefen, schüttelte stumm den Kopf und stampfte trotzig mit dem Fuß auf. Er wich um keinen Zentimeter.

„Aus dem Weg, habe ich gesagt! Auf der Stelle!" Wieder hob Friedrich drohend seine Rechte in die Höhe. Es war nur eine Frage der Zeit, bis er zum zweiten Mal zuschlagen würde. Aber Paul, der vor Angst und Wut leichenblass geworden war, blieb standhaft. „Ich bleibe stehen", murmelte er mit bebender Stimme.

„Exzellenz! Nicht!" Geistesgegenwärtig riss Karl Heinrich Gros in diesem Augenblick die Türe auf und rief aus Leibeskräften in den Flur hinein: „Hilfe! Zu Hilfe! Hilft denn keiner?!"

Der Dicke wirbelte verblüfft herum und ließ die Hand herunter sinken. „Was soll das? Was ist das denn für ein Geschrei?"

Verlegen lächelnd zuckte der Erzieher mit den Schultern. „Eine kleine Notmaßnahme! Bevor Dinge passieren, die wir hinterher womöglich alle noch bereuen ..."

„Das ist ja ... das ist ..." Der Mann war außer sich! Fast schien es so, als wolle er sich nun auf den Lehrer stürzen, doch in diesem Moment hörte man hastige Schritte über den Flur stürmen. „Was ist geschehen? Wer hat hier um Hilfe gerufen?"

„Tja! Pardon Euer Exzellenz!" Entschuldigend breitete Gros die Arme aus. „Ich denke, es war besser so ..."

„Das werdet Ihr mir noch bezahlen!", zischte Friedrich böse. „Verlasst Euch darauf, Gros! Und ihr genauso, meine Herrschaften!", drohte er mit erhobenem Zeigefinger in Richtung seiner Söhne. Dann wandte er sich um und stampfte mit wütenden Schritten davon, ohne sich um die verdutzten Gesichter der zahlreich herbeieilenden Dienerschaft zu kümmern.

Das also war der Auslöser gewesen! Deshalb war der Thronfolger am heutigen Nachmittag wieder im Unterricht erschienen, begleitet von seinem wissend lächelnden Sekretär, einem kleinen, fast kahlköpfigen Menschen mittleren Alters. Und deshalb hatte er dieses Schriftstück mitgebracht, diese „Instruktionen für den Unterricht der Prinzen", an die sich der Erzieher künftig buchstabengetreu zu halten hatte. „Lest! Aber bitte laut, damit es auch alle verstehen!" forderte Friedrich von Württemberg, der sich in einer majestätischen Pose vor Gros aufgebaut hatte.

Der Lehrer räusperte sich unbehaglich. Er befand sich in einer klassischen Zwickmühle, so viel stand fest. Würde er die Instruktionen nicht verlesen – noch dazu unter den Augen eines ihm alles andere als wohlgesonnenen Zeugen – dann konnte er gleich seine Sachen packen, ja, schlimmer noch: Dann drohte ihm wegen Befehlsverweigerung respektive Aufsässigkeit gegen ein hochrangiges Mitglied des Herzogshauses die Festnahme. Vielleicht nur vorübergehend, aber: Konnte man es so genau wissen, wie sich die Dinge entwickeln würden? Der Schock der Verhaftung des Schriftstellers und Philosophen Christian Friedrich Daniel Schubart, dem früheren engen Weggefährten des regierenden Herzogs, und die Schreckensnachrichten von Schubarts strenger zehnjähriger Zuchthausstrafe auf dem Hohenasperg und seinem dadurch verursachten frühen Tod im vergangenen Jahr saß der Intellektuellenschicht im Herzogtum Württemberg nach wie vor eiskalt im Nacken. Würde er die Instruktionen aber vor seinen Zöglingen, dem Herzog und dessen Sekretär verlesen, dann waren diese künftig bindend für ihn. Dann bestand kein Spielraum mehr für das Einbringen eigener pädagogischer Konzepte in seinen Unterricht. Das aber war dann beileibe nicht mehr die Art von Unterricht, nach der er vier Jahre lang gelehrt hatte, und schon gar nicht die Methode, die den sensiblen und sich so sehr nach etwas Zuneigung sehnenden Prinzen gerecht werden konnte. Dennoch, er hatte wohl keine andere Wahl, es sei denn ...

„Lest!", unterbrach der messerscharfe Befehlston des Dicken seine Gedankengänge. „Und zwar laut und deutlich, so dass es auch die etwas zur Taubheit neigenden Herren Prinzen klar verstehen können – wenn sie mehr als nur Stroh im Kopf haben!"

Es hatte keinen Sinn. Bevor die Dinge von neuem eskalierten, war es besser, nachzugeben. Gros nahm seine Brille vom Tisch und setzte sie auf. Dann begann er mit leiser Stimme vorzulesen. „Instruktionen an den Erzieher meiner beiden Söhne."

„Lauter!"

Der Erzieher räusperte sich erneut und nickte Fritz und Paul, die mit betretenen Gesichtern vor ihm standen, mit gespielter Zuversicht aufmunternd zu.

„An erster Stelle hat der Gehorsam gegen die Eltern/den Vater zu stehen. Dazu bedarf es eines geregelten Tagesablaufes. Um 6 Uhr 30 am Morgen haben die Prinzen vom Erzieher geweckt zu werden. Der Erzieher selbst hat bereits eine halbe Stunde zuvor aufzustehen. Besonderes Augenmerk ist auf saubere Kleidung und sorgfältigste Körperpflege zu legen, ein Faktum, das in den letzten Monaten sehr vernachlässigt worden ist. Schmutzige Finger, lange Fingernägel, ungewaschene Gesichter, nicht gekämmte Haare und ungeputzte Zähne sind nicht länger tolerabel. In dieser Hinsicht ist der Erzieher seinen Pflichten nicht sorgfältig genug nachgekommen. Auch die Zimmer der Prinzen befinden sich in tadelnswert schlechter Ordnung, genauso wie das Zimmer des Erziehers, das sich unseren Augen in einem äußerst unordentlichen Zustand präsentiert hat." Gros stockte kurz und schluckte trocken, bevor er fortfuhr. „Gelehrter Staub kann aber nie für einen Mann von Welt und nie für einen Fürsten passen... Exzellenz!" Der junge Mann ließ das Schriftstück langsam sinken und blickte mit wässrig schimmernden Augen zu dem hämisch grinsenden Thronfolger hinüber, der sich mit verschränkten Armen lässig gegen die Tischkante gelehnt hatte. „Das... das kann ich nicht weiter vorlesen! Das ist... das ist ja gerade, als hätte ich überhaupt nichts bewirkt in den letzten Jahren!"

„Zumindest nichts in positiver Hinsicht!" kommentierte Friedrich trocken.

„Exzellenz! Das ist nicht Eure wirkliche Meinung!" Verwirrt und in seinem Innersten tief getroffen rang der Erzieher um Fassung.

„Soll das heißen, dass ich lüge?" Grinsend wandte sich der Despot an seinen Sekretär. „Hat Er da gerade etwa dasselbe gehört wie ich?"

„Exzellenz! Ich bitte um Vergebung!" Gros war bei dem unheilvollen Stichwort schockartig bewusst geworden, dass hier von Seiten seines Auftraggebers offenbar arglistig versucht wurde, ihn auf gefährliches Glatteis zu führen. „Nichts liegt mir ferner als diese Aussage. Nein", er hob verzweifelt die Achseln und schüttelte heftig den Kopf, „Nein, das ist es nicht, was ich sagen will."

„Sondern?" fragte Friedrich lauernd.

„Es ist nur so ... es scheint, ich bin nicht der, den Ihr als Erzieher der Herren gesucht habt!"

„Mag sein", nickte der andere bedeutsam.

„Vier Jahre lang habe ich mich nach Kräften bemüht, Euren Söhnen ein guter Lehrer zu sein. Habe sie in Mathematik, dem Schreiben, Sprachen, Geschichte, Auswendiglernen, Sittlichkeit, Höflichkeit und Betragen gelehrt..."

„Betragen!" lachte Friedrich trocken. „Das habt Ihr mir vorgestern ja nachdrücklich vor Augen geführt!"

„Exzellenz!" In Gros stieg allmählich Bitterkeit auf. Hatte er diese Behandlung verdient? Nach vier langen Jahren, in denen er genauso als Freund, Seelentröster und Berater der Jungen gewirkt hatte, wie als Erzieher und Lehrer. Hatte er es denn nicht geschafft, den anfangs schüchternen und misstrauischen Prinzen ein guter Kamerad zu werden, eine Vertrauensperson, die ihnen gleichwohl vieles von dem hatte beibringen können, was man gemeinhin als gutes Rüstzeug für den weiteren Lebensweg eines Jungen von vornehmer Geburt ansehen konnte? War das denn alles gar nichts wert? Vier Jahre Arbeit einfach umsonst? Vertane Zeit? Hatte er das nötig? Musste er sich das gefallen lassen. Er hob das Kinn und schluckte energisch den Kloß hinunter, der sich in seiner Kehle breit gemacht hatte. „Exzellenz! Bei allem schuldigen Respekt! Aber mir scheint, kein Lehrer kann es Euch wirklich recht machen!"

„Wer weiß..." wiegte Friedrich, um dessen Mundwinkel ein spöttisches Lächeln spielte, langsam den Kopf.

„Doch den idealen Lehrer gibt es nicht!", redete sich Gros mehr und mehr in Rage. „Ich auf jeden Fall scheine es nicht zu sein!" Er straffte den Rücken und sah seinem Gegenüber mit entschlossener Miene direkt in die Augen. „Ich bitte Euch daher untertänigst, meine Tätigkeit in Eurer Hofhaltung mit dem heutigen Tag beendigen und hiermit kündigen zu dürfen!"

„Karl!" Fritz war aufgesprungen und starrte entgeistert zu seinem Lehrer hinüber. „Das kannst du doch nicht machen!"

„Ruhe!" donnerte der Vater aufgebracht. „Was sind das für Anzüglichkeiten in Eurer Rede! Der Entschluss ist gefallen: Ich nehme die Kündigung hiermit an!"

„Aber ...!" Fritz rang nach Worten. „Aber Herr Vater! Karl!" Mit panischem Gesichtsausdruck blickte er von einem zum anderen. „Paul! Sag du auch etwas! Paul!"

Doch sein siebenjähriger Bruder schien von der urplötzlichen Wendung dermaßen betroffen, dass er zu überhaupt keiner Reaktion fähig war. Mit tränenfeuchten Augen saß er zusammengesunken auf seinem Stuhl und schlug die Hände vor das blasse Gesicht. Dunkle Wogen der Verzweiflung schlugen über Fritz zusammen. „Vater! Bitte! Karl! Das darf nicht sein! Ich bitte Euch!"

„Die Würfel sind gefallen! Ich habe die Kündigung angenommen! Sie dürfen gehen!" Er erhob sich und stolzierte, gefolgt von dem hämisch grinsenden Sekretär, hoch erhobenen Hauptes aus dem Unterrichtsraum.

Totenstille breitete sich in dem Zimmer aus, nachdem der Sekretär die Tür mit lautem Knall hinter sich hatte ins Schloss fallen lassen. Niemand stand der Sinn danach, das Wort zu ergreifen. Düster starrten sie zu Boden, überwältigt von der hoffnungslosen Erkenntnis, dass ein Abschnitt ihres Lebens in dieser Stunde zu Ende gegangen war. Unwiderruflich, unwiederbringbar. Gnadenlos zu Ende gegangen!

Jetzt – vier Jahre nach dem Tod ihrer Mutter und sechs Jahre nach der bitteren Vertreibung vom Zarenhof – waren sie also wieder allein! Völlig allein! Das war der dumpfe quälende Gedanke, der Fritz die ganze schlaflose Nacht hindurch peinigte, während er voller Verzweiflung in sein Kopfkissen weinte. Und es gab keinen Ausweg! Wie denn?!

6

„Das kann nicht dein Ernst sein, Karl Heinrich! Du kannst uns jetzt doch nicht einfach so verlassen! Karl! Bitte!" Der Junge hatte sich seinem Erzieher in den Weg gestellt und schüttelte energisch den Kopf, während er trotzig mit dem Fuß aufstampfte. „Das lasse ich nicht zu! Das kannst du mit uns nicht machen! Das darfst du nicht!" Seine Stimme begann zu vibrieren. „Das ist nicht richtig von dir! Du kannst uns jetzt nicht so einfach im Stich lassen! Nach all den Jahren! Nein, das darfst du nicht!" Er konnte die Tränen, gegen die er so lange angekämpft hatte, nun nicht mehr zurückhalten und ließ seinen Gefühlen freien Lauf.

Betroffen stellte Gros seinen prall gefüllten Lederkoffer vor sich auf den Boden und zog den hemmungslos schluchzenden Jungen zu sich heran. „Aber Fritz!" murmelte er bewegt. „Was sollte ich denn machen? Was hätte ich in dieser Situation denn noch tun können?" Er zuckte verlegen mit den Schultern und suchte den Blickkontakt mit Friedrich Wilhelms jüngerem Bruder Paul, der regungslos in der Mitte des Zimmers stand und die Szene aus traurigen Augen beobachtete. Doch von Paul kam – wieder einmal – keine Reaktion.

„Paul! Fritz! Ich bitte euch!" Auch Karl Heinrich Gros kämpfte heftig mit den Gefühlen, die ihn zu überwältigen drohten. Nur weg, schnell weg jetzt, das wäre am besten für sie alle! Ein Zurück gab es, zumindest in der nächsten Zukunft, ja auf gar keinen Fall. „Ich... ich..." Unglücklich rang er nach Worten. Die beiden Söhne des künftigen Herzogs waren ihm in den letzten Jahren wirklich viel stärker ans Herz gewachsen, als er sich dessen bislang jemals bewusst gewesen war. Einen dermaßen engen Kontakt zwischen Erzieher und Zöglingen auf alle Fälle zu vermeiden, das hatten ihm seine Ratgeber in Tübingen doch mehr als nur einmal nachdrücklich eingeschärft. Und nun? Nun befand er sich durch seinen eigenen Leichtsinn in genau jener Position, vor der ihn alle immer gewarnt hatten! Seine eigene Schuld! Er hätte es nie und nimmer so weit kommen lassen dürfen! Hätte streng zwischen seinem Auftrag als Lehrer und der unglücklichen Situation, in der sich die beiden Prinzen befanden, trennen müssen! Was gingen ihn, den Theologen und Philosophen Karl Heinrich Gros, denn eigentlich die inneren Verwicklungen am württembergischen Herrscherhaus an? War es denn nicht vielmehr Sache des Vaters, sich um seine ohne Mutter aufwachsenden Söhne zu kümmern? Liebevoll zu kümmern! Und sie nicht mit einer Eiseskälte zu behandeln, die mit liebevoller Erziehung ja wirklich nicht das Mindeste zu tun hatte! Wo waren denn die eleganten Großeltern, die in Mömpelgard an der burgundischen Pforte ihre rauschenden Feste feierten und sich mit Hingabe um Katharina, die Schwester der beiden Jungen, bemühten? Weshalb hatten die nicht längst den brutalen Umtrieben des eigenen Sohnes Einhalt geboten? Bekannt war ihnen das cholerische Naturell ihres Sohnes Friedrich ja auf alle Fälle! Aber sie verhielten sich genauso wie der regierende Herzog Carl Eugen: Am besten auf Distanz gehen und den aufgeblasenen Dicken so selten wie möglich zu Gesicht bekommen. Und so war es kein Wunder gewesen, dass sich Fritz und Paul im Lauf der Zeit immer stärker bei ihrem Erzieher genau das geholt hatten, was ihnen von der eigenen Familie verwehrt wurde: Zuneigung und ein wenig Nestwärme in dem von mannigfachen Intrigen durchsponnenen Hofleben.

Es war passiert! Ganz einfach passiert! Aber nun musste er das Beste aus der Situation machen – auch im Interesse der beiden Jungen.

„Fritz! Paul!" Karl Heinrich Gros räusperte sich vernehmlich und versuchte, einen einigermaßen gelassenen Tonfall anzuschlagen. „Die Dinge sind nun einmal so gekommen, wie sie sind. Ich war und bin eurem Vater ein Dorn im Auge – schon immer gewesen im Übrigen! Ich habe, trotz der zahlreichen Empfehlungen, die ich vorzuweisen hatte, nie dem Erzieherideal entsprochen, das er sich in Wirklichkeit ausgedacht hatte. Auch die erstaunlichen Erfolge, die ihr im Unterricht unter Beweis gestellt habt, waren für ihn immer nur von nebensächlicher Bedeutung. Es ging ihm in erster Linie um Zucht und Disziplin, und das in einem derart engen Sinn, wie ich es nie bereit sein kann, umzusetzen."

„Eben drum!" schluchzte Fritz und umklammerte mit beiden Hände den rechten Oberarm des Erziehers. „Genau deshalb darfst du auch nicht gehen! Ohne dich, da sind wir den Launen des Dicken schutzlos ausgeliefert! Das darf nicht sein!"

„Es wird nicht so schlimm kommen! Euer Vater, denke ich, weiß auch, wie weit er gehen kann und darf", versuchte Gros, mit wenig Überzeugungskraft in seiner Stimme, den Jungen zu beruhigen.

„Das glaubst du doch selbst nicht, was du da sagst!" schüttelte der heftig den Kopf. „Der wird uns jetzt gnadenlos zurechtbiegen! Der und sein Freund Maucler!"

„Maucler? Wieso Maucler?" Irritiert runzelte Gros die Stirn. Bei Friedrich von Maucler handelte es sich um einen am württembergischen Hof hoch angesehenen ehemaligen preußischen Offizier, der schon vor über zwanzig Jahren als Erzieher der württembergischen Prinzen fungiert hatte. Auch der dicke Friedrich war im Alter von zwölf Jahren, genauso wie später alle seine sieben Brüder, von seinem Vater Friedrich Eugen in die strenge Obhut und Disziplin des Herrn von Maucler übergeben worden.

„Weil der anscheinend mit dem Maucler wegen unserer Erziehung verhandelt hat, schon lange vor der gestrigen Auseinandersetzung. Das alles ist von langer Hand eingefädelt worden! Das hat mir einer der Hofmeister gestern im Vertrauen erzählt. Er hat ein solches Gespräch selber direkt mithören können! Das war ein abgekartetes Spiel gestern!" Unglücklich blickte Fritz sich um. „Jetzt sag du halt auch mal etwas, Paul!"

Doch Paul gab weiterhin keine Reaktion von sich, sondern starrte nach wie vor regungslos auf den Boden. Hilfe von Seiten seines Bruders würde also keine kommen. Fritz zog missbilligend die Mundwinkel nach unten. „Dann eben nicht! Aber du, Karl, du musst es noch einmal versuchen! Du musst noch einmal zu unserem Vater gehen und ihn", er hob hilflos die Achseln, „eben um Verzeihung bitten! Obwohl du ja weiß Gott nichts schlimmes getan hast! Tu`s trotzdem! Bitte! Tu`s für uns! Denk doch auch an die Nachforschungen über das Schicksal unserer Mutter, die du noch hast anstellen wollen! Ist das denn jetzt alles nicht mehr wahr? Bitte, gib dir einen Ruck und geh zu ihm! Bitte ihn um Verzeihung – obwohl wir wissen, dass du keine Schuld an diesem Zerwürfnis trägst. Tu es. Tu es für uns! Bitte!" Flehentlich forschte er in den Augen seines Erziehers nach einer Bestätigung.

Der junge Mann holte tief Atem und legte seine Hand schwer auf die Schulter des Prinzen. „Fritz! Das habe ich bereits getan!" murmelte er mit bitterem Tonfall. „Ich habe gleich heute Morgen darum gebeten, mich in aller Form von eurem Vater verabschieden zu dürfen. So, wie es sich halt, trotz allem, gehört! Aber nicht einmal das hat er mir zugestanden!"

„Wie? Was hat er?"

„Er hat es nicht einmal zugelassen, dass ich mich von ihm verabschiede! Er wolle mich nicht mehr sehen, hat er mir ausrichten lassen. Und deshalb: Es hat keinen Sinn mehr. Ich muss jetzt gehen! Wir werden uns schreiben – regelmäßig, das verspreche ich euch. Und noch etwas: Wir werden uns wiedersehen! Darauf könnt ihr euch verlassen! Und nun lebt wohl und bleibt die Menschen, als die ich euch kennen gelernt habe! Die Zeit arbeitet für uns! Adieu!"

Gros bückte sich rasch und ergriff seinen Koffer. Dann verließ er mit schnellen Schritten den Raum, ohne sich noch einmal umzusehen. Es war besser, wenn die beiden Jungen nicht bemerkten, wie er die Tränen nun ebenfalls nicht mehr zurückhalten konnte. Es hätte ihnen den Abschied nur noch schwerer gemacht!

Dem elfjährigen Friedrich Wilhelm schien es in diesem Augenblick, als würde ihm der Boden unter seinen Füßen weggezogen. Einfach weggezogen! Der Raum begann sich um ihn herum zu drehen, Übelkeit stieg in ihm hoch. Ein eiskalte schwarze Woge schwappte über ihm zusammen und er versank in einem Meer von Traurigkeit.

7

„Du musst mich schon fangen, Eugen, sonst wird das nichts!" Mit vor Anstrengung und Kälte hochroten Wangen spähte Fritz an diesem sonnendurchfluteten eiskalten Dezembertag des Jahres 1792 vorsichtig über die kleine Mauer, auf der er zahlreiche Schneebälle platziert hatte, um sich den Angreifer bei ihrem ausgelassenen Räuber und Gendarm-Spiel im Park des Ludwigsburger Schlosses im Fall des Falles mit der nötigen Gegenwehr vom Leib halten zu können.

Irritiert fuhr der neunjährige Eugen von Maucler herum, als die spöttische Stimme an sein Ohr drang. Er hatte seinen Gegner in der anderen Himmelsrichtung vermutet und war sich dessen ganz sicher gewesen. Seit beinahe einer Stunde tollten die vier Jungen im weitläufigen Schlosspark herum und lieferten sich vor den Augen der mit unsicheren Mienen daneben stehenden Dienerschaft erbitterte Schneeballschlachten. Sie genossen die unterrichtsfreie Zeit zwischen 12 Uhr und 13 Uhr und wären sogar gerne bereit gewesen, dafür auf das obligatorisch für 13 Uhr angesetzte Mittagessen zu verzichten, doch an eine solche Missachtung der strengen, von Herzog Friedrich eigenhändig aufgestellten Regeln war natürlich nicht zu denken. Darüber, dass die Erziehungsinstruktionen punktgenau eingehalten würden, wachte seit dem Weggang von Karl Heinrich Gros nun der neue Erzieher Friedrich von Maucler mit unnachgiebiger Strenge. Diesem war von Friedrich gestattet worden, seine beiden Söhne Eugen und Ferdinand mit in den Unterricht zu bringen. Durch diese Maßnahme, so erhoffte sich der Herzog, würden Fritz und Paul den von ihm viel zu spät zum Teufel gejagten Erzieher rasch vergessen und sich womöglich auch mit den beiden Mauclerbuben anfreunden, die durch ihren Vater eine einwandfreie Erziehung genossen hatten. Das konnte man den sich perfekt in der Hofetikette bewegenden Jungen deutlich anmerken. Kein Wunder: Schließlich hatte ja auch bereits Friedrich selbst diese Erziehung genossen. Wer also konnte besser beurteilen als er, wie effektiv die Erziehungsmethoden Mauclers waren.

„Hallo, hier bin ich!" lachte Paul hinter einer großen Steinskulptur hervor und winkte heftig mit den Armen, bevor er sich umwandte und zu seinem

Bruder hinüber stürmte. „Ich helfe dir, Fritz! Wir werden denen die Schneebälle nur so um die Ohren schießen! Die werden unsere Verteidigungslinie nie und nimmer durchbrechen können!"

„Von wegen!" Suchend sah sich der ältere der beiden Mauclerbuben um. „Wo steckst du denn, Ferdinand? Komm schon und hilf mir!" Rasch hatte er sich umgewandt und fing an, weitere Schneebälle zu formen.

„Ich komme ja schon!" stürmte in diesem Moment Ferdinand, mit zwei großen Schneebällen bewaffnet, um die Ecke. „Attacke!"

„Auf sie mit Gebrüll!"

Die Schneeballschlacht war augenblicklich in vollem Gang. Keine der Parteien schien sich dabei einen entscheidenden Vorteil erkämpfen zu können. Denn kaum war die eine Seite im Geschosshagel der Angreifer zurückgewichen, da war deren Munition auch bereits zu Ende gegangen und musste neu geformt werden. Allerbeste Gelegenheit für die andere Seite, nun selbst in die Offensive zu gehen. So wogte die Schlacht unentschieden hin und her, bis Fritz und Paul überraschend die Arme in die Höhe hoben und mit verlegenem Grinsen die Waffen streckten. „Schluss! Aus! Wir ergeben uns! Uns ist kalt!"

„Wir haben gewonnen!", jubelte der kleine Ferdinand von Maucler und schoss seinen letzten Schneeball übermütig direkt auf den Kopf einer halb nackten Männerskulptur. „Getroffen! Blattschuss!" kicherte er, selbst überrascht von der Tatsache, dass sein Schuss das angepeilte Ziel derart präzise getroffen hatte.

„Was seid ihr nur für Strategen!" kommentierte Eugen die Kapitulation der gegnerischen Schneeballarmee kopfschüttelnd. „Da zieht man sich eben die passenden Kleider an, dann friert man nicht so leicht! Nun gut: Wir haben gewonnen! So kommen wir jetzt wenigstens noch ganz pünktlich zum Mittagessen!"

„Aber erst musst du dem Verlierer noch einen Streich auf das Hinterteil versetzen", deutete Paul mit ausgestrecktem Arm lächelnd auf seinen Bruder. „Er war der Oberbefehlshaber! Er bekommt die Ration ab!"

„Ach was! Ich verzichte darauf!" beschrieb Eugen eine generöse wegwerfende Handbewegung. „Sieg ist Sieg!"

„Gehört aber zum Spiel!" beharrte Paul auf seiner Forderung.

„Na gut", grinste der ältere der beiden Mauclerbrüder etwas verlegen, als er bemerkte, dass sich sein Kontrahent bereits umdrehte und den Oberkörper herunter beugte.

„Also, drauf!" kicherte Ferdinand und deutete amüsiert auf das Hinterteil, das Friedrich Wilhelm dem Sieger einladend entgegen reckte.

„Jetzt mach schon! Ich hab keine Lust, ewig so dazustehen!" knurrte er ungeduldig.

Er hatte kaum ausgesprochen, da klatschte die weit ausgestreckte Rechte von Eugen auf sein Gesäß. „So! Einmal von rechts und", er holte nun mit der Linken kräftig aus und stand gerade im Begriff, den zweiten Schlag zu führen, als eine zornig dröhnende Donnerstimme ihn mitten in der Bewegung innehalten ließ.

„Aufhören! Sofort aufhören!" Mit hochrotem Gesicht bog in diesem Moment Herzog Friedrich von Württemberg um die Ecke, gefolgt von zweien seiner Diener. Außer sich vor Anstrengung und ganz offensichtlich auch vor Empörung blieb er vor den Jungen stehen und rang heftig schnaufend nach Atem. „Was...", keuchte der Dicke wütend. „Was ist das für ein unglaubliches Schauspiel?" Er streckte den Arm aus und griff mit einer blitzschnellen Bewegung nach dem Haarschopf des völlig überraschten Eugen Maucler. Brutal zog er den vor Schmerz laut aufheulenden Buben zu sich heran. „Was erlaubst du dir, du elender Wicht! Wie kannst du es wagen, die Hand gegen den Prinzen zu erheben?!" Der Mann bebte vor Zorn. Er schüttelte den Neunjährigen grob. „Kein Mensch erhebt ungestraft die Hand gegen ein Mitglied des Hauses Württemberg! Was ist das für ein unglaubliches Benehmen?"

Schmerz, Verwirrung und Panik spiegelten sich in den Augen des heftig schluchzenden Jungen.

„Ich will eine Antwort! Sofort!" donnerte der Herzog ungehalten und zog von neuem grob an Eugens Haaren.

„Exzellenz!" Einer der livrierten Diener hatte sich ein Herz gefasst und machte einen entschiedenen Schritt auf die beiden zu. „Ich bitte Euch, Exzellenz! Ihr tut ihm weh!"

Unwirsch wirbelte der Dicke herum und nahm den unsicher blinzelnden Bediensteten streng in sein Visier. „Was ist das? Ungehorsam? Auflehnung?

Offene Rebellion? Verschwinde aus meinen Augen, sofort!" schrie er.

„Aber Exzellenz ..." stammelte der Untergebene mit demütig gesenktem Kopf. „Ich meine ja nur ... es ist doch nur ... ich will doch nur sagen, dass..."

„Er hat mir nichts zu sagen, gar nichts!" zischte Friedrich gefährlich, während er die beiden anderen mit einer gebieterischen Kopfbewegung zu sich winkte. „Nehmt den Aufrührer mit und lasst ihn hinauswerfen. Er hat hier nichts mehr zu suchen! Ich dulde keinen Widerspruch! Auf der Stelle hinaus mit ihm!"

„Aber Exzellenz!" der Mann sank auf die Knie und faltete flehend die Hände. „Ich wollte mich doch nicht gegen Euch auflehnen, ich habe doch nur ..."

„Weg mit ihm!" brüllte der Herzog aus Leibeskräften. Die beiden anderen stürmten auf diesen Befehl hin vor, ergriffen die Oberarme ihres Kollegen und schleiften ihn mitleidslos davon.

„Und nun wieder zu dir, du elender Geselle! Du schuldest mir noch immer eine Antwort!" Wieder zog er grob an den Haaren des vor Schmerzen laut aufschreienden Jungen. „Und du! Was ist mit dir?!", wandte sich der Dicke gleichzeitig an seinen älteren Sohn. „Wie kannst du es zulassen, von diesem Subjekt hier gezüchtigt zu werden? Du, ein Mitglied des herzoglichen Hauses! Du lässt dich vom Sohn eines Biediensteten vorführen?! Unglaublich!" Wütend lockerte der Herzog seinen Griff und stieß Eugen vor sich in den Schnee, während er die Arme in die Hüften stemmte und die Kinder mit Ingrimm musterte. „Verrat wohin man blickt! Liberales Gewäsch anstelle von Erziehung! Waschlappen statt Persönlichkeiten!"

„Exzellenz! Um Himmels Willen: Exzellenz!" Mit eiligen Schritten näherte sich ein elegant gekleideter grauhaariger älterer Mann dem Ort des Geschehens. „Was ist denn um alles in der Welt passiert? Man hat mir von einem ungeheuerlichen Vorfall berichtet, in den Ihr hier verwickelt worden seid!"

„In der Tat, Maucler! Ein unglaublicher Vorgang!" Friedrich streckte den Arm aus und deutete streng auf den Jungen, der noch immer auf dem schneebedeckten Weg hockte und zitternd vor Angst keine Anstalten machte, sich zu erheben. „Dazu müsst Ihr Euren Sohn befragen!"

„Mein Sohn?" Der Freiherr von Maucler fixierte seinen Ältesten mit strengem Blick. „Was hast du dir zuschulden kommen lassen! Steh auf, augenblicklich, und bekenne, was du getan hast!"

Eugen von Maucler erhob sich langsam und blieb mit gesenktem Kopf vor den beiden Männern stehen. „Ich habe... ich bin... ich habe den Fritz... den Herrn Friedrich Wilhelm auf das Hinterteil geklopft!" würgte er schließlich mit rauer Stimme hervor.

„Was hast du?" Der Erzieher kniff die Augen zusammen.

„Er hat ein Mitglied des Herzogshauses vor aller Augen geklopft, wie einen daher gelaufenen Straßenköter!" schmetterte Friedrich voller Ingrimm in das Gesicht des leichenblass gewordenen Freiherrn. „Das sind ja Sitten wie in Frankreich! Das ist Rebellion!"

„Aber das ist ja... Das ist unglaublich!" Mühsam rang Maucler um seine Fassung. „Exzellenz, das ist ungeheuerlich! In der Tat! Sie sehen mich entsetzt!" Er griff blitzschnell zu und zog seinen vor Schmerz aufheulenden Sohn am Ohr. „Das wird Konsequenzen haben! So wahr ich hier stehe!"

„Worum ich mit allem Nachdruck gebeten haben will!" nickte der Dicke majestätisch. „Ich möchte ihn in den nächsten Wochen nicht mehr vor meinen Augen sehen!"

„Ganz meine Meinung, Exzellenz! Ich werde dafür Sorge tragen und auf der Stelle die notwendigen Besserungsmaßnahmen einleiten! Wenn ich mich deshalb nunmehr empfehlen dürfte!", warf sich Maucler mit einer tiefen Verbeugung in die Brust und schubste den unglücklichen Jungen anschließend grob vor sich her auf den Ausgang des Schlossparks zu.

Ohne ein weiteres Wort zu verlieren, wandte sich auch der Herzog um und folgte den beiden mit stolz erhobenem Haupt.

Eine Zeit lang sagte keiner der Buben ein Wort. Zu heftig war die Szene gewesen, die da wie ein Unwetter über sie herein gebrochen war. Schließlich war es Friedrich Wilhelm, der sich als erster rührte, einen zögernden Schritt auf den kleinen Ferdinand von Maucler zu machte und den Arm um dessen Schulter legte.

„Das habe ich nicht gewollt, Ehrenwort!"

Irritiert sah Ferdinand hoch. „Was soll das heißen? Was hast du nicht gewollt?"

Es bereitete Fritz erhebliche Probleme, sich zu offenbaren. Doch es musste sein! Karl Heinrich Gros hätte es auf jeden Fall von ihm verlangt, hätte gesagt, einen Fehler zu machen sei die eine Sache. Sich dazu zu bekennen die andere. Das gehöre sich so – für einen Ehrenmann zumindest. „Wir haben euch sozusagen eine Falle gestellt. Aber ehrlich: So war das von uns auch wieder nicht geplant! Wirklich nicht!"

„Was heißt hier geplant..." hob Ferdinand ratlos die Schultern. „Wer konnte denn wissen, dass..."

„Doch, das wussten wir schon, dass der Vater heute im Schlosspark spazieren gehen wird..." fuhr Fritz vorsichtig in seiner Erklärung fort und warf einen forschenden Blick auf den kleineren der beiden Mauclerbrüder. Doch der schien noch immer nicht zu begreifen, worauf der andere hinauswollte. „Na und? Was hat das mit uns zu tun?"

Fritz holte tief Atem, bevor er weitersprach. Es widerstrebte ihm enorm, sich so vor dem Jungen zu offenbaren, und dennoch: Es musste sein! „Also, das mit dem Räuber und Gendarm-Spiel, das haben wir bewusst inszeniert, Paul und ich!" Er deutete mit dem Kinn zu seinem Bruder hinüber, doch dieser zog es vor, mit gesenktem Kopf auf den Boden zu starren. Unwillig verzog Friedrich Wilhelm das Gesicht. „Stimmt doch, Paul, oder?"

Paul zuckte störrisch mit den Achseln, blieb aber weiterhin stumm.

„Na, wie auch immer. Auf jeden Fall war klar, dass ihr am Schluss die Gewinner sein würdet. Das haben wir beide vorher so miteinander abgesprochen!"

„Aha!" Ferdinand schien nach wie vor ratlos, was dieses Bekenntnis bedeuten sollte.

„Ja – und am Schluss musste ich mich dem Sieger dann auch noch sinnbildlich unterwerfen! Deshalb habe ich den Eugen dazu aufgefordert, mir einen Streich auf das Hinterteil zu geben!"

„Hmm!"

„Das aber habe ich erst gemacht, als ich von ferne schon gesehen habe, wie unser Vater mit seinem Gefolge in unsere Sichtweite gekommen ist! Beziehungsweise umgekehrt: Erst als ich mir wirklich sicher war, dass er uns sehen würde, habe ich meine Gegenwehr eingestellt und mich ergeben!" Fritz deutete vielsagend auf sein Hinterteil. „Und deinen Bruder dann dazu animiert, mir den Hintern zu versohlen!"

„Tja!" Ferdinand zuckte weiterhin mit den Schultern und verstand nicht.

„Mensch Ferdinand! Begreif es doch! Das war eine Falle, eine hundsgemeine Falle! Und deshalb tut es mir auch so furchtbar Leid! Ehrlich! Ich wusste, dass es mein Vater nie und nimmer akzeptieren wird, wenn ein anderer aus dem Hofstaat die Hand an mich legen würde – wie auch immer! Das habe ich schon mehrfach erlebt! Ein Herzog von Württemberg wird von keinem seiner Untertanen gezüchtigt, sagt er immer! Und deshalb habe ich deinen arglosen Bruder in die Falle tappen lassen! Der hatte ja keine Ahnung, was daraus für Konsequenzen entstehen würden! Und – ehrlich gesagt – so schlimm hätte ich es mir auch beim besten Willen nicht vorgestellt!" Unglücklich blinzelte Fritz über die verschneite Parkfläche zum Schloss hinüber. „Das wollte ich nicht! Das musst du mir glauben!"

„Und wieso hast du es dann getan?" fragte Ferdinand mit belegter Stimme, während er voller Ingrimm die Fäuste ballte. „Was haben wir euch denn getan, dass ihr uns so heimtückisch eine Falle stellt?"

„Wir ... wir ... jetzt sag du halt auch mal was, Paul!"

„Was soll man da denn groß noch sagen!" brummelte dieser mürrisch. „Dass wir glauben, dass euer Vater schuld daran ist, weswegen der Karl hat gehen müssen!"

„Der Erzieher?"

„Ja, unser Lehrer!"

„Aber das ist doch nicht wahr! Ihr habt uns doch selbst gesagt, wie sehr euer Vater darauf bedacht war, den Gros wieder los zu werden! Meinen Vater hat er zwar schon vorher gefragt, ob er danach das Amt des Erziehers übernehmen würde, aber weiter war da nichts! Und: Was haben wir damit zu schaffen? Wieso lasst ihr eure Wut dann an uns aus und nicht an eurem Vater?!" Zornbebend funkelte er in die Gesichter seiner Spielkameraden.

„Du hast ja Recht! Das war dumm von uns!" Erschöpft fuhr sich Fritz mit der Hand über die Stirn. Ein dumpf pochender Schmerz hatte sich in seinem Schädel ausgebreitet. Das hatte ihm gerade noch gefehlt! Aber es half nichts: Er hatte einen Fehler gemacht, und nun musste er schauen, wie er die Sache wieder gerade biegen konnte. Das war seine Pflicht! Das wäre das Mindeste, was Karl Heinrich Gros jetzt von ihm erwarten würde. „Das war sogar nicht nur dumm, das war gemein. Hundsgemein, um ehrlich zu sein!

Ich werde heute Nachmittag zu meinem Vater gehen und ihm erklären, was ich getan habe! Ich werde ihm sagen, dass Eugen unschuldig ist! Und bei dir, Ferdinand, möchte ich mich hiermit in aller Form entschuldigen!"

Fritz atmete tief durch. Jetzt, nachdem er diesen Entschluss gefasst hatte, und nachdem er sich bei dem jüngeren, der darüber hinaus im Stand viel tiefer angesiedelt war als er, der württembergische Prinz, entschuldigt hatte, ging es ihm wesentlich besser. Der Schmerz im Kopf schien nachzulassen. „Nein, das wirst du nicht!" Ferdinand hatte die Arme verschränkt und reckte das Kinn entschlossen in die Höhe.

„Aber wieso nicht? Es ist meine verdammte Pflicht und Schuldigkeit, zu meiner Verfehlung zu stehen!"

„Das hast du ja gerade bewiesen, dass du dazu in der Lage bist, das zu tun. Aber damit ist es dann auch genug!"

„Aber dein Bruder! Es geht jetzt doch um deinen Bruder!" Fritz konnte sich das seltsame Verhalten von Ferdinand nicht erklären.

„Dem wird schon nicht der Kopf herunter gerissen werden. Er wird nur ein paar Wochen hier in der Hofhaltung nicht mehr auftauchen, das dürfte alles sein, wenn wir meinem Vater erklären, wie die Dinge in Wirklichkeit gelaufen sind. Er wird dann auch von einer weiter gehenden Bestrafung absehen, da bin ich mir ganz sicher. Hart aber gerecht: Das ist die Devise meines Vaters. Von daher aber wäre es nicht gut, wenn du jetzt zu deinem Vater gehst und die Sache gestehst! Erstens bleibt das Faktum als solches bestehen, nämlich dass dich Eugen sozusagen vor aller Augen gezüchtigt hat. Das heißt, der Grund für seine Suspendierung vom Hof bleibt bestehen. Zweitens: Auch du würdest mit einer Strafe belegt werden. Und – Verzeihung – bei dem strengen Regiment, das dein Vater mit euch führt, wäre ein solches Handeln sicherlich nicht unbedingt angeraten. Was also wäre erreicht, außer einem neuen Konflikt?" Ferdinand streckte seine Hand aus. „Einverstanden? Dann schlag ein!"

„Einverstanden!" Aufatmend ergriff Fritz die dargebotene Rechte und drückte sie innig.

„Aua! Die Hand zerquetschen musst du mir ja nicht unbedingt!" verzog der schmächtige Ferdinand von Maucler schmerzvoll sein Gesicht.

„Entschuldigung!" Fritz lockerte seinen Griff, ohne die Hand des anderen jedoch loszulassen. „Vielen Dank, Ferdinand! Das vergesse ich dir nie! Ich hoffe nur, dass dein Bruder genauso denkt, wie du! Ich habe da eine riesige Dummheit gemacht..."

„Jetzt fang nicht wieder von vorne an!" überspielte Ferdinand mit einem Lächeln die in ihm aufsteigende Verlegenheit. „Du hast dich entschuldigt, fertig!"

„Dennoch: Ich werde das nie im Leben vergessen! So wahr ich hier stehe!" betonte Fritz mit feierlicher Miene. „Und was ist eigentlich mit dir, Paul? Ich spreche doch auch in deinem Namen, oder?"

„Sicher!" murmelte Friedrich Wilhelms kleiner Bruder, der weiterhin verlegen auf den Boden starrte. Seit der Trennung von Gros war der bis dahin lustige und fröhliche Paul wie verwandelt. Das hatte Fritz schon vor einigen Tagen betroffen konstatieren müssen, als er sich wieder einmal über das merkwürdig deprimierte Verhalten des anderen gewundert hatte. Es schien gerade so, als habe man dem Jungen durch die Kündigung von Gros ein Stück aus seiner Seele gerissen. Schließlich war der Erzieher im Lauf der Jahre zur einzigen Bezugsperson geworden, die er in seinem Leben bisher gekannt hatte. Von der Mutter im Alter von anderthalb Jahren getrennt, den wechselvollen Launen des gefühlskalten Vaters schutzlos preisgegeben, hatte er sich so immer stärker an Gros angelehnt und bei ihm die Wärme und Zuneigung gefunden, die den Kindern am Hof sonst niemand entgegenbrachte. Und nun hatten sie ihm auch das genommen!

Fritz seufzte kummervoll. Er konnte ihn ja verstehen! Nur allzu gut verstehen! Aber es half alles nichts: Sie mussten jetzt nach vorne blicken und das beste aus ihrer Situation machen! Immerhin: Mit den Mauclerbuben schienen sie, wider Erwarten, nun doch Freunde gefunden zu haben. Freunde, mit denen man durch dick und dünn gehen konnte!

8

„Schaut euch das an! Das ist der Dank für meinen Brief!" Zornig war Friedrich Wilhelm in die Höhe gefahren und deutete aufgebracht auf den dicken Briefbogen, dessen Inhalt er gerade überflogen hatte. „Es ist unglaublich!"

„Was ist denn los, Fritz?" Neugierig spähte Eugen von Maucler über die Schulter seines Freundes. „Von wem ist der Brief denn?"

„Na, von wem wohl?" schnaufte Fritz unwillig. „Da, schau auf das Wappen, dann weißt du es!"

„Lass mal sehen", nahm Eugen das schwere Papier in die Hand. „Ach so, klar: vom Erbprinzen, von deinem Vater natürlich! Und was schreibt er denn so furchtbares?"

„Das hier!" hielt Fritz ein zweites Blatt in die Höhe, dessen eng mit schwarzer Tinte beschriebene Zeilen an zahlreichen Stellen von roten Anmerkungen durchsetzt waren. „Er hat mich korrigiert! Wort für Wort! Satz für Satz hat er gemeint, mir um die Ohren hauen zu müssen!"

„Was?! Lass sehen!" Auch die beiden anderen Jungen, die sich bisher eher gelangweilt mit der Lektüre eines philosophischen Büchleins beschäftigt hatten, erhoben sich von ihren Plätzen und betrachteten voller Interesse das merkwürdige Schreiben.

„Aber was soll denn das?" zog Eugen die Stirn in Falten. „Die Formulierung ist doch korrekt, oder?"

„Darauf kannst du Gift nehmen! Und im Zweifelsfall schreibe ich sowieso das bessere Französisch als mein Herr Erbprinzenvater! Darum aber scheint es ihm gar nicht zu gehen! Er ärgert sich über meine Schrift..."

„...das sagt ausgerechnet dein Vater! Der sollte erst mal meine Schrift kennen lernen!" wurde er von Ferdinand kopfschüttelnd unterbrochen.

„Du kennst den Dicken doch: Der hat immer und ewig an allem etwas auszusetzen! Aber da: Das ist noch viel ärgerlicher. Meine Ausdrucksweise scheint ihm nicht vornehm genug zu sein", deutete Fritz auf einige rot unterstrichene, am Rand mit Ausrufezeichen versehene Passagen des Briefes.

„Nicht vornehm genug!" echote Eugen. „Und dabei – entschuldige, dass ich das so sage – dabei schleimst du ja in deinem Brief, was das Zeug hält! Darf ich?" wandte er sich fragend an Fritz.

„Klar!"

„Mein lieber Vater, ich bin von diesen neuen Beweisen Ihrer Güte tief bewegt und ich werde mich bemühen, Ihre Befehle so gewissenhaft wie nur möglich zu erfüllen! Und so weiter und so weiter! Starker Tobak!"

„Und dennoch anscheinend zu wenig! Von einem Oberst beim Schwäbischen Reichskreis, vom ältesten Sohn des aller Voraussicht nach demnächst regierenden Herzogs von Württemberg, von einem fünfzehnjährigen Prinzen aus seinem eigenen Fleisch und Blut hätte er sich eine entschiedenere Tonart gewünscht! Man muss sich das einmal durch den Kopf gehen lassen!" Fritz hatte sich in Rage geredet und schlug sich mit der flachen Hand an die Stirn. „Das war mein Dankesbrief an den Vater für dessen Glückwünsche zu meinem 15. Geburtstag. Und außerdem handelte es sich dabei schließlich wiederum um meinen Glückwunsch zu seinem demnächst bevorstehenden 42. Geburtstag, den ich vorsichtshalber schon einmal ausgesprochen habe, weil er ja gerade noch in Wien weilt und man nie weiß, wie lange er dort aufgehalten wird. Hätte ich ihm nicht geschrieben, wäre die Katastrophe perfekt gewesen! Schreibe ich ihm zu früh, dann ist es auch nicht recht!" Wütend klatschte Fritz in die Hände. „Und nein: Warten kann man auch nicht, bis man wieder zuhause in Ludwigsburg ist! Nein! Man schreibt postwendend einen unverschämten Brief zurück!"

„Sei bloß froh!" meldete sich an dieser Stelle Paul zu Wort.

„Froh? Weshalb soll ich über dieses Elaborat auch noch froh sein?" Unwirsch fixierte Fritz den kleineren Bruder.

„Wäre es dir lieber, er kommt mit deinem Brief in der Hand aus Wien zurück und erteilt dir auf der Stelle privaten Nachhilfeunterricht? Kannst du dir nicht vorstellen, wie das dann wieder ausgegangen wäre?"

„Wie meinst du das?" knurrte Fritz gelangweilt.

„Na denk doch mal an die Szene im vergangenen Juli. Irgendetwas haben wir damals auch nicht so gemacht, wie es der Vater gerne gesehen hätte..."

Eugen von Maucler war aufgesprungen. „Der Stammbaum! Du meinst die Geschichte mit dem Stammbaum! Nicht wahr?"

Abwehrend hob Fritz die Hände. „Erinnert mich um Gottes Willen nicht mehr daran!" Es war die schlimmste Auseinandersetzung mit seinem Vater gewesen, an die sich der nun fünfzehnjährige Prinz erinnern konnte. Beim Skizzieren des Stammbaums seiner Familie hatte er naturgemäß auch den Zweig der Herzöge von Braunschweig-Wolfenbüttel eingezeichnet, der durch seine verstorbene Mutter Auguste in die Familie gekommen war. Er hatte sich seinerzeit geweigert, der Anordnung seines Vaters Folge zu leisten, und diesen Teil unverzüglich wieder aus dem Stammbaum zu tilgen. Nach einem zunächst heftigen Wortwechsel, in dem er ihm vorwarf, ganz das leichtlebige rechthaberische Temperament seiner Mutter geerbt zu haben, war der Herzog derart in Rage geraten, dass er seinem Sohn einen heftigen Faustschlag an den Kopf versetzt hatte. Fritz war bewusstlos geworden und musste aufgrund der Gehirnerschütterung, die er sich dadurch zugezogen hatte, eine ganze Woche lang strenge Bettruhe halten.

An tätliche Auseinandersetzungen mit dem cholerischen Vater hatten sich die beiden Jungen zwar im Lauf der Jahre durch zahlreiche leidvolle Erfahrungen zähneknirschend gewöhnt, dennoch war in diesem Fall eine Grenze überschritten worden. Endgültig! Es würde das allerletzte Mal passiert sein, das hatte sich Fritz in seinem Krankenlager geschworen. Nie wieder würde er sich wie ein Lamm zur Schlachtbank führen lassen. Beim nächsten Mal würde er gewappnet sein. Und: Beim nächsten Mal würde er zurückschlagen! Welche Folgen auch immer damit verbunden wären.

„Zwei Wochen später hat man die Beule an meinem Kopf immer noch sehen können! Falls sie ihn hierzulande doch noch wider Erwarten und entgegen meiner ganzen Hoffnung zum Teufel jagen: Unser Dicker wäre der würdige Nachfolger für den unseligen Robespierre, was meint ihr? Der hätte in seinem rasenden Zorn vor zwei Jahren die Marie Antoinette sogar noch eigenhändig geköpft!"

„Fritz! Um Himmels Willen! Sprich nicht so von deinem Vater!" Eugen von Maucler legte erschrocken den Zeigefinger an die Lippen. „Und schon gar nicht so laut! Du weißt doch: Die Wände haben hier Ohren! Und", er senkte die Stimme, „dein Vater würde nicht zögern, dir aufgrund solcher Worte eine Anklage wegen Hochverrats an den Hals zu heften! Du weißt doch, wie unbeherrscht er sein kann!"

„Unser Vater! Unser Vater!" Paul schüttelte sich unbehaglich. „Wenn ich so überlege, weshalb seine traditionell schlechte Laune in der letzten Zeit noch schlechter geworden ist, dann kenne ich eigentlich nur einen einzigen Grund dafür: Dass seine alles andere als geliebte Schwester Sophie nämlich in der Zwischenzeit tatsächlich bereits auf dem Zarenthron sitzt, während er selbst als Erbprinz immer noch den Thronfolger spielen muss!"

„Die arme Tante!" spöttelte Fritz. „Wo sie doch so einen hässlichen Mann hat heiraten müssen!"

„Aber immerhin: Er ist der Zar und sie ist die Zarin! Das stinkt dem Alten gewaltig!"

„Psst!" Wieder mahnte Eugen zu einer Reduzierung der Lautstärke. „Seid doch leiser!"

Paul machte eine beschwichtigende Geste, um den ängstlichen Freund zu beruhigen. „Ist doch aber so! Jetzt, nachdem er als offizieller Thronfolger ja endlich genügend Geld in der Tasche hat, da dürfte er schon ein bisschen zufriedener dreinschauen. Oder aber, es geht ihm auf die Nerven, dass die Großmutter immer wieder darauf drängt, er müsse sich wieder verheiraten!"

„Wieder verheiraten!" Allein der Gedanke daran war für Fritz nahezu unerträglich. Eine Stiefmutter, die womöglich meinte, sich ebenfalls in ihre Erziehung einmischen zu müssen. Das hatte ihm gerade noch gefehlt! „Wer wird diesen Wüterich schon haben wollen!"

„Na ja..." Eugen wiegte vieldeutig den Kopf. „Man hört da so einiges ... Schließlich ist euer Vater ja nicht grundlos in Wien!"

„In Wien wird er keine Frau finden: Da kennen ihn alle bereits zur Genüge! Und unser Onkel Franz, der Kaiser, der wird schon persönlich dafür sorgen, dass auch das ahnungsloseste Mauerblümchen noch rechtzeitig gewarnt wird. Da bin ich mir ganz sicher! Der hat den Dicken nämlich auch so richtig ins Herz geschlossen!" lachte Fritz hämisch.

„Und wenn er gar nicht seinetwegen in Wien ist..." ließ Eugen von Maucler den Rest seines Satzes offen.

„Wie meinst du das? Nicht seinetwegen in Wien?"

Maucler zuckte mit den Schultern. „Könnte ja sein, dass er deinetwegen in Wien ist ..."

„Wie? Meinetwegen? Was soll das? Worauf willst du da hinaus, Eugen?"

„Dass am Hofe so einiges gemunkelt wird..."

„Eugen!" Was sollte das denn für ein albernes Versteckspiel werden, das sein Freund da mit ihm veranstaltete. Ungeduldig klopfte Fritz mit den Fingerknöcheln auf die Tischplatte. „Jetzt sag schon, worauf du eigentlich hinaus willst!"

„Na ja!" Es schien dem Jungen irgendwie unangenehm zu sein, sein Fazit auszusprechen.

„Jetzt sag schon endlich!"

„Hmm! Ich meine nur, dass ich auch schon gehört habe, dass du ja mittlerweile 15 Jahre alt wärest!"

„Was du nicht sagst!" höhnte Friedrich Wilhelm.

„Ja! Jetzt lass mich halt ausreden! 15 Jahre, das sei durchaus ein Alter, in dem man ganz allmählich an eine Liaison denken könnte, darüber hat mein Vater neulich mit einem seiner Bekannten gesprochen. Erst recht jetzt, wo absehbar ist, dass dein Vater demnächst an die Regierung kommt und dass du damit automatisch zum ersten Thronfolger aufsteigst. Mit der berechtigten Aussicht darauf, selbst einmal regierender Herzog von Württemberg zu werden!"

„Dummes Geschwätz! Alles nur dummes Geschwätz!" Wütend stampfte Fritz mit dem Fuß auf. „Nie und nimmer lasse ich mich da in etwas hineindrängen..."

„Wer will dich wo hinein drängen?" erklang in diesem Moment von der Tür her eine tiefe männliche Stimme.

Überrascht wandten sich die Jungen um. Sie hatten im Eifer des Wortgefechtes gar nicht mitbekommen, wie ein dunkelhaariger Mann in der Zwischenzeit den Raum betreten hatte.

„Ernst August! Hast du uns aber einen Schrecken versetzt! Was schleichst du dich denn aber auch so heimlich herein!?"

„Ich? Mich herein schleichen?!" Ernst August von Phull-Rieppur schlug sich mit der flachen Hand an die Brust und schaute verwundert in die Runde. „Was soll ich mich denn herein schleichen? Bei der Lautstärke, mit der ihr debattiert! Das bekommen ja noch die Schlosswachen am anderen Ende mit, was ihr hier für Gedanken wälzt!" Phull-Rieppur lachte amüsiert. Bei dem knapp 28-jährigen hoch aufgeschossenen Mann handelte es sich um den engsten Freund von Fritz, der ihm neben Eugen von Maucler als einziger wirklich ans Herz gewachsen war. Phull-Rieppur war von Friedrich zusätzlich als Erzieher engagiert worden und hatte mit dem ihm eigenen Feingefühl aber schnell bemerkt, dass er bei den mehr und mehr in sich gekehrten Prinzen mit Strenge und Gewalt nicht das Geringste würde ausrichten können. So versuchte er es, ganz seinem Naturell entsprechend, mit einem partnerschaftlichen Verhältnis. Zu seiner eigenen großen Verwunderung hatte Fritz nach einigen Monaten bemerkt, wie sehr ihm der junge Freiherr ans Herz gewachsen und zum Freund geworden war und so tatsächlich inzwischen die Lücke ausfüllte, die der schmerzlich vermisste Karl Heinrich Gros hinterlassen hatte.

„Also: Worum geht es? Wer will dich wo hinein drängen?" erkundigte sich Phull-Rieppur neugierig.

„Man will mich allem Anschein nach verheiraten!" knurrte Fritz missmutig. „Ein schlechter Witz, mehr nicht!"

Phull-Rieppur sah erstaunt auf. „Ach deshalb hat der Graf Zeppelin da neulich so heimlich getan, als ich zufällig zu einem Gespräch dazu gestoßen bin, bei dem der österreichische Gesandte anwesend war! Schlagartig haben die das Gespräch in eine andere Richtung gelenkt! Sie haben gemeint, ich hätte nichts gemerkt, aber von wegen! Na ja", der junge Mann wiegte abschätzend seinen Kopf, „alt genug bist du ja inzwischen!"

„Ernst August!" Empört fuchtelte Fritz mit den Armen in der Luft herum. „Das ist doch wohl nicht dein Ernst!"

„Natürlich nicht", lachte der und machte eine besänftigende Handbewegung. „Ich bitte dich: So gut kennst du mich doch in der Zwischenzeit hoffentlich! Ich stehe auf deiner Seite, verstanden?"

„Verstanden! Aber stellt euch einmal vor", Fritz tippte sich vielsagend an die Stirn. „Da lässt mich der Dicke praktisch Tag und Nacht überwachen, so dass ich beinahe keinen unbeaufsichtigten Schritt mehr tun kann, und dann? Dann soll ich auch noch eine Frau heiraten, die er, ausgerechnet er, für mich ausgesucht hat!"

„Ohne vorher ausprobieren zu können, ob nicht auch noch eine andere Mutter eine hübsche Tochter hat", grinste Phull-Rieppur in die Runde und handelte sich mit dieser Bemerkung prompt den erwarteten Tadel ein.

„Auf den Arm nehmen kann ich mich selber!" knurrte Fritz ärgerlich. „Aber im Ernst: Das kann ja wohl nicht wahr sein, oder?"

„Nichts wird so heiß gegessen, wie es gekocht wird! Ich verspreche dir, ich werde selbst einmal über meine eigenen Verbindungen die Fühler nach Wien ausstrecken und gegebenenfalls etwas gegensteuern. Einverstanden?"

„Einverstanden!" schlug Friedrich Wilhelm dankbar in die dargebotene Rechte ein.

„Aber nur unter einer Bedingung..."

„...und die wäre? Eigentlich ist unser Pakt ja schon besiegelt. Aber ich kann mir deinen Wunsch ja wenigstens einmal anhören." Auch die Übrigen waren gespannt, was Ernst August wohl damit meinte.

Der rieb sich mit dem Zeigefinger vorsichtig die Nase und setzte ein schelmisches Grinsen auf. „Wenn ich dann im Gegenzug als Trauzeuge fungieren darf, wenn du die Charlotte heiratest!"

„Du Kanaille!" Lachend stürzte sich Fritz auf seinen Freund und trommelte mit den Fäusten auf dessen Oberkörper, während sich die drei anderen Jungen erstaunt und verwundert in die Augen blickten. Der junge Adlige hatte ihnen soeben ein bis dahin sorgsam gehütetes Geheimnis anvertraut, von dem niemand anderer bisher wusste. Nämlich die Tatsache, dass sich Friedrich Wilhelm seit einem knappen halben Jahr bereits immer wieder heimlich mit der drei Jahre älteren Tochter des Gärtners im Ludwigsburger Schloss getroffen hatte. Die beiden waren sich durchaus herzlich zugetan und ließen sich auch durch den enormen Standesunterschied nicht in ihren Gefühlen beirren. Vor allem Fritz konnte sich nicht im Entferntesten vorstellen, dass er sich womöglich jemals in ein anderes Mädchen als Charlotte würde verlieben können. Sie schien ihm die große Liebe seines Lebens, vielleicht auch deshalb, weil er in ihren Zügen eine deutliche Ähnlichkeit mit seiner Mutter festzustellen meinte. Wieder und wieder hatte er in unbeobachteten Momenten das Amulett mit dem Bildnis seiner Mutter aus dem Versteck geholt und es intensiv betrachtet. Sie waren sich ähnlich, und zwar mit Sicherheit nicht nur äußerlich, das stand für den Jungen mit absoluter Sicherheit fest. Er würde Charlotte eines Tages heiraten, notfalls auch gegen den Willen seines Vaters. Und wenn er wegen dieser bürgerlichen Heirat sogar auf die Thronfolge würde verzichten müssen – auch das war ihm einerlei. So etwas hatte es ja schon des Öfteren an den verschiedensten Höfen gegeben, außerdem war mit seinem Bruder Paul ja ein weiterer Herzogskandidat vorhanden. Auf jeden Fall würde er, Friedrich Wilhelm, keiner Frau das Jawort geben, die sein Vater aus purem Kalkül für ihn ausgesucht hatte, ohne sich um seine Gefühle zu scheren. Auf gar keinen Fall!

„Er soll ganz vortreten!" Mit verdrießlicher Miene zwängte sich der dicke Erbprinz aus seinem viel zu engen Stuhl. Keuchend vor Anstrengung schnappte er nach Luft und lockerte den eng sitzenden Kragen an seinem Hals. „Hierher, zu mir!" winkte er seinen Sohn ungeduldig zu sich nach vorne. Gespannt spitzten die Umstehenden ihre Ohren. Es stand mit ziemlicher Sicherheit zu erwarten, dass sie schon in den nächsten Minuten Zeugen einer der zahlreichen heftigen Auseinandersetzungen zwischen Friedrich und seinem ältesten Sohn werden würden, die sich in den letzten Wochen in immer kürzeren Abständen ereigneten.

Schon früh am Morgen dieses sonnigen Apriltages des Jahres 1797 hatte er in rasender Wut eine kostbare Porzellanvase von der Fensterbank gefegt und war anschließend laut fluchend durch die langen Gänge des Schlosses getobt, um seinen Sohn augenblicklich zur Rede zu stellen. Doch Friedrich Wilhelm war nicht aufzufinden gewesen, ein Glück für den Jungen, denn dieses Mal schien der Dicke wirklich außer Rand und Band. Gerade eben hatte der Vater bestätigt bekommen, was ihm hinter vorgehaltener Hand schon mehr als einmal ins Ohr getuschelt worden war, nämlich dass Fritz tatsächlich eine Liaison mit der Tochter eines der im Ludwigsburger Schlosspark angestellten Gärtners begonnen hatte. Vor Wochen bereits hatte er seinen Sohn wegen dieser Gerüchte zur Rede gestellt, doch dieser hatte den Verdacht brüsk von sich gewiesen und die Anschuldigungen zu puren Phantasiebildern überspannter Hofschranzen erklärt. Friedrich hatte sich mit der Erklärung scheinbar zufrieden gegeben, doch da er Fritz von Grund auf misstrauisch gegenüberstand, hatte er einem seiner engsten Vertrauten den Auftrag erteilt, ganz heimlich das Tun und Treiben des Prinzen in dessen Freizeit unter die Lupe zu nehmen. Und jetzt hatte er bestätigt bekommen, was er die ganze Zeit über befürchtete, wenngleich er die Hoffnung gehegt hatte, sein Sohn habe ihm gegenüber die Wahrheit gesagt. Von wegen! Eine Affäre hinter seinem Rücken! Mit einer Gärtnerstochter! Unglaublich!

„Genau hierher!" Mit dem Zeigefinger des ausgestreckten rechten Arms deutete er auf das Ende des Teppichs vor seinen Füßen. Fritz, den Anspannung und Zorn über diese Demütigung vor aller Augen zu überwältigen drohten, straffte den Rücken und kam dem Befehl mit gespielter Lässigkeit nach. Schweigend blieb er an der gewünschten Stelle stehen.

Sekundenlang fiel kein Wort, regungslos starrten sich Vater und Sohn in die Augen. Mit Befriedigung registrierte Fritz, dass er von der Körpergröße her mittlerweile gleichgezogen hatte. Also zumindest auf Augenhöhe! Und er würde den Blick nicht als Erster senken! Auf keinen Fall! Ein unsicheres Blinzeln signalisierte ihm, dass das selbstbewusste Auftreten seines Sohnes den Herzog überraschte. Damit hatte er ganz offensichtlich nicht gerechnet. Doch die Verblüffung währte nur kurz. Er verschränkte die Arme vor der Brust und begann mit gefährlich leiser Flüsterstimme zu sprechen.

„Stimmt die Information, die mir zu Ohren gekommen ist?"

Fritz machte ein unschuldiges Gesicht. „Ich kann es nicht beurteilen..."

Der Dicke gab ein ärgerliches Grunzen von sich. „Was soll das heißen? Ich erwarte eine klare Antwort von Euch. Also nochmals: Stimmt die Information, die ich erhalten habe. Antwortet gefälligst! Entweder mit ja oder mit nein!"

„Aber, bei allem schuldigen Respekt! Dazu müsste ich erst von Euch erfahren, um welche Information es sich handelt." Natürlich hatte er längst die entsprechenden Hinweise bekommen, was den Vater dermaßen auf die Palme gebracht hatte, aber sollte der Alte ruhig auch einmal zappeln. Amüsiert registrierte Fritz das verstohlene Kichern der Dienerschaft.

„Was ich meine?!" Unwirsch klatschte der wutschnaubende Herzog in die Hände. Dicke Schweißperlen rannen über seine Stirn. „Das wisst Ihr ganz genau! Aber gut, soll es ruhig alle Welt erfahren! Dass Ihr ein Techtelmechtel mit einer Frauensperson eingegangen seid! Das meine ich! Hinter meinem Rücken! Entgegen Eurer Versicherung mir gegenüber! Ein Verhältnis mit einer Bürgerlichen!" Wütend stampfte er mit dem Fuß auf. „Gesteht es! Augenblicklich!" donnerte er laut in das Gesicht seines Sohnes. „Mein Sohn, ein Lügner und Betrüger!"

„Vater!" Jetzt war es an Fritz, die Beherrschung zu verlieren. Eine solche Demütigung, vor aller Ohren! „Ihr geht zu weit!"

„Schweigt!" Das Gesicht des Herzogs hatte sich mit einer ungesunden dunkelroten Farbe überzogen. „Ihr habt hier nichts zu sagen! Gar nichts!

Ich bin es, der hier Befehle ausspricht! Einzig und alleine ich!" Friedrich hielt inne und rang mühsam nach Atem. Umständlich wischte er sich mit einem Seidentaschentuch die schweißnasse Stirn. „Folgende Anordnungen habe ich auszusprechen: Die Frauensperson wird unverzüglich vom Hof verbannt! Sie ist mit ihrem Vater bereits aus Ludwigsburg verbracht worden. Ihr werdet euch niemals wiedersehen!"

„Das ist... Das könnt Ihr nicht machen!"

„Ruhe!" brüllte der Herzog. „Ich kann sehr wohl! Und ich kann noch viel mehr! Ich weise Euch hiermit an, unverzüglich Euer Zimmer aufzusuchen und es die gesamte nächste Woche über nicht zu verlassen! Es sei denn, in Begleitung einer von mir ausgesuchten Person. Und dies nur aufgrund einer von mir persönlich vorher angeordneten Erlaubnis! Ihr könnt gehen!"

„Das ist nicht Euer Ernst!" Mit aschfahler Miene blieb Fritz vor seinem Vater stehen. „Das lasse ich nicht mit mir machen..." flüsterte er leise. „Das ist... das ist..."

„Friedrich Wilhelm! Exzellenz!" Geistesgegenwärtig machte Ernst August von Phull-Rieppur einen Schritt nach vorne und legte den Arm um die Schulter des vor Erregung zitternden Prinzen. Er hatte die Auseinandersetzung mit wachsender Besorgnis verfolgt und war sich in Kenntnis des oft unkontrollierbaren Temperamentes auf beiden Seiten recht schnell darüber im Klaren geworden, dass nun der Zeitpunkt zum Einschreiten gekommen war, bevor die Dinge dermaßen eskalierten, dass der Streit womöglich in einer nicht wieder gutzumachenden Katastrophe endete. „Kommt mit mir! Majestät! Ich empfehle mich!", nickte Phull-Rieppur zu Friedrich hinüber, während er seinen widerstrebenden Freund mit festem Griff aus dem Saal geleitete.

Erschöpft blieben sie stehen, als einer der Diener die Türe hinter ihnen mit spöttischem Lächeln geschlossen hatte. Kopfschüttelnd musterte Phull-Rieppur den jüngeren. „Also wirklich, Fritz! Was hat denn aus dieser Szene werden sollen? Weshalb hast du dich denn dermaßen gehen lassen?!"

Friedrich Wilhelm lachte bitter. „Ich? Mich gehen lassen? Wer hat mich denn behandelt wie einen dahergelaufenen kleinen Straßenjungen?"

„Aber darauf hatte ich dich doch vorbereitet! Es war doch offensichtlich, dass dein Vater Wind von der Geschichte mit Charlotte bekommen hat! Und wie er darauf reagieren würde, das war doch klar!" Phull-Rieppur fasste sich mit beiden Händen an den Kopf. „Mensch Fritz! Begreife das doch endlich! Du darfst es nicht zulassen, dass dein Vater wieder und wieder eine offene Flanke bei dir findet!"

„Nicht zulassen!" Unwirsch wandte sich der Prinz zur Seite. Sein Freund sollte nicht bemerken, wie ihm Tränen in die Augen schossen. „Ich soll also immer nur treu und brav dastehen und Ja und Amen sagen, wenn der Herzog mich wieder einmal schikaniert!" Verstohlen wischte er sich mit dem Handrücken die Wange. „Und wenn er mit einem einfachen Fingerschnipsen Charlotte vom Hof jagt! Wie einen räudigen Hund! Ganz einfach verjagt!"

„Aber Fritz! So ist er eben! Du hättest vorsichtiger sein müssen! Andererseits", er stupste ihn mit dem Zeigefinger in den Rücken, „du hast mir doch selbst neulich gestanden, dass du die Dinge etwas anders siehst als noch vor zwei oder drei Wochen. Und dass da inzwischen noch ein anderes schönes Kind aufgetaucht ist, mit einem mindestens genauso hübschen Namen... Sophie! Was für ein Klang! Die hat es dir doch mittlerweile viel mehr angetan, oder?"

„Das mag schon sein!" Müde lehnte sich Fritz gegen die Wand und starrte mit leerem Blick durch die hohen Fenster nach draußen. „Aber es geht hier um mehr: Es geht meinem Vater doch wohl einzig und allein darum, an mir ein Exempel zu statuieren. Es geht ihm weiß Gott nicht um eine Beziehung zu einer Bürgerlichen. Daran hat es bei ihm ja damals am Zarenhof in Petersburg auch nicht gerade gemangelt. Das nämlich habe ich von dieser unseligen Zeit längst herausbekommen. Der hat seinerzeit genommen, was ihm in die Finger geraten ist. Soviel also dazu! Dann aber nicht nur Charlotte einfach fortzujagen, sondern dazu auch noch ihren Vater! Das soll mich mitten ins Herz treffen, begreifst du denn nicht?!"

„Natürlich begreife ich!" Vorsichtig legte Phull-Rieppur die Hand auf Friedrich Wilhelms Schulter. „Aber auch du musst etwas begreifen: Dass er nur dann erfolgreich gegen dich agieren kann, wenn du es dir anmerken lässt! Sei nach außen hin stark, dann laufen seine Attacken ins Leere!"

„Leichter gesagt als getan!"

„Das weiß ich! Aber dennoch: Indem du deinem Vater keine offene Flanke lieferst, sondern seine Vorstöße gleichsam aufsaugst, wirst du mehr erreichen. Glaub es mir!"

„Du hast leicht reden! Allein schon der Gedanke an den Dicken ist mir unerträglich!" schnaubte Fritz ungehalten. „Und dass man mich ausgerechnet auch noch Friedrich Wilhelm getauft hat: grässlich! Tag für Tag werde ich dadurch schon allein durch meinen Namen geradezu zwanghaft an den Alten erinnert, wenn beispielsweise Maucler daherkommt und mich anspricht!"

„Das kannst du dann ja eines Tages ändern, falls du an die Regierung kommst!"

„Ich? An die Regierung kommen? Nie und nimmer! Vorher bin ich längst schon über alle Berge! Worauf du dich verlassen kannst!" Mit Inbrunst klopfte sich Fritz an die Brust. „Sobald sich die erste günstige Gelegenheit ergibt, bin ich weg. Darauf kannst du Gift nehmen!"

Phull-Rieppur verzog scherzhaft das Gesicht. „Mit Gift habe ich es nicht so sehr! Viel lieber würde ich dann mit dir mitgehen! Aber darüber brauchen wir uns in den nächsten Tagen noch keine Gedanken machen! Da bist du mit deinem Stubenarrest ja erst einmal unter Dauerbeobachtung! Keine Mädchen, keine Lustbarkeiten, kein gar nichts!" Aufmunternd klopfte er auf die Schulter seines verdrießlich blickenden Freundes. „Tja, mein Bester! Da muss man durch! Und denke immer an eines: Was uns nicht umbringt, macht uns nur härter! Also dann: Bringen wir es hinter uns! Marsch, marsch in die Stube!"

Interessiert beugte sich der 16jährige Prinz über das dicke Buch und nahm dessen Inhalt ganz genau in Augenschein. „Mein lieber Mann! Schau mal, wie die hier gebaut ist!" Er warf seinem Freund Ernst August, der ihn mit missbilligender Miene betrachtete, einen vieldeutigen Blick zu. „Hast du so eine schon mal in den Händen gehabt? Das ist ja die pure Fleischeslust!"

Phull-Rieppur trat langsam näher und betrachtete die Zeichnung gelangweilt. „Na ja, etwas zu üppig für meinen Geschmack! Findest du nicht auch?" Kopfschüttelnd musterte er den anderen, der sich, ohne Antwort zu geben, voller Begeisterung schon der nächsten Abbildung widmete.

„Und die hier erst! Donnerwetter! Da können die Damen am Hof aber einpacken, alle miteinander!" Anerkennend pfiff Fritz durch die Zähne. „Ich habe ja gar nicht gewusst, wie spannend so ein Aufenthalt in der Bibliothek sein kann!"

„Das ist auch nicht ganz im Sinne des Erfinders, was du da treibst! Ich habe gedacht, du würdest dir eine anständige Lektüre besorgen und nicht nur nackte Frauen in schweinischen Büchern anstarren! Also wirklich! Wie bist du denn an dieses Machwerk gekommen?"

„Na ja", Fritz stellte ein spitzbübisches Grinsen zur Schau. „Ganz einfach: Ich bin reingekommen und habe den Petersen gefragt, was er denn so auf Lager hat! Und – voilà! Er hat ganz schnell begriffen, was ich meine!"

„Der alte geile Bücherwurm! Und dabei habe ich ihm gestern noch eine detaillierte Anweisung gegeben, was er dir an Literatur heraus suchen soll! Na warte, Bursche! Das gibt ein Echo!"

„Jetzt lass ihn doch zufrieden! Er hat es schließlich nur gut gemeint mit mir!" versuchte Fritz die Empörung seines Freundes zu dämpfen. „Ich habe ihn ja sozusagen dazu aufgefordert, als ich ihm erklärt habe, dass ich momentan ein ziemlich mönchisches Dasein friste, seit mir der Dicke immer einen Aufpasser vor die Tür stellt, so dass kein nettes junges Mädchen zu mir in die Kammer schlüpfen und mir das Bett wärmen kann!" Interessiert blätterte er weiter. „O la la! Was haben wir denn hier?" Mit lüsternem Blick nahm er das Buch vom Schreibtisch und hielt es direkt vor seine Augen. „Da ist ja alles zu sehen! Schau mal, die Brustwarzen, wie dick die sind! Nicht von schlechten Eltern die Dame, oder?"

Phull-Rieppur machte eine wegwerfende Handbewegung. „So etwas schaue ich mir lieber in natura an..." kommentierte er trocken.

„In natura!" Fritz legte das aufgeschlagene Buch zurück und bedachte seinen Gefährten mit einem vorwurfsvollen Blick. „Wäre mir ja auch lieber, zugegeben! Aber wie gesagt, das ist schlichtweg unmöglich, solange ich immer noch unter Bewachung stehe! Und da ist mir in diesem Fall dann der Spatz in der Hand doch lieber als gar kein Täubchen im Bett..."

„Du meine Güte!", verdrehte Ernst August in gespielter Betroffenheit die Augen. „Der zukünftige Herzog von Württemberg, ein Spielball seiner Triebe! Aber im Ernst", er wiegte abschätzend den Kopf. „Ich glaube ehrlich gesagt nicht, dass du noch viel länger unter Hausarrest stehen wirst..."

„Und woher nimmst du diese Gewissheit?" runzelte Fritz die Stirn.

„Ganz einfach durch eine simple Überlegung! Nachdem dein Vater jetzt ja wieder verheiratet ist, da muss er sich erst einmal von seiner besten Seite zeigen und seiner Frau beweisen, was für ein toleranter liebenswürdiger Mensch er doch ist. Eine Art Generalamnestie kann da nie schaden, nachdem er ja immerhin durch diese nicht gerade schlechte Heirat jetzt auch zum Schwiegersohn des englischen Königs geworden ist. Da sollte man schon einmal unter Beweis stellen, wie weltläufig und über den Dingen stehend man imstande ist zu agieren!"

„Na ja, ich weiß nicht", verzog Fritz skeptisch die Mundwinkel. „Ich kenne meinen Alten: Der kann die besten Vorsätze hegen – und dann geht ihm fünf Minuten später schon wieder der Gaul durch! Das habe ich schließlich schon oft genug am eigenen Leib erleben müssen! Aber sag mal: Was meinst du, wie kommen die beiden denn deiner Meinung nach überhaupt zusammen, so gut gebaut, wie die sind?"

„Was meinst du damit?" Irritiert legte der junge Mann die Stirn in Falten. „Ich verstehe nicht, worauf du hinaus willst!"

„Na, denk doch mal nach! Du hast diese Charlotte doch gestern auch zum ersten Mal zu Gesicht bekommen, als sie von der Hochzeit aus London hier eingetroffen sind. Und ganz ehrlich: Die steht dem Dicken ja in punkto

Leibesfülle nicht unbedingt nach! Selbst die Diener haben ihre Späße darüber gemacht und erzählt, dass in England eine Karikatur in Umlauf war, die unsere beiden jung Verheirateten mit zwei großen dicken Elefanten gleichsetzt. Was noch nicht einmal übertrieben ist! Und da fragt man sich halt schon, wie die es mit ihren Fettwänsten schaffen wollen, die Ehe zu vollziehen! Also: Zusätzliche Geschwister muss ich von dieser Ehe kaum befürchten!"

„Fritz! Also wirklich!" Warnend hob Phull-Rieppur den Zeigefinger an die Lippen. „Wenn dich jemand hört..."

„...muss er mir mit Sicherheit beipflichten!" Fritz schüttelte sich angeekelt. „Wie man bloß so dick sein kann! Also nein: Lieber würde ich auf das Essen verzichten, als dick wie eine Tonne durch die Weltgeschichte zu walzen!"

In der Tat hatte die Ankunft der Neuvermählten am württembergischen Hof für zahlreiche spöttische Bemerkungen gesorgt. Vor allem dann, als sich die Herzogin Charlotte Mathilde zum ersten Mal der Öffentlichkeit präsentiert hatte. Mit ihrer stämmigen Statur passe sie in geradezu idealer Weise zu ihrem dicken Gemahl, waren sich die Beobachter einig gewesen. Zusätzliches Amüsement hatte übrigens die Feststellung eines findigen Genealogen ausgelöst, dass es sich bei der neuen Frau tatsächlich um die Cousine der neun Jahre zuvor verstorbenen ersten Frau Friedrichs, der aus der württembergischen Ahnentafel quasi getilgten Auguste, handelte. Doch jenseits aller hämischen Bemerkungen über die englische Prinzessin, eine Tochter des Königs Georg III., hatten die Menschen schon bald bemerkt, dass sie ein freundliches mildes Wesen besaß, eine Eigenschaft, die angesichts des jähzornigen Charakters von Friedrich nur zu begrüßen war. Und so hegte man im Land die begründete Hoffnung, dass mit dieser lange schon herbeigesehnten Wiedervermählung nun auch der künftige regierende Herzog Friedrich endlich zu mehr Ruhe und Stetigkeit finden werde.

„ Apropos Friedrich! Wenn wir schon beim Thema sind: Vorhin hatte ich die Abschrift eines wahrhaft monumentalen Werkes in den Händen, das im Original in der Fürstenbergischen Bibliothek in Donaueschingen aufbewahrt wird. Hast du schon einmal von der Chronik der Grafen von Zimmern gehört?"

„Grafen von Zimmern? Nicht, dass ich wüsste. Der Name sagt mir nichts."

„Das Geschlecht ist auch schon vor über 200 Jahren ausgestorben und von den Fürstenbergern beerbt worden. Und so ist die Chronik des Grafen von Zimmern in die dortige Bibliothek gelangt. Ein unglaubliches Werk!"

„Seit wann interessierst du dich denn für Chroniken?" staunte Phull-Rieppur.

„Eben seit ich einen Blick in dieses Buch geworfen habe, das in Wirklichkeit nämlich gar keine Chronik im landläufigen Sinne darstellt, sondern eher eine Aneinanderreihung von Geschichten aus dem damaligen Leben. Du glaubst nicht, was der Graf, der ganz offenkundig ein genialer Fabulierer war, da an Geschichten aus den letzten Jahrhunderten so alles niedergeschrieben hat!"

„Zum Beispiel?"

„Zum Beispiel die Geschichte mit dem alten Grafen Heinrich von Hardeck. Der nämlich sollte einmal eine Rede vor Kaiser Friedrich III. halten. Aber vor lauter Aufregung hat er es nicht geschafft, einen gescheiten Satz herauszubekommen und anscheinend hat er sich laufend verhaspelt. Das war natürlich eine peinliche Angelegenheit, und darüber ist er so zornig geworden, dass er dem Kaiser in seiner Wut entgegen geschleudert hat: „Das reimt sich nit – so wenig wie Arsch und Friedrich!" Unglaublich, oder? Aber zu seinem Glück hat der Kaiser Humor bewiesen und gelacht! Was unser Friedrich in diesem Fall wohl getan hätte? Ich kann es..."

„Ich höre, dass über mich geredet wird?" dröhnte in diesem Augenblick eine laute Stimme an ihr Ohr. Erschrocken wandten sich die beiden jungen Männer um und erblickten an der Tür der Bibliothek eine massige Gestalt, die sich ihnen mit gemessenem Schritt näherte. „Ihr unterhaltet euch, anstatt in der Bücherei still zu lesen? Was ist das für ein Buch, das eure Aufmerksamkeit offenbar so sehr ablenkt?"

Noch ehe Fritz das nach wie vor aufgeschlagene Buch mit den Frauenakten zuschlagen oder gar in einer Schublade verstecken konnte, hatte sich sein Vater über den Schreibtisch gebeugt und warf einen neugierigen Blick darauf.

Keine Sekunde später schoss sein Kopf in die Höhe. „Was ist das denn?!"

Wutentbrannt griff er nach dem Buch und nahm es in die Hände. „Das ist ja nicht zu fassen!" Hastig blätterte der Herzog die Seiten durch, während sich sein Gesicht dunkelrot färbte. „Das ist ja unglaublich! Schweinereien! Nichts als Schweinereien! Eine schlimmer als die andere! Mein Herr Sohn! Ein Voyeur! Ein hundsgewöhnlicher dahergelaufener Voyeur! Und sein Erzieher und Berater mittendrin!"

Voller Entrüstung donnerte er das Buch auf den Boden und trampelte mit den Füßen darauf herum. „Ein Abgrund! Sodom und Gomorrha unter meinem Dach!" geriet er mehr und mehr in Rage. „Friedrich Wilhelm von Württemberg: in den Armen der Wollust!" Im selben Moment klatschte eine gewaltige Ohrfeige an die Wange des Prinzen, der reflexartig schützend die Hände vor das Gesicht hob.

„Er wagt es, die Hand gegen mich zu erheben? Das wird ja immer besser!" tobte der Herzog und verabreichte seinem Sohn die nächste Ohrfeige. Augenblicklich tropfte Blut aus der Nase des Jungen, was der rasende Mann mit einem verächtlichen Lachen quittierte. „Leichtlebig wie seine Mutter, rebellisch wie ein Franzose, aber empfindlich wie ein Italiener!" Wieder hob er drohend die Faust. Höchste Zeit, einzuschreiten, bevor schlimmeres passieren würde!

„Exzellenz! Es ist genug!" Mutig stellte sich Phull-Rieppur zwischen Fritz und den Herzog.

„Aus dem Weg!" versuchte Friedrich jedoch, den jungen Mann grob beiseite zu schieben. Doch Phull-Rieppur ließ sich nicht einschüchtern. „Exzellenz! Es reicht! Euer Sohn blutet!" deutete er auf Fritz, der den Kopf in den Nacken gelegt hatte und sich ein blutdurchtränktes Taschentuch gegen die Nase presste.

„Verweichlicht und dekadent! Aufsässig, heimtückisch und verdorben!" zischte der Herzog böse. „Das Werk des vom französischen Fieber angesteckten Erzieherpacks! Das Werk von Leuten wie Euch!" Er packte den anderen bei der Schulter und rüttelte ihn grob. „Das werdet Ihr mir teuer bezahlen! Bei Gott! Ihr werdet dafür bezahlen!"

„Aber Exzellenz! Das Gegenteil ist der Fall! Ich habe ihm diese Bücher da nicht besorgt! Nein, ich war es doch, der versucht hat, auf Euren Sohn einzuwirken und ihn dazu zu bewegen..."

„Still! Kein Wort mehr!" donnerte Friedrich ungehalten. Durch eine leichte Drehung des Kopfes wies er die beiden Männer, die ihm in der Zwischenzeit gefolgt waren, zu sich. „Nehmt ihn fest!"

„Exzellenz!" Unfähig zu irgendeiner Form der Gegenwehr ließ es der völlig überraschte Phull-Rieppur geschehen, dass sich die beiden Männer auf ihn stürzten und grob seine Oberarme umklammerten.

„Euch werde ich lehren, meinen Sohn mit dekadenten Schriften zu beeinflussen!" Der Herzog hatte die Arme vor der Brust verschränkt und reckte majestätisch das Kinn in die Höhe. „Steckt ihn in die Arrestzelle!"

„Aber Vater!" Fritz war bei diesen Worten aufgesprungen und stellte sich den Männern in den Weg. „Er ist unschuldig! Ich habe mir die Bücher selbst besorgt! Lasst ihn los! Auf der Stelle: Lasst ihn los!"

Die Männer verharrten regungslos und lockerten ihren Griff auch dann nicht, als der Prinz den Ärmel des einen packte und ihn verzweifelt rüttelte. Den Blick starr auf ihren Gebieter gerichtet, warteten sie den weiteren Verlauf der Dinge scheinbar gelassen ab.

„Wer wagt es, sich meinen Anordnungen zu widersetzen?!" Friedrich tat einen drohenden Schritt in Richtung seines Sohnes. „Das hättet ihr Euch vorher überlegen müssen!"

„Aber... aber Herr Vater!" Verzweifelt rang Fritz um seine Fassung. „Ihr habt es doch selbst gehört! Er war es nicht! Ich war es! Ich habe die Bücher eigenhändig genommen!"

„Niemals!" wischte der andere das Argument beiseite. „Ein Mitglied des Hauses Württemberg! Unmöglich! Es ist der Einfluss von Leuten wie diesem hier! Wollust und Leichtlebigkeit! Anarchie, wie in Frankreich! Ja, das ist es, was sie wollen! Aber nicht hier! Nicht in Württemberg! Nicht, solange ich in diesem Land etwas zu sagen habe!"

„So hört doch: Er war es nicht!" Panik stieg in dem Prinzen auf. Er faltete die Hände und warf seinem Vater einen flehentlichen Blick hinüber. „Er war es nicht!"

„Zu feige, um zu seiner Verfehlung zu stehen! Ein voll und ganz vom welschen Geist verdorbener Charakter!" Ein hämisches Grinsen spielte um die Mundwinkel des Herzogs. „Nun denn! In den nächsten Wochen wird er reichlich Gelegenheit dazu finden, über seine Handlungen zu sinnieren.

Auf dem Asperg hat er Zeit und Muße im Überfluss! Und kein Sonnenlicht, das ihm in die Augen scheint und seinen Blick verstellt! Ihr könnt ihn jetzt abführen!" winkte er den Männern majestätisch zu.

„Das ist nicht Euer Ernst!" Fritz stellte sich in die Tür und breitete die Arme aus. „Das lasse ich nicht zu!"

„Fritz! Es hat keinen Zweck!" Rau presste der leichenblasse Phull-Rieppur die Worte zwischen den Lippen hervor. „Mach es nicht noch schlimmer, als es schon ist!"

„Na endlich! Die erste gescheite Äußerung, seit ich euch ertappt habe! Der erste Schritt zur Besserung", lächelte der Herzog böse. „Es besteht also noch Anlass zur Hoffnung, dass sich alles zum Guten wendet! Gehen wir!" Mit einem raschen Griff zog er seinen Sohn von der Tür zurück und schritt aus dem Raum, ohne sich weiter um den Jungen zu kümmern. „Worauf warten wir noch?" Einer der Männer versetzte Phull-Rieppur einen groben Schubs, der diesen unsicher nach vorne stolpern ließ. „Na, den Gleichschritt werden wir aber noch üben müssen!" kicherte der Mann blöde und blinzelte belustigt zu seinem Begleiter hinüber. Man würde am Hof wieder etwas zu sprechen haben, schon wieder! Kaum, dass die neue Frau aus England angekommen war. Was hatte man nicht alles spekuliert darüber, was hatte man sich nicht erhofft von ihr! Beispielsweise, dass sie es schaffte, das unstete cholerische Temperament des Erbprinzen endlich in ruhigere Bahnen zu lenken! Von wegen! Es würde unterhaltsam bleiben am württembergischen Hof. Das stand nach der heutigen Auseinandersetzung fest.

Tränenüberströmt war Fritz in der Bibliothek zu Boden gesunken. Verzweiflung breitete sich in dem Jungen aus. Festungshaft auf dem Hohenasperg! Sein Freund eingesperrt im berüchtigtsten Zuchthaus des ganzen Landes! Und weshalb? Seinetwegen! Nur seinetwegen! Weil er, Fritz, sich nicht hatte beherrschen können und den guten Rat des Freundes in den Wind geschlagen hatte. Er, der Thronfolger! Er, der eines Tages das Amt des regierenden Herzogs von Württemberg bekleiden würde! Den man deshalb mit Strenge und mit unnachgiebiger Härte erziehen musste! So, wie sein Vater dies wünschte! Ein Abbild des Vaters aus ihm machen! Ein Ebenbild des despotischen Dicken? Nein! Niemals! „Vorher bringe ich mich um", murmelte er bitter.

11

„Ihr habt mich rufen lassen, Herr Vater?" Mit zögernden Schritten näherte sich Fritz seinem Vater, der mit verdrießlicher Miene am Schreibtisch hockte und mit einem großen Federkiel mehrere Dokumente unterschrieb, die ihm der Sekretär eilfertig vorlegte.

„Wie viel denn noch?" Mürrisch tunkte Friedrich den Federkiel von neuem in das Tintenfass, ohne sich um seinen Sohn und dessen Erscheinen zu kümmern.

„Noch drei Verordnungen, dann ist es für heute geschafft", katzbuckelte der Sekretär mit devotem Gesichtsausdruck.

„Wird aber auch allerhöchste Zeit! Er hat meine Änderungen noch einmal durchgelesen und sie auch genau so eingetragen?" nahm er den Bediensteten misstrauisch ins Visier. „Ich kann mir also die Mühe sparen?"

„Aber sicher, Majestät! Selbstverständlich! Es ist alles in Eurem Sinne geändert worden, Majestät!"

„Nun denn! Wollen wir es auch glauben!" knurrte der Herzog und setzte die letzten drei Unterschriften an die dafür vorgesehene Stelle. „Man sollte es nicht für möglich halten, womit man sich als regierender Fürst beschäftigen muss. So! Fertig! Endlich!" Achtlos warf er nach der letzten Signatur den Federkiel auf die Schreibtischplatte. Ein großer dunkler Tintenfleck breitete sich in Windeseile auf dem wertvollen Büttenpapier aus, was einen erschrockenen Ausruf des Sekretärs zur Folge hatte. Blitzschnell fingerte der Mann ein Baumwolltuch aus der Tasche und begann damit, den Klecks sorgsam aufzutupfen.

„Lass er das bleiben!" winkte ihn der Dicke ungeduldig beiseite. Er hob den Kopf und musterte seinen still vor ihm verharrenden Sohn ungnädig.

„Da seid Ihr ja endlich! Es muss offenbar immer eine Ewigkeit dauern, bis sich der Herr Sohn dazu bequemt, der untertänigsten Bitte seines Vaters Folge zu leisten! Und was ist das für eine Körperhaltung? Und erst die nachlässige Kleidung! Eines Obersten aus dem Haus Württemberg weiß Gott nicht würdig! Ich werde mit Maucler zu reden haben!"

„Friedrich! Jetzt lasst ihn doch!" Die korpulente junge Frau, die bislang still in der Nähe ihres Mannes gesessen hatte, erhob sich schwer atmend vom Stuhl und bedachte ihren Stiefsohn mit einem warmen freundlichen Blick. „Ich könnte mir vorstellen, im Alter von 16 Jahren war bei Euch auch nicht immer alles perfekt, oder?" lächelte sie milde in die Runde.

„Papperlapapp!" Ärgerlich hieb Friedrich mit der Faust auf die Schreibtischplatte. „Was wisst Ihr denn schon von den Sorgen und Nöten, die ich mit meinen Kindern schon habe durchleiden müssen!"

„Wird schon nicht so schlimm gewesen sein!" Überrascht spitzten die Anwesenden die Ohren. Das hatten sie noch nie erlebt: Dass es jemand wagte, dem dicken Friedrich zu widersprechen. In aller Öffentlichkeit! Und dann auch noch eine Frau! Doch bei Charlotte, die jetzt schon seit einem halben Jahr am württembergischen Hof lebte, schien es sich nicht um den Typ zu handeln, dessen Tun und Denken von Ängsten und Verzagtheit dominiert wurde. „Jetzt nehmen wir den Fritz eben, wie er ist!" fuhr sie unbekümmert fort.

„Zunächst einmal immer noch Friedrich Wilhelm!" knurrte der Herzog übellaunig. „Daran wird man sich allmählich gefälligst zu gewöhnen haben!"

„Nun gut! Dann eben Friedrich Wilhelm!" kicherte Charlotte und breitete die Arme aus. „Egal, wie das Kind auch immer genannt wird: Wichtig ist für mich in erster Linie der Mensch, der sich hinter diesem Namen verbirgt, nicht wahr?"

Fritz sog überrascht die Luft ein. Das war aber wirklich eine Szene, die er sich nicht einmal hätte träumen lassen. Dass es tatsächlich einen Menschen gab, der dem Dicken widersprach! Nein, mehr noch: Der ihn schlicht und einfach gar nicht wichtig nahm! Der dessen Launen einfach übersah! Sie beiseite wischte! Gerade so, als sei da gar nichts gewesen! Insgeheim hatte er sich widerstrebend ja schon eingestehen müssen, dass diese Charlotte eine durchaus patente Frau darstellte. Alles andere als das übliche Zerrbild von einer bösen Stiefmutter! Allein schon diese Bezeichnung: Stiefmutter! Nein, sie passte nicht auf die immer gut gelaunte, fröhliche Frau, die vor einem halben Jahr aus England hierher gekommen war. Selbst sein Bruder Paul, der sich anfangs sogar geweigert hatte, Charlotte auch nur die Hand zu reichen, hatte inzwischen zähneknirschend eingestanden, „dass sie es hätten schlimmer treffen können". Das war das höchste Lob, das man aus dem Mund des immer mürrischer und verstockter werdenden Bruders erwarten durfte. Selbst Paul also hatte erleichtert zur Kenntnis genommen, dass es Charlotte durchaus fertig gebracht hatte, so manche Spannung zwischen dem ewig nörgelnden Vater und seinen Söhnen abzupuffern. Insofern bedeutete die Heirat ihres Vaters mit der englischen Prinzessin für Fritz und Paul bereits jetzt wesentlich mehr, als sie zunächst befürchtet hatten. Und auf jeden Fall war Charlotte mehr als nur die unwillkommene Nachfolgerin ihrer verstorbenen Mutter.

„Wir sollten endlich zur Sache kommen", unterbrach die schneidende Stimme des Herzogs seine weiteren Überlegungen. Friedrich legte die Beine übereinander und stellte eine wichtige Miene zur Schau. „Wie Ihr wisst, ist Euer Großvater sehr krank! Sterbenskrank sogar, wie mir die Ärzte heute noch einmal nachdrücklich versichert haben!" Er legte eine bedeutungsvolle Pause ein. „Das bedeutet, dass ich zu meinem tiefen Kummer davon ausgehen muss, dass Herzog Friedrich Eugen von Württemberg den nächsten Monat nicht mehr erleben wird und dass ich noch in diesem Jahr die Regierungsgeschäfte übernehmen muss – was ich allerdings de facto seit Wochen schon tue!" Vorsichtig betupfte er sich mit einem Taschentuch die Augen.

„Und dieses wiederum bedeutet, dass Ihr als mein ältester Sohn mir demnächst im bedeutsamen Amt des Erbprinzen folgen werdet! Habt Ihr das verstanden?"

Fritz nickte langsam. Natürlich hatte man ihn von der schweren Krankheit des Großvaters unterrichtet, der erst seit zwei Jahren an der Regierung war. Als Nachfolger seines kinderlos verstorbenen Bruders Carl Eugen. Doch Friedrich Eugen war schon von Beginn seiner Regierungszeit an von Krankheit gezeichnet, und so hatte in Wirklichkeit sein Sohn, der Erbprinz Friedrich, längst einen Großteil der Geschäfte übernommen. In der letzten Zeit immer stärker, da der Herzog nun nicht einmal mehr in der Lage gewesen war, das Krankenlager zu verlassen. Also war durchaus absehbar, dass sein Vater Friedrich noch in diesem Jahr 1797 den Thron des Herzogs von Württemberg besteigen würde. Und er, Fritz, stünde damit in der Erbfolge auf dem ersten Rang.

„Ich werde das Werk meiner großen Ahnen fortsetzen, so wie ich dieses in den letzten beiden Jahren bereits in die Wege geleitet habe. Das Land Württemberg wird unter meiner Führung aufblühen und gedeihen!", deklamierte der Dicke mit feierlichem Pathos. „Die Verbindung zum englischen Königshaus durch die Heirat mit meiner verehrten Frau Charlotte war nur ein erster Schritt auf diesem bedeutsamen Weg. Die Verbindung zu meiner Schwester, der Zarin von Russland, das verwandtschaftliche Verhältnis zu Kaiser Franz in Wien, all dies sind Fingerzeige in die Zukunft! Eine Zukunft, die glanzvoll sein wird, eine Zukunft, die wir zu gestalten haben! Ich und – Ihr!" deutete er mit ausgestrecktem Zeigefinger plötzlich auf den überrascht einen Schritt zurückweichenden Fritz, der sich keinen rechten Reim auf die merkwürdig-feierliche Auflistung altbekannter Verwandtschaftsverhältnisse zu machen wusste.

Wieder legte der Herzog eine bedeutungsvolle Pause ein, dann erhob er sich mühevoll und schnippte gebieterisch mit dem Finger. „Tretet dazu, Zeppelin! Ihr habt den größten Anteil und deshalb sollt Ihr nun auch Zeuge unserer Verabredung sein!"

Irritiert runzelte Fritz die Stirn. Ein ungutes Gefühl hatte ihn beschlichen. Ganz offenkundig hatte der Alte hinter seinem Rücken etwas eingefädelt, etwas, was seine Zukunft betraf. Etwas auf das sich Fritz niemals würde einlassen wollen!

Der Reichsgraf Johann Karl von Zeppelin, einer der wenigen engen Freunde des Herzogs Friedrich, trat vor und nickte andeutungsweise mit dem Kopf. Fritz hatte den hochnäsigen aufgeblasenen Kerl noch nie leiden können, und so ärgerte es ihn gleich doppelt, dass sein Vater ausgerechnet zusammen mit diesem eitlen Gecken Zukunftspläne für ihn entworfen hatte. Völlig an ihm vorbei! Jetzt half nur noch eines: die Flucht nach vorn! Ein entschiedenes Auftreten stellte jetzt mit Sicherheit den besten Konter dar. Sich nur nicht in die Defensive zurückdrängen lassen.

„Also Zeppelin, worum geht es?", warf er dem anderen lässig seine Frage entgegen. Allein die Anrede würde diesen innerlich kochen lassen, das wusste Fritz ganz genau. Eben deshalb hatte er sich genau so ausgedrückt.

Der Graf zuckte ärgerlich zusammen und schluckte trocken. Dann blitzte ein boshaftes Lächeln in seiner Miene auf. „Exzellenz! Ich war unterwegs im Auftrag Eures Vaters!"

„In Wien! Ich weiß! Und das sogar wochenlang!" nickte Fritz gelangweilt. „Muss ja eine interessante Stadt sein, dieses Wien!"

„Kann man so sagen!" bestätigte der andere säuerlich.

„Und jetzt soll ich Euch fragen, was Ihr da so alles gemacht habt, oder?" Er spielte mit dem Feuer, das war ihm durchaus bewusst, und deshalb pochte sein Herz bis zum Hals hinauf. Hoffentlich würden sie ihm die Erregung nicht ansehen! Nur immer gelassen bleiben! Und nur langsame Bewegungen machen!

„Friedrich Wilhelm! Was ist das für ein Benehmen!" Der Dicke hatte den Disput mit wachsendem Missmut verfolgt und klatschte nun ärgerlich in die Hände. „Ihr solltet froh und dankbar sein, dass der Graf diese Aufgabe für uns übernommen hat!"

„Welche Aufgabe denn?"

„Eine standesgemäße Heirat für Euch zu vermitteln!"

Also doch! „Eine Heirat?!" Fritz krampfte die Finger zusammen, schaffte es aber, ruhig und allerhöchstens leicht erstaunt zu klingen.

„Ja, eine Heirat! Alt genug seid Ihr ja inzwischen – zumindest für eine Heiratsabrede! Und jetzt, wo ich demnächst die Regierungsgeschäfte übernehmen werde, da möchte ich naturgemäß auch Klarheit darüber haben, in welche Eheverbindung mein Sohn und Nachfolger eintreten wird!"

„Aha!" Nur nichts anmerken lassen!

„Sehr neugierig scheint Ihr ja nicht zu sein, wen wir für Euch ausgesucht haben! Nun ja: Der Appetit kommt mit dem Essen!" lachte der Herzog trocken und versetzte seiner Frau einen heftigen Klaps auf das Hinterteil. Während sich die anwesenden Hofdamen erschrocken die Hände vor den Mund schlugen, kicherte Charlotte amüsiert und hob mit schelmischem Lächeln drohend den Zeigefinger.

„Also: Wer sagt es ihm?"

Der Reichsgraf räusperte sich unbehaglich. „Wenn ich darum bitten dürfte, dass Ihr..."

„Schon gut, Graf!" unterbrach ihn Friedrich mit einer ungeduldigen Handbewegung. „Also, hört genau zu: Der Kaiser in Wien hat unseren Vorschlag gnädig aufgenommen und ist ebenfalls an einer wieder erstarkenden und engen Bindung unserer Häuser interessiert, nachdem meine liebe

Schwester Elisabeth ja allzu früh von ihm gegangen ist. Und deshalb hält er es für durchaus begrüßenswert, seine jüngere Schwester..."

„Seine jüngere Schwester!" Entrüstet schnappte Fritz nach Luft. „Diesen Ladenhüter von einer Habsburgerin meint Ihr! Den sie in halb Europa schon vergeblich unter die Haube haben bringen wollen! Diese hässliche Nachteule! Nein! Das ist wohl nicht Euer Ernst!"

„Ihr zweifelt an meinem festen Willen?"

„Ich... ich zweifle an noch viel mehr!" Zornesröte schoss in das Gesicht des Prinzen. Jetzt war es endgültig vorbei mit seiner Beherrschung. „Nur dass Ihr es wisst: Ich werde nicht heiraten. Jetzt nicht und diese verschrobene Kröte schon gleich zweimal nicht! Auf keinen Fall! Auf gar keinen Fall!"

„Das werden wir ja sehen!" Der Herzog ließ seine Faust krachend auf den Schreibtisch donnern. „Wenn ich es anordne, dann wird es so gemacht! Das ist mein letztes Wort! Das ist ein Befehl!"

„Das ist mir einerlei!"

„Ihr widersetzt Euch meinem Befehl? Ihr wagt den offenen Aufruhr?" Drohend kam der aufgebrachte Mann näher. „Ihr wagt es, mir vor dem gesamten Hof zu widersprechen?"

„Auch ich habe in dieser Angelegenheit ein Recht darauf, gehört zu werden! Und wenn ich Nein sage, dann heißt es auch Nein! Befehl hin oder her!" Trotzig verschränkte Fritz die Arme vor der Brust. „Es bleibt dabei!"

„Die offene Rebellion!" zischte Friedrich mit gefährlich leiser Stimme. „Ihr habt anscheinend Sehnsucht nach dem Asperg! Genau wie Euer Freund, der Euch nach seiner Rückkehr offenbar verlockende Geschichten von dort erzählt hat! Ein falsches Wort noch und Ihr werdet die nächste Nacht schon dort oben verbringen!"

Eine laute weibliche Stimme durchschnitt messerscharf den Raum. „Exzellenz!" Charlotte war mit schnellen Schritten an die Seite ihres Mannes getreten und legte fürsorglich ihren Arm um die Schulter des widerstrebenden Herzogs. „Ihr sollt Euch doch nicht dermaßen echauffieren! Das ist nicht gut für Euch!" Mit einem leichten Kopfnicken bedeutete sie ihrem Stiefsohn, sich zurückzuziehen, während sie ihren sichtlich um seine Fassung ringenden Mann enger an ihre üppige Brust drückte. „Ihr sagt es doch schließlich immer wieder selbst: Alles braucht seine Zeit! Und die solltet Ihr

Euch jetzt auch einmal wieder gönnen! Genug für heute mit den unangenehmen Staatsgeschäften!"

Noch Jahre später erinnerte sich Fritz mit großer Dankbarkeit an diese Szene. Nur durch das mutige Eingreifen seiner Stiefmutter Charlotte hatte eine schlimme Eskalation vermieden werden können. Zwar war es auch in den Tagen danach zu keiner Einigung in der Heiratsangelegenheit gekommen, doch wenigstens hatte man, einem Ratschlag Charlottes folgend, die direkte Konfrontation vermieden und sich bei dem Austausch der jeweiligen Standpunkte der Dienste von Gesandten bedient. Mehr als einmal hatte Friedrich seinem Sohn die Drohung überbringen lassen, er werde ihn von der Erbfolge ausschließen. Als diese Argumente wirkungslos an Fritz abgeprallt waren, hatte der Herzog seine Drohung mit der Festungshaft erneuert, und allmählich schien es den Beobachtern am Hof so, als würde selbst der Einfluss von Charlotte nichts mehr bewirken können. Es konnte nur noch eine Frage der Zeit sein, bis Friedrich seine Drohung wahr machen würde. Spätestens zum Jahresende wünsche er das definitive Zugeständnis seines Sohnes, die Heirat einzugehen, sonst könne er für nichts mehr garantieren, hatte Friedrich verlauten lassen.

Nachdem jedoch am 23. Dezember der regierende Herzog Friedrich Eugen das Zeitliche gesegnet hatte, nahmen die Dinge vorübergehend einen anderen Lauf. Noch am selben Tag trat Friedrich die Nachfolge auf dem Herzogsstuhl an. Dies wiederum bedeutete automatisch, dass sein Sohn Fritz somit in die Position des Erbprinzen von Württemberg aufrückte. Als mutmaßlich nächster Herzog von Württemberg. Einen künftigen Regenten jedoch zuvor als Festungshäftling auf den Hohenasperg zu stecken, das sei eine schlechterdings unerträgliche Vorstellung, machten zahlreiche besorgte Vertreter der württembergischen Landstände dem neuen Herrscher deutlich. Und dieser, dem an einem reibungslosen Regierungsübergang, zumindest zu Beginn seiner Herrschaft, sehr gelegen war, fügte sich zähneknirschend dieser Argumentation. Doch, auch darüber war sich Fritz völlig im Klaren, es würde nur ein Aufschub sein. Der nächste Zusammenprall würde stattfinden: „So sicher wie das Amen in der Kirche! Nur: Auch dann wird er mich nicht klein bekommen! Nie mehr!"

12

„Das ist eine wirklich beeindruckende Feierlichkeit, Euer Exzellenz! Einem solch bedeutenden Haus wie dem Euren würdig und angemessen!" Konradin von Abel, der offizielle Vertreter der württembergischen Landstände bei der Feier anlässlich der Konfirmation des Erbprinzen Friedrich Wilhelm am 11. April des Jahres 1798, war völlig begeistert von der prunkvollen und eleganten Feier, die der seit kurzem regierende Herzog Friedrich hatte ausrichten lassen. „Ich danke Euch im Namen der Landschaft sehr herzlich für die Ehre der Einladung und übermittle Euch hiermit alleruntertänigst die besten Wünsche für Eure Regentschaft und für die Zukunft Eures hoffnungsvollen Sohnes!" Der große hagere Mann verbeugte sich tief vor dem Herzog und Fritz. Anschließend ergriff er das Weinglas, das ihm von einem der zahlreichen livrierten Diener gereicht wurde, und hob es mit ausgestrecktem Arm in die Höhe. „Auf unseren allergnädigsten Herrn, seine Majestät Herzog Friedrich von Württemberg! Und auf seinen hochverehrten Sohn, auf Erbprinz Friedrich Wilhelm von Württemberg!" Er prostete den Umstehenden mit ernster Miene zu, dann führte er das Glas zum Mund und nippte kurz. „Noch einmal allerherzlichsten Dank für die gnädige Einladung, Majestät. Ich werde dies zu würdigen wissen und meinen Kollegen von diesem feierlichen Ereignis angemessen berichten!"

Der Herzog, der zunächst seine Stirn in kritische Falten gelegt hatte, als sich Konradin von Abel ihm genähert hatte, schaute dem Vertreter der Landstände verblüfft hinterher. Nur widerstrebend hatte er sich von seinen Hofbeamten dazu überreden lassen, den Mann überhaupt zu der großen Feier einzuladen. Zu tief saß immer noch der Ärger über das, wie er sich kürzlich ausgedrückt hatte, respektlose Herumgefeilsche im Hinblick auf die Finanzen, nachdem er von den immer aufmüpfiger werdenden Landständen eine Sonderzuweisung für die Ausrichtung der großen Feierlichkeit verlangt hatte, was diese jedoch mit dem Verweis auf die schlechte wirtschaftliche Situation im Land einstimmig abgelehnt hatten. Es sei nicht empfehlenswert und den darbenden Bürgern auch nicht verständlich zu machen, dass am Hofe rauschende Feste gefeiert würden, während Teile der Bevölkerung nach dem harten eisigen Winter am Hungertuch nagen würden. Außerdem seien bekanntlich noch keine drei Monate ins Land gegangen, seit der Herzog eine ähnlich pompöse Feier anlässlich seines Regierungsantritts habe durchführen lassen. Nachdem sie ihm damals eine durchaus üppige finanzielle Unterstützung gewährt hätten, müsse er nunmehr Verständnis dafür aufbringen, dass man nicht gewillt sei, schon wieder tief in die Tasche zu greifen. Es gebe genügend andere Projekte, für die diese Gelder dringend notwendig und erforderlich seien. Konradin von Abel war dabei, das hatten seine Informanten den Herzog wissen lassen, eine der treibenden Kräfte in dieser Angelegenheit gewesen. Nur zähneknirschend hatte er deshalb die Einladung an den Landschaftskonsulenten unterzeichnet. Erst dann, als ihm nachdrücklich vor Augen geführt worden war, wie unpassend sich ein Konflikt mit den Landständen schon zu Beginn seiner Regierungszeit darstelle. Dies auch angesichts der immer beunruhigenderen Meldungen, die man aus dem von der Revolution erschütterten Frankreich hörte, wo die Bürger ihren König vom Thron gestürzt und selbst die Macht übernommen hatten. Nicht zu vergessen der latent weiter schwelende Konflikt zwischen Vater und Sohn. Auch Fritz hatte sich nämlich zunächst vehement gegen die Ausrichtung einer dermaßen pompösen Festlichkeit zur Wehr gesetzt, die allein aufgrund der Feier Konfirmation ausgerichtet wurde. Doch – wieder einmal – dank der Vermittlung durch seine Stiefmutter Charlotte, die nachdrücklich die Position des Herzogs vertreten hatte und außerdem darauf hinwies, dass es sich nach einer recht langen Periode von vier katholischen Herzögen gehöre, endlich einmal wieder die Konfirmation eines protestantischen Erbprinzen gebührend zu feiern, hatte Fritz nachgegeben. Es war so gesehen ja in der Tat auch eine politische Demonstration. Ein weithin sichtbares Zeichen, dass das Land wieder im Sinne der guten alten Tradition protestantisch regiert wurde. Ein Zeichen, dem sich auch die dem evangelischen Bekenntnis angehörenden Landstände nicht würden verschließen können. Der Herzog hatte schließlich grimmig beschlossen, die Feier dennoch in dem von ihm geplanten großen Rahmen auszurichten und dafür tief in den eigenen Etat zu greifen. Und selbst wenn ihn dies an den Rand des persönlichen Ruins führen würde: Nein, er würde in dieser Sache nicht klein beigeben. Keinesfalls!

Und nun hatte sich ausgerechnet dieser Mann, der ihm in geradezu unverschämter Art und Weise die Stirn geboten hatte, bei ihm formvollendet für die Einladung bedankt. Nicht mit den üblichen, nicht ernst zu nehmenden diplomatischen Floskeln, nein: wirklich bedankt! Unglaublich! Es hätte besser nicht laufen können! Also war sein Entschluss doch richtig gewesen, dem Land, der Kirche und aller Welt mit der Feier dieser Konfirmation nachdrücklich zu demonstrieren, dass die katholische Periode in Württemberg überwunden war und der Vergangenheit angehörte. Endgültig!

„Habt Ihr gesehen, mein Sohn! So macht man das!" reckte der Herzog stolz das Kinn in die Höhe. „Furchtlos und Treu! Und standhaft noch dazu! Das war und ist die Devise unserer Familie, und so wird es auch bleiben! Ihr seid durch diese würdige Feier nun endgültig im Kreis der Regierung angekommen und werdet mich daher künftig im einen oder anderen Fall offiziell vertreten!"

Während sein Vater erwartungsvoll in die Augen seines Sohnes blickte, zuckte Fritz zusammen. Dieses auf den ersten Blick ja wirklich ehrenhafte Angebot, ihn an den Regierungsgeschäften von nun an offiziell teilhaben zu lassen, barg natürlich in Wirklichkeit eine große Gefahr in sich. Damit nämlich würde sein Vater die Distanz zwischen ihnen deutlich verringern und Fritz viel enger an sich binden, als diesem das recht war. „Ein Tag ohne den Herzog ist ein gewonnener Tag für mich!" Diese Feststellung hatte er schon mehr als einmal getroffen, wenn er Nachricht über eine geplante Reise des Dicken erhalten hatte. Je mehr Entfernung zwischen ihnen war, umso besser für Fritz.

„Es scheint Euch ja vor lauter Freude die Sprache verschlagen zu haben!" knurrte der Herzog ungehalten, als die von ihm eigentlich erwartete freudige Reaktion gänzlich ausgeblieben war. „Aber wie auch immer: Gleich morgen Früh könnt ihr mich in einer offiziellen Angelegenheit beim Armeekorps vertreten! Es ist nichts wirklich wichtiges, aber immerhin: Ein Anfang wäre gemacht!"

„Morgen Früh?" Da war sie schon, die Zwickmühle, die er hatte kommen sehen. Fritz überlegte rasch. Wie sollte er es ausdrücken? Am besten ganz einfach die Fakten darlegen. „Das geht leider nicht!"

Die Augen des dicken Herzogs verengten sich zu gefährlich kleinen

Schlitzen. „Was soll das heißen, es geht nicht? Wer wagt es, einem Befehl aus meinem Mund zu widersprechen!" zischte er böse.

„Bei allem Respekt, Herr Vater! Es geht nicht". Er könnte einfach den Vorschlag annehmen, es wäre so einfach. Doch dann würde morgen die nächste Anordnung kommen, übermorgen eine weitere folgen. Er würde ihm die Luft zum atmen nehmen. Und deshalb, schon aus diesem Grund, musste er von Anfang an standhaft sein. Obwohl sein Herz heftig klopfte, richtete Fritz den Blick direkt auf den Herzog.

„Und weshalb nicht? Was kann wichtiger sein als eine Anordnung des Hofes?!"

„Vorhin habt Ihr mir erklärt, es handle sich um keine sehr wichtige Sache. Und deshalb möchte ich Euch darauf hinweisen, dass ich am morgigen Tag schon eine Inspektion in Scharnhausen vereinbart habe. Man will mir die gerade geborenen Fohlen aus der neuen Zuchtlinie zeigen!"

„Fohlen! Pferde!" Der Dicke schien vor Wut beinahe zu platzen. „Ich habe mich wohl verhört! Mein Sohn macht einen Ausflug, um kleine Fohlen zu streicheln, anstatt die Anweisungen seines Vaters zu befolgen!"

„Herr Vater, bitte!" Fritz straffte seinen Rücken. Jetzt nur nicht die geringste Unsicherheit zeigen! „Ihr wisst genau, dass Eure Äußerung nicht zutreffend ist! Ich habe doch selbst mit dem Stallmeister in Scharnhausen den Hengst ausgewählt, der dann die Stuten gedeckt hat..."

„Meine Äußerung ist nicht zutreffend!" wiederholte der Herzog mit solch lauter Stimme, dass sich nun auch die weiter entfernt stehenden Gäste überrascht umwandten. „Ihr bezichtigt mich der Unwahrheit?", schleuderte er Fritz mit unheilvoller Miene ins Gesicht.

„Aber nein! Ihr dreht mir das Wort im Mund herum!" Erregt wandte der Erbprinz sich um und machte eine unwirsche Handbewegung, als er seinen Freund Eugen von Maucler erblickte, der erschrocken den Kopf schüttelte, um Fritz zur Mäßigung zu mahnen. Doch die Dinge hatten bereits ihren Lauf genommen... „Es hat keinen Sinn mehr! Ich verabschiede mich! Adieu!"

„Ihr bleibt hier!" donnerte der Dicke in den Saal hinein.

„Ich gehe!" Grob drückte er Maucler an die Seite, um so rasch wie möglich den Raum verlassen zu können.

Im selben Moment jedoch legte sich eine Hand schwer auf seine Schulter und riss Fritz mit einem kräftigen Ruck nach hinten, so dass er beinahe das Gleichgewicht verloren hätte. Zornig drehte er seinen Kopf herum, als ihn ein Faustschlag direkt auf die Nase traf. „Wenn ich sage, Ihr bleibt, dann bleibt Ihr!" brüllte der Herzog mit sich vor Wut beinahe überschlagender Stimme.

„Was habt Ihr getan!" Entsetzt bemerkte Fritz, wie das Blut aus seiner Nase vor ihm auf den Boden tropfte. Eine unglaubliche Situation! Am Tag seiner Konfirmation hatte ihn der Vater brutal gezüchtigt. Vor aller Augen gedemütigt! Eine rasende Empörung bemächtigte sich des jungen Mannes. Das war zu viel! Mit einem raschen Griff zog er seinen Degen aus der Scheide und stürmte mit der hoch erhobenen Waffe auf den Herzog zu. „Das werdet Ihr mir büßen!"

Es war die allerletzte Sekunde, in der Eugen von Maucler, der die Auseinandersetzung mit wachsendem Unbehagen verfolgt hatte, gerade noch eingreifen konnte. Mit all seiner Kraft warf er sich zwischen den Herzog und dessen von blindem Zorn überwältigten Sohn. Fritz geriet ins Straucheln und ließ den Degen sinken, um sein Gleichgewicht wiederzuerlangen. Dies war das Signal für die Umstehenden, die mit fassungslosem Erstaunen die unglaubliche Szene verfolgt hatten. Zwei große, kräftige Männer der Schlosswache stürzten sich nun auf Fritz und entwanden dem sich heftig wehrenden Prinzen mühevoll die Waffe.

„Er erhebt den Degen gegen den eigenen Vater!" Mit hochrotem Kopf hatte sich der zu Tode erschrockene Herzog gegen die Wand gelehnt. „Alle Anwesenden hier sind Zeuge dieses Anschlags! Er hat die Waffe gegen mich gezogen! Er wollte mich umbringen!" keuchte der Dicke, während er mühsam nach Luft schnappte. „Führt ihn ab! Ich möchte ihn nicht mehr vor das Gesicht bekommen! Das ist ein Fall für das Kriegsgericht!"

Wochenlang herrschte in der Ludwigsburger Residenz im Anschluss an diesen dramatischen Vorfall eine Art Ausnahmezustand. Fieberhafte Bemühungen der Landstände hatten eingesetzt, um den Herzog von seinem Entschluss wieder abzubringen. Täglich gingen Delegationen ein und aus, wurden Konferenzen abgehalten und eindringliche Briefe geschrieben. Ein Kriegsgerichtsverfahren gegen den eigenen Sohn! Ein Mitglied des Hauses

Württemberg, dem die Todesstrafe drohte! Denn anders konnte das Kriegsgericht in diesem Fall gar nicht urteilen, falls es erst einmal eingeschaltet wäre! Das musste mit allen Mitteln verhindert werden! Erst recht angesichts der unsicheren Weltlage und der immer massiver am Horizont aufziehenden Kriegsgefahr, die vom völlig aus den Fugen geratenen Frankreich her drohte. Eine ernsthafte Krise am württembergischen Hof konnte man sich in dieser Situation nicht erlauben. Jetzt bedurfte es der ganzen Kraft und Konzentration des Regenten zur Abwehr der Bedrohung seines Landes. Doch noch immer war der nach wie vor tödlich beleidigte und bis ins Mark von der Verfehlung seines Sohnes getroffene Herzog nicht bereit, sich von den gewichtigen Argumenten gnädig stimmen zu lassen.

Andererseits weigerte sich auch Fritz, aller verzweifelten Bemühungen der Freunde Eugen von Maucler und Ernst August von Phull-Rieppur zum Trotz, sich bei seinem Vater zu entschuldigen und gleichzeitig ein offizielles Gnadengesuch einzureichen.

Erst die zahlreichen, in heftiger Sorge um das Leben von Fritz geschriebenen Briefe seines Bruders Paul, seiner Schwester Katharina und nicht zuletzt von Charlotte an die verwandten europäischen Fürstenhöfe schafften es im letzten Augenblick, die kaum noch für möglich gehaltene Wendung herbeizuführen. Mit Entschiedenheit hielten die russische Zarin, der König von England sowie der Kaiser in Österreich dem Herzog die Konsequenzen vor Augen, die ein solches Verfahren zeitigen würde. Ein Flächenbrand werde einsetzen, wenn der Erbprinz vom eigenen Vater aufs Schafott geführt werde. Dies sei das Signal zum Aufstand der Bevölkerung gegen die Fürstenhäuser. Ein Zeichen, auf das die Aufwiegler schon lange warteten. Die französischen Zustände würden sich damit in Windeseile über ganz Europa ausbreiten. Dies aber sei man nicht gewillt, tatenlos mit anzusehen! Auch in diesem Punkt drückten sich die Schreiber klar und deutlich aus. In Anbetracht dieser unmissverständlichen Drohung blieb dem Herzog nichts anderes übrig, als der Staatsräson zu folgen und seinem Sohn das Kriegsgericht zu ersparen. Der Hausarrest jedoch blieb noch wochenlang aufrecht erhalten und das Verhältnis zwischen den beiden war nun ein für alle Mal zerstört.

13

Es waren unruhige Monate ins Land gegangen – unruhige Zeiten für das kleine Land im Herzen des alten Kontinents waren angebrochen. Und obwohl sich die Vertreter der verschiedensten Interessengruppen am württembergischen Hof tagein tagaus die Klinke in die Hand gaben, so war doch seit dem dramatischen Zusammenstoß zwischen Fritz und seinem Vater nunmehr allen deutlich geworden, dass ein Riss durch die Familie ging. Ein Riss, der wohl nie wieder zu kitten war, so notwendig jetzt ein enges vertrauensvolles Verhältnis von Herzog und Erbprinz eigentlich gewesen wäre. Im Frieden von Campo Formio hatte das einst so stolze Österreich bereits im Oktober des Jahres 1797 schmachvolle Zugeständnisse an die französische Revolutionsherrschaft machen müssen und seine sämtlichen linksrheinischen Gebiete an die Franzosen abgetreten. Und das, nachdem es ein französischer Korporal namens Napoleon sozusagen im Alleingang geschafft hatte, die völlig überrumpelten Österreicher mit einem blitzschnell geführten Angriff in der Lombardei vernichtend zu schlagen. Dann der Feldzug des merkwürdigen kleinen Korsen in Ägypten, die Eroberung von Kairo. Die Gefangennahme des Papstes in Rom! Der erbitterte Krieg zwischen Frankreich und England rund um das Mittelmeer, der freilich mit dem Sieg der Briten endete, die nun auch Malta unter ihre Kontrolle gebracht hatten. Die Hoffnung auf einen baldigen Sturz der französischen Regierung, die Aussicht, dem Revolutionsheer endlich auch in Mitteleuropa eine vernichtende Niederlage bereiten zu können. Doch dann: Der Staatsstreich in diesem Jahr, 1799, durch eben jenen Napoleon Bonaparte, der die Herrschaft des unfähigen Direktoriums wie ein Wirbelsturm hinwegfegte und sich selbst für die Dauer von zehn Jahren der Republik hatte wählen lassen. Die Reformen, die Napoleon auf allen Ebenen des Staates durchpaukte. Reformen, die bei den gekrönten Häuptern in ganz Europa schockartige Empörung und tiefe Beunruhigung hervorriefen. Das unfassbare rasche Wiedererstarken Frankreichs. Kaum hatte die Allianz aus Russland, England und Österreich erste Erfolge in diesem zweiten Koalitionskrieg erzielt, da hatte sich das Blatt auch schon wieder gewendet. Mit geradezu erbittertem Fanatismus stürzten sich die französischen Soldaten, beflügelt allein durch den Mythos Napoleon, in die Schlachten und marschierten von einem Sieg zum nächsten. Schon allein das Auftauchen der blau-weiß-roten Kokarden am Horizont ließ den Angstschweiß der Gegner ausbrechen, und auch die sich in ihrer wachsenden Panik immer uneiniger werdenden europäischen Fürstenhäuser zerstritten sich nach jeder Niederlage mehr. Die Folge waren ständig wechselnde Koalitionen. Heute Freund, morgen Feind. Auf keinen schien plötzlich mehr Verlass zu sein. Jeder der Staaten suchte sein Heil in einer permanent neu definierten Taktik. Gerade für solche Kleinstaaten wie das Herzogtum Württemberg stellte diese krisenhafte Zuspitzung der Ereignisse natürlich eine ernsthafte Bedrohung seiner Existenz dar. Nur allzu leicht konnte das unbedeutende Land zwischen den Mühlsteinen der Großen einfach zermalmt werden, und auch aus diesem Grund herrschte seit Monaten permanente Alarmstimmung am Ludwigsburger Hof.

Der Herzog schien inzwischen fast all seinen Ratgebern zu misstrauen und kapselte sich mehr und mehr von ihnen ab. Gerade auch den Landständen begegnete er mit äußerster Skepsis. Schon lange hegte er gegen diese den Verdacht, dass sie die Dinge, die sich in Frankreich entwickelt hatten, nicht nur mit Interesse, sondern in letzter Zeit mit wachsender Sympathie verfolgten. Mehrfach war es bereits zu ernsten Auseinandersetzungen zwischen den Vertretern der Stände und Herzog Friedrich gekommen, als dieser davon erfahren hatte, dass die Landstände mittlerweile eigene Konsultationen mit den neuen Herren in Paris aufgenommen hatten. Diplomatische Gespräche hinter dem Rücken des regierenden Herzogs! Das betrachtete er als Hochverrat, hatte er dem Vertreter der Stände, Konradin von Abel, erst in dieser Woche wieder zornig in das Gesicht geschleudert. Als eine verdeckte Vorbereitung zum Staatsstreich! So und nicht anders müsse er diese Vorgänge werten. Und dann war der erregte Herzog massiv geworden: Mobilisierung der Armee, Auflösung des Landtages, Kriegsgericht, Festungshaft, Todesurteile. Das waren die Stichworte gewesen, mit denen er den schockierten Abel konfrontiert hatte. Am besten sei es, er lasse ihn auf der Stelle festnehmen und unverzüglich auf den Asperg bringen, hatte Friedrich getobt. Nur mit Mühe hatten ihn seine wenigen engen Vertrauten, wie in allererster Linie sein persönlicher Sekretär Philipp Christian von Normann, von diesem Vorhaben abbringen können. Und nur mit äußerster Anstrengung und einer drastischen Schilderung der Konsequenzen hatte ihn Normann davor zurückgehalten, den Landtag aufzulösen und dessen Mitglieder zu inhaftieren. Eine innenpolitische Krise war genau das, was sich das kleine Herzogtum im Augenblick am allerwenigsten würde leisten können. Ein gefundenes Fressen für die zahlreichen Gegner würde eine solche Handlung darstellen. Aufruhr und Rebellion wären angesichts der trostlosen Lage im Land die sichere Folge und eine nur allzu willkommene Gelegenheit für die Franzosen, den um ihre Rechte kämpfenden Bürgern zur Seite zu eilen! Eine solche Situation wäre gleichzusetzen mit dem sicheren Ende des jahrhundertealten Hauses Württemberg! Zähneknirschend hatte sich Friedrich schließlich diesen Argumenten gebeugt, nicht ohne freilich noch hinzuzufügen, dass der französische Spuk irgendwann einmal auch wieder vorüber sein würde, man aber in diesem Fall mit seinem langen Gedächtnis würde rechnen müssen.

„Ihr seid nicht ganz bei der Sache, habe ich den Eindruck!" krächzte die Stimme des runzligen alten Weibleins an sein Ohr. Fritz blinzelte überrascht in die schwarzen Augen der Wahrsagerin, die ihn mit einem stechenden Blick in ihr Visier genommen hatte. Tatsächlich war er mit seinen Gedanken weit abgeschweift und mittlerweile fragte er sich auch ernsthaft, ob es wirklich eine so gute Idee gewesen war, auf dem Ritt vom Jagdschloss Einsiedel nach Tübingen vorher noch einen Abstecher zu der Wahrsagerin von Pfrondorf zu machen. Die Freunde Phull-Rieppur und auch Eugen von Maucler hatten ihm den Vorschlag unterbreitet, nachdem sie am Abend vorher auf dem Einsiedel den einen oder anderen Krug Most verkonsumiert und in immer ausgelassenere Stimmung verfallen waren. Für Fritz war es der erste Besuch in dem kleinen Schloss am Schönbuchrand gewesen, das der Lieblingsaufenthalt eines seiner bedeutendsten Vorfahren, des Grafen Eberhard im Bart, gewesen war. Der Gründer der Universität Tübingen und spätere erste Herzog von Württemberg hatte sich in seinen letzten Lebenswochen hierher zurückgezogen und bis zu seinem Ende als einfacher Klosterbruder in dem von ihm gegründeten Stift gelebt, das freilich schon Mitte des 16. Jahrhunderts durch die Reformation wieder aufgehoben worden war. Besonders neugierig war Fritz auf den sagenhaften Weißdornbaum gewesen, den der Legende nach eben jener Eberhard im Bart von einem Besuch in Palästina mitgebracht und auf dem Einsiedel gepflanzt hatte. In der Tat handelte es sich bei dem nun schon 300 Jahre alten Gehölz um einen riesigen Busch mit weit ausladenden Zweigen, die von zahlreichen Steinsäulen gestützt wurden. „Ein Wunder, dieser Hagdorn!" so hatte sich selbst der nüchterne Forstmeister ausgedrückt, der in einem Flügel des Schlosses hauste. Ausführlich hatte sich Fritz über die Geschichte des Schlosses informiert. Es war ja schon ein merkwürdig erhebendes Gefühl, an einem Ort zu stehen, der für die württembergische Geschichte alles andere als unwichtig war und an dem dieser wundersame, von seinem schon vor Jahrhunderten verstorbenen Vorfahren gepflanzte Baum sozusagen in die Gegenwart hinein ragte. Wahrscheinlich war er an diesem Tag besonders empfänglich für solche Gedanken gewesen, weil es der 26. September 1799 war, der Tag vor seinem 18. Geburtstag. Handelte es sich also um einen Hauch der Geschichte, der ihn, der sonst nicht gerade zu Sentimentalitäten neigte, hier gestreift hatte? Fritz lächelte amüsiert: Zumindest hatte dieser Hauch einen gewaltigen Schnupfen bei ihm hervorgerufen. Nur gut, dass er sich wenigstens nicht in Ludwigsburg aufhielt, wo sich heute sicher der eine oder andere Würdenträger bemüßigt fühlte, dem Erbprinzen zur Feier des 18. Geburtstages seine Aufwartung machen zu müssen. Und er, Fritz, hätte das alles mit vornehmer Zurückhaltung über sich ergehen lassen müssen. Er schnäuzte sich kräftig.

„So – und erkältet haben wir uns zu allem Überfluss auch noch!" krähte die Alte mit kritischer Miene. „Der junge Mann scheint mir etwas schwach von Konstitution zu sein! Schlechte Säfte, die in ihm rumoren!"

„Wie kannst du es wagen!" Eugen von Maucler trat mit einem raschen Schritt drohend auf die Alte zu. „Du vergisst wohl, mit wem du es..."

„Eugen!" wurde der aufgebrachte Junge von Fritz am Ärmel gepackt und zurückgezogen. „Jetzt lass sie doch! Es war deine Empfehlung, mich heute hierher zu schleppen. Jetzt möchte ich auch wissen, was sie mir zu sagen hat! Ungeschönt!"

„Er hat Courage, unser schmächtiger Bursche!" kicherte das Weiblein und nickte anerkennend, ohne sich weiter um Maucler zu kümmern, der das Geschehen mit verdrießlicher Miene beobachtete. Es war vielleicht wirklich keine so gute Idee von ihm und Phull-Rieppur gewesen, den Prinzen hierher zu bringen. In dieses halb zerfallene winzige Haus bei Pfrondorf. Fast völlig vom Wald umgeben, irgendwie separiert von dem Ort, zu dem es gehörte. In diese dunkle nach Rauch und abgestandenem Wasser stinkende Küche. Und dies nur, weil sie von einem Freund gehört hatten, dass sich zahlreiche Studenten der nahen Universität Tübingen dann und wann einen Spaß machten und die alte Wahrsagerin aufsuchten, die tatsächlich, das beschwor so mancher mit seinem Ehrenwort, zukünftige Ereignisse vorausgesagt hatte, die dann auch wirklich genau so eingetreten waren. Sie hatten es mehr als Spaß betrachtet, hatten es dem Prinzen gestern Abend als Geburtstagsgeschenk in Aussicht gestellt. Und dabei vielleicht doch einen Krug Most zu viel konsumiert. Aber jetzt war es zu spät. Unglücklich fasste sich Maucler an die Nase. Wenn doch nur wenigstens dieser entsetzliche Gestank nicht wäre! Hoffentlich war der Spuk bald vorüber.

„Da schau an!" Die alte Frau hatte in der Zwischenzeit die rechte Hand des Erbprinzen ergriffen und betrachtete deren Innenfläche. „Wir haben heute also Geburtstag und haben es dennoch nicht zuhause ausgehalten!" Überrascht suchte Fritz den Blick seines Freundes. Dieser hatte ihm doch gerade eben versichert, man habe der Frau weder erklärt, um wen es sich bei dem Besucher handelte, noch hatte man ihr mitgeteilt, aus welchem Anlass heraus Fritz in die Zukunft schauen wollte.

„Nun ja, kein Wunder bei dem ganzen Zwist und Hader, den der junge Mann überwunden hat! Der Vater, der Vater..." murmelte sie mit leiser werdender Stimme. „Hat ihn sogar einsperren lassen... weil er fliehen wollte... so so!" Es war nur noch ein Flüstern, das an die Ohren der jungen Männer drang. „Lieber wolle er in Russland ein Bettler sein, als weiter vom Vater gedemütigt werden, hat er gesagt und wollte fliehen! Doch der Vater hat es erfahren und ihn unter Hausarrest gestellt..."

Fritz hatte erschrocken die Hand zurückgezogen und war von seinem Schemel aufgesprungen. Mit offenem Mund starrte er auf die schmutzige alte Frau hinunter, die mit unbeteiligtem Gesichtsausdruck am Tisch hockte und leise mit dem Kopf wackelte.

„Woher... woher wisst Ihr...", stammelte er verwirrt. Auch Maucler und Phull-Rieppur stellten verblüffte Mienen zur Schau.

„Die jungen Leute!" kicherte die Alte in sich hinein. „Erst kommen sie hierher zu mir, um sich einen Spaß zu machen und wollen von mir die Zukunft erklärt haben! Und dann – dann erschrecken sie schon bei der Vergangenheit!" Langsam blickte sie hoch. „Wollt Ihr jetzt, dass ich weiter mache? Dann setzt Euch wieder auf den Schemel da! Ich habe noch mehr Kunden heute, als nur einen jungen Burschen, der anscheinend nicht weiß, was er will!"

Wortlos setzte sich Fritz nach dieser Aufforderung wieder an den Tisch und zeigte der Wahrsagerin die Innenfläche seiner Hand. Mit einem befriedigten Grunzen konzentrierte diese sich von neuem.

„Ach, ich habe dem Herren Unrecht getan: Etwas, das will er tatsächlich! Mit allen Fasern seines Herzens!" Die Alte stockte und schien für einen Moment betroffen zu sein. „Es ist die Mutter!", fuhr sie mit belegter Stimme fort. „Das Schicksal der Mutter, das ihn nicht zur Ruhe kommen lässt. Es sind die Gerüchte, die wilden Spekulationen, die ihm zu schaffen machen. Das Bild, das er wieder und wieder betrachtet, das Bild im Amulett. Das Bild seiner Mutter. Wer ist schuld an ihrem Tod? Wie ist sie gestorben? Wo liegt sie begraben? Eifersucht! Jugendliche Liebeleien! Ein herzloser Mann! Was hat sie ins Grab gebracht? Estland... Schloss Lohde... eines Tages, als König, wird er alles erfahren... wird er die Wahrheit erfahren... später... viel später..." Erschöpft sank die Alte in sich zusammen.

„Was...was sagt sie da!" Mit leichenblasser Miene starrte Fritz auf die kleine dunkelhaarige Frau, die ihren Kopf auf die Tischplatte gelegt hatte und keinen Ton mehr von sich gab. Urplötzlich erfasste ihn eine rasende Wut. Er sprang auf und stürzte sich auf den völlig überraschten Maucler, den er grob an den Schultern packte und heftig schüttelte. „Was ist das für ein übles Spiel, das ihr mit mir treibt?! Was geht euch meine Mutter an! Was habt ihr der Alten hier für Schauermärchen erzählt?!"

„Fritz!" Nur unter Aufbietung seiner ganzen Kraft schaffte es Phull-Rieppur, den tobenden Erbprinzen von seinem Freund wegzureißen. „Fritz! Glaube es mir! Bei der Seele meiner eigenen Mutter! Wir haben ihr nichts erzählt! Ehrenwort!"

Es dauerte Stunden, bis sich Friedrich Wilhelm wieder völlig beruhigt hatte. Wie eine unsichtbare Mauer türmte sich die Aussage der Wahrsagerin zwischen den drei jungen Männern auf. Keiner von ihnen konnte sich erklären, wie die alte Frau zu diesen Kenntnissen gekommen war. Wer konnte ihr dieses am Hof streng gehütete Geheimnis verraten haben? Tagelang zermarterten sie sich das Gehirn. Vergeblich! Nur soviel stand fest: Mehr als Fritz selbst hatte auch die Wahrsagerin nicht gewusst – zumindest nicht preisgegeben... Und: Was war das denn für eine irrsinnige Formulierung gewesen? Als König würde er eines Tages die Wahrheit erfahren! Als König! Wo man in Württemberg in diesen turbulenten Zeiten schon mehr als froh sein musste, wenn sich das Herzogshaus auf Dauer überhaupt würde halten können!

Halbwahrheiten, Gerüchte, Vermutungen! Dies alles raffiniert zusammen gekocht zu einem absonderlichen Gebräu in einer wahrhaft gespenstischen Umgebung: Das allein war es, womit die Alte ihre Kundschaft hinter das Licht führte! Mehr nicht! Wirklich nicht?

14

Die Tage des Studiums in Tübingen zerflossen zäh. Die drei Freunde nahmen es mit dem Auftrag des Herzogs, den Prinzen zu einem ernsthaften Studium in Rechtswissenschaft und Philosophie anzuhalten, nicht allzu genau und verbrachten die Tage lieber im Bett und mit ausgiebigem Kartenspiel, bevor man sich in der Nacht an den vom Hof abgestellten Aufsichtspersonen vorbei die eine oder andere Vergnügung gönnte... Auch dies gestaltete sich jedoch im Lauf der Zeit öde und langweilig. Zu Friedrich Wilhelms großer Enttäuschung war ausgerechnet sein früherer Erzieher Karl Heinrich Gros, der ja nach seiner Entlassung durch den Herzog an die Universität zurückgekehrt war, nicht anwesend, sondern befand sich auf einer ausgedehnten Studienreise im Ausland. Insofern atmete Fritz trotz des ernsten Hintergrundes auf, der wenige Wochen später das Studium unterbrach.

Im Mai des Jahres 1800 hatten die Franzosen völlig überraschend den Rhein überschritten. Die Hoffnungen der europäischen Großmächte, das Revolutionsheer in die Schranken verweisen zu können, waren damit schlagartig zerstoben. Nach einer ganzen Serie von Erfolgen war der Optimismus unter den Verbündeten grenzenlos gewesen, erst recht nach der siegreichen Schlacht von Stockach im Frühjahr dieses Jahres. Doch dann war plötzlich wie ein Phönix aus der Asche Napoleon Bonaparte aufgetaucht, der neue erste Konsul von Frankreich. Persönlich hatte der glänzende Stratege seine Armee geführt – und das war die Wende: Scheinbar problemlos überfluteten die Franzosen Baden. Keine noch so verzweifelte Gegenwehr schien plötzlich ihren Vormarsch aufhalten zu können. Schon drangen sie auch in das Gebiet des Herzogtums Württemberg ein. Die Lage war prekär. Der Herzog war auf der Flucht! Zusammen mit seinen Verbündeten, den Österreichern, blieb ihm nur noch der schnelle Rückzug. Das Land, sein Land, war den Franzosen schutzlos ausgeliefert. War das also das Ende?

Diese Frage überlagerte naturgemäß alle anderen Probleme – glücklicherweise bald sogar die neuerliche Konfrontation zwischen Fritz und seinem Vater. Denn kaum war er vom Studium in Tübingen abgezogen worden und nach Ludwigsburg geeilt, da überschüttete ihn der Herzog mit Vorwürfen aufgrund seines absolut nicht standesgemäßen Lebenswandels.

Vor allem die Nachricht von einer Beziehung zwischen Fritz und der Tochter des Landschaftskonsulenten Abel hatte den Herzog maßlos erzürnt. Und als er durch einen seiner zahlreichen Zuträger Kenntnis davon erhielt, dass Paul, der jüngere Bruder des Kronprinzen, offensichtlich im Begriff war, amouröse Bande mit der zweiten Tochter des Gesandten zu schließen, spitzte sich die Situation im Schloss einmal mehr dramatisch zu.

„Als wenn es in diesen bitteren Zeiten nichts wichtigeres gäbe, als mich auf Schritt und Tritt ausspionieren zu lassen!" Fritz, der von seinem Vater an diesem Morgen mit diesen Erkenntnissen konfrontiert worden war, rang mühsam um Beherrschung. „Ich denke, mit meinen nunmehr 19 Lebensjahren habe ich durchaus ein Recht, meine eigenen Wege zu gehen und Euch über mein Tun und Handeln nicht permanent Rechenschaft abgeben zu müssen!", konterte er mit fester Stimme, während er sein Herz vor Aufregung bis zum Hals pochen spürte. Nur kein Anzeichen von Verunsicherung oder gar Schwäche zeigen, das würde dem Alten so passen! Auf keinen Fall.

Das Gesicht des Herzogs überzog sich mit einem dunklen Rot. „Mein Sohn wagt es, mir zu widersprechen!" Wütend hieb er seine Faust auf die Schreibtischplatte. „Anscheinend hat er – trotz seines Alters – immer noch nichts begriffen! Genau wie sein Bruder: Erst 15 Jahre alt und schon genauso verdorben wie seine Mutter!"

Fritz war es, als hätte er einen Schlag vor die Brust versetzt bekommen. „Unsere Mutter!" stieß er erschrocken hervor. „Was ist mit unserer Mutter?" Kalte Wut stieg in ihm hoch. „Weshalb bringt Ihr unsere Mutter ins Spiel? Wie könnt Ihr es wagen, das Ansehen meiner Mutter in den Schmutz..."

„Genug!" donnerte der Dicke. „Es ist genug! Kein Wort mehr, oder ich lasse die Wache rufen und Euch in Gewahrsam nehmen!" Er erhob sich schwer atmend und kam mit langsamem Schritt auf Friedrich Wilhelm zu, vor dem er sich drohend aufbaute. „Ich sage es Euch zum letzten Mal: Ein weiterer Umgang zwischen Euch und den Töchtern dieses Abel ist hiermit untersagt! Ein für alle Mal verboten! Habt Ihr mich verstanden?"

Der Erbprinz blieb stumm und blickte mit starrem Gesichtsausdruck an seinem Vater vorbei auf die gegenüberliegende Wand.

Der machte eine ungeduldige Handbewegung. „Ob Ihr mich verstanden habt?" zischte er gefährlich. „Eine Antwort bitte! Sofort!"

Langsam wandte Fritz den Kopf und fixierte den Regenten ernst. „Ich habe gehört, was Ihr gesagt habt! Verstehen kann und will ich den Inhalt Eures Satzes jedoch nicht! Und nun bitte ich Euch um die Erlaubnis, mich verabschieden zu dürfen!" Ohne eine Reaktion des verblüfften Herzogs abzuwarten, machte er kehrt und verließ den Raum mit stolzen Schritten. Aus den Augenwinkeln konnte er erkennen, wie seine Stiefmutter, Herzogin Charlotte, die diese Auseinandersetzung wortlos verfolgt hatte, geistesgegenwärtig einen Schritt auf ihren Mann zu machte und rasch seinen Oberarm ergriff. Gut möglich, dass dieser sich andernfalls auf seinen Sohn gestürzt hätte und es zu einer Auseinandersetzung mit unabsehbaren Folgen gekommen wäre.

Am selben Tag noch machte Fritz im Haus der Landstände seine Aufwartung. Das Verbot seines Vaters bewirkte in dem jungen Mann das genaue Gegenteil: Je stärker der Herzog gegen eine Verbindung zwischen seinem Sohn und Therese von Abel, der Tochter des Landschaftskonsulenten Konradin von Abel, argumentierte, desto stärker fühlte sich der Erbprinz zu der hübschen, vier Jahre älteren Frau hingezogen. Und in der Tat wurde er bei diesen Besuchen mehr als einmal von seinem Bruder Paul begleitet, der sich genauso leidenschaftlich für die jüngere Schwester von Therese interessierte. Bei der Familie Abel fanden die beiden Prinzen jedes Mal freundliche Aufnahme und genossen dankbar die menschliche Wärme, die man ihnen entgegenbrachte. Eine Wärme, die ihnen ihr Vater noch niemals hatte angedeihen lassen, eine Zuneigung, die sie so schmerzlich vermissten.

Natürlich war diese mehr und mehr aufblühende Beziehung auch immer wieder Gesprächsthema zwischen den Brüdern und den Freunden Phull-Rieppur und Maucler. Gerade Paul, der mit seinen 15 Jahren momentan unter wesentlich strengerer Aufsicht durch Beauftragte des Herzogs stand, war mehrfach der Verzweiflung nahe und deutete auch immer wieder an, wie sehr er den Vater mittlerweile verabscheue. Bei der ersten sich bietenden Gelegenheit werde er dem Hof und den dort herrschenden Zwängen den

Rücken kehren – endgültig. Falls dies jedoch nicht möglich sei, dann verschaffe er sich seinen Seelenfrieden auf andere Art und Weise, lies der Junge sich düster vernehmen. Erschrocken hatten die anderen diese bitteren Aussagen aufgenommen, doch mit Paul war in solchen Momenten nicht mehr zu reden. Völlig in sich gekehrt hockte er dann auf einem Schemel und schien von seinem Kummer dermaßen gefangen, dass die Welt um ihn herum für Stunden nicht mehr existierte.

Natürlich war es Fritz durchaus bewusst, wie sehr er mit der Beziehung zu Therese von Abel die Gefühle des Vaters verletzte. Schließlich war Konradin von Abel, der durchaus selbstbewusste und hochangesehene Vertreter der württembergischen Landstände, beim Herzog alles andere als beliebt. Immer mehr sah dieser in Abel einen seiner gefährlichsten Gegenspieler, und nur allzu gerne hätte er es gesehen, wenn Abel über einen der zahlreich ausgelegten Fallstricke in der württembergischen Politik gestolpert wäre und so als Hochverräter entlarvt und auf dem Hohenasperg eingekerkert worden wäre. Aufstrebendes Bürgertum, das immer größere Mitspracherechte für sich in der Landespolitik forderte, das war das Letzte, was der konservative Herzog brauchte! Und das in diesen unruhigen Zeiten, wo in Frankreich der König auf das Schafott geführt worden war und in Paris das revolutionäre Chaos herrschte. Wer weiß, vielleicht machten die Landstände längst gemeinsame Sache mit diesem Bonaparte, diesem bürgerlichen General aus Korsika, der kürzlich handstreichartig die französische Revolutionsregierung entmachtet und sich selbst an die Spitze des Staates gestellt hatte. Vielleicht warteten sie nur darauf, zusammen mit dem französischen Usurpator losschlagen zu können und den Herzog von seinem Thron zu stoßen. Womöglich, bei dem Jungen wusste man ja nie, woran man war, hatten sie sich schon längst ausgedacht, anschließend den Erbprinzen, also Friedrich Wilhelm, als Regenten einzusetzen. Freilich nur gegen gewaltige Zugeständnisse in Sachen Regierungsverantwortung. Das alles schien dem misstrauischen Herzog durchaus im Bereich des Möglichen zu liegen. Schließlich hatte er mit zunehmendem Missmut verschiedene Äußerungen des Prinzen zu Bürgerfreiheit und Demokratie vernehmen müssen, mit denen ihn seine Spitzel versorgt hatten. Und zu diesem perfiden Spiel gehörte mit Sicherheit auch die Tochter des Gesandten von Abel, die den Erbprinzen mit durchtriebener Raffinesse anscheinend vollkommen in ihren Bann geschlagen hatte.

All diese Argumente waren Fritz natürlich vertraut, all das hatte er gehört, mit den Freunden diskutiert und als lächerlich verworfen. Gut, natürlich fühlte er sich mancher Idee der bürgerlichen Politik durchaus verbunden, schon aus Opposition gegen den despotischen Vater. Und auch die zahlreichen angeregten Diskussionen mit dem hochgebildeten und erfahrenen Diplomaten Abel, sowie dessen Mut, im Rahmen seiner Möglichkeiten durchaus dem Herzog auch ab und an Paroli zu bieten, hatten Fritz stark beeindruckt. Als geradezu lächerlich betrachtete Fritz das Argument, das die Stiefmutter, Herzogin Charlotte, schon ab und an in die Debatte geworfen hatte, nämlich dass es ja geradezu undenkbar sei, sich eine Verbindung zwischen einem Mitglied des Herzogshauses und der bürgerlichen Oberschicht auch nur vorstellen zu müssen. Der Prinz hatte es genauso deutlich gekontert: Eben in Zeiten wie diesen, wo auch bürgerliche Politiker in enorm wichtige Ämter aufgerückt seien, zähle zunächst der Mensch und dann erst seine Herkunft. Im Übrigen handle es sich bei von Abel um keinen „normalen" Bürgerlichen, sondern durchaus um einen Mann aus vornehmem Hause, und die Ehefrau des Gesandten, Luise Elisabeth, eine geborene von Stockmayer, stamme doch wohl eindeutig aus der Führungsschicht des Landes.

Vermutlich wäre der Disput noch einige Wochen hin- und hergewogt und schließlich in einer neuerlichen heftigen Eskalation zwischen Vater und Sohn explodiert, wenn sich die Lage durch das rasche Vordringen der Franzosen nicht dermaßen dramatisch entwickelt hätte.

Mit seinem Eintritt in die österreichische Armee traten die Auseinandersetzungen innerhalb des Hauses Württemberg für Fritz zunächst in den Hintergrund. Jetzt galt es, sich den Franzosen mit allen verfügbaren Kräften entgegen zu stemmen. Er erkannte gleichzeitig die Chance, die sich ihm jetzt bot: Hier in der Armee, im Kampf gegen die Eindringlinge konnte er sich und aller Welt beweisen, welches Potential in ihm steckte! Er würde es dem Dicken schon zeigen! Tagelang fieberte Friedrich Wilhelm so der alles entscheidenden Schlacht bei Hohenlinden entgegen. Und als es am 2. und 3. Dezember 1800 zu dem erwartet heftigen und erbitterten Aufeinandertreffen kam, erlebten die Soldaten einen württembergischen Prinzen, der mit geradezu fanatischem Mut und Verbissenheit versuchte, das Blatt zu wenden und die schon spürbar verlorene Schlacht doch noch zugunsten der Österreicher und ihrer Allierten zu entscheiden. Selbst der französische Marschall Moreau, der Sieger von Hohenlinden, war beeindruckt über den wie ein Berserker kämpfenden jungen Offizier, der ihm bis dahin noch nie begegnet war. „Ein Soldat, wie ihn auch wir in der französischen Armee gerne sehen", nickte der Marschall anerkennend, als er erfahren hatte, um wen es sich dabei handelte. „Wenn sie lauter solche Männer wie diesen Württemberger hätten, dann würde uns das Siegen schwerer fallen!"

Erst Jahre später gestand sich Friedrich Wilhelm widerstrebend ein, dass es sich bei seiner heldenhaft bestandenen „Feuertaufe" zu einem Großteil auch um lange aufgestaute Wut und Aggression auf seinen Vater gehandelt hatte, die sich an diesen Tagen der Schlacht bei Hohenlinden geradezu explosionsartig Bahn gebrochen hatten. Tapferkeit allein, nein, das war es beileibe nicht gewesen. Mehr schon Frust und schiere Verzweiflung an einem bislang weitgehend freudlos verlebten Dasein. Und dennoch: Dieser erste Auftritt des württembergischen Erbprinzen auf der europäischen Bühne verschaffte ihm breiten Respekt. Respekt und Erstaunen über das Potenzial, das ganz offenkundig in dem jungen Mann steckte. Die vermeintlichen Tugenden, die er hier an den Tag gelegt hatte, sein Mut, seine Unerschrockenheit, würden ihm in späteren Jahren noch zu ganz erheblichem Vorteil gereichen. Und selbst dem ewig unzufriedenen Herzog Friedrich konnte nicht verborgen bleiben, wie respektvoll und anerkennend man sogar am Wiener Hof mit einem Mal von den Taten seines Sohnes redete. Sollte also ausgerechnet mitten in der dramatischen Lage, in der sich das Haus Württemberg befand, ein neues Körnchen Hoffnung keimen? Aussicht auf eine Aussöhnung zwischen Vater und Sohn? Zumindest für eine Basis des gegenseitigen Respekts? Ein neuer Anfang schien möglich, und zum ersten Mal verspürte der Herzog so etwas wie Stolz, als von seinem Sohn die Rede war! Also war doch noch nicht alles verloren? Noch nicht!

15

Intensiv starrte der Regent auf den dicken Stapel von Dokumenten, der sich vor ihm auf dem Schreibtisch türmte. Fast schien es, als habe er gar nicht bemerkt, dass Friedrich Wilhelm längst das Arbeitszimmer betreten hatte. Endlich hob er den Kopf und blinzelte für einen Moment orientierungslos in das helle Licht der tief stehenden Märzsonne. „Ah, da seid Ihr ja! Ich habe mit Euch zu reden!" Mit einer generösen Geste deutete Herzog Friedrich auf den mit Samt beschlagenen Sessel vor seinem Schreitisch. „Setzt Euch!"

Gespannt und durchaus auch erstaunt über den beinahe freundlichen Tonfall des Vaters ließ sich der Erbprinz nieder. Es war überdies bisher selten genug der Fall gewesen, dass es ihm gestattet wurde, sich bei einem solchen Gespräch zu setzen. Meist war von ihm verlangt worden, in korrekter aufrechter Haltung vor dem Herzog zu verharren und möglichst kommentarlos dessen Anweisungen entgegen zu nehmen. Aber seit seiner Rolle in der Schlacht von Hohenlinden und den damit verbundenen anerkennenden Worten aus den Reihen der europäischen Fürstenhäuser schien sich auch das Verhältnis zwischen Vater und Sohn am württembergischen Hof ganz allmählich zu entkrampfen. Zumindest von Herzog Friedrich kamen eindeutige Signale, die in diese Richtung wiesen. Fritz jedoch blieb auf der Hut, verzichtete zwar auf jegliche bewusste Konfrontation, verhielt sich aber zunächst distanziert und abwartend. Zu viel war in den vergangenen Jahren zwischen ihnen vorgefallen. Der Graben, der sich im Lauf der zahlreichen Auseinandersetzungen und Demütigungen gebildet hatte, war schlicht und einfach zu tief geworden. Unüberbrückbar. Und beim unberechenbaren Temperament des Dicken konnten sich die Dinge, das war Fritz nur allzu schmerzlich bewusst, von einer Minute auf die andere völlig auf den Kopf stellen. Aber gut: Auch bei dieser Art von gegenseitigem Nichtangriffspakt war durchaus einiges gewonnen. Lieber ein solcher distanziert-neutraler Umgang miteinander, als permanenter Streit, Hader und Drohungen. Stumm wartete Fritz ab, was ihm sein Vater mitzuteilen hatte.

Der Herzog legte die Dokumente zurück in die dicke schwarze Ledermappe und lehnte sich tief durchatmend in seinem Sessel zurück. „Das ist gut", murmelte er leise. „Sehr gut sogar!" Er verschränkte die Arme im Nacken und schloss für einige Sekunden die Augen. Dann nickte er zufrieden. „Ich habe Neuigkeiten erhalten! Gute Neuigkeiten", setzte er lächelnd hinzu und deutete auf die Ledermappe mit den Papieren. „Neuigkeiten von meinem Staatsminister Normann! Sie sind jetzt endlich soweit: In Kürze schreibt er, nämlich schon am 9. März, wird in Luneville der Friedensvertrag mit den Franzosen unterschrieben werden. Und es ist alles viel besser gelaufen, als ich mir das in meinen kühnsten Träumen habe vorstellen können. Ich muss unseren Normann dafür kräftig belohnen. Er ist und bleibt einfach mein mit Abstand fähigster Diplomat!" Er machte eine Pause und legte nachdenklich die Stirn in Falten. „Wenn man bedenkt, wie es andererseits auch hätte kommen können! Nicht auszudenken!" Der dicke Herzog schüttelte sich unbehaglich. „Ein Alptraum! Aber egal: Wir haben gewonnen!" Triumphierend blickte er in das Gesicht seines Sohnes.

„Gewonnen? Wobei?" Fritz konnte sich aus der Freude seines Vaters keinen rechten Reim machen. Der Friedensvertrag lag also unterschriftsreif in Luneville! Und der württembergische Staatsminister Normann, einer der wenigen engen Vertrauten des Herzogs, hatte allem Anschein nach kräftig mitgemischt. Aber wie denn? Als wenn die europäischen Großmächte bei diesen existenziellen Verhandlungen über die Zukunft Europas Rücksicht auf das kleine unbedeutende Herzogtum Württemberg nehmen würden und dessen Interessen vorrangig berücksichtigten. Wo es diesen doch nach ihren demütigenden Niederlagen gegen die Franzosen nun in erster Linie um den Fortbestand der eigenen Herrschaft gehen musste! Und die Franzosen: Sie waren die klaren Sieger! Sie hatten es doch in der Hand, die Bedingungen zu diktieren. Dieser kleine junge Mann aus einfachen Verhältnissen, der jetzt als erster Konsul an den Hebeln der Macht saß und es in atemberaubender Geschwindigkeit geschafft hatte, das Ruder herumzureißen und eine Großmacht nach der anderen in die Knie zu zwingen! Napoleon Bonaparte: ein Name wie Donnerhall inzwischen. Ein Mann, für den kein Hindernis unüberwindlich schien. Keiner hatte es vermocht, ihn aufzuhalten – bis auf die Engländer, deren Flotte die Franzosen bislang noch auf Distanz hatte halten können. Bislang noch... Und diesen wiedererstarkten mächtigen Franzosen sollte ausgerechnet der Minister des Zwergstaates Württemberg entscheidende Zugeständnisse abgerungen haben? Jener also hatte es geschafft, die Existenz des Hauses Württemberg nicht nur zu sichern, sondern eventuell sogar auszubauen? Unmöglich! Gespannt wartete Fritz auf die Erläuterungen seines Vaters.

Ein triumphierendes Lächeln spielte um dessen Mundwinkel. „Unserem Württemberg wird auch in Zukunft eine wichtige Rolle im Reigen der bedeutenden Staaten zukommen. Eine wesentlich wichtigere noch als bis dato!" Er beugte sich nach vorn – soweit dies seine enorme Leibesfülle zuließ – und blinzelte verschwörerisch. „Die Tage des Reiches sind gezählt! Eine neue Ordnung wird entstehen..."

„Eine neue Ordnung? Wie meint Ihr das?" Fritz konnte sich die Andeutungen des Vaters nicht zusammenreimen. Gewiss, man hatte das eine oder andere gehört. Hektische Verhandlungen, zahlreiche Pläne, Modelle und Varianten waren diskutiert und wieder verworfen worden. Und was auch an Vorschlägen bisher auf den Tisch gekommen war: Keine der Empfehlungen hatte sich länger als 24 Stunden gehalten. Schon gar nicht gegen den Willen der Franzosen. Klar, dass vor allem der Kaiser in Österreich so manch bittere Pille würde schlucken müssen, das lag auf der Hand. Schon deshalb, weil Napoleon ihn ganz offensichtlich als seinen schärfsten Konkurrenten betrachtete. Nicht der Kaiser als Person war damit gemeint, mehr als einmal hatte Bonaparte schon verächtlich über Franz II. die Nase gerümpft, nein: Es ging um die Institution, um den Kaiser, um das Deutsche Reich.

„Das Heilige Römische Reich Deutscher Nation wird aufhören zu bestehen, davon können wir bereits heute ausgehen. Napoleon ist der Sieger. Er allein diktiert die Bedingungen. Doch er ist schlau genug, sich dabei beraten zu lassen. Von klugen und andererseits auch brandgefährlichen Männern wie seinem Außenminister Talleyrand genauso wie von unserem braven Minister Normann!" Zufrieden klatschte Friedrich in die Hände, dann griff er zu einem Federkiel und malte in groben Zügen die Umrisse von Europa auf ein Blatt Papier. „Hier auf der linken Seite ist Frankreich: Groß, mächtig, gewaltig gewachsen in den letzten Monaten. Dort – auf der rechten Seite – ist Österreich, stark in Mitleidenschaft gezogen, aber immer noch präsent. Zumal der Kaiser immer noch eine wichtige Stimme im Deutschen Reich darstellt. Das Reich, das hier in der Mitte von Europa direkt an Frankreich grenzt. Von Basel den ganzen Rhein entlang. Und genau hier, dieses Stück in der Mitte", er deutete mit dem Federkiel auf die skizzenhaften Umrisse von Baden, Württemberg und Bayern, „das ist es, worum es geht!"

„Das sind wir! Württemberg!" Fritz verstand noch immer nicht, worauf der Herzog hinaus wollte.

„Eben! Wir bilden den natürlichen Puffer zwischen den beiden großen Mächten! Wir sorgen dafür, dass sie nicht aneinanderstoßen! Nicht mehr", fügte er zufrieden hinzu. „Dann nämlich nicht mehr, wenn es kein Deutsches Reich mehr gibt, das ja schon längst nur noch auf dem Papier Bestand hatte. Und auch dann erst recht nicht mehr, wenn wir groß und stark genug werden, uns als mittlere Macht zu behaupten und unsere Funktion als Puffer zwischen den beiden Machtblöcken wahrzunehmen!"

„Und wie soll das aussehen? Wenn wir wachsen, dann geht das doch auf Kosten eines anderen! Wer soll das sein?"

„Weshalb nur einer? Es wird viele treffen! Denkt nur einmal an die Freien Reichsstädte! Wozu sind Reichsstädte noch gut, wenn es kein Reich mehr gibt? Und wo ist die Existenzberechtigung dieser ganzen reichsunmittelbaren Klöster, die uns immer nur Ärger und Verdruss bereitet haben. Ich sage nur Zwiefalten!" Er spuckte das Wort verächtlich aus dem Mund. „Schluss damit! Schluss auch mit diesen ganzen Klein- und Kleinstfürstentümern! Wir brauchen sie nicht mehr! Wir haben sie noch nie gebraucht!"

„Ihr meint, sie werden aufgelöst?" Staunend starrte Fritz auf die mit wenigen Federstrichen gezeichnete Karte.

„Nicht nur das: Sie werden uns zugeschlagen. Uns genauso wie unseren badischen Nachbarn! Und den Bayern! Unsere Länder werden gewaltig wachsen, werden enorm an Bedeutung gewinnen!" Der dicke Herzog rieb sich lustvoll die Hände. „Schade für den Vetter in Wien, zugegeben. Aber damit retten wir unsere Existenz – und schaffen so das neue Gleichgewicht in Europa!"

„Als Vasall von Napoleon!" Erregt war der Erbprinz aufgesprungen.

„Als unabhängiger Staat in einer neuen Ordnung! Zum Schein mit Napoleon, doch nicht für immer! Was ich von diesem Bonaparte halte, sollte Euch eigentlich zur Genüge bekannt sein!"

„Dann dürft Ihr den Verrat am Kaiser nicht dulden!"

„Und dafür sang- und klanglos untergehen? Nein, so einfach geht es nicht! Eine einseitige Allianz mit Österreich – ohne Rückversicherung in Paris? Das würde das sichere Ende für Württemberg bedeuten! Und dem Kaiser wäre dennoch nicht geholfen. Nur unsere lieben Freunde in Baden und Bayern würden sich freuen und Württemberg lustvoll unter sich aufteilen. Nein", der Herzog schüttelte energisch den Kopf. „In solch einer Situation ist es mir schon lieber, eine kurze Wegstrecke mit den vermaledeiten Franzosen mitzugehen, gezwungenermaßen eben. Sie werden sich in ihrem grenzenlosen Eroberungswahn früh genug blutige Köpfe holen, wenn nicht schon bei meinem lieben Schwiegervater in England, dann doch spätestens bei unserem Neffen in Russland. Und danach: Danach sind wir wieder frei – und längst schon als Kurfürsten etabliert..."

Der Prinz stutzte. „Kurfürsten? Was meint Ihr damit?" Die Verblüffung war ihm anzumerken.

Friedrich lachte trocken. „Was man eben so meint, wenn man von einem Kurfürsten spricht. Von einem Regenten, der an der Spitze eines wichtigen Staates steht. Die Franzosen haben uns signalisiert, dass sie sich unsere Erhebung in den Kurfürstenstand durchaus vorstellen könnten – genügend Verbündete hätten sie beisammen. Und überdies: Es ist ein Rang, der uns eigentlich schon längst zustünde, wären da nicht die anderen, die unsere Bestrebungen bisher bereits im Keim erstickt haben. Eben jene Reichsstädte und Klöster beispielsweise..."

„Aber das ist gegen das Recht! Das grenzt ja an einen Staatsstreich!"

„Mäßigt Euch!" Unwillig legte der Herzog die Stirn in Falten und bedachte seinen Sohn mit einem tadelnden Blick. „Ich habe es doch gerade eben erst angedeutet; das Heilige römische Reich Deutscher Nation wird demnächst sein Leben aushauchen. Es wird aufhören zu existieren. Es hat sich überlebt. Es ist vorbei!"

„Nach tausend Jahren!"

„Höchste Zeit für eine neue Ordnung. Eine Ordnung, in der Württemberg eine gewichtige Rolle spielen wird. Ein neues Zeitalter wird anbrechen und Württemberg wird mit dabei sein im Konzert der Großen. Erst recht dann, wenn Frankreich die Quittung für sein Vorgehen erhalten hat! Und deshalb, mein lieber Prinz, deshalb hat die Diplomatie nunmehr oberste Priorität. Das eine tun – und dabei das andere nicht lassen! Das ist es, was in diesen Zeiten zählt, und dieses Spiel beherrscht unser Normann geradezu perfekt! Sollen die Landstände in Paris ruhig hinter meinem Rücken agieren, soviel sie wollen: Wenn dieser Abel bei Talleyrand vorstellig wird, dann ist mein braver Normann schon längst vor ihm da gewesen..."

Der Erbprinz stutzte. „Abel? Was wollt Ihr damit andeuten?"

„Dass der Vater Eurer Therese, die Ihr offenbar – gegen meinen erklärten Willen – immer noch mit Euren Besuchen beglückt, in Wirklichkeit sein eigenes ränkevolles Spiel betreibt. Es liegt doch auf der Hand, dass die Landstände natürliche Sympathien für die Revolution in Frankreich hegen und via Paris versuchen, auch unsere Regentschaft in Württemberg dadurch zu unterhöhlen, um eines Tages selbst das Ruder in die Hand zu bekommen. Sie wissen freilich nicht, dass Bonaparte und Talleyrand sich einig sind und instabile Verhältnisse in unserem Land nicht forcieren und auch nicht hinnehmen werden. Sie brauchen eine fest gefügte Ordnung. Einen stabilen Puffer zwischen Frankreich und Österreich. Dies freilich zu bedenken vergisst der Herr Gesandte, bei seinem heimtückischen Tun und Treiben auf dem Pariser Parkett. Doch eines Tages ist das Spiel vorbei: Der Herr Landschaftskonsulent wird sich auf dem Asperg wiederfinden und genügend Zeit haben, um darüber nachzudenken, ob der Einsatz seiner eigenen Töchter nicht ein zu hoher Preis in diesem durchtriebenen Spiel gewesen ist..." Ein selbstgefälliges Lächeln zuckte um seine Mundwinkel.

„Lasst Therese aus dem Spiel!" Wütend stampfte Fritz mit dem Fuß auf dem Boden auf. „Das eine hat mit dem anderen nichts zu tun!"

Der Herzog hob beschwichtigend die Hände. „Beruhigt Euch! Es ist das Recht und die Pflicht des Vaters, seinen Söhnen die Augen zu öffnen und ihnen Ratschläge zu erteilen – selbst auf die Gefahr hin, dass diese Ratschläge auf das gröblichste missachtet werden! Aber lassen wir das: Es geht um unser Land und um dessen große Zukunft. In der Schlacht von Hohenlinden habt Ihr Euch, wie mir von überall berichtet wird, prächtig geschlagen und damit vor den Augen der Welt den Beweis erbracht, dass Württemberg einen tapferen und würdigen Erbprinzen hervorgebracht hat. Es ist daher an der Zeit, ein Zeichen zu setzen und Euch enger an den Hof und die Regierungsgeschäfte zu binden. Eines Tages werdet Ihr mein Nachfolger als Kurfürst sein..."

„...noch seid Ihr Herzog", versuchte Fritz einzuwenden.

„...die Zeit wird kommen!" ließ sich der Regent nicht beeindrucken und nahm seinen Sohn nun direkt ins Visier. „Schon sehr bald sogar. Und deshalb wünsche ich Euch künftig enger an meiner Seite!"

Der Prinz nickte wortlos, während sich sein Vater zufrieden die Hände rieb. „Gut! Das wäre also besprochen. Als Nächstes werden wir den Hofschneider kommen lassen..."

„Wozu denn das?"

„Um Euch neu einzukleiden! Eurer Position und Eurem Rang als meinem Nachfolger auf dem Thron entsprechend!" Der Herzog deutete mit einer missbilligenden Geste auf die Jacke seines Sohnes. „Seht Euch einmal im Spiegel an: Ihr seid gekleidet wie ein ganz gewöhnlicher Bürger! Fast könnte man meinen, Ihr sympathisiertet mit den Republikanern!"

„Aber das sind doch nur Äußerlichkeiten..." versuchte Fritz einzuwenden, der sich noch nie für Mode und Kleidung interessiert hatte und dem die Garderobe, in der er bei Festlichkeiten am Hof zu erscheinen hatte, ein Gräuel war.

„Es gehört dazu!" wischte der Herzog den Einwand beiseite. „Ihr seid der Kronprinz, und das soll jedermann sehen!"

Fritz senkte stumm den Kopf und schluckte seine Gegenrede hinunter. Sollte der Alte seinen Willen haben. Wenn dieses Zugeständnis von seiner Seite bedeutete, dass zwischen ihnen nunmehr eine Art Waffenstillstand herrschen würde, was sich in ihrem in den letzten Wochen bereits auffallend entspannten Verhältnis angedeutet hatte, dann wollte er dem Dicken dieses Mal dessen Willen lassen. Also würde er sich am Hof in die dem Vater angemessen erscheinende Kleidung zwängen lassen – außerhalb von dessen Sichtweite konnte er sich ja dennoch geben, wie es ihm beliebte!

16

„Ihr habt davon Kenntnis erhalten? Womöglich früher bereits als ich?" Argwöhnisch musterte der Herzog seinen vor ihm stehenden Sohn. „Die Landstände spielen also weiterhin ihr eigenes Spiel?!"

„Was meint Ihr damit?" Fritz, der von einem Sekretär seines Vaters dringend in dessen Arbeitszimmer gebeten worden war – der Herzog sei außer sich vor Empörung, hatte es ohne nähere Erklärung geheißen – ahnte, worauf der Regent anspielte. Sicherheitshalber schien es ihm aber angebracht, erst einmal abzuwarten. Wer weiß, in welche Richtung die Attacke des aufgebrachten Mannes wohl zielen würde.

„Das wisst Ihr ganz genau!" zischte dieser wütend. „Kaum hat von Abel seine Demission bekannt gegeben, meinen die Herrschaften, einen Nachfolger für ihn bestimmen zu müssen. Ohne irgendwelche vorherige Rücksprache mit mir zu halten! Unglaublich!"

Aha! Natürlich wusste Friedrich Wilhelm spätestens jetzt ganz genau, was seinen Vater so in Rage versetzte. Der Landschaftskonsulent Konradin von Abel hatte im Winter dieses Jahres 1802 seine bisherige Tätigkeit als erster Mann der württembergischen Landstände niedergelegt und den Posten eines Gesandten der Hansestädte bei der Regierung in Paris übernommen. Die Demission seines geschickten und hartnäckigen Gegenspielers in der württembergischen Politik hatte der Herzog mit Befriedigung zur Kenntnis genommen, auch wenn er ihm die hochangesehene und darüber hinaus gut bezahlte neue Tätigkeit absolut nicht gönnen wollte. Gerade in den letzten Wochen hatte sich die Situation immer mehr zugespitzt, da Friedrich mit wachsendem Misstrauen registrierte, wie oft sich der Abgeordnete der württembergischen Landstände zu Gesprächen in Paris aufgehalten hatte. Mehr als einmal war bei den Zusammenkünften der engsten Vertrauten am Hof das Stichwort Hochverrat gefallen. Doch nun, da der selbstbewusste Diplomat in andere Dienste übergewechselt war, erhoffte sich der Herzog künftig einen leichteren Umgang mit den Landständen. Einen solchen Gegner würde er nicht mehr aufkommen lassen, das hatte sich der Herzog geschworen. Und nun diese Nachricht!

„Gros! Ausgerechnet Gros! Das ist Verrat! Das ist..." der Dicke schnappte mühsam nach Luft. Eine ungesunde Röte hatte sein Gesicht überzogen, Schweißperlen standen auf seiner Stirn, während er sich erschöpft in den samtbezogenen Sessel zurücksinken ließ.

„Majestät!" Besorgt näherte sich der Staatsminister dem Schreibtisch. „Majestät! Ich bitte Euch! Denkt an Eure Gesundheit!"

„Schon gut, schon gut! Ich brauche keine Belehrungen!" Unwirsch wedelte Friedrich mit seiner Rechten. Dann wandte er den Kopf und blickte streng in das Gesicht seines Sohnes.

„Was ist das für ein Spiel, das hier mit mir gespielt wird? Und was wisst Ihr darüber? Ich verlange eine Erklärung – und zwar auf der Stelle!"

Der Erbprinz drückte straff den Rücken durch und bemühte sich, seinen Unmut über die barsche Tonart des Vaters zu überspielen. Andererseits wunderte er sich nicht im Geringsten über dessen Zorn. Fritz selbst war genauso verblüfft gewesen, als er vor zwei Tagen durch seinen Freund Eugen von Maucler die streng vertrauliche Nachricht erhalten hatte, dass die Landstände beabsichtigten, seinen ehemaligen Erzieher Karl Heinrich Gros zu ihrem neuen Sprecher zu wählen. Gros! Ausgerechnet Gros, der ja seinerzeit von Friedrich mit Schimpf und Schande aus dem Haus gejagt worden war. Gros! Der junge Philosoph, mit dem Fritz immer noch eine tiefe Sympathie verband, auch wenn man sich im Lauf der Jahre nur noch selten hatte sehen können! Gros, der einzige Lichtblick in seinen dunklen Jugendjahren! Er hatte erst vor einigen Tagen ein stark beachtetes Lehrbuch der philosophischen Rechtswissenschaft veröffentlicht! Ein Buch, das eindeutig als Standardwerk Einzug in die Bibliotheken halten würde, darin waren sich die Gutachter von Beginn an sicher gewesen. Insofern erschien den Landständen der junge Wissenschaftler als geeigneter, wenn nicht gar geradezu idealer Nachfolger des zunächst schmerzlich vermissten Konradin von Abel. Zumal sich Gros außerdem durch seine mehrjährige Tätigkeit am württembergischen Hof und seine nach wie vor vertrauensvolle Beziehung zum Erbprinzen, dessen Grundüberzeugungen ja immer wieder deutlich vernehmbar gravierend von denen des Vaters abzuweichen schienen, nachdrücklich empfehlen konnte. Ein wahrhaft genialer Schachzug der württembergischen Ständevertreter, hatte Fritz anerkennend genickt, nachdem er davon erfahren hatte. Und tatsächlich: Seine Befürchtung, die Wahl könne womöglich im letzten Moment noch durch Intrigen des Herzogs verhindert werden, hatte sich glücklicherweise nicht bewahrheitet. Gros war mit überzeugender Mehrheit gewählt worden. Ein junger weltgewandter Mann mit eigenen Ideen an der Spitze der Landstände, das konnte dem Land eigentlich nur zugute kommen – meinte der Erbprinz. In Gegensatz zu seinem Vater: ganz offensichtlich!

„Was ist denn nun? Ich warte immer noch auf eine Antwort!" Der Herzog wischte sich mit einem seidenen Taschentuch die schweißnasse Stirn, während er seinen Sohn mit einem missbilligenden Blick streifte.

„Nun, ich bin der Ansicht, dass diese Wahl für unser Land und unsere Regierung als durchaus positiv zu betrachten ist! Es handelt sich um einen hochgebildeten..."

„Hochgebildet!" Krachend ließ der Herzog seine Faust auf die Tischplatte niederfahren, während er heftig den Kopf schüttelte. „Dieser Mensch ist ein Aufwiegler! Ein Volksverhetzer! Ein jakobinischer Verräter!"

„Aber..."

„Nichts aber!" schnitt ihm der Regent schon im Ansatz das Wort ab. „Ich hätte es mir ja eigentlich denken können, dass Ihr diesen Gros auch noch verteidigt! Aber nichts da: Normann, wo ist das Dokument?"

„Hier, Majestät!" deutete der Staatsminister eilfertig auf eine Urkunde, die unterschriftsreif vor dem Herzog auf dem Schreibtisch lag.

Dieser griff mit beiden Händen nach dem Papier und hob es in die Höhe. „Soso! Die Bestätigungsurkunde! Das hätten sich die Herrschaften so gedacht..." Ein zynisches Lächeln huschte über sein Gesicht, und mit einer raschen Bewegung riss er die Urkunde in der Mitte durch. „Soviel zum Thema Bestätigung..."

„Aber Majestät!" Entgeistert starrte der Minister auf die beiden Teile des Schreibens, die langsam zu Boden flatterten. „Ihr habt es zerrissen!"

„Gut beobachtet, Normann!" grinste der Herzog. „Und Ihr könnt den Herrschaften gerne ausrichten, dass ich auch weiterhin so verfahren werde. Lasst ihnen sagen, dass der Herzog von Württemberg nicht gewillt ist, die Wahl dieses Gros anzuerkennen. Ich werde diese Wahl durch meine Unterschrift nicht bestätigen! Niemals!"

„Aber Herr Vater! Das könnt Ihr doch nicht machen!" rief Fritz aus.

„Und ob ich kann! Ihr habt es ja gesehen!" Der Herzog stemmte die Hände auf die Schreibtischplatte und erhob sich mühevoll. „Und wenn wir schon dabei sind: Es gibt noch mehr zu bereden ..."

Fritz verspürte einen schmerzhaften Stich in der Magengrube. Er konnte sich denken, was gleich kommen würde... „Nicht vor allen Leuten!" raunte er bittend zu seinem Vater hinüber.

„Was heißt hier: nicht vor allen Leuten?!" trompetete der lautstark in den Raum hinein. „Das hier", er beschrieb eine ausladende Handbewegung, „sind meine Vertrauten! Die Einzigen, die ich habe. Die Einzigen, denen ich die Gunst meines Vertrauens schenke! Die Creme de la creme von Württemberg! Loyaler als so manches Familienmitglied!", fügte er mit bitterer Miene noch hinzu.

„Bitte!" Vernehmlich stampfte Fritz mit dem Fuß auf, bemühte sich aber dennoch, Haltung zu bewahren.

„Nichts ist mit bitte! Ich habe mit Euch zu reden! Es geht um Eure Zukunft – und um die Zukunft von Württemberg!" setzte er mit wichtigtuerischem Gesichtsausdruck noch hinzu. Für einen Moment herrschte Stille in dem Raum. Keiner der Anwesenden wagte es, sich auch nur zu räuspern.

„Nun denn!" befriedigt nahm der Herzog zur Kenntnis, dass die anderen mit gespannter Aufmerksamkeit auf seine Erklärung warteten. „Ihr werdet in diesem Jahr 21 Jahre alt. Höchste Zeit also, endlich an die Zukunft zu denken. Alle Prinzen an den europäischen Höfen, die sich im selben Lebensalter wie Ihr befinden, sind längst verheiratet. Hervorragend und standesgemäß verheiratet, wie ich leider hinzufügen muss! Aber da Ihr immer noch – gegen meinen ausdrücklich erklärten Willen – Beziehungen zu der Tochter dieses Abel zu unterhalten pflegt ... Nein!" mit einer entschiedenen Geste wehrte er den Widerspruch seines Sohnes ab. „Unterbrecht mich nicht! Die Hinweise, die ich diesbezüglich erhalten habe, sind eindeutig!"

„Spitzel!" zischte Fritz aufgebracht, ohne jedoch seine stramme Haltung aufzugeben, mit der er vor dem Vater verharrte. „Ihr habt mich bespitzeln lassen!"

„Nennt es, wie Ihr wollt", machte der Herzog eine unwirsche Handbewegung. „Ihr habt gegen meine eindeutige Anweisung verstoßen – und nur darum geht es! Also haben wir uns – Eure verehrte Stiefmutter und ich persönlich – Gedanken über Eure Zukunft gemacht und sind dabei am Zarenhof auf durchaus wohlwollendes Interesse gestoßen..." Der Regent setzte ein selbstzufriedenes Lächeln auf und blickte triumphierend in die Runde. „Wir müssen nur noch die Hochzeitsmodalitäten besprechen, dann sind wir uns handelseinig!"

„Handelseinig!" brach es nun aus Fritz heraus. „Ich bin keine Ware! Und auch kein Stück Vieh! Ich lasse nicht mit mir schachern wie mit einem Zuchtbullen! Heute nicht und morgen nicht! Niemals!" Wütend klatschte er in die Hände. „Ein für alle Mal: Meine Frau suche ich mir selber aus!"

„Etwa dieses Flittchen?! Diese Therese?!" Der Herzog spuckte die Worte geradezu vor die Füße seines Sohnes. „Diese nicht standesgemäße, vier Jahre ältere Person? Diese Schlange, die Euch im Auftrag ihres intriganten Vaters völlig in ihren Bann gezogen hat? Das ist lächerlich! Grotesk!"

Mühsam schaffte es der Prinz, nach außen hin Gelassenheit vorzutäuschen. „Nennt es, wie Ihr wollt! Ich werde mir meine Frau auf jeden Fall selbst aussuchen! Wenn es soweit ist..."

„Wenn es soweit ist! Was soll das heißen? Ihr wagt also den offenen Aufruhr gegen Euren Vater? Ihr habt die Stirn..."

Noch Jahre später stellte sich der Erbprinz so manches Mal die Frage, wie weit die Situation wohl eskaliert wäre, wenn just in diesem Augenblick nicht die Tür geöffnet worden wäre und eine junge etwas pummelige Frau in den Raum kam. „Ach da seid ihr ja alle versammelt! Und was ihr wieder für ernste Gesichter macht," kicherte sie fröhlich. „Wichtige Staatsgeschäfte, darf ich doch wohl annehmen? Und die Herren Minister: eifrig bei der Sache, nicht wahr?"

„Katharina!" Der Herzog schüttelte missbilligend den Kopf und bedachte seine Tochter mit einem tadelnden Blick. „Wie oft habe ich Euch schon gesagt, dass es für eine württembergische Prinzessin nicht ziemlich ist, so ungestüm ins Zimmer zu hüpfen?" Trotz des Verweises stahl sich der Anflug eines Lächelns in seine Miene. Wer hätte Katharina auch böse sein können, wie sie so naiv und unschuldig mit gesenktem Haupt vor ihrem Vater stand.

„Ich habe doch nur im Auftrag der Herzogin sagen wollen, dass alles zum Ausflug auf die Solitude bereit ist! Die Pferde sind angeschirrt, die Kutsche wartet, der Hofstaat ist bereits voraus geeilt! Entschuldigt, wenn ich Euch mit meinem Verhalten Verdruss bereitet haben sollte!"

„Ist schon gut, meine Liebe! Sagt der gnädigen Frau, dass ich mich beeilen werde", nickte Friedrich milde.

Kaum war die erleichtert aufatmende Katharina nach dieser Antwort aus dem Raum verschwunden, wandte sich der Herzog wieder an seinen Sohn. „Und nun noch einmal zu Euch – und Eurem missratenen Bruder. Hiermit untersage ich Euch im Beisein dieser Männer strengstens", dabei deutete er auf die verlegen zu Boden starrenden Minister an seiner Seite, „den weiteren Kontakt mit Therese von Abel. Genauso, wie ich Eurem Bruder Paul unter Strafandrohung untersage, jedwede Form von Beziehung zu einer der Töchter des ehemaligen Landschaftskonsulenten zu unterhalten. Nachdem man mir bereits am gestrigen Abend sein Tagebuch mitsamt all diesen despektierlichen Bemerkungen über mich und das Leben an diesem Hof übergeben hat, habe ich verfügt, dass er heute noch unter strenge Aufsicht von Pistorius und Mühlenfels gestellt wird", die beiden bei ihrem Namen genannten Männer nickten ernst, hielten den Blick aber weiterhin gesenkt, „und morgen wird er endlich sein Studium an der Universität in Tübingen aufnehmen. Immer in Blickkontakt mit diesen Ehrenmännern, die ihn keine Sekunde aus den Augen lassen werden und die ihm – das haben sie mir fest versprochen – die Flausen in kürzester Zeit austreiben werden! Ihr selbst werdet in den nächsten Tagen an meiner Seite..."

„...auf gar keinen Fall verweilen, sondern hiermit meinen Abschied aus dem württembergischen Heer nehmen!" deklamierte Fritz mit fester Stimme. Nun war es gesagt.

Sekundenlang herrschte Stille. Während die Bediensteten des Herzogs erschrocken zum Prinzen hinüber starrten, wandte der Regent langsam den Kopf in Richtung seines Sohnes. Nach einem langen, tiefen Atemzug verschränkte er die Hände vor der Brust und bedachte Fritz mit einem strengen durchdringenden Blick aus seinen dunklen Augen. „Ihr macht was?" zischte er mit gefährlich leiser Stimme.

„Ich reiche hiermit meinen Abschied aus dem württembergischen Heer ein! Auf der Stelle!" Der innerlich bebende junge Mann schaffte es, dem Blick seines Vaters standzuhalten. „Meine Entscheidung ist schon gefallen!"

„So so! Eure Entscheidung ist gefallen! Aus einer Laune heraus! Allein aus jugendlichem Ungestüm! Und ich darf nur noch nicken und die Schnapsidee des Herrn Sohnes abzeichnen!"

„Beim allem schuldigen Respekt: Ihr wisst ganz genau, dass das nicht stimmt! Ich habe es Euch wieder und wieder ans Herz gelegt, die Spitze des württembergischen Heeres auszutauschen! Diese überheblichen weltfremden Generäle dort: Alles Trottel, die längst mit den neuen Kriegstechniken nicht mehr Schritt halten und nun meinen, deshalb ein besonders eitles Gehabe an den Tag legen zu müssen! Kein Wunder haben die Franzosen unser Land überrannt, ohne auch nur den Ansatz einer Gegenwehr zu verspüren! Nein, ich habe keine Lust mehr, mich von diesen Ignoranten über Strategiefragen belehren lassen zu müssen! Mein Entschluss steht fest!"

Während sich die peinlich berührten Minister empörte Blicke zuwarfen, schien es für einen Augenblick so, als wolle sich der fassungslose Herzog auf seinen Sohn stürzen. Nur der geistesgegenwärtigen Reaktion des Ministers Normann war es zu verdanken, dass die Situation nicht eskalierte. Mit einem raschen Schritt an die Seite des Fürsten schob er sich zwischen die beiden Kontrahenten. „Ihr wagt es, die Spitze des württembergischen Heeres zu beleidigen? Das ist wahrhaft unglaublich! Das grenzt an Hochverrat!"

„Es ist die Wahrheit", ließ sich Fritz von der Reaktion seines Vaters nicht beirren. Nach wie vor verharrte er steif vor dem Herzog. Immer mehr schien ihn ein neues, bisher unbekanntes Gefühl wie eine warme Woge zu durchströmen: Selbstbewusstsein. Je länger die Konfrontation anhielt, je stärker sich der andere echauffierte, umso triumphaler waren die Empfindungen, die sich in seinem Bewusstsein auszubreiten begannen. Er hatte gewonnen! Hatte dem Despoten Paroli geboten! Hatte sich nicht einschüchtern lassen! Er war endlich aus dem dunklen Schatten seiner freudlosen Erziehung getreten! Hatte sich befreit! Er war frei! Er war erwachsen! Endgültig!

Auch dem Herzog war, trotz seiner Erregung, die Veränderung nicht verborgen geblieben, die sich ganz offensichtlich in seinem Sohn vollzogen hatte. Mit Drohungen würde er nicht weiterkommen, zumindest nicht im Augenblick. Und das im Beisein von so vielen Zeugen. Eine peinliche Situation! Keinesfalls stand ihm der Sinn danach, vor seinen Ministern das Gesicht zu verlieren, selbst wenn es sich bei diesen wenigen Männern um die Einzigen handelte, denen man wenigstens einigermaßen Vertrauen schenken konnte. Doch die Szene würde sich dennoch in Windeseile am Hof herumsprechen. Er überlegte fieberhaft. Er musste die Aussagen seines Sohnes ins Lächerliche ziehen. Satire war eine schärfere Waffe als Kritik, diese Lektion hatte er in England, am Hof seines Schwiegervaters, gelernt. „Der Held von Hohenlinden! Kaum dass er den Windeln entwachsen ist und ein einziges Mal von ferne den Duft von Pulver und Kanonen geschnuppert hat, spuckt er große Töne, der Herr Sohn!"

„Denkt doch, was Ihr wollt! Mein Entschluss ist gefallen! Adieu!" Scheinbar unbeeindruckt von dem eben gehörten beschrieb Fritz eine wegwerfende Handbewegung und machte auf dem Absatz kehrt. Ohne die Anwesenden eines weiteren Blickes zu würdigen schritt er mit festen gemessenen Schritten zur Tür hinaus.

17

„Geht es dir allmählich wieder besser?"

Der blasse junge Mann schlug die Augen auf und blickte in die besorgte Miene seines Freundes, der ihn forschend beobachtete. „Du siehst aus, als wäre dir heute Nacht der Leibhaftige begegnet! Du meine Güte! Wie der Sensenmann persönlich!"

„So fühle ich mich auch", stöhnte Friedrich Wilhelm erschöpft und betastete vorsichtig die große Beule an seiner Stirn, die ihm nach wie vor höllische Schmerzen bereitete. „Als wäre ich gegen eine Felswand gelaufen!"

„Sei froh, dass ich noch rechtzeitig dazugekommen bin, sonst hätte dich die Felswand unter sich begraben!" Kopfschüttelnd tippte sich Eugen von Maucler an die Stirn. „Wie man sich nur dermaßen blöde verhalten kann!"

„Wer den Schaden hat, über den ist gut lästern!" Der Erbprinz verdrehte gequält die Augen. „Das ist ja unerträglich hier drinnen! Mir ist schon ganz übel! Dieses Schwanken und holpern! Sag dem Kutscher, dass er gefälligst vorsichtiger fahren soll!"

„Der tut schon, was er kann!" Eugen von Maucler wies mit dem ausgestreckten Arm zum Fenster der Kutsche hinaus. „Da schau mal, wie langsam die Landschaft an uns vorüberzieht. Noch langsamer, dann können wir gleich ganz stehen bleiben!"

„Mir auch recht", flüsterte Fritz kraftlos. „Ist ja einerlei, wo ich sterbe! Ich fühle mich so hundeelend! Lass ihn anhalten!" Mit einem Mal kam Bewegung in den Kranken. Er richtete sich kerzengerade auf und schlug die Hand vor den Mund, während er mit panischem Blick zu seinem Freund hinüberstarrte. „Lass ihn anhalten! Sofort!"

Noch ehe der Kutscher das Gefährt zum Stillstand gebracht hatte, umklammerte der Prinz hektisch den Türgriff und stürzte in wilder Panik hinaus. Grinsend betrachtete sein Freund das Häufchen Elend, das zusammengekrümmt an einem der Alleenbäume lehnte und ganz offensichtlich einen verzweifelten Kampf mit seinem Mageninhalt ausfocht. „Tja, der gute Wein am Heuchelberg! Aber wie schon der große Paracelsus sagt: Jedwedes Ding ist giftig, wenn nur die Dosis hoch genug war!"

„Maucler, bitte!" würgte der Prinz kraftlos hervor, während er sich mit dem Ärmel seiner Leinenjacke stöhnend den Schweiß von der Stirn wischte. „Ich kann das Wort nicht mehr hören! Schon die bloße Erinnerung daran..." Ein neuerlicher Würgereiz unterbrach ihn. Peinlich berührt wandte der Kutscher den Kopf zur Seite, während Maucler eine neuerliche spöttische Bemerkung nicht unterdrücken konnte. „Da steht er also, der Prinz von Württemberg, und kotzt sich die Seele aus dem Leib! Wenn das die Landeskinder sehen würden – oder gar der gestrenge Herr Vater..."

„Eugen, ich bitte dich!" Erschöpft richtete sich Fritz wieder auf, während er beide Hände gegen seinen Magen presste. „Mir geht es auch so schlecht genug, da brauchst du nicht auch noch den Dicken zu erwähnen!" Er holte vorsichtig Atem, dann ließ er sich langsam auf die grasbewachsene Böschung sinken. „Tut mir Leid: Ich muss mich erst einmal ausruhen. Ich kann dieses ewige Geschaukel momentan nicht ertragen..."

„Dann setz dich wenigstens auf die Decke hier. Das Gras ist ja ganz nass!", deutete Maucler auf eine der Pferdedecken, die er sich bei dem Kutscher besorgt hatte.

„Von mir aus", murmelte der Prinz kraftlos und rutschte auf die Decke herüber. „Mir ist im Augenblick alles gleich! Ich möchte nur noch diesen Tag überleben!"

„Sei bloß froh, dass dein Vater nichts mitbekommen hat von der ganzen Szene! Sonst würdest du den Tag nämlich sicher nicht überleben!" kommentierte der andere kopfschüttelnd.

Leise aufstöhnend tastete Fritz an seine schmerzende Stirn. „Du meine Güte! Ich weiß fast gar nichts mehr! Was ist denn am Schluss eigentlich passiert? Und wo haben wir dann übernachtet? Ich kann mich nur noch an dieses Mädchen erinnern, an diese schwarzen Haare..."

„...aber offenbar nicht mehr an ihren Vater, der dir dieses schöne Andenken verschafft hat!" deutete Maucler auf die Beule am Kopf des Prinzen. „Wie gesagt: Wäre ich nicht rechtzeitig dazu gekommen, dann könntest du dir jetzt die Kartoffeln von unten betrachten!"

„Die Kartoffeln!" Fritz verdrehte die Augen und sandte einen mitleiderregenden Blick zum Himmel. Langsam, ganz langsam strömte die Erinnerung in ihn zurück.

Eigentlich hatte der gestrige Tag ja wirklich ganz verheißungsvoll begonnen. Nachdem er in den letzten Wochen mit seinem Vater wieder einmal eine Art Waffenstillstand geschlossen hatte – nein, keinen Frieden, dafür war in den vergangenen Jahren einfach zu viel demütigendes zwischen den beiden ungleichen Männern geschehen – hatte ihn dieser mit der einen oder anderen offiziellen Aufgabe betraut. Zu Friedrich Wilhelms großem Erstaunen war es tatsächlich der Herzog gewesen, der mit Hilfe seiner Frau Charlotte einen neuen Kontakt zu seinem widerstrebenden Sohn geknüpft hatte. Bei der Stiefmutter handelte es sich ja bekanntlich um die einzige Person, deren Vermittlungsbemühungen von beiden Kontrahenten akzeptiert wurden und die es zur Verblüffung des gesamten Hofes auch immer wieder schaffte, selbst den jähzornigen und impulsiven Regenten zur Räson zu bringen. Nach der Demission des Kronprinzen aus dem württembergischen Heer hatte sie den jungen Mann mit erstaunlicher Strenge unmissverständlich auf seine Pflichten als Thronfolger hingewiesen, wohingegen sie ihrem Mann genauso klar bedeutet hatte, dass es nunmehr angebracht sei, die alten Konflikte ruhen zu lassen und sie von einem Herzog die Größe erwarte, im wohlverstandenen Interesse seines Landes auch einmal über seinen eigenen Schatten zu springen. Fritz hatte daraufhin seine Demission aus dem Heer rückgängig gemacht, während sein Vater kein Wort mehr über die Auseinandersetzung verloren hatte.

Nachdem Württemberg mit dem Reichsdeputationshauptschluss vom Februar 1803 eine riesige Gebietsausweitung erfahren hatte, war beiden, dem Herzog und dem Erbprinzen, noch einmal die Anforderung deutlich bewusst geworden, wie notwendig es nunmehr war, die Konflikte untereinander zu beenden und sich mit aller Kraft auf die möglichst reibungslose Integration der neuen Landesteile zu konzentrieren. Eine Ausweitung des Herzogtums Württemberg um sage und schreibe 414 Prozent in der Fläche und ein Bevölkerungszuwachs um mehr als das achtfache, nämlich 857 Prozent, stellten eine riesige Herausforderung an den Regenten und seine sprunghaft expandierende Verwaltung dar. Dies erst recht vor dem Hintergrund, dass sich die weit überwiegende Zahl der neuen Gebiete ja geradezu verzweifelt gegen eine Einverleibung nach Württemberg zur Wehr gesetzt hatte. Die kleinen hohenlohischen Fürstentümer, die traditionsbewussten und einst so reichen und mächtigen Freien Reichsstädte wie Hall, Heilbronn oder Reutlingen genauso wie die großen bislang reichsunmittelbaren Klöster, die sich schon immer – über Jahrhunderte hinweg – gegen eine drohende Umklammerung von Seiten Württembergs zur Wehr gesetzt hatten. Und auch den Bewohnern der vorderösterreichischen Lande südlich der Schwäbischen Alb schwante nichts Gutes, so dass auch sie in geradezu panischer Hektik emsige Aktivitäten gegen ihre drohende Einverleibung nach Württemberg an den Tag legten.

Eine Integration nach Württemberg musste auf alle Fälle schnell vonstatten gehen, diese Erkenntnis hatte sich in der Regierung rasch durchgesetzt, nachdem bereits erste Nachrichten von Aufbegehren und Widerstand nach Stuttgart gedrungen waren. In Windeseile konnte so ein Flächenbrand entstehen, eine Erhebung, die bald schon nicht mehr kontrollierbar sein würde, und so setzte der Herzog all seine Energie daran, klare Fakten in den neuen Landesteilen zu schaffen. Unnachgiebig und mit teilweise brutaler Gewalt gingen die Württemberger gegen jeglichen Widerspruch vor, und sei er noch so berechtigt gewesen.

Natürlich war auch dem Kronprinzen klar geworden, dass die persönlichen Konflikte nun hinter das Landesinteresse zurückzutreten hatten, und so hatte er sich in seine neue und nach wie vor durchaus schwierige Rolle an der Seite seines Vaters gefügt. Vor allem zu Beginn dieser Tätigkeit hatte er von Freunden wie Phull-Rieppur und vor allem auch Eugen von Maucler mit sanftem Druck immer wieder darauf hingewiesen werden müssen, welch gerade auch für die neuen Untertanen wichtige Rolle als Gegengewicht zu dem despotischen Monarchen ihm in dieser kritischen Zeit zugefallen war. Dazu kamen wütende Briefe seines Bruders Paul aus Tübingen, der ihn einen Verräter nannte und keinerlei Verständnis dafür an den Tag legte, dass Fritz seiner Meinung nach mit einem Mal die Seiten gewechselt hatte und gemeinsame Sache mit dem verhassten Dicken machte. Völlig verbittert hatte ihm Paul bedeutet, dass er auf einen weiteren Kontakt mit seinem Bruder keinen Wert mehr lege: Bei der ersten sich bietenden Gelegenheit würde er Württemberg endgültig den Rücken kehren. Solle Fritz seine Rolle als künftiger Tyrann von Württemberg doch gefälligst alleine einstudieren – auf die tätige Mithilfe seines kleinen Bruders könne er ja allem

Anschein nach sorglos verzichten.

Zwar hatte Fritz noch mehrfach versucht, sich seinem Bruder gegenüber zu erklären. Doch der verstockte und mittlerweile völlig in sich gekehrte Paul hatte keinerlei Begegnungen mehr zustande kommen lassen. Andererseits drohte die Fülle an neuen Aufgaben und Petitionen, die Kräfte des Prinzen zu überrollen. Sie nahmen nunmehr seine ganze Konzentration in Anspruch. Nachdem es sich in den neuen Landesteilen herumgesprochen hatte, dass der Erbprinz wieder und wieder nach Kräften versuchte, die Brutalität einigermaßen abzumildern, mit der sein Vater zu Werke ging, häuften sich auf dessen Schreibtisch die Bittschriften. Städte wie das hohenlohische Hall, dessen jahrhundertelange Haupteinnahmequelle, die Saline, nun von der sofortigen Schließung durch die Württemberger bedroht war, wandten sich Hilfe suchend genauso an den Prinzen wie das Kloster Zwiefalten: Dessen Auflösung war längst beschlossene Sache, wie dies bei den anderen Klöstern auch der Fall war. Nur, dass in den dortigen Gebäuden künftig eine Irrenanstalt untergebracht werden sollte, wie es die Gerüchte besagten, das ließ die dortigen Bürger auf die Barrikaden gehen!

Mit all seiner Kraft versuchte der Prinz seit Wochen, die schlimmsten Auswüchse abzumildern und die Integration reibungsloser zu gestalten. Doch meist vergeblich. Selbst diesen auch seiner Ansicht nach barbarischen Akt der Umwandlung von einem Kloster in eine Irrenanstalt würde er nicht verhindern können, das wurde Fritz am Ende seiner Bemühungen schmerzlich bewusst. Härte statt Milde! Eine Regierung der eisernen Faust sei in solch einer Situation das einzig wirksame Mittel, hatte ihn der Herzog belehrt. Und so hatte Fritz schließlich nach einem langen Gespräch mit Eugen von Maucler den Entschluss gefasst, seine Tätigkeit künftig nicht mehr weit entfernt vom Ludwigsburger Schreibtisch aus zu verrichten, sondern am besten an Ort und Stelle. Es wäre sicherlich die effektivere Vorgehensweise, hatte ihm Maucler geraten. Denn dem württembergischen Erbprinzen offen zu widerstehen, das würde sicherlich keiner der Regierungsbeamten wagen, die sich landauf-landab mit harter Hand an die Umsetzung der herzoglichen Weisungen heranmachten. Und bis deren Berichte über das Verhalten des Kronprinzen endlich beim Herzog eingetroffen seien, wäre manche Ungerechtigkeit längst im Keim erstickt.

Fritz hatte einige Tage auf die Gelegenheit gewartet, die es ihm ermöglichte, einen plausiblen Grund für seine so genannte Inspektionsreise vorzubringen. Doch schneller als erwartet war der geeignete Zeitpunkt gekommen. Es war der Tag gewesen, an dem der Herzog seinem Sohn mit stolz erhobenem Haupt verkündete, dass seinem lange gehegten Wunsch nun tatsächlich entsprochen werde und er im Mai dieses Jahres in den Rang eines Kurfürsten erhoben werde. Was angesichts der neuen Bedeutung des Kurfürstentums Württemberg ja schließlich auch nur angemessen sei.

Fritz, dem das diplomatische Ränkespiel seines Vaters zwischen den Großmächten Frankreich und Österreich ein Dorn im Auge war, hatte dennoch Begeisterung geheuchelt und dem künftigen Kurfürsten von Napoleons Gnaden rasch plausibel machen können, dass eine Rundreise des Kronprinzen durch die neuen württembergischen Besitzungen durchaus angebracht sei, um den Verwaltungsapparat vor Ort rechtzeitig und aus erster Hand auf die Feierlichkeiten für dieses wichtige Ereignis einzustimmen.

So war er also an diesem sonnigen Märznachmittag von Lauffen am Neckar her kommend an der Heuchelberger Warte, der bisherigen Nordgrenze des Herzogtums, eingetroffen. Dabei handelte es sich um einen weithin sichtbaren Turm am östlichen Ende des Heuchelbergs, der als Teil des altwürttembergischen Landgrabens seit über 300 Jahren als wichtiger Beobachtungsposten fungierte und der nun, genauso wie der Landgraben selbst, praktisch über Nacht seine jahrhundertelange Funktion verloren hatte. Denn durch den Reichsdeputationshauptschluss vom Februar war nun auch das Land nördlich und östlich des Landgrabens zu Württemberg gekommen, samt der Freien Reichsstadt Heilbronn und ihrem bedeutenden Neckarhafen. Als letzte Reminiszenz an eine zu Ende gegangene Epoche hatte der Erbprinz zunächst dem Turm auf dem Heuchelberg einen Besuch abstatten wollen, um danach durchaus symbolträchtig in die neuwürttembergische Stadt Heilbronn weiterzureisen.

Bei ihrer Ankunft am Turm war ihnen durch die Einwohner des württembergischen Großgartach ein begeisterter Empfang bereitet worden. Und obwohl sie eigentlich eingeplant hatten, nur einen kurzen Blick von der Heuchelberger Warte herunter auf die neuen Besitzungen zu werfen und anschließend gleich nach Heilbronn aufzubrechen, waren die Stunden wie im Flug verstrichen. Die herzliche Aufnahme, der in Strömen fließende Wein vom Heuchelberg, die glänzend aufspielende Musikkapelle, der sonnendurchflutete märchenhaft schöne Märztag, und – nicht zuletzt – die in ihrer schlichten Einfachheit faszinierend schöne Tochter des Turmwächters hatten ein Übriges getan, um den ursprünglichen Zeitplan völlig über den Haufen zu werfen.

„Komm, wir müssen weiter!", hatte Eugen von Maucler seinen Freund mehr als einmal gedrängt, doch Fritz hatte jedes Mal nur eine abwehrende Handbewegung gemacht. „Mensch Fritz, die warten doch schon in Heilbronn!" ließ Maucler nicht locker.

„Dann schick halt schon mal das Gefolge voraus und sage denen, dass wir uns verspäten werden! Sie sollen ihren Empfang auf morgen früh verschieben. Prost, Eugen!" Der Erbprinz hob sein Glas in die Höhe und nahm einen tiefen Schluck. „Donnerwetter! Das nenne ich einen Wein!" schnalzte er anerkennend mit der Zunge. „Was ist das denn für eine Sorte?"

„Das ist ein Traminer, ein Wein, der hier am Heuchelberg sozusagen zuhause ist!" warf sich einer der Weingärtner stolz in die Brust. „Wir exportieren ihn sogar bis nach Wien, so bekannt ist unser Traminer!"

„Nur anscheinend in Ludwigsburg und in Stuttgart nicht", schüttelte Fritz verwundert den Kopf. „Das ist eine Sorte, die ich unbedingt einmal unserem Kammeralverwalter ans Herz legen muss. Donnerwetter!" Wieder setzte er das Weinglas an die Lippen und trank es in einem Zug aus.

„Fritz! Wir müssen los", versuchte es Maucler von neuem.

„Erst wenn der letzte Krug leer ist", grinste der Prinz zurück und hielt das leere Glas in Richtung eines wohl 18jährigen schwarzhaarigen Mädchens, das ihn aus stahlblauen Augen schelmisch lächelnd musterte. „Schenk ein! Aber nicht zu knapp, meine Schöne! Wie heißt du denn überhaupt? Also ich bin der Fritz – und du?"

Die junge Frau kicherte amüsiert, während sie sich mit einer anmutigen Handbewegung durch die langen seidig schimmernden Haare fuhr.

„Ich heiße Friederike! Wohl bekomms, der Herr!" füllte sie das ihr entgegengestreckte Weinglas bis an den Rand.

„Und was ist mit dir? Ich kann doch nicht trinken, während andere nur zuschauen und dabei halb verdursten! Komm, hol dir auch ein Glas!"

„Fritz!" wieder drängelte Eugen von Maucler, dem allmählich Übles schwante. „Wir müssen endlich weiter!" Er versuchte hastig, den Freund wegzuziehen.

„Da schau: Wer solche Freunde hat, der braucht keine Aufpasser mehr", brummelte der Erbprinz unbeeindruckt und zog das Mädchen auf den Platz neben sich.

„Ihr seid also der Prinz von Württemberg!" bedachte Friederike ihren Banknachbarn ohne jede Scheu. „Ihr scheint mir ja in Wirklichkeit ein ganz normaler Mensch zu sein..."

„Mit Vornamen Fritz! Ohne wenn und aber! Einverstanden?"

„Einverstanden", zwinkerte die Tochter des Turmwächters leutselig. Aus den Augenwinkeln nahm der mehr und mehr beunruhigte Maucler wahr, wie die Leute staunend und mit offenen Mündern den Auftritt des Kronprinzen beobachteten, für den die Welt um ihn herum versunken schien und der sich allem Anschein nach um nichts anderes mehr kümmerte, als um die ländliche Schönheit mit den schwarzen Haaren und den stahlblauen Augen.

„Eines müsst Ihr mir aber schon noch verraten... ach so, ja: Musst du mir noch verraten," korrigierte sich das Mädchen rasch, als ihm Fritz tadelnd den Zeigefinger auf die Lippen legte.

„Und das wäre?" rutschte er näher an Friederike heran.

„Was das für ein merkwürdiges Gewächs sein soll, das Euer Schultheiß da im letzten Jahr auf seinem Acker angebaut hat?"

„Was meinst du damit?"

„Na, dieses eigenartige Kraut, das aus der Knolle wächst, die sie im Frühjahr in die Erde gesteckt haben. Aus dem dann lauter neue harte Knollen entstehen. Das schmeckt ja scheußlich, dieses Zeug!"

„Du meinst Kartoffeln?"

„Ich glaube, so haben sie es genannt."

„Habt ihr das etwa roh gegessen?"

„Wie denn sonst?"

„Das müsst ihr kochen! Du meine Güte! Rohe Kartoffeln! Die sind doch völlig ungenießbar. Hat euch das niemand gesagt?"

„Na ja", das Mädchen zuckte verlegen mit den Schultern. „Sie waren ja für den Schultheiß. Der hat sie anscheinend probeweise aus Lauffen bekommen. Und wir... wir haben uns halt gedacht..."

„...wir fragen nicht lange, sondern probieren das merkwürdige Gewächs halt einfach mal!" ergänzte Fritz lächelnd. Er wandte den Kopf und blickte sich suchend um. „Wo steckt er denn, der Schultheiß? Ach, da ist er ja! Dann lasst uns einmal einen Topf voller Kartoffeln hierher bringen, um zu demonstrieren, wozu man dieses nützliche Gemüse gebrauchen kann! Ihr habt doch noch welche?"

„Einige wenige liegen noch im Keller", nickte der Mann eilfertig.

„Nun denn: Worauf wartet Ihr noch? Lasst sie herbringen! Wir bleiben hier sitzen und warten, bis Ihr wieder kommt. Solange der Wein nicht ausgeht, wird es uns schon nicht langweilig werden, oder?" Er legte den Arm um Friederikes Schulter und prostete ihr fröhlich zu, während Maucler einen verzweifelten Blick zum Himmel schickte. Er kannte seinen Freund gut genug, um zu wissen, dass es mit dem heutigen Besuch in Heilbronn ganz sicher nichts mehr werden würde. Ganz sicher nicht! Der Wein und dieses Mädchen: Da war jede weitere Überzeugungsarbeit sinnlos. Seufzend ergab er sich in sein Schicksal und griff nun ebenfalls nach dem gut gefüllten Glas, das man für ihn auf den roh gezimmerten Tisch gestellt hatte...

Die Zeit verging und keiner der beiden jungen Männer sagte ein Wort. Während sich Eugen die für diese Jahreszeit schon erstaunlich warmen Strahlen der Märzsonne in das Gesicht scheinen ließ, ließ Fritz von Zeit zu Zeit einen klagevollen Wehlaut vernehmen. Sonst herrschte Stille auf der engen Landstraße, gelegentlich noch unterbrochen vom unwilligen Schnauben der Kutschpferde.

„Sag mal, war ich wirklich dermaßen unansprechbar?" flüsterte Fritz schließlich mit matter Stimme.

„Unansprechbar? Wenn das alles gewesen wäre! Aber dich hat es gestern ja wirklich voll erwischt! Die hat dich ja ganz und gar um den kleinen Finger gewickelt! Na ja: Hübsch ist sie ja schon, das kleine Biest. Aber auch ganz schön raffiniert! Und wer fällt darauf herein: natürlich mein armer Freund und Weggefährte!"

„Jetzt mach aber mal halblang..." brauste der Prinz unwirsch auf, um sich unmittelbar danach mit gequältem Gesichtsausdruck wieder an den

Bauch zu fassen. „Da drin rumort es fürchterlich... Und alles wegen dieser Friederike!"

„Na ja: Sie hat es schon raffiniert begonnen. Erst diese langen schmachtenden Blicke, dann die Komplimente über deine himmelblauen Augen und die schönen roten Haare... Ich weiß zwar nicht, was die Frauenspersonen an dir schmächtigem Burschen so anziehend finden, nun ja, womöglich die Erotik der Macht..." Maucler zuckte in gespielter Ratlosigkeit mit den Schultern. „Und dann: dann gings ja weiter. Erst kam die Sache mit den Kartoffeln und dazu noch der Wein..."

„Hör auf! Ich bitte dich! Allein schon der Gedanke daran..." winkte der Prinz schaudernd ab.

Wieder herrschte minutenlange Stille. Regungslos hockte Fritz auf der Decke und schien tief in Gedanken versunken. Schließlich schüttelte er müde den Kopf. „Tut mir Leid, ich komme nicht dahinter. Irgendwie hört die Erinnerung an den gestrigen Tag bei den gekochten Kartoffeln und dem Weißwein auf! Alles andere ist weg, völlig weg! Wie bin ich denn nun an diese Beule gekommen? Ich muss ja geradezu im Eilschritt gegen eine Wand gelaufen sein!" Vorsichtig tastete er mit den Fingern seiner rechten Hand nach der Verletzung an seiner Stirn.

„Eine Wand in Gestalt des Turmwächters! Sag bloß, du erinnerst dich an gar nichts mehr?" Maucler staunte nicht schlecht über das, was er da gerade gehört hatte.

„Sag ich doch: Mir fehlt bis heute Morgen jegliche Erinnerung. Und an diesen Morgen möchte ich – ehrlich gesagt – am liebsten gar nicht erinnert werden", verwies Fritz auf die Tatsache, dass er vor wenigen Stunden im Haus des württembergischen Schultheißen von Großgartach erwacht war und sich seitdem zum Sterben elend fühlte.

Kopfschüttelnd nahm Maucler den Freund ins Visier. „Wer viel trinkt, sollte eigentlich auch viel vertragen können – oder das Trinken bleiben lassen!"

„Dumme Ratschläge kann ich mir auch selber geben! Was war also jetzt gestern Abend?"

„Na ja: Für die Weiterreise nach Heilbronn war es ja schließlich zu spät. Und so haben wir beschlossen, im Haus des Schultheißen zu übernachten.

Doch irgendwann auf dem Weg vom Wartturm herunter nach Großgartach warst du plötzlich verschwunden, wie vom Erdboden verschluckt. Samt dem Mädchen. Wir haben gesucht und gesucht, aber bei dieser Dunkelheit... Und Fackeln hatten wir ja viel zu wenige dabei. Als schließlich der Amtmann welche gebracht hat, sind wir durch den Wald zurück zum Turm – gerade noch rechtzeitig. Weil genau in diesem Moment hatte euch ganz offenkundig auch der Turmwächter entdeckt: dich und das Mädchen, seine Tochter!"

„Mich und das Mädchen..." murmelte Fritz verwirrt.

„...und zwar sozusagen in flagranti! Eng umschlungen auf dem Waldboden liegend! Er hat zwar versichert, dich nicht erkannt zu haben. Er habe gemeint, irgendeinen Unhold erwischt zu haben, der sich auf seine unschuldige Tochter gestürzt habe und deshalb habe er ihn von ihr weggezogen und mit einem gezielten Fausthieb niedergestreckt, aber andererseits..."

„Ein Fausthieb! Vom Turmwächter!" Der verblüffte Fritz verspürte ein unangenehmes Rumoren in der Magengegend. „Der hat mich also niedergeschlagen?"

„Und zwar mit voller Absicht, wenn du mich fragst!" nickte Maucler nachdrücklich. „Auch wenn er hinterher so getan hat, als sei ihm die Angelegenheit furchtbar peinlich... Aber ich habe heute Morgen im Amtshaus gehört, wie unser Schultheiß, der ganz offenkundig denselben Verdacht hegt, mit einem anderen aus dem Dorf geflüstert hat: Von den adligen Herrschaften, die den Bürgerstöchtern Kinder machen und sie danach sitzen lassen..."

„Das ist ja ungeheuerlich!" fuhr der Prinz augenblicklich in die Höhe, um gleich darauf schmerzhaft zusammen zu zucken.

„Jetzt reg dich bloß nicht künstlich auf! Es ist doch die Wahrheit, leider... Und du: Was hättest du denn gemacht in Fall des Falles? Du hättest dem armen Mädchen doch neun Monate später nicht wirklich abgenommen, dass sie ein Kind von dir auf die Welt gebracht hat! Hinausgeworfen hättest du sie, falls sie es überhaupt geschafft hätte, bis zu dir vorzudringen! Gibs doch zu: So wäre die Sache gelaufen, so und nicht anders!" Maucler hatte sich regelrecht in Rage geredet und blitzte seinem Freund aus zornigen Augen ins Gesicht. „Lass das bloß nicht deine Therese erfahren!"

„Therese! Was hat die denn damit zu tun?"

„Nichts! Rein gar nichts! Außer der Tatsache vielleicht, dass sie einem schmächtigen rothaarigen Prinzen aus gutem Hause zugetan ist, der offensichtlich an keinem Rock vorüberkommt..."

„Aber das hat doch mit Therese nichts zu tun! Sie ist doch mein Ein und Alles!" protestierte der Prinz mit gequälter Miene.

„Das lass mal deinen Vater hören. Und noch einmal: Was würdest du denn sagen, wenn deine Therese sich genauso verhalten würde. Du als großer Schatz in ihrem Herzen, aber der eine oder andere, der ihr über den Weg läuft, für zwischendurch..."

„Hör auf!" Erregt war Fritz in die Höhe geschossen. „Ich verbiete dir, so über mich und Therese zu reden!"

„Ist aber so", gab Maucler unbeeindruckt zurück. Er legte seine Hand schwer auf die Schulter seines Freundes. „Die Wahrheit wirst du dir schon sagen lassen müssen. Und wenn du es nicht schaffst, deine Gefühle im Hinblick auf die Damenwelt einigermaßen im Zaum zu halten, dann, lieber Fritz, dann prophezeie ich dir noch manch unangenehme Situation, in die du geraten wirst. So", unternehmungslustig klatschte er in die Hände. „Schluss jetzt mit der trauten Zweisamkeit! Wir müssen weiter: In Heilbronn warten sie längst voller Ungeduld auf uns!"

„Auch das noch!" stöhnte Fritz, der sich im Augenblick nichts sehnlicher wünschte, als dass dieser Tag so schnell wie möglich vorübergehen möge.

18

„Die Beweise sind eindeutig: Ihr habt bewusst nicht nur gegen meine Anordnungen verstoßen und diesem Frauenzimmer weiterhin Eure Aufwartung gemacht! Nein, schlimmer noch!" Wütend stampfte der dicke Herzog mit dem Fuß auf den Marmorboden des Ludwigsburger Schlosses. „Mir ist von zuverlässigen Personen berichtet worden, dass Ihr das Haus dieses Abel vorgestern Morgen, also am 4. April, erst um 4 Uhr in der Frühe verlassen habt. Zwar habt Ihr eine Kapuze über das Gesicht gezogen, seid also wie ein Verbrecher aus dem Haus geschlichen, aber man hat Euch zweifelsfrei dennoch erkannt. Ihr werdet nicht die Stirn haben, die Tatsachen zu leugnen! Es sind eindeutige Beweise, über die ich verfüge: Dieses Mätresschen, diese Therese von Abel, sie ist nicht nur eine höchst vertraute Bekannte von Euch, nein, sie ist Eure Geliebte! Gesteht es! Augenblicklich!"

Eine heiße Woge der Erregung brandete über den Erbprinzen hinweg. Mit äußerster Konzentration gelang es ihm, langsam, ganz langsam zu atmen und sich nichts von der quälenden Beunruhigung anmerken zu lassen, die ihn mit Eiseskälte umklammert hatte und ihm beinahe den Atem abschnürte.

Er wandte den Kopf und fixierte seinen Vater mit ernstem Blick. „Ich habe nichts zu gestehen!"

„Nichts zu gestehen!" schnappte der Herzog empört. „Seid endlich ein Mann und steht zu Eurem Vergehen!"

„Das werde ich durchaus tun! Aber anders als Ihr denkt: Ich werde sie heiraten!"

Für einen Augenblick herrschte Totenstille in dem Saal. Die Aussage schien düster in der knisternden Atmosphäre hin- und herzuschwingen, und keiner der sichtlich erschrockenen Bediensteten wagte es in dieser Situation, sich auch nur leise zu räuspern. Die Minister warfen sich erschrockene Blicke zu und warteten gespannt auf die Reaktion des Herzogs.

„Ihr wollt ... was?" zischte Friedrich in gefährlich leisem Tonfall.

„Ich will nicht nur, ich werde Therese von Abel heiraten!" entgegnete der Prinz mit fester Stimme.

„Das werdet Ihr nicht!" Immer noch war es mehr ein Flüstern, das der Herzog vernehmen ließ.

„Ich werde Therese von Abel heiraten!"

Die Antwort kam wie ein Peitschenknall: „Ich verbiete es Euch!"

„Ihr habt mir nichts zu verbieten!" Stolz reckte Fritz das Kinn in die Höhe. „Zumindest nicht in diesen ganz privaten Angelegenheiten! Meine Entscheidung ist im Übrigen längst gefallen!"

„Die meinige auch! Ihr werdet sie nicht heiraten! Das ist ein Befehl!"

„Ich lasse mir diesbezüglich keine Vorschriften machen!" konterte der Prinz, der zum Erstaunen der Beobachter nach außen hin völlig gelassen wirkte, während er in Wirklichkeit sein Herz bis zum Hals pochen spürte. „Noch einmal: Ihr habt mir in dieser Hinsicht nichts zu verbieten!"

„Das ist... das ist..." Erregt blickte der nach Worten ringende Regent sich unter den Hofbeamten um. „Die Wache! Wo ist die Wache?"

„Gebt Euch keine Mühe! Ihr werdet mich nicht aufhalten! Adieu!" Fritz schlug militärisch die Hacken zusammen und tippte sich grüßend an die Stirn. Dann machte er kehrt und verließ den Saal, verfolgt von zahlreichen erstaunten Blicken, mit festem Schritt.

Es dauerte mehrere Sekunden, bis sich die Anspannung unter den Zurückgebliebenen löste. Erschöpft ließ sich der Herzog auf einen Sessel sinken. Mit einer ungeduldigen Handbewegung winkte er seine Minister zu sich. „Wir werden augenblicklich geeignete Maßnahmen ergreifen müssen, um den Prinzen zur Räson zu bringen. Meine Herren: Ich erwarte Ihre Vorschläge!"

Während die peinlich berührten Minister verlegen zu Boden starrten, verließen die übrigen Bediensteten rasch den Raum. Allen war klar, dass der Erbprinz dieses Mal mit seinem Widerspruch zu weit gegangen war. Ein solches geradezu aufrührerisches Verhalten an den Tag zu legen, dazu noch vor dem gesamten Hofstaat, das würde der cholerische Herzog auf gar keinen Fall ungestraft lassen.

Auch Fritz war klar, dass er innerhalb von Sekunden mit seinem Auftreten das dünne Band durchschnitten hatte, das sie in den letzten Monaten nicht aus Zuneigung zueinander, sondern aus Gründen der Staatsräson geknüpft hatten. Er hätte sich nie und nimmer dermaßen provozieren lassen sollen! Andererseits: Was hatte ihn der Dicke auch vor dem komplett versammelten Kabinett vorführen müssen, wie einen ungezogenen kleinen Jungen? Er hatte ihm mit seiner kompromisslosen rüden Vorgehensweise schlichtweg gar keine andere Wahl gelassen, als dagegen zu halten! Und: Therese von Abel, seine Therese, als Mätresse zu bezeichnen, das war ja auch in der Tat eine Ungeheuerlichkeit gewesen! Dafür hatte der Alte dann auch prompt die geziemende Quittung erhalten! Aber jetzt? Was nun? Was war zu tun?

Dass der Herzog diese Demütigung vor aller Augen und Ohren nie und nimmer ohne die entsprechende drastische Antwort würde hinnehmen können, war dem Prinzen spätestens nach einer ausführlichen Diskussion mit seinen zu Tode erschrockenen Freunden Eugen von Maucler und Ernst August von Phull-Rieppur klar geworden. Vor allem der ältere und am Hof erfahrene Phull-Rieppur hatte Fritz unmissverständlich klar gemacht, dass er unverzüglich das Land verlassen müsse. Es drohe ihm große Gefahr. Dieses Mal würde der Herzog Ernst machen und seinen Sohn nicht nur auf dem Asperg festsetzen, sondern ihn nunmehr tatsächlich ohne jeden Skrupel dem vor einigen Jahren ja nur mit äußerster Mühe und Not verhinderten Hochverratsprozess aussetzen. Nachdem die in drei Wochen anstehende offizielle Erhebung des Herzogs in den Kurfürstenstand bereits formal beschlossene Sache sei, wäre es den europäischen Höfen, deren Machtverhältnisse sich darüber hinaus ja dramatisch verschoben hätten, mit an Sicherheit grenzender Wahrscheinlichkeit unmöglich, wiederum wie beim letzten Mal im Sinne des Kronprinzen zu intervenieren. Und wenn auch die Verhängung der Todesstrafe über den Prinzen als nahezu unwahrscheinlich angesehen werden könne, so müsse doch eine jahrelange strenge Festungshaft als genauso beunruhigendes wie wahrscheinliches Menetekel befürchtet werden. Denn wie sich das Zuchthaus auf dem Hohenasperg auf die Gesundheit der Insassen dort auswirke, das habe man ja am dramatischen Gesundheitszustand des bedauernswerten Schubart erleben müssen.

„Und was willst du mir also damit sagen?" war der immer noch auf das Äußerste erregte Fritz in diesem Moment unwirsch aufgebraust. „Dass ich Württemberg bei Nacht und Nebel verlassen soll? Wie ein hundsgewöhnlicher Taschendieb etwa?"

Phull-Rieppur zuckte unbeeindruckt mit den Schultern. „Nenne es, wie du willst! Es sind Tatsache und Schlussfolgerungen, die ich dir aufgezeigt habe. Letzten Endes ist es deine Entscheidung! Aber mach mir dann hinterher bloß niemals den Vorwurf, ich hätte dich nicht gewarnt!"

„Fritz!" meldete sich nun auch Eugen von Maucler mit besorgter Stimme zu Wort. „Glaub mir: Der fackelt dieses Mal nicht lange! Der lässt dich festnehmen und auf den Asperg bringen! Du hast keine Chance dieses Mal! Und nicht nur du, sondern auch Therese ist in höchster Gefahr!"

„Therese!" Unvermittelt schoss der Prinz in die Höhe. „Was hat denn Therese damit zu tun?"

„Oh heilige Einfalt!" schickte Phull-Rieppur einen verzweifelten Blick zum Himmel. „Glaubst du denn allen Ernstes, dein Vater lässt ausgerechnet Therese ungeschoren, die Ursache allen Übels, wie er ja mehrfach bekundet hat! Ausgerechnet die Tochter des Verräters Abel, wie er ihn neulich bezeichnet hat! Nie und nimmer! Auch Therese muss dringend weg! Zumindest fort aus Stuttgart! Und zwar ganz schnell", er beugte sich vor und sah Fritz streng in die Augen. „Hast du mich verstanden, Fritz? Ganz schnell!"

Entgeistert starrte dieser zu Boden. Eine Zeit lang fiel kein Wort in der Stube. Von widerstreitenden Gefühlen überwältigt, schien Fritz einen heftigen Kampf mit sich selbst auszutragen. Gespannt und besorgt warteten die Freunde auf seine Entscheidung: Würde der Stolz des Erbprinzen womöglich doch die Oberhand über Vernunft und Notwendigkeit gewinnen? Maucler räusperte sich zaghaft.

„Gut, ich habe verstanden!" Langsam hob Fritz den Kopf und bedachte die beiden nervösen jungen Männer mit einem traurigen Blick. „Ich muss mich den Argumenten beugen – und der Gewalt meines Vaters..." setzte er bitter hinzu. „Ich werde noch an diesem Abend aufbrechen! Aber nur unter einer Bedingung ..."

„... und die lautet?"

„Ihr beide kümmert euch augenblicklich um Therese und bringt sie in Sicherheit! Habe ich euer Wort darauf?" Er streckte den Freunden die rechte Hand entgegen. „Schlagt ein und versprecht mir, sie dann so schnell wie irgend möglich zu mir zu bringen!"

„Ehrensache!" schlug Phull-Rieppur mit ernster Miene ein. „Ich bringe sie zunächst zu mir nach Mönsheim. Danach sehen wir weiter. Aber jetzt, jetzt gilt es zunächst einmal, deine ständigen Begleiter abzuschütteln!" spielte er auf die Tatsache an, dass Fritz schon seit Wochen keinen unbeobachteten Schritt mehr machen konnte, da ihm sein Vater mehrere „Begleiter", wie dieser es nannte, an die Seite gestellt hatte, um ständig über jede Handlung seines Sohnes auf dem Laufenden zu sein.

„Das übernehme ich!" Maucler war im selben Moment bereits aufgesprungen und drückte den Freund kurz an seine Brust. „Mach es gut Fritz – und pass gut auf dich auf! Ich komme nach und in ein paar Wochen sehen wir uns wieder!" Mit einem aufmunternden Klaps auf die Schulter des Prinzen verabschiedete er sich und setzte ein verschwörerisches Grinsen auf. „So – und den Aufpasser draußen, den lade ich jetzt zu einem guten Tropfen ein. Dafür ist der ja, wie man weiß, schließlich immer zu haben!"

Am nächsten Morgen herrschte in Ludwigsburg und Stuttgart riesige Aufregung. Wie ein Lauffeuer hatte sich die Nachricht verbreitet, dass der Kronprinz in der vergangenen Nacht seinen Bewachern entkommen war und im Begriff stand, Württemberg für immer zu verlassen. Überall herrschte hektische Betriebsamkeit, gepaart mit panischer Angst vor der Reaktion des Herzogs. In der Miene so manches Bediensteten ließ sich jedoch auch ein Anflug von hämischer Schadenfreude und stiller Bewunderung ablesen, dass es dem jungen Prinzen gelungen war, einmal mehr die Pläne des despotischen Regenten kräftig zu durchkreuzen. Friedrich war außer sich vor Zorn, und dementsprechend überzogen war seine Reaktion. Jeder, der sich in den letzten Tagen in der unmittelbaren Nähe seines Sohnes aufgehalten hatte, musste mit drakonischen Strafen rechnen. So wurden beispielsweise die Männer, denen Fritz dank des Ablenkungsmanövers von Maucler entwischt war, mit Dutzenden von Stockstreichen gezüchtigt und überdies noch auf dem Hohenasperg eingekerkert.

Augenblicklich ließ der Herzog eine Verfolgergruppe unter Leitung des Majors Varnbüler zusammenstellen und schickte sie mit dem Auftrag los, Fritz und dessen Begleiter einzuholen und ihnen nachdrücklich die Konsequenzen der Flucht vor Augen zu halten. Er betrachte das Handeln des Sohnes als Desertion, schließlich sei Fritz nach wie vor als Offizier Angehöriger des württembergischen Armeekorps. Und dass auf Desertion letztendlich die Todesstrafe stehe, darüber sei sich der Prinz hoffentlich im Klaren.

Während also längst die Verfolgung des Flüchtenden aufgenommen worden war, arbeitete der württembergische Hof geradezu fieberhaft an der Eindämmung der sich mehr und mehr überschlagenden Gerüchte. Auch die Tatsache selbst, nämlich dass der Erbprinz außer Landes geflohen war, wurde unter Androhung von Strafe heftig bestritten. Dabei handle es sich um üble, den Staat untergrabende und gezielt gestreute Unterstellungen. Nein, bei der angeblichen Flucht aus Württemberg handele es sich in Wirklichkeit um eine ganz normale Bildungsreise, die der Herzog seinem Sohn selbstverständlich genehmigt habe. Die Bürger nahmen diese Meldungen meist kommentarlos zur Kenntnis und zogen es vor, sich insgeheim ihre eigenen und ganz und gar anders lautenden Gedanken über die Verhältnisse am Hof zu machen.

Einen neuerlichen Tobsuchtsanfall erlitt der Herzog schon wenige Stunden später. Seit der Nachricht von der Flucht seines Sohnes hatte er nämlich das Wohnhaus der Abels von mehreren Posten beobachten lassen, während er mit seinen engsten Vertrauten mögliche Sanktionsmaßnahmen diskutierte, die sich direkt gegen Therese von Abel und ihre Angehörigen richten sollten. Natürlich war klar, dass man dabei behutsam vorzugehen hatte, um die Aufregung im Land nicht noch zu steigern. Und so hatte man sich darauf geeinigt, am Tage erst einmal abzuwarten und die Lage zu beobachten, um dann am späten Abend in einem günstigen Moment zuzuschlagen und die junge Frau dingfest zu machen. Doch die Meldung, die den Herzog am Nachmittag erreichte, war eindeutig: Therese von Abel hatte nicht nur längst das Haus verlassen, sondern befand sich mit an Sicherheit grenzender Wahrscheinlichkeit auch nicht mehr in Stuttgart. Sie war verschwunden! Einfach verschwunden! Wie vom Erdboden verschluckt!

19

„Es tut mir sehr Leid, mein lieber Friedrich Wilhelm! Aber ich kann nichts mehr für Euch tun!" Bedauernd breitete der Offizier die Arme aus und blickte verlegen zu Boden. „Mein verehrter Herr Bruder, der Kurfürst, hat ganze Arbeit geleistet! Das muss man ihm lassen!"

Der junge Mann stutzte. Es schien eine ganze Weile zu dauern, bis er begriffen hatte, was ihm sein Gegenüber gerade versucht hatte, mitzuteilen.

„Aber das ist doch unmöglich!" presste er schließlich hervor. „Der Kaiser hat mir doch noch vor wenigen Tagen bedeutet, dass er mich bei sich am Hofe behalten will. Jetzt, nachdem er mich als Generalmajor in die österreichische Armee aufgenommen hat. Nachdem sich auch Therese gut vorstellen kann, künftig hier in Wien an meiner Seite zu leben – und zu bleiben! Nein, das glaube ich einfach nicht!" Fritz schüttelte heftig den Kopf und blickte seinem Onkel Ferdinand geradezu flehend ins Gesicht.

Doch dieser breitete hilflos die Arme aus. Es war nichts zu machen! Alle ihm zur Verfügung stehenden Kanäle hatte er in den letzten Tagen und Wochen genutzt, um es seinem Neffen zu ermöglichen, sich dem Zugriff des Kurfürsten von Württemberg zu entziehen und künftig ein standesgemäßes, geregeltes Leben am Wiener Kaiserhof führen zu können. Doch selbst Ferdinand, der jüngere Bruder des Kurfürsten, der schon seit Jahren seinen Dienst als General im österreichischen Heer versah, hatte es auf Dauer nicht vermocht, den immer stärker werdenden Druck aus Württemberg zu kontern. Obwohl er nichts lieber als das getan hätte, denn mit seinem cholerischen und überheblichen Bruder verband ihn ein alles andere als herzliches Verhältnis. Zu Beginn hatte der Kaiser Franz II. durchaus noch Verständnis und Sympathie für den jungen Kronprinzen gezeigt, der seinem Vater mit der Flucht aus Württemberg die Stirn geboten hatte. Und dies, obwohl er ja schließlich mit Elisabeth, einer Schwester des dicken Kurfürsten, verheiratet gewesen war. Also mit einer Tante von Fritz, die jedoch leider schon vor mehr als zehn Jahren allzu früh verstorben war. Doch Franz II. hegte nach wie vor einen heftigen Groll auf seinen ehemaligen Schwager, der sich ja nicht zuletzt durch die Einverleibung großer ehemaliger Reichsgebiete erst in den Stand eines Kurfürsten von Napoleons Gnaden hatte erheben lassen können. Und auch die damit verbundene allmähliche Loslösung von der alten Reichsordnung war dem Kaiser natürlich ein Dorn im Auge. Insofern hatte er Fritz mit herzlichen Worten willkommen geheißen, als dieser bei ihm um Aufnahme vor den Verfolgern aus Württemberg gebeten hatte.

Doch in der Zwischenzeit war der diplomatische Druck immer stärker geworden. Mit aller Kraft und unter Einsatz all seiner Beziehungen hatte es der Kurfürst verstanden, die befreundeten europäischen Höfe auf seine Seite zu ziehen. Immer mehr häuften sich die Briefe auf dem Schreibtisch des Kaisers, die ihn dringend davor warnten, dem landflüchtigen Erbprinzen einen endgültigen Zufluchtsort zu verschaffen und somit den Kurfürsten von Württemberg, einen dringend benötigten Verbündeten in einem eventuell bevorstehenden Kampf gegen Napoleon, durch dieses Verhalten auf die (französische) Gegenseite zu ziehen. Die diplomatischen Noten, die den Kaiser in den letzten Tagen erreicht hatten, lasen sich mehr und mehr dringlich und hatten an Deutlichkeit keinerlei Raum für weiter gehende Interpretationen offen gelassen. Und so hatte sich der von allen Seiten schwer bedrängte Kaiser schließlich schweren Herzens zu der Entscheidung durchgerungen, im Interesse der Allianz gegen Napoleon einen weiteren Aufenthalt des württembergischen Kronprinzen in Wien zu untersagen.

„Es ist so! Ihr müsst den Tatsachen ins Auge sehen! Euer Vater hat auf dem diplomatischen Parkett wirklich ganze Arbeit geleistet! Was ist es denn, was Euch dermaßen ausgerechnet mit dieser Frau verbindet? Schließlich gibt es doch an den europäischen Höfen genügend andere hübsche Frauen, die nur auf einen Wink von Euch warten..."

„Lasst mich damit in Ruhe! Ihr sprecht ja schon wie mein Vater!"

„Ist es vielleicht wegen dieser Ähnlichkeit..." begann der General vorsichtig.

Fritz legte seine Stirn in kritische Falten. „Welche Ähnlichkeit denn?"

„Na, dieses verblüffend gleiche Aussehen mit Eurer verstorbenen Mutter seligen Angedenkens. Ich habe sie selbst ja nur zwei Mal zu Gesicht bekommen, aber ich muss sagen: Da ist diese Ähnlichkeit durchaus zu erkennen, und was das Alter betrifft, stimmt es ja auch..."

Krampfhaft umklammerte Fritz bei diesen Worten das Amulett mit dem

Bild seiner Mutter, das er seit Jahren ständig bei sich trug. Es versetzte ihm immer noch einen schmerzhaften Stich ins Herz, wenn die Rede auf die so sehr vermisste Mutter kam. „Was wisst Ihr denn schon von meiner Mutter! Nichts: das habt Ihr mir doch schon vor Jahren in Montbéliard erläutert. Und wie kommt Ihr nun dazu, eine nicht vorhandene Ähnlichkeit konstruieren zu wollen... Nein, das eine hat mit dem anderen nichts zu tun: Therese wird meine Frau werden und der Hof in Wien hätte meine Zuflucht sein sollen!", senkte er den Kopf und starrte traurig auf den Boden.

„Aber ein weiterer Aufenthalt in Wien ist nicht mehr möglich!" Es brach Ferdinand fast das Herz, als er seinen Neffen so geknickt und deprimiert vor sich sehen musste. Doch es gab keinen Ausweg...

„Es ist doch noch keinen Monat her, da hat mir der Kaiser persönlich sogar versichert, dass er einen Weg finden wolle, mir eine standesgemäße Heirat zu ermöglichen!"

„Heirat? Ausgeschlossen! Daran ist überhaupt nicht mehr zu denken!" Energisch schüttelte Ferdinand seinen Kopf. „Im Gegenteil: Ihr müsst Euch wirklich rasch mit dem Gedanken vertraut machen, Wien schon innerhalb der nächsten Tage zu verlassen!"

Ein bitterer Zug legte sich über die Miene des Prinzen. „...und wie soll ich das bitte bewerkstelligen? Hat sich der Kaiser darüber einmal Gedanken gemacht? Wo soll ich denn hin? Therese ist hochschwanger!"

„Schwanger?! Eure... Eure... Die Dame ist schwanger!" Voller Verblüffung rang der General um die richtigen Worte. „Ihr meint... Ihr seid Euch wirklich sicher?"

„Wirklich sicher!" Fritz lachte trocken. „Sie ist im achten Monat! Da brauche ich keinen Experten, um mir sicher zu sein. Das sieht selbst ein Laie!"

„Das ist ja... ungeheuerlich!" Ferdinand machte einen Schritt auf seinen Neffen zu und legte seine Hand schwer auf dessen Schulter. „Dann gibt es nur noch eins: Ihr müsst Eurem Vater sofort signalisieren, dass Ihr unter gewissen Bedingungen bereit wärt, nach Württemberg zurückzukommen. Möglichst rasch – auf jeden Fall vor der Geburt des Kindes! Und: Bevor er erfährt, in welcher Notlage Ihr Euch nunmehr befindet!"

„Notlage!" Fritz wandte sich mit einer unwirschen Drehung seines Oberkörpers ab. „Ein Kind ist ein Kind und keine Notlage!"

„Dennoch! Ich appelliere dringend an Euch! Springt über Euren Schatten und versucht es noch einmal! Im Interesse der Therese von Abel und im Interesse des Kindes..." Damit griff der Offizier nach seinem Hut und tippte sich grüßend an die Stirn. Wortlos verlies er den Raum.

Noch Stunden saß Fritz regungslos in seinem Sessel und starrte blicklos zum Fenster hinaus. Von tausend Gedanken gequält und gepeinigt schaffte er es einfach nicht, sich zu einer wie auch immer gearteten Entscheidung durchzuringen. Und zu welchem Entschluss er letztendlich auch kommen würde: Er, nein sie beide, hatten verloren, diese Erkenntnis breitete sich eiskalt in seinem Bewusstsein aus! Das Spiel war zu Ende...

20

„Um Gottes Willen, Fritz! Wie siehst du denn aus? Was ist denn mit dir?" Erschrocken war Ernst August von Phull-Rieppur zurückgeprallt, als er seinen Freund erblickte, der ihm gerade eben die Tür der Wohnung geöffnet hatte. Mit Entsetzen registrierte er, wie die Augen des Prinzen wässrig zu glänzen begannen, als dieser den anderen wahrnahm und in offensichtlich völliger Verzweiflung die Hände vor das aschfahle Gesicht schlug. Er lehnte sich an den Türrahmen und begann hemmungslos zu weinen.

„Fritz! Was ist denn bloß passiert?" Phull-Rieppur konnte sich das seltsame Verhalten von Friedrich Wilhelm beim besten Willen nicht erklären. Rasch machte er einen Schritt nach vorne und nahm den weinenden Freund in die Arme. „Fritz! Das wird schon wieder! Was auch immer es gewesen ist!"

Dabei hatte er sich so sehr auf die Begegnung mit seinem Freund gefreut, dem es nach harten Wochen gelungen war, unbehelligt von den württembergischen Verfolgern nach Saarburg zu gelangen, wo Therese in der ersten Septemberwoche, also vor fünf Tagen, gleich zwei Kinder zur Welt gebracht hatte. Einen Jungen, den sie nach dem unglücklichen Bruder des Prinzen auf den Namen Paul zu taufen vorhatten, und ein Mädchen, das zur Erinnerung an die so schmerzlich vermisste Mutter den Namen Auguste erhalten sollte. Scherzhaft hatte Fritz seinem Freund ausrichten lassen, er dürfe dies ruhig als Ehrung auch für die eigene Person verstehen, schließlich höre er ja ebenfalls auf den Namen August und insofern würde der Prinz sich glücklich schätzen, wenn Ernst August als Pate seiner Tochter zur Verfügung stehen könne.

Phull-Rieppur hatte lachend eingewilligt und war sofort nach Saarburg aufgebrochen. Vielleicht schien sich nun doch alles zum Besseren zu wenden, nachdem man die wochenlangen Strapazen der Reise von Wien über Schaffhausen bis hierher trotz aller Mühsal und trotz des hochschwangeren Zustands von Therese erstaunlich gut bewältigt hatte. Und es war ihnen gelungen, die württembergischen Verfolger mehrfach zu täuschen und in die Irre zu führen. Zumindest lange genug, bis sie sich wieder einen zwar kleinen aber immerhin entscheidenden Vorsprung hatten verschaffen können.

Bis zuletzt war es spannend geblieben in Wien. Tatsächlich hatte sich Fritz davon überzeugen lassen, wie wichtig es sei, seinem Vater ein Angebot zu unterbreiten, was seine Rückkehr nach Württemberg betraf. Doch da er in diesem Schreiben bereits klipp und klar darauf hingewiesen hatte, keinerlei Strafmaßnahmen zu akzeptieren oder irgendwelche Zugeständnisse zu machen, genauso wenig wie Therese zu verlassen, hatte sich das Verhältnis zwischen den beiden eher noch verschlechtert. Das Band war endgültig zerschnitten, und der Herzog machte daraufhin unmissverständlich klar, dass er nunmehr alles daransetze, seinen Sohn dingfest zu machen und ihn vor ein Kriegsgericht zu stellen.

Und nun, nach der sicheren Ankunft in Saarburg und nach der glücklich verlaufenen Geburt der Zwillinge, fand er seinen Freund in diesem jammervollen Zustand vor! „Fritz! Nun sag schon: Was um alles in der Welt ist denn geschehen?"

„Die Kinder!" Es handelte sich mehr um ein fast unverständliches Krächzen, als der immer noch von Weinkrämpfen geschüttelte junge Mann zu sprechen begann.

„Was ist mit den Kindern? Sag schon!" Er packte ihn mit beiden Händen an den Schultern und schüttelte ihn ungeduldig. „Jetzt rede endlich!"

Langsam hob Fritz den Kopf und fuhr sich erschöpft über die tränennassen Wangen. „Sie sind tot! Vor zwei Stunden gestorben!"

„Tot?! Das ist doch nicht möglich!" Entsetzt starrte Phull-Rieppur über die Schulter des Prinzen in den dunklen Flur hinein.

„Es ist aber so!" drang von ferne eine tonlose weibliche Stimme an sein Ohr. Therese! Mit zögernden schleppenden Schritten trat sie aus dem Zimmer. „Beide Kinder! Lagen einfach tot im Bett! Es gab keine Hilfe mehr, Ernst-August! Nicht für die Kinder – und auch nicht für uns!" Langsam legte sie ihre Hand schwer auf die Schulter des Prinzen. „Es ist aus! Wir sind am Ende!"

21

Fritz straffte seinen Rücken und atmete tief durch. Konzentration war jetzt alles! Ein festes, sicheres Auftreten, verbunden mit einer gewissen nonchalanten Lässigkeit, die aber um Gottes Willen ja nicht als Arroganz verstanden werden durfte. Das hatten ihm seine Gewährsleute in Paris dringend ans Herz gelegt. In wenigen Augenblicken würde es so weit sein. Dann würde er endlich jenem Mann gegenüber stehen, der mit seiner imponierenden Machtfülle mühelos dazu in der Lage wäre, das Leben des Prinzen sofort in andere, endlich sichere Bahnen zu lenken. Napoleon Bonaparte, der Erste Konsul von Frankreich, der mittlerweile absolute Herrscher nicht nur im eigenen Land, sondern in nahezu ganz Europa! Wochenlang hatte er sich um einen Kontakt zu Napoleon bemüht, dann hatte er endlich die langersehnte Nachricht erhalten, dass der Erste Konsul nunmehr am 14. Oktober bereit sei, ihn zu empfangen. Natürlich hatte sich dieser mit der Antwort auch deshalb so lange Zeit gelassen, weil er erst ausführliche Erkundigungen über den Stand der Dinge im Hause Württemberg hatte einholen lassen, darüber war sich der Prinz durchaus im Klaren. Schließlich galt Bonaparte an den europäischen Höfen mittlerweile längst nicht mehr nur als gefürchteter Feldherr, sondern ebenso als mit allen Wassern gewaschener Diplomat, der zudem mit dem trick- und kenntnisreichen Außenminister Talleyrand einen geradezu genialen Strategen an seiner Seite wusste.

Und dennoch hatte es darüber hinaus noch einiger Gulden bedurft, die direkt in die Privatschatulle von Talleyrand gewandert waren, um das ersehnte Gespräch mit Napoleon auch dementsprechend rasch vermittelt zu bekommen. Nicht einmal seinem engen Freund Phull-Rieppur hatte er, zu dessen großem Verdruss, erläutert, wie er plötzlich an eine solch große Barschaft gekommen war, nachdem es ja in Saarburg zunächst eher danach ausgesehen hatte, als wäre er auch finanziell am Ende. Ernst-August hatte ihm zwar seine Vermutung dargelegt, nämlich dass es sich dabei um niemand anderen als um den nicht unvermögenden Konradin von Abel handeln könne. Dieser habe ihn sowohl in Saarburg untergebracht, als auch für die nötigen Bestechungsgelder gesorgt und es durch seine Funktion als Gesandter der Hansestädte in Paris vermocht, die notwendigen Vorgespräche und Kontakte zustande zu bringen. Doch Fritz, so sehr er im ersten Augenblick über die glasklare Argumentation des Freundes auch erschrocken war, hatte geschwiegen. Er habe sein Wort gegeben, nichts zu verraten, hatte er dem erzürnten Phull-Rieppur bedeutet. Und ein Wort sei nun einmal ein Wort!

Was er mit dem Besuch in Paris denn um alles in der Welt bezwecke? Er könne es sich zwar lebhaft vorstellen, aber ob es wirklich angeraten sei, sich ausgerechnet von dem Ersten Konsul der Franzosen die Einwilligung zu einer Heirat mit Therese zu erbitten, das sei doch sehr die Frage.

Dass er damit ein brandgefährliches Spiel treibe, hatte ihm Ernst-August noch versucht, darzulegen. Selbstverständlich seien Napoleon alle Mittel recht, um am württembergischen Hof gleich zwei Eisen im Feuer zu haben: Den mit seinen Landständen überworfenen Kurfürsten einerseits und andererseits den jungen Prinzen mit seinem direkten, fast schon verwandtschaftlichen Kontakt zu Abel, einem der größten Gegenspieler des Vaters. Er müsse sich der Gefahr bewusst sein, nur als Spielball in der ränkevollen europäischen Politik benutzt zu werden und überhaupt...

„Aha! Das also ist der junge Prinz, der momentan Gesprächsthema Nummer eins an allen Höfen in Europa ist!"

Verwirrt wirbelte Fritz herum und richtete seinen Blick auf den kleinen jugendlich wirkenden Mann in französischer Generalsuniform, der seinen Gedankengang so abrupt unterbrochen hatte. Napoleon! Das also war Napoleon! Er stand nun leibhaftig vor ihm! Und: Schon mit seinem bloßen Erscheinen hatte er ihn überrascht. Denn anstelle Fritz, wie dieser vermutet hatte, im Arbeitszimmer zu empfangen, vor dem er gewartet hatte, war Napoleon durch eine Seitentür in den Vorraum getreten und hatte so bereits zu Beginn der Begegnung für einen überraschenden Auftakt gesorgt. Genauso wie in seinen siegreichen Schlachten, wo er die gegnerischen Truppen durch völlig überraschende und ungewöhnliche Manöver in die Flucht geschlagen hatte. Brillant! Fritz schlug die Hacken zusammen und grüßte militärisch. Seit dem ersten Augenblick dieser Begegnung verspürte er die Kraft und die Faszination, die von diesem kleingewachsenen Mann ausging. Napoleon, der mit seinen erst 34 Lebensjahren nur 12 Jahre älter war als Fritz. Er füllte mit dieser unglaublichen Energie das ganze Zimmer aus!

Lächelnd betrachtete Napoleon sein Gegenüber. „Ihr könnt Euch ruhig rühren! Wir sind hier schließlich nicht auf dem Exerzierplatz!" Damit legte er gönnerhaft die Hand auf die Schulter des Prinzen und schob ihn mit sachtem Druck vor sich her in das Arbeitszimmer. Mit vor Aufregung bis zum Hals pochendem Herzen nahm Fritz dort auf dem Sessel vor dem großen prunkvollen Sekretär Platz. Hier und heute würde sich seine Zukunft entscheiden! Napoleon hielt das Ruder in der Hand!

22

Eine knappe halbe Stunde später war die Audienz beendet. Mit einem befriedigten Kopfnicken legte Napoleon den Federhalter zur Seite und zwinkerte Fritz aufmunternd zu. „Eh bien, ich werde also sehen, was sich machen lässt!" Er kicherte amüsiert. „Auch wenn Euer verehrter Herr Vater nun Himmel und Hölle in Bewegung setzen wird, um mich in seinem Sinne umzustimmen! Er ist in dieser Hinsicht ja durchaus unermüdlich!"

„Das heißt also, ich habe Euer Einverständnis, mich hier in Paris aufzuhalten?"

„Wie wir es gerade besprochen haben!"

„Und ... Mademoiselle von Abels Anwesenheit steht ebenso wenig entgegen?"

„So ist es!" nickte Napoleon. „Auch der Gesandte der Hansestädte wird dies mit Interesse vernehmen und bis zur Heirat in seinem Haus sicherlich einen Platz für seine Tochter finden."

„Ich werde den Termin für die Hochzeit so schnell wie irgend möglich ansetzen", versicherte Fritz mit vor Aufregung geröteten Wangen. „Und es würde mir natürlich eine ganz besondere Ehre sein, wenn Euer Gnaden persönlich dabei ..."

„Gemach, gemach!" wehrte Napoleon milde lächelnd ab. „Noch habe ich die Verfügung nicht offiziell erlassen! Und um zumindest den Anschein zu wahren, muss ich die Gesandten von Russland, Württemberg und Österreich empfangen, und mir deren Argumente vorbringen lassen. Ihr könnt Euch dessen sicher sein: Die Nachricht von Eurem Besuch hier an diesem Ort hat sich längst herumgesprochen und bereits am heutigen Nachmittag werde ich die ersten dringenden Anfragen für eine Audienz in dieser Angelegenheit vorfinden!"

„Ich bitte um Entschuldigung, Euer Gnaden!" Verlegen senkte Fritz den Kopf. „Ich wollte Euer Gnaden nicht in Zugzwang bringen ..."

„Schon gut, schon gut", winkte Napoleon gelassen ab. „Nach all den Prüfungen, denen Ihr in der letzten Zeit ausgesetzt gewesen seid, habe ich durchaus Verständnis für die Eile, die Ihr an den Tag legt. Eine Frage habe ich noch", er beugte sich vor und musterte den Prinzen interessiert. „Wie kommt es eigentlich, dass Ihr so ausgezeichnet Französisch sprecht?"

„Ach, findet Ihr?" Verlegen strich sich Fritz mit dem Zeigefinger über die Augenbraue. „Das hängt sicherlich auch mit meinen zahlreichen Aufenthalten in Montbéliard zusammen! Ihr wisst ja: die alten württembergischen Besitzungen an der burgundischen Pforte..."

„...für deren Verlust Euer Vater von mir reichlich entschädigt worden ist!" lachte Napoleon und erhob sich. „Nun denn, ich bin gespannt, ob seine Gegenwehr in Eurem Fall nicht wesentlich stärker ausfallen wird, als bei unseren Tauschgeschäften in Hinblick auf Mömpelgard und die Kurfürstenwürde!"

Mit einem kräftigen Händedruck verabschiedete sich der Konsul von dem württembergischen Erbprinzen, der sein Gegenüber vor lauter Freude am liebsten umarmt hätte, sich aber im letzten Moment noch hatte zügeln können. Nun stand einer Heirat mit Therese also nichts mehr im Wege! Endlich! Der Kurfürst würde es nicht wagen, offen gegen Napoleons Einverständnis vorzugehen! Niemals! Das Blatt hatte sich gewendet!

23

„Das kannst du nicht machen! Unmöglich! Das darfst du nicht!" Erregt schüttelte die junge Frau den Kopf und deutete mit dem ausgestreckten Zeigefinger auf das mit wenigen Zeilen beschriebene Papier, das vor ihr auf dem Schreibtisch lag. Gerade eben erst hatte sie den Raum betreten und beobachtet, wie Fritz das persönliche Siegel des Prinzen von Württemberg neben seiner Unterschrift aufbrachte.

Ärgerlich wandte der Prinz sich um und musterte Therese von Abel missbilligend. „Es ist die einzige Konsequenz, die mir noch bleibt! Und es ist die einzige Möglichkeit für uns, doch noch zu heiraten! Ich habe es dir doch erklärt: Es gibt keinen anderen Ausweg!"

„Aber dieser Preis ist zu hoch! Das habe ich nie von dir verlangt! Das will ich nicht! Auf gar keinen Fall!" Immer stärker hatte sich die elegant gekleidete Frau in Rage geredet. Mit einer entschlossenen Geste stemmte sie die Hände in die Hüften. „Meine Unterstützung hast du dabei nicht!"

„Es ist ganz allein meine Sache, was ich in diesem Fall unternehme!"

Therese von Abel ballte die Fäuste. Ein eisiger Blick streifte über Fritz hinweg. „Und meine Sache ist es dann, meine Einwilligung zur Hochzeit noch einmal zu überdenken!"

Der junge Mann zuckte zusammen. „Du überdenkst was?!" Ungläubig starrte er in Thereses Augen. „Du willst mir damit drohen? Du willst unsere Heiratspläne aufgeben? Einfach so? Das glaube ich nicht!" Wieder war es Fritz, als würde ihm der Boden unter den Füßen weggezogen. Ein Gefühl, das er in den letzten Wochen und Monaten nur allzu oft hatte verspüren müssen. Immer dann, wenn er kurz davor gewesen war, seine selbstgesteckten Ziele zu erreichen, immer dann hatten sich die Dinge im letzten Augenblick noch drastisch gegen ihn gewendet. So wie jetzt! Nicht auch noch Therese!

Wie eine Bombe hatte am 1. November in Ludwigsburg die Kunde von der angeblichen Heirat des Erbprinzen eingeschlagen. Von einem seiner „Beobachter", wie er die Spitzel nannte, die seinen Sohn auf Schritt und Tritt verfolgten, hatte der Kurfürst Nachricht erhalten, dass Fritz vor genau einer Woche vom schwedischen Gesandten in Paris mit Therese von Abel getraut worden war. Alle diplomatischen Bemühungen und Eingaben bei Napoleon schienen also vergeblich gewesen zu sein. Die Proteste seiner Schwester Maria Feodorowna, der Zarinmutter, genauso wie die empörte Ablehnung einer solchen Verbindung durch Preußen, ja selbst die Kehrtwende Österreichs, das sich mit einem Mal den Protesten ebenfalls angeschlossen hatte! Die zahlreichen Geldgeschenke an Pariser Beamte und Geistliche, die allein dem einen Zweck dienten, die Pläne des Prinzen in einem Wust von Bürokratie zu ersticken! Alles umsonst? Alles vergeblich? War die Einwilligung zur Hochzeit von Napoleon also dennoch erteilt worden?

Ein Skandal! Der Kurfürst war außer sich!

Doch dann, keine 24 Stunden später, gelangte ein zweiter Brief nach Stuttgart. Und dessen Inhalt besagte das genaue Gegenteil: Entwarnung! Das diplomatische Sperrfeuer hatte seine Wirkung in Paris nicht verfehlt: In allerletzter Minute hatte es die Koalition aus Württemberg, Preußen und Russland geschafft, Napoleon persönlich zum Einschreiten zu bewegen.

Der Termin der Hochzeit durch den Geistlichen der schwedischen Gesandtschaft war in der Tat bereits angesetzt gewesen, und nur noch wenige Stunden sollte es dauern, bis der Ehebund endlich besiegelt wäre. Die Vorbereitungen für die anschließenden Feierlichkeiten im Haus des Gesandten von Abel waren längst in die Wege geleitet, als der Erste Konsul seine Einwilligung überraschend zurückzog. In kühler Abwägung der Vor- und Nachteile war für Frankreich ein einigermaßen harmonisches Verhältnis mit den europäischen Mächten schlichtweg wichtiger als diese mühsam erarbeitete diplomatische Balance wegen eines ungehorsamen Prinzen aus Württemberg aufs Spiel zu setzen. Gerade als das Brautpaar hatte aufbrechen wollen, war ein persönlicher Bote von Napoleon im Haus des Legationsrates erschienen, der dem Prinzen vor den Augen der verblüfften Hochzeitsgesellschaft eine persönliche Verfügung von Napoleon übergab, die eine Heirat in Paris unmissverständlich untersagte!

„Es ist meine letzte Möglichkeit, doch noch die Ehe mit dir eingehen zu können! Begreife das doch!" Was war der Grund dafür, dass sich Therese seinen Plänen so heftig widersetzte? Schließlich hatten sie alle Eventualitäten im Zusammenhang mit ihrer Heirat doch schon ein gutes dutzend Mal durchgesprochen. Von der Enterbung und dem damit verbundenen Ausschluss aus der württembergischen Thronfolge bis zum freiwilligen Verzicht des Erbprinzen auf all seine Ansprüche. Und genau diesen Schritt würde er jetzt vollziehen. Er, Friedrich Wilhelm, würde das Heft des Handelns in der Hand behalten. Er würde Therese von Abel ehelichen! Und das Haus Württemberg? Es gab genügend Verwandte, die über ein Vorrücken in der Thronfolge sicher nicht in tiefe Depressionen verfallen würden. Und so hatte Fritz noch an diesem Abend, wenige Stunden nachdem ihn das von Napoleon verfügte Heiratsverbot erreicht hatte, ein eigenhändig verfasstes Schreiben aufgesetzt, in dem er auf die Thronfolge im Haus Württemberg und sämtliche daraus resultierenden Ansprüche verzichtete. Er hatte seine Resignation mit dem Hinweis verbunden, dass mit seinem jüngeren Bruder Paul ein genauso würdiger Kandidat für die Thronfolge bereitstehe. Von seinen zahlreichen Cousins ganz zu schweigen.

„Ich lasse das nicht zu!" Energisch hatte Therese die Fäuste geballt und funkelte ihrem Verlobten aus zornigen Augen in das Gesicht.

Doch nun war es auch bei Fritz mit der Beherrschung vorbei. Die sich überschlagenden Ereignisse des heutigen Tages, die emotionale Berg- und Talfahrt: Es war zu viel für seine bis zum Zerreißen angespannten Nerven. „Jetzt reicht es mir aber!" Wütend hieb er mit der flachen Hand auf die Schreibtischplatte. „Der Dame ist ein einfacher Herr von Württemberg wohl nicht gut genug, oder wie? Ist Euch der Erbprinz also wichtiger als der Mann, der da vor Euch steht? Habt Ihr Euch etwa nur aus Kalkül mit mir eingelassen? Nun gut: Da solltet Ihr Euch nun so rasch wie möglich meinem Bruder zuwenden!"

„Aber Fritz!" Tränen schossen in die Augen der entgeisterten jungen Frau, deren Miene während des Wutausbruchs aschfahl geworden war. „Das meinst du doch nicht wirklich ... Das kann doch nicht dein Ernst sein..." Schluchzend und tief in ihrem Innersten verletzt sank Therese in sich zusammen.

Erschrocken registrierte Fritz, dass er zu weit gegangen war. Seine überstrapazierten Nerven hatten ihn zu Aussagen verleitet, die den Raum nun wie ein düsteres Menetekel beherrschten. Plötzlich erschien ihm die Luft stickig und verbraucht. Es tat ihm Leid! Er beugte sich zu seiner hemmungslos weinenden Gefährtin hinunter und legte besorgt seinen Arm um sie. „Therese! Entschuldige bitte! Ich habe das nicht so gemeint! Ich war... ich bin... es ist..." Vergeblich rang er um die richtigen Worte. Es war zum Verzweifeln! Auch in den Augen des Prinzen glitzerte es wässrig. Was hatte sich in den letzten beiden Monaten nicht alles ereignet! Erst die Flucht aus Wien mit der hochschwangeren Therese, immer verfolgt von den Häschern seines Vaters. Dann die Geburt der Zwillinge in Saarburg, wo Thereses Vater den nahezu mittellosen jungen Leuten eine Wohnung und etwas Geld für ihren Lebensunterhalt besorgt hatte. Dann der jähe Tod der beiden Kinder. Die Kontaktaufnahme mit Napoleon, hektische diplomatische Aktivitäten auf allen Ebenen. Die Versuche seines Vaters, ihn zur Rückkehr nach Württemberg zu bewegen: das eine Mal verbunden mit versöhnlichen Gesten, das andere Mal wieder mit finsteren Drohungen. Die unmittelbar bevorstehende Hochzeit und dann das schroffe Verbot durch Napoleon persönlich! Nie und nimmer hatte er sich vorstellen können, dass ausgerechnet der Erste Konsul, dessen unbändige Kraft, gepaart mit einem eisernen Willen und jugendlichem Durchsetzungsvermögen, ihn mehr und mehr in seinen Bann geschlagen hatte, dass dieser Mann sein ihm gegenüber gegebenes Versprechen brechen und die Pläne des Prinzen auf dem Altar der europäischen Diplomatie opfern würde. Einfach so! Eiskalt!

Was sollte er jetzt bloß tun?

„Therese! Ich bitte dich! Es tut mir Leid! Entschuldige bitte!" Auch Fritz konnte die Tränen nun nicht mehr zurückhalten. „Bitte Therese! Nicht auch noch wir! Wir müssen doch zusammenhalten! Ich werde tun, was du willst! Ich zerreiße das Papier augenblicklich! Ich verspreche es dir! Bitte, bitte Therese: Höre auf zu weinen!" Er schmiegte sich eng an die nach wie vor schluchzende junge Frau, die das Gesicht in ihren Händen verborgen hatte, und starrte hoffnungslos vor sich auf den Boden. Sie waren an einem Tiefpunkt angelangt! Schon wieder! Und er, Fritz, hatte sich aus eigenem Verschulden zum Spielball der ränkevollen Diplomatie machen lassen und war von dieser brutal überrollt worden. Wem konnte man noch trauen? Welches Spiel hatte Bonaparte mit ihm gespielt? Wie würde es nun weitergehen? Und vor allem: Von wem würde er nun, nach seiner überall bekannt gewordenen Niederlage gegen den Kurfürsten, noch finanzielle Unterstützung erhalten? Es war zum verzweifeln! Immer deutlicher konnte er es spüren: Das Netz, das sein Vater ausgelegt hatte und das sich immer enger über ihm zusammenzog. War es seiner Mutter damals genauso ergangen? Auch sie war ja von seinem Vater in eine auswegslose Situation hineinmanövriert worden, so jedenfalls lauteten die Gerüchte am Hof. Krampfhaft umklammerte er das Amulett in seiner Hand. Die Mutter!

24

„Du solltest dir das Angebot noch einmal in Ruhe überlegen!" Ernst-August von Phull-Rieppur hatte sich erhoben und legte seine Hand schwer auf die Schulter des Freundes. „Ich kann hier in Paris durchaus noch einmal problemlos überwintern – und Eugen geht es genauso! Das hat er mir erst gestern noch einmal bestätigt, als wir uns über die Vorzüge der Pariser Damenwelt unterhalten haben! Ich versichere dir: Es wird uns nicht langweilig werden! Auf gar keinen Fall! Und für die nötigen finanziellen Mittel ist ja mittlerweile bestens gesorgt! Geld genug für ein sorgenfreies und standesgemäßes Leben!"

„Ach Ernst!" Der Erbprinz schüttelte mit einer unwirschen Bewegung die Hand von seiner Schulter. „Du sagst das so leicht dahin! Das wievielte Angebot meines Vaters ist es denn inzwischen? Und weshalb ist er wieder nicht auf meine Hauptforderung eingegangen, nämlich nicht nur Straffreiheit für mich, sondern auch für meine Freunde und Begleiter! Für dich genauso wie für Eugen! Vergiss nicht, speziell für Eugen geht es auch um die Existenz!"

Phull-Rieppur machte eine verneinende Geste. „Ich wiederhole mich: Jetzt haben persönliche Eitelkeiten zunächst einmal zurückzustehen! In diesem Moment geht es um Württemberg! Um die Zukunft unseres Landes!"

„Um die Zukunft unseres Landes!" echote Fritz spöttisch. „Jetzt! Mit einem Mal! Soll ich dir sagen, was in Wirklichkeit dahinter steckt?" Der Prinz erhob sich und ging zum Fenster. Eine Zeit lang betrachtete er gedankenverloren das Treiben auf der Gasse unter ihnen. Dann wandte er sich um und tippte mit dem Zeigefinger auf Phull-Rieppurs Brust. „Es ist der pure Eigennutz, der ihn zu diesem neuen Angebot verleitet hat. Er braucht mich, die Franzosen treiben ihn mehr und mehr in die Enge! Und weil er ja durch seine Spione hier in Paris nach wie vor bestens über mich und mein Leben Bescheid weiß, ist ihm auch bestens bekannt, dass Napoleon durchaus mit dem Gedanken spielt, ihn als Kurfürsten zum Teufel zu jagen und mich an seiner Stelle einzusetzen!"

„Eben drum! Deshalb darfst du auf uns jetzt um Gotteswillen keine Rücksicht mehr nehmen! Du musst zurück nach Württemberg! Und zwar auf der Stelle!"

„Langsam!" Fritz hob beschwichtigend seine Hand. „Wenn die Situation wirklich so drängend ist, dann muss der Dicke jetzt halt endlich einmal über seinen Schatten springen und Zugeständnisse machen! Zugeständnisse dahingehend, dass ihr genauso wie ich straffrei zurückkehren könnt. Das ist doch wahrhaftig nicht zu viel verlangt!"

„Sicher nicht! Aber du kennst doch deinen Vater! Und überdies: Wer weiß, wie lange du dich noch der Gunst von Talleyrand und Napoleon erfreuen kannst! Dir ist doch klar, dass sie dich nur als Spielball missbrauchen wollten und dass sie bereits jetzt, nach deinen eindeutigen Signalen, überlegen, wen sie an deiner Stelle ins Spiel bringen sollen."

Phull-Rieppur spielte mit dieser Andeutung auf das immer undurchsichtiger werdende diplomatische Ränkespiel an, das in diesen Spätsommertagen des Jahres 1805 mit einer geradezu fieberhaften Betriebsamkeit gespielt wurde, und in dem heute schon wieder überholt war, was gestern noch als sicher vereinbart gegolten hatte. Spätestens seit den letzten Wochen hatte sich bei der Mehrzahl der Diplomaten auch die Erkenntnis eingestellt, dass Napoleon endgültig die unumschränkte Alleinherrschaft über Europa anstrebte und ein neuerlicher Feldzug gegen Österreich, seinen nach wie vor größten Widersacher, unmittelbar bevorstand. Eigentlich stand diese Befürchtung schon seit Dezember des letzten Jahres im Raum, als Napoleon sich und seine Frau Josephine eigenhändig zum Kaiser der Franzosen gekrönt hatte. Und nun drängte er auf die endgültige Entscheidung: Für eine weitere Schaukelpolitik zwischen den beiden großen Mächten sollte es nun keinen Raum mehr geben. Die Luft für den württembergischen Kurfürsten Friedrich, der sich viel lieber an den langjährigen und vertrauten Bündnispartner Österreich angelehnt hätte, als an die ihm im Grunde verhassten Franzosen, wurde immer dünner.

Nachdem Napoleon aber seinen Druck immer mehr verstärkt und mittlerweile ein riesiges Heer in Marsch gesetzt hatte, das sich auf seinem Weg nach Österreich den Grenzen von Württemberg bereits bedrohlich näherte, war dem Kurfürsten nichts anderes übrig geblieben, als sich den Franzosen zähneknirschend anzuschließen und mit ihnen gegen Wien zu ziehen.

Während der letzten Wochen nun, als die Franzosen mit wachsender Ungeduld auf ein eindeutiges Bekenntnis von Württemberg gewartet hatten, war dem Erbprinzen wieder die verstärkte Aufmerksamkeit von Napoleon und dessen Außenminister zuteil geworden. Die kurzen Irritationen, die sich nach der verweigerten Heirat mit Therese eingestellt hatten, schienen wie weggewischt, zumal sich Fritz selbst kurz nach der nicht zustande gekommenen Eheschließung immer stärker von Therese entfremdet hatte. Etwas war in ihm damals zerbrochen. Vermutlich hatte es mit der Auseinandersetzung zu tun, die seinen geplanten Verzicht auf die württembergische Thronfolge betraf. Das wenigstens vermutete er, ohne sich selbst jemals richtig darüber klar zu werden. Vielleicht aber war auch einfach viel zu viel geschehen in den letzten Jahren. Vielleicht hatten sich die Stolpersteine, die man dem jungen Paar wieder und wieder in den Weg geworfen hatte, im Laufe der Zeit dermaßen aufgetürmt, dass irgendwann die grundlegende emotionale Basis zwischen den beiden erstickt worden war. Und überdies, auch diese Tatsache musste sich Fritz durchaus eingestehen: Er war kein Kostverächter! Immer öfter ertappte er sich, wie er seinen Blick von der einen oder anderen eleganten Dame der Pariser Gesellschaft nicht abwenden konnte. Schließlich war es dann passiert: Bei einem Empfang, an dem Therese nicht hatte teilnehmen können, hatte Fritz eine bildhübsche selbstbewusste junge Italienerin kennen gelernt, die ihn mit ihrer Ausstrahlung völlig in den Bann gezogen hatte.

Dass die Dame selbst mit einem Diplomaten verheiratet war, schien sie jedoch genauso wenig zu stören, wie sich Fritz darum scherte. Im Gegenteil: Nach den ersten vertraulichen Begegnungen musste der Prinz zu seiner grenzenlosen Überraschung feststellen, dass er nicht als einziger Liebhaber der begehrten Madame Visconti fungierte, sondern dass sich noch mehrere weitere Herren der Gunst der Dame erfreuen durften. Nachdem er sich der offenbar alltäglichen Gepflogenheiten in den Pariser Salons allmählich bewusst geworden war, nahm nun auch Fritz mit Eifer am französischen Liebesleben teil. Als attraktiver junger Mann von bester Herkunft und einer interessanten Geschichte war es ihm ein Leichtes, sich der Damenwelt als begehrenswerter Don Juan zu präsentiere – und er genoss sein ausschweifendes Leben.

Natürlich blieb es Therese schon bald nicht mehr verborgen, wie sehr sich Fritz von ihr entfremdete. Auch sein Verhältnis mit der Madame Visconti war bald nicht mehr zu verheimlichen, zumal sich in der Pariser Gesellschaft zahlreiche Klatschmäuler tummelten, deren einziges Bestreben darin zu liegen schien, möglichst schnell die neuesten Gerüchte weiter zu verbreiten und überdies beim Thema Liebesaffären immer auf dem aktuellsten Stand zu sein. Es war also nur noch eine Frage der Zeit gewesen, bis sich die Wege von Fritz und Therese endgültig trennten. Zwar hatte Konradin von Abel, als er die ersten Anzeichen einer Entfremdung zwischen Fritz und seiner Tochter bemerkt hatte, noch versucht, durch die Vermittlung von großzügiger finanzieller Unterstützung durch die württembergischen Stände die Aufmerksamkeit des Prinzen neu zu gewinnen. Doch es war zu spät. Mit Freude nahm Fritz zwar zur Kenntnis, dass sich seine finanzielle Situation quasi über Nacht gewaltig verbessert hatte, und es erfüllte ihn mit geradezu diebischer Schadenfreude, zu verfolgen, wie der auf das äußerste erboste Kurfürst verzweifelt versucht hatte, die Geldzuweisung zu unterbinden, aber dennoch ließ sich der Bruch in der Beziehung nicht mehr kitten. Im Sommer des Jahres 1804 trennten sich die Wege von Friedrich Wilhelm und Therese von Abel endgültig.

Auch am französischen Regierungssitz hatte man diese Entwicklung aufmerksam registriert. Denn nachdem er sich aus freiem Willen von dieser nicht standesgemäßen Fessel befreit hatte (so jedenfalls sahen es die meisten Diplomaten), stellte der Erbprinz mit einem Mal auch wieder einen interessanten Gesprächspartner für die französische Politik dar.

Ende August des Jahres 1805, als der Feldzug gegen Österreich schon längst in die Wege geleitet worden war, erhielt Fritz auf Geheiß Napoleons zwei hohe Auszeichnungen. Er wurde zum Generalmajor befördert und erhielt gleichzeitig das große Band der Ehrenlegion. Natürlich war sich Fritz genauestens darüber im Klaren, was der Kaiser der Franzosen in Wirklichkeit mit diesen Ehrungen bezweckte. Und er hatte auch tatsächlich kurz mit dem Gedanken gespielt, die Annahme des Ordens zu verweigern, doch dann hatte er sich eines besseren besonnen und gute Miene zum ränkevollen Spiel gemacht. Immerhin befand er sich ja nach wie vor auf der Flucht und hatte in Paris lediglich Schutz vor der Verfolgung durch seinen Vater gefunden. Für Napoleon wäre es ein Leichtes, ihn dingfest zu machen und nach Württemberg auszuliefern. Also durfte er es sich mit dem Kaiser nicht verscherzen.

Erst recht in die Enge getrieben sah sich Fritz bereits wenige Tage später, als er von Talleyrand persönlich das Angebot bekam, als neuer Kurfürst nach Württemberg zurückzukehren. Die Geduld der Franzosen mit seinem wankelmütigen Vater sei allmählich überstrapaziert und man überlege ernsthaft, den unsicheren Kantonisten lieber heute als morgen zum Teufel zu jagen. Da Frankreich andererseits aber an stabilen Verhältnissen in den mit ihm verbündeten Staaten gelegen sei, ließe sich dieser Plan nur mit der Einwilligung des Erbprinzen durchführen, der seinem Vater aber ja bekanntlich seit Jahren in herzlicher Abneigung verbunden sei.

Fritz hatte nicht lange überlegt. Empört war er aufgesprungen und hatte dem französischen Außenminister mit deutlichen Worten ins Gesicht geschleudert, dass er weder ein Verräter noch ein Umstürzler sei! Mit ihm lasse sich dieser infame Plan auf jeden Fall nicht umsetzen. Schmerzhaft war dem Erbprinzen neuerlich vor Augen geführt worden, welche Rolle er in den Augen von Napoleon in Wahrheit einnahm: Nämlich die einer untergeordneten Figur beim Schachspiel. Ein Bauer, den man durchaus taktisch gegen den König in Stellung bringen konnte, dessen Verlust aber nicht weiter tragisch war, wenn sich das Spiel dann in eine andere Richtung entwickeln sollte.

Und noch etwas war Fritz schlagartig klar geworden: Dass die Luft in Paris für ihn allmählich dünn zu werden begann und er sich mit der brüsken Zurückweisung des Umsturzplanes nun überhaupt nicht mehr auf Napoleon verlassen durfte, den er sich damit wohl eher zum Gegner gemacht hatte. Ein Mann, dem Einzelschicksale nichts bedeuteten!

Auch deshalb hatte er über seine Freunde dementsprechende Signale an die württembergischen Diplomaten aussenden lassen, dass er sich mittlerweile eine Rückkehr nach Württemberg eventuell würde vorstellen können, natürlich nur unter Einhaltung ganz bestimmter Bedingungen. Und da sich der Kurfürst ja ebenfalls in einer alles andere als bequemen Situation befand, wie Fritz nach dem Gespräch bei Talleyrand nur allzu genau bewusst war, müsste diesem eine Annäherung an seinen Sohn durchaus sogar das eine oder andere Zugeständnis wert sein. Zumal der Kurfürst nach wie vor davon ausgehen musste, dass sich sein Sohn der uneingeschränkten Gunst Napoleons erfreute. Was für das bedrängte Württemberg nur von Vorteil sein konnte! Eine Ansicht, der Fritz nie und nimmer widersprechen würde. Nur rasch musste es gehen! Man musste die Gunst der Stunde nutzen.

„Pass auf, Ernst-August!" Unternehmungslustig klatschte er in die Hände und lächelte listig. „Ich lasse dem Dicken noch ein weiteres Schreiben zukommen, in dem ich mich für die Einladung an den Hof bedanke und gleichzeitig selbstverständlich davon ausgehe, dass ich in Begleitung meiner beiden besten Freunde erscheinen werde. Nein, lass mich bitte ausreden", gebot er dem aufgeregten Phull-Rieppur Einhalt, der Anstalten machte, ihm zu widersprechen. „Die Nachrichten von meinen Gewährsleuten beim französischen Heer sind eindeutig: Die dortigen Generäle haben dem Kurfürsten bereits angekündigt, dass sie in wenigen Tagen durch Württemberg hindurchziehen werden, und ihn dringend gebeten, den entsprechenden Proviant für diese gewaltige Armee bereit zu stellen! Das klingt an und für sich ganz harmlos, ist aber in Wirklichkeit eine raffinierte Drohung an den Dicken, sich nun endlich und eindeutig zu erklären und zusammen mit den Franzosen zu marschieren. Andernfalls", Fritz nickte bedeutungsvoll, „andernfalls fegen sie ihn rücksichtslos vom Thron. Sie signalisieren ihm ja jetzt schon, dass sie über sein zauderndes Verhalten alles andere als glücklich sind. Er muss also durchaus mit ernsten Sanktionen und harten Vorwürfen rechnen – und da käme es ihm durchaus zupass, wenn ich als angeblich gern gesehener Gast am französischen Hof nun wieder an seiner Seite stünde und die schlimmsten Vorhaltungen abfedern könnte. Das weiß er ganz genau und er weiß auch, dass sich die Schlinge Tag für Tag enger um seinen Hals legt. Er muss mit mir eine Einigung erzielen! So schnell wie irgend möglich! Und deshalb werde ich dieses Spiel gewinnen! Ihr werdet mit mir nach Württemberg zurückkehren! Unbehelligt! Und mit allen euch zustehenden Ehren! Verlass dich darauf!"

„Dein Wort in Gottes Ohr!" murmelte Phull-Rieppur leise. „Nun gut: Dann lass es also darauf ankommen! Aber Gnade uns, wenn du dich verkalkuliert hast! Dann nämlich sind es wir, die mindestens genauso in der Klemme sitzen!"

25

„Und mehr könnt Ihr mir über das Schicksal meiner Mutter also wirklich nicht mitteilen? Es handelt sich doch immerhin um Eure Tochter!" Enttäuscht sah Fritz auf. „Es muss doch noch irgendeine Information darüber geben, wie sie ihre letzten Tage verbracht hat!" Er bedachte seine Großmutter mit einem hoffnungsvollen Blick, doch die korpulente alte Frau blieb stumm und starrte apathisch zu Boden.

Kalte Wut stieg in dem Prinzen auf. Nach seiner vorläufigen Einigung mit dem Vater, der zähneknirschend auf die Bedingungen des Kronprinzen eingegangen war, hatte sich Fritz, einem spontanen Entschluss folgend, bei seiner Abreise aus Paris dazu entschlossen, nicht auf direktem Weg nach Württemberg zurückzukehren. Vielmehr wollte er die Gelegenheit nutzen, endlich einmal seinen Großeltern in Braunschweig einen Besuch abzustatten. Den Eltern seiner Mutter! Ein Besuch, der ihm vom Kurfürsten immer untersagt worden war. Und so hatte er sich im September auf den Umweg über Braunschweig gemacht. Dementsprechend groß war die Überraschung seiner Großeltern Herzog Karl Wilhelm Ferdinand von Braunschweig-Wolfenbüttel und dessen Ehefrau Herzogin Auguste gewesen, als ihnen plötzlich ein junger Mann seine Aufwartung machte, der sich als ihr Enkel Friedrich Wilhelm von Württemberg, der älteste Sohn ihrer vor 17 Jahren verstorbenen Tochter Auguste vorstellte.

Der Großvater hatte ihn kurz empfangen, war dann jedoch unmittelbar darauf mit dem Hinweis abgereist, es täte ihm Leid, aber für eine weitere Begegnung mit Fritz fehle ihm die Zeit. Er habe sich vielmehr im Auftrag des Königs von Preußen um die Organisation der preußischen Armee zu kümmern, denn es sei ja nur noch eine Frage der Zeit, bis es zur mutmaßlich entscheidenden Schlacht gegen Napoleon kommen würde. Und so war der Herzog davongeeilt. Die Großmutter Auguste, eine träge Person, der ihre vornehme Herkunft aus dem englischen Königshaus beim besten Willen nicht mehr anzumerken war, hatte sich über die bohrenden Fragen nicht gerade begeistert gezeigt, mit denen sie von Fritz geradezu bombardiert worden war.

„Frau Großmutter, ich bitte Euch!" ließ sich der Erbprinz jedoch nicht so leicht von seinem Vorhaben abbringen, endlich mehr über das Schicksal seiner Mutter zu erfahren.

Die Herzogin ließ ein unwilliges Schnauben vernehmen. „Die Toten soll man ruhen lassen", murmelte sie dann mit abweisender leiser Stimme.

„Und die Lebenden haben ein Recht darauf, die Wahrheit zu erfahren!" konterte Fritz. „Ich bitte Euch herzlich: Erzählt mir, was Ihr wisst! Dann werde ich Euch nicht mehr weiter behelligen!"

Eine ganze Weile herrschte Schweigen. Dann endlich atmete die Herzogin tief durch. „Nun gut! Ihr sollt Euren Willen haben!" seufzte sie missgelaunt. „Auch wenn Ihr mir dadurch meinen eigenen Seelenfrieden raubt! Aber das scheint Euch ja weiter nicht zu stören! Nach so langer Zeit! Nachdem die Wunden längst verheilt waren, die mir unsere Unglückliche mit ihrem ungebührlichen Verhalten zugefügt hat!"

Sie unterbrach sich und starrte eine Zeit lang blicklos zu Boden. Gerade als in Fritz die Befürchtung zu keimen begann, sie habe es sich doch wieder anders überlegt, begann die alte Frau zu sprechen. „Sie war schon immer eine unruhige Seele, meine Auguste. Und früh schon ist es ihr bei uns am Hofe zu eng und anscheinend auch zu langweilig geworden, so dass ich sie bereits in ihren frühen Mädchenjahren zu ihrem Onkel Friedrich nach Potsdam habe ziehen lassen. Zu Friedrich, den sie jetzt den Großen nennen! Ausgerechnet Friedrich!" schüttelte sich missbilligend ihren Kopf. „Friedrich, der von Maria Theresia um ein Haar mit Schimpf und Schande aus seinem Land gejagt worden wäre! Nun ja – wo war ich stehen geblieben? Richtig! Also, sie hat uns den Rücken gekehrt und nur noch losen Kontakt mit uns gehalten. Dort in Potsdam hat sie dann Euren Vater kennen gelernt, der seinerzeit wie Ihr wisst in preußischen Diensten stand. Im Alter von 15 Jahren ist sie die Ehe mit ihm eingegangen. Eine Ehe, die ihr Onkel Friedrich, dieser große Kuppler, eigenhändig vermittelt hat. Tja, und was war dann?"

Die Herzogin zog die Stirn in Falten und schien zu überlegen. Dann nickte sie vieldeutig. „Dann waren die Flitterwochen vorüber und der Ernst des Lebens hat begonnen. Plötzlich war die schöne Zeit am Hof zu Ende und ein langweiliges Leben in den verschiedenen preußischen Garnisonsstädten hat begonnen. Eben dort, wo Euer Vater Friedrich gerade stationiert war.

Es sind, zugegebenermaßen, furchtbare Nester. Einsam und öde! Ein gewaltiger Unterschied zum abwechslungsreichen Leben in Potsdam. Sie war grade 17 Jahre alt, unsere Auguste, als sie Euch in Lüben, also in Niederschlesien, zur Welt gebracht hat. Wer weiß, wie sich das Leben in Preußen noch entwickelt hätte, wenn sich nicht Euer doch sehr zu Zornesausbrüchen neigender Vater nicht mit dem König überworfen hätte und von Friedrich aus dem Land gewiesen worden wäre. Tja ", sie zuckte bekümmert ihre Schultern, „und so sind sie deshalb nach Russland gekommen, nach Petersburg zunächst, wo ja die Schwester Eures Vaters den Sohn der Zarin geheiratet hatte. Katharina hat seine zweifellos vorhandenen militärischen Fähigkeiten erkannt und ihn dann schließlich zum Gouverneur von Finnland gemacht, eine Tätigkeit, die er aber hauptsächlich, wer will es ihm verdenken, von Petersburg aus verrichtet hat. Zwei Jahre nach Eurer Geburt ist so in Petersburg Eure Schwester Katharina geboren worden, die natürlich zu Ehren der Zarin so getauft worden ist. Und im selben Jahr, also noch 1783, kam das nächste Kind, viel zu früh, zur Welt: Sie hieß..." Nachdenklich fasste sich die Herzogin an die Stirn. „Wie hieß sie gleich? Ach ja: Sophie Dorothea hat man sie genannt – Ihr werdet von dieser Schwester nicht einmal wissen, nehme ich an. Das kleine Mädchen ist nämlich bereits wenige Wochen später gestorben. Aber dann, nur ein Jahr später, wurde Euer Bruder Paul geboren: vier Kinder in vier Jahren!" Die Herzogin schüttelte nachdenklich den Kopf. „Mag sein, dass sie von diesen rasch aufeinander folgenden Geburten geschwächt und überfordert war: immerhin doch erst 21 Jahre alt und schon vierfache Mutter. Dazu das verwirrende Leben am Zarenhof unter der sittenlosen alternden Katharina! Eure Mutter, die immer noch durchaus aparte, aber offenbar an der Seite ihres Mannes unglückliche junge Frau. Es muss dabei zu gewissen Spannungen gekommen sein, so wurde am Hof gemunkelt. Zu Auseinandersetzungen, deren die Zarin schließlich überdrüssig geworden ist. Es endete mit einem Machtwort: Mit dem Verweis Eures Vaters aus Petersburg und mit der Anordnung, Eurer Mutter zunächst den Aufenthalt in diesem Schloss in Estland anzuweisen! Und dort ist sie dann im Jahr darauf verstorben." Erschöpft kam die Herzogin zum Ende. Sie holte tief Atem und bedachte Fritz mit einem ernsten Blick aus ihren wässrigen Augen. „Mehr gibt es dazu nicht zu sagen."

„Aber freilich!" Der Prinz ballte die Fäuste. „Gerade das möchte ich in Erfahrung bringen: Woran ist meine Mutter denn gestorben?! Im Alter von 24 Jahren! Was ist da passiert? Welche Krankheit hat sie niedergestreckt? Sie war doch noch so jung!"

„Es gibt nichts mehr zu sagen!"

„Ihr wisst mehr! Gebt es zu: Ihr wisst mehr, als Ihr mir sagen wollt!" Erregt war Fritz in die Höhe gefahren und gestikulierte wild.

„Friedrich Wilhelm! Ich bitte Euch, die Contenance zu wahren!" zischte die Herzogin scharf.

„Ihr wisst mehr!"

„Die Toten soll man ruhen lassen..."

Enttäuscht wandte der Prinz sich ab. Fritz hatte begriffen, dass die Herzogin nicht bereit war, ihm mehr als das bisher Gesagte mitzuteilen. „Ich werde es heraus bekommen!" murmelte er mit tonloser Stimme. „Früher oder später werde ich es herausbekommen..."

„Erinnerst du dich noch an die Wahrsagerin, die dir diese Entwicklung schon vor Jahren prophezeit hat?"

„Welche Wahrsagerin?" Der Erbprinz bedachte seinen Freund Eugen von Maucler mit einem irritierten Blick. „Was meinst du damit?"

„Na die alte Hexe in Pfrondorf damals, auf die du dich beinahe gestürzt hättest, wenn wir dich nicht mit vereinten Kräften von ihr weggezogen hätten!" grinste Maucler. „Stimmt doch, Ernst-August, oder?"

Phull-Rieppur nickte lächelnd. „Natürlich stimmt das! Und Recht behalten hat sie tatsächlich, die Alte! Donnerwetter! Ja, ich erinnere mich! Man sollte sie zur Hofastrologin machen! Falls sie noch am Leben ist..."

„...was aber eher unwahrscheinlich ist, so alt und verhutzelt, wie die damals schon gewesen ist! Na, weißt du inzwischen, was ich meine?" wandte sich Maucler an den Prinzen.

„Ja, natürlich!" Fritz verzog missmutig die Mundwinkel. „Die mich mit diesem unsäglichen Konglomerat an Halbwahrheiten und Vermutungen belästigt hat!"

„Die dir immerhin prophezeit hat, dass du dereinst auf dem Königsthron sitzen wirst!"

„Ach was!"

„Doch!" Maucler klatschte zur Bestätigung seiner Feststellung in die Hände. „Sie hat es damals ganz deutlich vorausgesagt, dass du eines Tages König werden wirst! Ich gebe zu: Das hat damals keiner von uns geglaubt, nachdem dein Vater damals sogar noch als Herzog amtiert hat und sich niemand auch nur vorstellen konnte, dass er in den Rang eines Kurfürsten aufsteigen wird. Und nun: Nun wird er also König! Der erste König von Württemberg! Und du: Du wirst eines Tages sein Nachfolger werden! Du bist jetzt ganz nahe daran! Die Prophezeiung der Alten hat sich bewahrheitet!"

„Noch ist es nicht so weit!" wehrte der Kronprinz ab. „Ihr kennt den Dicken doch zur Genüge! Da kann noch allerhand passieren, in unserem gegenseitigen Verhältnis..."

„Du meinst, du wirst dir wieder eine Bürgerstochter schnappen und mit dieser dann das Weite suchen, so wie damals mit der Therese ..." kicherte Eugen von Maucler aufgekratzt.

„Lass die Therese aus dem Spiel!" knurrte Fritz ärgerlich. „Ich werde ihr zeitlebens in Freundschaft verbunden bleiben."

„...und mich nichtsdestotrotz mit anderen hübschen Damen von höherem und weniger hohem Stand zu vergnügen wissen!" spöttelte Maucler weiter.

„Was soll das werden!" Mit zorngerötetem Gesicht stürzte sich Fritz auf sein Gegenüber und packte Maucler grob an dessen Jackenaufschlägen. „Willst du mich provozieren? Nun gut: Du kannst die passende Antwort haben!" Er rüttelte ihn grob.

„Fritz! Eugen!" Mit einem schnellen Schritt schob sich Phull-Rieppur zwischen die beiden Streithähne und trennte sie voneinander. „Habt ihr denn keine anderen Sorgen? Müsst ihr Euer Mütchen ausgerechnet in einer Prügelei unter Freunden kühlen?! Der künftige König von Württemberg! Balgt sich mit einem seiner besten Freunde wie ein dahergelaufener Zirkusclown! Ich bitte euch! Und: Was unternehmen wir denn jetzt in der Sache mit deinem Bruder Paul?"

„Schon gut!" Der Prinz hob mit einer entwaffnenden Geste die Hände in die Höhe. „Entschuldigt mich! Du hast ja Recht! Aber wahrscheinlich hat die Entwicklung der letzten Tage meinem Nervenkostüm doch allzu stark zugesetzt!"

In der Tat hatten sich die Ereignisse, wie so oft in diesen turbulenten und krisenhaften Jahren, fast überschlagen. Nach der Rückkehr des Erbprinzen an den württembergischen Hof hatte der Kurfürst zwar sämtliche seinem Sohn gegebenen Versprechungen eingehalten und dessen Freunde für deren Rolle bei der Flucht von Fritz nicht bestraft, doch andererseits blieb das Verhältnis zwischen den beiden stark unterkühlt. Nicht einmal die zahlreichen gut gemeinten Vermittlungsversuche der Kurfürstin hatten dazu beitragen können, den Graben zuzuschütten, der in den letzten Jahren schlichtweg unüberbrückbar geworden war. Es hatte einfach schon zu viel an gegenseitigen Verletzungen gegeben! Erschwerend hinzu kam ferner die Tatsache, dass der Kurfürst keine Anstalten zeigte, seinen ständig am Regierungsstil herumnörgelnden Sohn selbst mit einem einigermaßen bedeutenden Amt am Hof zu betrauen. Im Gegenteil: Es wurde geradezu peinlichst darauf geachtet, Friedrich Wilhelm von jeglicher Verantwortung fern zu halten. Und so hatte dieser seine Befürchtung rasch bestätigt gefunden, dass die Kompromissbereitschaft seines Vaters im Hinblick auf die Rückkehr nach Württemberg wieder einmal lediglich im Sinne der Absicherung eigener Interessen zustande gekommen war.

Zähneknirschend hatte sich Kurfürst Friedrich dem Feldzug der Franzosen gegen Österreich angeschlossen, nachdem Napoleon selbst an der Spitze einer riesigen Armee im Oktober 1805 in Ludwigsburg erschienen war. Die militärische Auseinandersetzung hatte einen überraschend schnellen Sieg für die Franzosen gebracht: Das in geradezu demütigender Weise in die Knie gezwungene Österreich war schockiert und musste gewaltige Zugeständnisse an die Sieger machen. Auch Württemberg profitierte durch die österreichische Niederlage enorm. Das gesamte Gebiet südlich der Schwäbischen Alb, das bisherige Vorderösterreich, wurde dem Kurfürstentum einverleibt, genauso wie die restlichen habsburgischen Besitzungen zwischen Südschwarzwald und Bodensee an Baden gingen.

Und nun sollte Württemberg auch noch zum Königreich erhoben werden!

Wenige Wochen zuvor, sogar noch Anfang des Monats Oktober, hatte niemand im Land auf eine solche Entwicklung hoffen können. Im Gegenteil: Es stand zu befürchten, dass Württemberg vielmehr gänzlich zerschlagen würde. Der Kurfürst hatte ein äußerst unangenehmes und heftiges Zusammentreffen mit Napoleon erleben müssen, der ihm heftige Vorwürfe ins Gesicht geschleudert hatte, weil Friedrich im vergangenen Jahr nach Bonapartes Reise zu den einst wichtigsten Zentren des Deutschen Reiches beim abschließenden Empfang in Mainz einfach gefehlt hatte! Der immer noch wütende Napoleon hatte dem Kurfürsten dessen Schaukelpolitik zwischen den großen Machtblöcken vorgehalten und ihm ultimativ erklärt, dass er sich weitere Eigenmächtigkeiten nicht mehr bieten lassen werde! Es hatte des ganzen Verhandlungsgeschicks von Friedrich bedurft, den Kaiser der Franzosen wieder zu besänftigen. Doch erst, nachdem er zum wiederholten Mal seine uneingeschränkte Bereitschaft erklärt hatte, ein großes Truppenkontingent unter dem Oberbefehl der Franzosen zum Krieg gegen Österreich bereitzustellen, war das Eis gebrochen. Und der Kurfürst, dessen Thron kurz zuvor so gewaltig gewackelt hatte, sah sich Ende des Jahres 1805 als König an der Spitze eines wiederum enorm gewachsenen Königreiches Württemberg.

Beinahe hätten sich die Dinge in allerletzter Minute noch einmal krisenhaft ins Gegenteil verkehrt, denn jetzt war es der jüngere Sohn Paul, der den ihm unerträglich gewordenen Verhältnissen in Württemberg den Rücken kehrte und nach Preußen floh. Ausgerechnet Preußen: Der nächste Gegner, den Napoleon bereits anvisiert hatte. Dass sich Paul ausgerechnet als Offizier der preußischen Armee anschloss, hatten die Franzosen verärgert registriert. Letztendlich aber hatten es die Minister des Kurfürsten geschafft, den Franzosen zu versichern, dass es sich beim Seitenwechsel des Prinzen um einen familiären Zwist handle und nicht um eine Fortsetzung der so sehr beargwöhnten württembergischen Zweifrontendiplomatie.

„Paul! Was machen wir bloß mit meinem unglücklichen Bruder?" Fritz schüttelte bekümmert seinen Kopf. „Ich komme ja selber nicht mehr an ihn heran! Er ist dermaßen über Kreuz mit dem Dicken! Was keiner besser verstehen kann, als ich! Aber ausgerechnet jetzt, wo ich wieder im Lande bin, ausgerechnet jetzt ergreift er die Flucht! Ich fürchte, ich kann bei ihm nichts mehr bewirken! Wir müssen den Dingen ihren Lauf lassen und abwarten! Und wenn es mir noch so zuwider ist!" Er machte eine wegwerfende Handbewegung, um anschließend unternehmungslustig in die Runde zu schauen. „Aber Trübsal blasen hilft uns auch nicht weiter! Wer kommt mit mir nach Weil? Wer weiß, vielleicht dann sogar weiter nach Marbach?"

„Aber Fritz! Kannst du hier jetzt einfach alles stehen und liegen lassen und tagelang verschwinden?" Phull-Rieppur schenkte seinem Freund einen vorwurfsvollen Blick.

„Und ob ich kann!" lachte der. „Was habe ich hier schon groß zu tun? Der Dicke kann doch eh alles besser!"

Damit öffnete er die Tür und verließ den Raum.

In der Tat war es eine seiner großen Leidenschaften geworden, hinaus in eines der württembergischen Gestüte Scharnhausen, Weil oder Marbach zu reiten und sich dort inmitten der großen Pferdekoppeln über die Fortschritte bei der Zucht leistungsfähiger Pferderassen zu informieren und selbst den einen oder anderen Vorschlag zu machen. Vor allem ein erst vor wenigen Wochen für das Gestüt Weil erworbenes Reitpferd hatte es ihm angetan: Ein eher kleines, zierlich wirkendes Pferd, das aber eine enorme Schnelligkeit und Ausdauer an den Tag legte. Es handelte sich um eine arabische Pferderasse, die nur auf großen Umwegen in das Land gelangt war und von deren Einkreuzung in den württembergischen Pferdebestand man sich große Erfolge versprach. Mit Leib und Seele engagierte sich der Kronprinz in der Pferdezucht. Hier, bei Wind und Wetter, konnte er sich entspannen, wie nirgendwo sonst. Vor allem bei seinen zahlreichen Ausflügen auf die Schwäbische Alb, in die herrliche Natur rund um Marbach an der Lauter, waren die Sorgen und der Kummer wie weggewischt, die ihn am Hof seines Vaters immer wieder zu ersticken drohten.

27

„Ach du meine Güte: Ist das schön hier oben!" Der Prinz zügelte sein Pferd und deutete mit einer ausladenden Armbewegung über die Talaue zu ihren Füßen. Auch Maucler und Phull-Rieppur hatten angehalten. Mit zufriedenen Mienen blinzelten sie in die helle Märzsonne und sogen die würzige Albluft mit tiefen Atemzügen in ihre Lungen.

„Märchenhaft!" nickte Eugen. „Ich habe ja gar nicht gewusst, dass es bei uns im Land so schön sein kann! Dazu noch auf der Rauen Alb, von der sie bei uns unten in Esslingen doch immer sagen, hier sei es neun Monate lang Winter und die restlichen drei Monate vom Jahr kalt!"

„Selbst wenn das stimmen würde – was natürlich nicht der Fall ist: Es ist ein wunderschönes Fleckchen Erde, dieses Lautertal!" genoss Fritz den Blick von der Hochfläche hinunter auf das sich in zahlreichen Windungen durch das enge Tal schlängelnde Flüsschen bis hinüber zu den beiden altehrwürdigen Burgruinen, die sich, nur wenige hundert Meter voneinander entfernt, seit Jahrhunderten schon misstrauisch zu belauern schienen.

„Und dazuhin noch seit kurzem württembergisch! Das setzt dem Ganzen ja im wahrsten Sinn des Wortes die Krone auf", spielte Phull-Rieppur lächelnd auf die Tatsache an, das dem Königreich dieser Landstrich ja erst vor wenigen Monaten zugefallen war.

„Hohen- und Niedergundelfingen! Das waren ja wirklich einmal bedeutende Herrschaften, diese Gundelfinger. Überall hier haben sie ihre Burgen gebaut und diesem Teil der Alb ihren Stempel aufgedrückt. Obwohl sie schon seit Jahrhunderten ausgestorben sind..." sinnierte der Kronprinz. „Was wohl einmal von uns zurückbleiben wird und vor allem: Wie man dann von uns sprechen wird?"

Maucler klopfte seinem Gefährten kumpelhaft auf die Schulter. „Das, mein Lieber, hast nicht zuletzt du selbst in der Hand, wenn du eines schönes Tages den Thron besteigst!"

„Falls ich nicht doch noch vorher endgültig genug habe und dem Dicken die Thronfolge einfach vor die Füße werfe!" gab dieser säuerlich zurück.

„Schon wieder! Lass das um Gottes Willen bleiben! Das wird schon noch werden mit eurem Verhältnis! So ist dein Vater eben! Und im Übrigen: Hast du dich schon einmal gefragt, was denn wäre, wenn du dem Land nun auch noch den Rücken kehrst? Nachdem Paul ja auf und davon ist? Wer soll denn dann dem Dicken überhaupt noch in die Parade fahren? Deine ganzen Cousins ja mit Sicherheit nicht! Die warten doch nur demütig und sehnsüchtig darauf, dass sie vielleicht doch noch das Unmögliche schaffen und eines Tages König werden können! Nein, die werden sich zu keinem Widerspruch gegen irgendwelche brutalen Gewaltmaßnahmen aufraffen – vor lauter Angst, sie könnten sonst in Ungnade fallen..."

Fritz gab einen tiefen Seufzer von sich. „Mag ja sein, dass du Recht hast. Aber dennoch: Ich habe immer noch die Nase voll von diesem affektierten Affentheater, das dieser Hofschranze da gestern in Wimsen vor uns aufgeführt hat!"

Er spielte damit auf ihren Besuch auf Schloss Ehrenfels im Glastal oberhalb von Zwiefalten an, den sie in diesen letzten Märztagen des Jahres 1806 auf ausdrücklichen Wunsch des Königs absolviert hatten. Mit deutlichen Worten hatte der seinem Sohn bedeutet, dass es allmählich an der Zeit wäre, den neuen württembergischen Besitzungen rund um das ehemalige Kloster Zwiefalten die Ehre zu erweisen. Damals, vor drei Jahren, sei das ja nicht möglich gewesen, hatte er mit kritischer Miene hinzugefügt. Damals, als der frisch in den Kurfürstenstand erhobene Herzog Friedrich seinem verdienten Staatsminister Philipp Christian von Normann die Aufwartung gemacht hatte. Dieser war ja von Friedrich großzügig belohnt worden – als Anerkennung für sein enormes diplomatisches Geschick, mit dem er in den zähen Verhandlungen vor dem Reichsdeputationshauptschluss die enormen württembergischen Gebietszuwächse genauso ausgehandelt hatte, wie die darauf folgende Erhebung in den Kurfürstenstand. Aus diesem Grund hatte Normann von dem Kurfürsten Schloss Ehrenfels, die frühere Sommerresidenz der Äbte von Zwiefalten, geschenkt bekommen, samt der dazugehörigen Ländereien. Nach der Säkularisation, der Aufhebung des Klosters und der damit verbundenen Vertreibung der Mönche, war es für Friedrich freilich ein Leichtes gewesen, seinem Staatsminister dieses Geschenk zu machen. Und so war er ein halbes Jahr danach auf Einladung des dankbaren Normann auf die Schwäbische Alb gereist, um dessen neue Besitzungen nun selbst in Augenschein zu nehmen. Die Abwesenheit des Erbprinzen war dabei, sehr zum Verdruss des Kurfürsten, von den neuen Untertanen genau registriert worden, aber es war ihm nichts anderes übrig geblieben, als über die scheinheilige, vorgeblich besorgte Frage nach dem Wohlergehen seines Sohnes wortlos hinwegzugehen.

Phull-Rieppur pflichtete seinem Begleiter kopfnickend bei. „Allein diese Tafel an der Höhle, die der Kerl damals hat enthüllen lassen, das trieft ja alles nur so vor Schleim und Unterwürfigkeit!" An einer unterhalb des Schlosses bei dem Weiler Wimsen gelegenen Karsthöhle hatte der Staatsminister damals zur Feier des hohen Besuches, bei dem er selbst in den Grafenstand erhoben worden war, eine Tafel enthüllen lassen, in der mit schwülstigen lateinischen Reimen ewig an die Anwesenheit des Kurfürsten in diesem Jahr 1803 erinnert werden sollte. Überdies hatte man der bisherigen Wimsener Höhle auch noch einen neuen Namen verpasst: Friedrichshöhle!

„Das ist wirklich der Gipfel. Aber so ist er halt, der Normann! Und ob wir ihn nun ausstehen können oder nicht: Er spielt nun einmal die erste Geige am Hof und hat einen entscheidenden Einfluss auf deinen Vater! Pure Opposition nützt uns da leider gar nichts!"

„Mein lieber Eugen! Immer Realist! Immer mit beiden Beinen auf der Erde!" spöttelte Fritz.

„Besser mit beiden Beinen auf der Erde, als mit dem Kopf voran gegen die Wand", gab dieser spitz zur Antwort. „Aber eines muss man dem Kerl lassen: Er hat sich schon ein wunderschönes Fleckchen Erde geangelt!"

Phull-Rieppur wandte sich überrascht um. „Du meinst, der hat sich das vorher schon ausgesucht und es dem Dicken dann als quasi eigene Idee so untergejubelt?"

„Worauf du Gift nehmen kannst!", nickte Maucler. „Der wusste schon, wo die Filetstücke zu finden sind! Und im Fall des Falles ist man dann auch weit genug weg vom Schuss, falls er jemals, trotz seiner ganzen Unterwürfigkeit, in Ungnade gefallen wäre, der Herr Graf..."

„Mag schon sein! Auf jeden Fall ist es schon etwas besonderes, so eine Höhle, in der auch noch ein Bach entspringt und in die man mit einem Kahn hineinfahren kann! Das habe ich ansonsten noch nirgendwo gesehen!"

„Könnt Ihr euch vorstellen, wie das ausgesehen hat, als sich der Dicke da in den Kahn gesetzt hat und in die Höhle hineingefahren ist? Das muss ja ein Bild für Götter gewesen sein!" Fritz schüttelte sich angewidert. „Wie man nur dermaßen viel fressen kann! Also, wenn ich schon so dick wäre wie mein lieber Herr Vater, also ich glaube, dann würde ich wochenlang gar nichts mehr essen! Jetzt haben sie ihm neulich schon einen Ausschnitt in den Sekretär im Ludwigsburger Schloss hineingesägt, damit er trotz seines gewaltigen Bauches überhaupt noch unterschreiben kann! Ein Alptraum..."

„Weißt du, was mich seit gestern Abend die ganze Zeit über beschäftigt hat?" Über Phull-Rieppurs Miene huschte ein düsterer Schatten.

„Was denn? Sag schon!"

„Die Szene, in der plötzlich dieser zerlumpte Klosterbruder, dieser ehemalige Mönch in Wimsen auf dich zugekommen ist und sich vor dir hingekniet hat!" Bekümmert starrte er vor sich hin.

Auch Fritz war mit einem Mal Ernst geworden. „Du hast Recht! Das war beklemmend!" Gerade als die drei lachend und zufrieden den Kahn wieder verlassen hatten, mit dem sie in die beeindruckende und zugleich auch unheimlich wirkende Wasserhöhle gefahren waren, hatte sich ihnen eine zerlumpte Gestalt genähert, die sich vor dem Kronprinzen auf den Boden geworfen hatte. Der Graf hatte zwar sofort versucht, den Mann von zweien seiner Diener entfernen zu lassen, doch Fritz hatte ihm Einhalt geboten.

Und so hatten sie erfahren, dass es sich bei dem alten, gebrechlichen Mann um einen der ehemaligen Mönche des Klosters Zwiefalten handelte, die unmittelbar nach dessen Aufhebung von württembergischen Soldaten brutal aus ihren Gebäuden gejagt worden waren. Aber das allein sei nicht das schlimmste gewesen, hatte der alte Mönch mit flehentlicher Stimme den Prinzen um Hilfe gebeten. Auch nicht die Enteignung des Klostergutes, die Inbesitznahme von Schloss Ehrenfels. Nein, es ginge ihm um die barbarische Gewalt, mit der man in der Klosterkirche gehaust habe, wo bereits viele Kostbarkeiten für immer zerstört seien.

Und nun habe er erfahren müssen, dass die wertvollen Paramente des Altars, die schon vor Monaten mitgenommen worden waren, als Polsterstoff für den neuen württembergischen Königsthron zerschnitten werden sollten. Dass man ernsthaft plane, die silbernen Messgegenstände einzuschmelzen, um daraus Essgeschirr für das Königshaus fertigen zu lassen!

Auch habe er den damaligen Kurfürsten bei dessen Besuch eindringlich darum gebeten, doch wenigstens die Orgel in der Klosterkirche zu belassen. Doch nun habe er in Erfahrung gebracht, dass diese Orgel demnächst schon ausgebaut und in die Stuttgarter Stiftskirche transportiert werde.

Fritz hatte dem verzweifelten Mann versprochen, sich der Sache anzunehmen. Wohl wissend, dass er bei seinem Vater auch in dieser Frage nichts ausrichten würde. Sehr zum Verdruss des Grafen Normann hatte er dem Mönch anschließend gestattet, vorerst wenigstens den wunderschön gearbeiteten Messkelch aus dem 18. Jahrhundert mit sich zu nehmen und diesen damit vor dem Einschmelzen zu retten. „Ihr wisst ja, welchen Hass mein Vater gegenüber den Klöstern, und ganz speziell Zwiefalten, immer gehegt hat. Nur, weil sich Zwiefalten jahrhundertelang gegen einen württembergischen Vogt gewehrt hat, erfolgreich gewehrt hat, mit dem meine Vorfahren die Kontrolle über das Kloster in die Hand bekommen wollten. Das Beste an seiner neuen Besitzung Zwiefalten sei die Tatsache, dass er damit über eine zusätzliche Stimme im Reichsfürstenrat verfüge, hat er ja kürzlich zu mir gesagt. Und es kommt noch schlimmer: Er will ja auch tatsächlich die Landesirrenanstalt von Ludwigsburg hoch nach Zwiefalten verlegen!"

„Die Irrenanstalt!" Verblüfft schüttelte Maucler den Kopf. „Du meine Güte: Das wird aber Aufruhr geben!"

„Er wird es durchsetzen, mit Gewalt! Ihr kennt ihn ja zu Genüge! Wo ich ihm empfehle, er möge doch behutsam vorgehen und seinen neuen Untertanen Zeit lassen, sich an die württembergische Herrschaft zu gewöhnen, da kennt er nur eines: brutale Härte und Unnachgiebigkeit. Ich bin ja mal gespannt, ob er seinen Plan wahr macht, Buchhorn, die alte Reichsstadt am Bodensee, umzubenennen!"

„Umzubenennen?"

„Ja, auch das hat er anscheinend vor. Die Menschen dort waren nicht gerade begeistert von der Tatsache, dass sie ihre jahrhundertelange Unabhängigkeit haben aufgeben müssen, und haben ihm offensichtlich nicht genug gehuldigt. Deshalb will er den Namen dieser Stadt auslöschen und dem Hafen am See seinen Namen verpassen: Friedrichshafen!"

„Das ist nicht wahr!"

„Du wirst es erleben!"

„Nicht zu fassen!" Maucler schüttelte bekümmert den Kopf. „Weshalb nur immer diese Eile? Diese Brutalität! Weshalb lässt er den Menschen einfach nicht ein wenig Zeit..."

„Ich kann nicht mehr tun, als es ihm wieder und wieder zu sagen! Wie diese Diskussionen jedes Mal enden, das wisst Ihr allerdings genau! Aber Trübsal blasen hilft uns heute auch nicht weiter." Fritz wandte sich um und streckte seine Arme aus. „Da schaut, da vorne diese Ruine. Das ist Bichishausen. Das ist die alte Landesgrenze. Dort drüben, dort hat jahrhundertelang Württemberg begonnen. Das merkt man ja noch an der Konfession der Leute: Die hier, die sind alle katholisch, während die Württemberger auf der anderen Seite ja alle evangelisch sind. Jetzt also haben wir plötzlich auch jede Menge katholischer Untertanen. Auch insofern hat sich wirklich gewaltiges ereignet in den letzten Monaten und Jahren!"

„Wie auch immer! Es wird allmählich Zeit, weiterzureiten", deutete Phull-Rieppur auf den Stand der Sonne. „Gute vier Stunden noch, dann wird es dunkel! Und bis nach Grafeneck ist es schon noch ein ganzes Stück!"

„Einverstanden! Zumal ich mir ja noch ein bisschen Zeit im Gestüt in Marbach gönnen will!"

„Marbach! Auch das noch! Ich hätte es mir ja denken können!" verdrehte Phull-Rieppur in gespielter Verzweiflung die Augen. „Nichts als Pferde hat er im Kopf, unser Herr Kronprinz!"

„Vergiss die Frauen nicht", warf Maucler lachend ein. „Aber wie auch immer: Was würdest du davon halten, wenn wir dich kurz vor Marbach verlassen und schon einmal bis nach Grafeneck vorausreiten, um deine Ankunft anzukündigen und ein schönes Abendessen vorbereiten zu lassen? Die Pferde kannst du doch auch alleine anstarren, oder?"

„Ich habe nichts dagegen! Bevor ich euch in Marbach mit herumschleppen und eure gelangweilten Gesichter ertragen muss! Wobei die Pferdezucht doch wirklich spannend ist!" Als er jedoch die Miene bemerkte, die die beiden anderen bei diesen Worten zur Schau stellten, schluckte er seine weiteren Ausführungen seufzend hinunter. „Banausen!" Er schnalzte mit der Zunge und setzte sein Pferd mit einem leichten Druck der Oberschenkel wieder in Bewegung. Die beiden anderen taten es ihm sogleich nach.

„Sag mal", nahm Maucler kurze Zeit später den Gesprächsfaden wieder auf. „Stimmt es eigentlich, dass es in Grafeneck ein Opernhaus gibt? Das habe ich neulich einmal gehört. Mitten auf der Schwäbischen Alb, wo sich Fuchs und Hase Gute Nacht sagen! Das kann doch nicht wahr sein, oder?"

„Ist es aber", nickte Fritz. „Das war die verrückte Idee meines Großonkels, des Herzogs Carl Eugen. Der hat das Geld ja mit vollen Händen aus dem Fenster geworfen und tatsächlich dort ein Opernhaus bauen lassen. Der König lässt es demnächst aber abreißen, was durchaus vernünftig klingt. Aber leider scheint auch er in Sachen Grafeneck vom Größenwahn besessen: Es will das Opernhaus dann nämlich in Monrepos wieder aufbauen!"

„Hier abbauen und dort wieder aufbauen? Das ist ja Wahnsinn!"

„Lass das bloß nicht den Dicken hören! Der macht dir sofort einen Prozess wegen Hochverrats!" Fritz tippte sich vielsagend an die Stirn. „Aber ich bin ja derselben Meinung wie du: Es ist Wahnsinn, erst recht in einer Zeit wie dieser! Die pure Verschwendung! Und das Volk hat nichts zu essen. Neulich erst hat einer der Abgeordneten im Landeshaus zu mir gesagt: Wir brauchen Kartoffeln, keine Kunst! Und da hat er leider Recht! Aber es passt einfach nicht zusammen, diese Verschwendung am Hof und der Hunger des Volkes. Gerade jetzt, wo der König ja sogar ein Auswanderungsverbot aus Württemberg erlassen hat!"

„Apropos Hunger und Auswanderung!" Phull-Rieppur musterte den Prinzen nachdenklich. „Du wirst dir doch bitte wieder eine andere Jacke anziehen? So wie du es sonst ja auch gerne machst? Bei dem ganzen Gesindel, das in diesen unsicheren Zeiten unterwegs ist! Ich möchte nämlich nicht, dass du von irgendwelchen Strolchen überfallen wirst, kaum dass wir uns getrennt haben. Nur weil die in dir womöglich einen reichen Kaufmann vermuten, dem man einen Hieb auf den Schädel verpassen und um ein paar Gulden erleichtern kann!"

„Ehrensache! Ich fühle mich in der Bauernkluft sowieso viel wohler! Also, dann lasst uns anhalten, damit ich mich umziehen kann!"

28

„Ja sag bloß: Wo um alles in der Welt warst du denn?” Aufgeregt gestikulierend eilten ihm Maucler und Phull-Rieppur entgegen, als sich Fritz in langsamem Trab auf der schnurgeraden Allee der Schlossmauer von Grafeneck näherte.

„Und wie siehst du denn aus! Um Gottes Willen!” Erschrocken blieben die beiden stehen und musterten den Prinzen mit besorgten Mienen. „Über und über mit Dreck bedeckt! Und nass! Klatschnass! Außerdem blutest du ja! Hat man dich überfallen? Sollen wir die Wachen alarmieren? Jetzt sag schon!”

„Immer langsam!” winkte Fritz mit einer müden Handbewegung ab. „Alles halb so schlimm, wie es aussieht! Kannst du bitte mein Pferd halten, Eugen, und Du, Ernst-August, hilfst du mir bitte beim Absteigen? Mir ist, als hätte ich sämtliche Knochen gebrochen...” Ächzend rutschte der Prinz vorsichtig aus dem Sattel. Er wankte kurz, als er auf dem Boden aufkam. Geistesgegenwärtig packte ihn Phull-Rieppur am Oberarm. Fritz stieß einen lauten Schmerzensschrei aus. „Aua! Vorsicht bitte! Das tut höllisch weh! Ich muss überall blaue Flecken haben – und dann du mit deinem Eisengriff!” stöhnte er erschöpft.

„Jetzt sag doch endlich, was passiert ist!” drängelte Maucler ungeduldig. „Bist du vom Pferd gefallen oder wie?”

„Na, dazu braucht man ja wohl kein Prophet zu sein, um das zu sehen”, knurrte der Verunglückte missmutig. „Hat denn jemand eine Decke? Mir ist nämlich furchtbar kalt! Mein Hemd und die Jacke sind tropfnass!”

„Warte!” Damit zog Eugen von Maucler seine Jacke aus und warf sie über die Schultern seines frierenden Freundes. „Aber du bist doch sonst solch ein guter Reiter! Das habe ich bei dir ja noch nie erlebt!”

„Einmal ist immer das erste Mal! Halb so schlimm! Nur: Ich muss mich kurz mal auf den Stein hier setzen, bins halt wirklich nicht gewohnt, einfach so durch die Luft zu fliegen!” Vorsichtig tastete er die schmerzenden Stellen an seinem Oberkörper ab. Dann holte er langsam Atem, während er eine zerknirschte Miene zur Schau stellte. „Also, es war folgendermaßen: Ich habe meinen Besuch im Gestüt absolviert und ich muss sagen, die Fortschritte, die sie in der Zucht gemacht haben, sind beachtlich! Jetzt haben sie gerade die ersten diesjährigen Fohlen bekommen! Wunderschöne Tiere! Ich glaube, die Luft auf der Alb, oder auch die ganz besonderen Kräuter, die auf den Weiden wachsen, das sollte man schon im Auge..."

„Weiter!" Maucler klatschte nervös in die Hände. „Ich will jetzt keinen Vortrag über Pferdezucht hören, sondern will endlich wissen, in welchen Abgrund du weshalb gefallen bist!"

„Immer mit der Ruhe", beschwichtigte ihn Fritz. „Also, nachdem ich meine Inspektion beendet hatte, habe ich dem Gestütsmeister, der mir ein Nachtquartier angeboten hatte, erklärt, dass ich noch kurz nach Grafeneck weiter reiten und dort übernachten werde. Er hat mir dann den Weg gezeigt, obwohl das ja wirklich nicht nötig ist, die paar Meter hier das Doldersbachtal hoch. Deshalb habe ich es auch abgelehnt, dass er oder sein Sohn mich begleitet! Die behandeln einen ja manchmal wie ein kleines Kind, sobald sie wissen, wer man ist", schüttelte der Prinz verdrießlich seinen Kopf.

„Weiter!"

„Kommt ja schon. Also: Dort am Doldersbach, das hat er mir noch erzählt, da solle ich dann auf zwei marksteinartige Brocken in der Wiese achten, einen hüben und einen drüben – auf der anderen Seite des Baches. In einem Abstand von acht Metern. Dabei handle es sich um eine Art Denkmal, um den so genannten Husarensprung, an den man mit diesen beiden Steinen erinnere. Ein Husar soll hier nämlich in höchster Not, nachdem ihn die Verfolger schon beinahe eingeholt hatten, seinem Pferd die Sporen gegeben haben und damit in einem gewaltigen Satz die sumpfige Wiese und den Bach überwunden haben..."

„Acht Meter? Ein Sprung über acht Meter?! Nie und nimmer!" winkte Phull-Rieppur ab.

„Sie sagen es aber! Und die beiden Steine stehen ja extra zum Angedenken an diesen unglaublichen Sprung hier auf der Wiese! Und allzu lange ist das noch nicht einmal her: Auf einem der Steine sei das Jahr 1746 eingemeißelt worden, also vor gerade einmal 60 Jahren! Sozusagen in den letzten Ausläufern des österreichischen Erbfolgekrieges, vielleicht ja auch im Jahr danach..." sinnierte Fritz gedankenverloren.

„Aha! Ich beginne allmählich zu verstehen!" nickte Maucler mit wissendem Augenaufschlag. „Und da hast du dir halt gedacht: Was dieser unbekannte Soldat mit seinem dahergelaufenen Klepper schafft, das gelingt meinem edlen Ross aus Scharnhausen gleich doppelt!"

„Zum totlachen!", kommentierte der Kronprinz die spöttische Bemerkung säuerlich. „Aber weshalb hätte ich es denn nicht einmal probieren sollen? Mein Fehler war nur der, dass ich nicht bedacht habe, wie feucht das Gelände hier um diese Jahreszeit noch sein kann. Aus diesem Grund konnte das Pferd nicht richtig abspringen und so sind wir eben leider am Rand des Bachbettes gelandet und nicht auf der Wiese. Tja – und dabei muss ich vom Pferd gefallen sein!"

„Wie?! Muss ich gefallen sein..." dehnte Phull-Rieppur die Worte. „Soll das etwa heißen, du weißt es gar nicht mehr? Du warst sozusagen ohnmächtig?!"

„Scheint so", zuckte Fritz mit den Schultern. „Ich weiß nur noch, wie ich gesehen habe, dass der Sprung zu kurz werden wird. Das nächste, was ich wahrgenommen habe, das war das Gesicht des Bauern, der sich über mich gebeugt hat..."

„Das Gesicht des Bauern?" wiederholte Phull-Rieppur staunend. „Du meinst, es hat dich jemand in diesem Zustand aufgefunden?"

„Ja, klar! So war es! Er hat nebendran am Hang gearbeitet, als ein reiterloses Pferd auf ihn zu galoppiert ist. Das Pferd hat er angehalten und sich dann umgeschaut. Da hat er mich im Bachbett liegen sehen und ist sofort zu mir geeilt!"

„Im Bachbett! Das wird ja immer toller!" bemerkte Maucler, den es nun selber fröstelte.

„Ja! Ich möchte lieber nicht wissen, was gewesen wäre, wenn er mich dort nicht sofort hochgezogen hätte! Vermutlich hätte mein verehrter Herr Vater dann ein Problem weniger..."

„Fritz! Sag doch so etwas nicht! Darüber macht man keine Scherze!"

„Ist aber so", knurrte der Prinz ungehalten. „Auf jeden Fall weiß ich nur, dass der Mann meine Wange getätschelt hat. Und als ich wieder zu mir gekommen bin, da hat er mich gefragt, wie ein einfacher Bauer zu solch einem Pferd kommen könne. Ob ich es in Marbach gestohlen hätte!"

„Unverschämtheit!" brauste Phull-Rieppur auf.

„Wieso denn? Nur allzu verständlich, würde ich sagen. Immerhin war ich ja inkognito unterwegs und nach meinem Sturz ins Bachbett war dann ja wohl auch der letzte Rest von höfischer Etikette wie weggewischt, oder? Kein Wunder, dass der Mann gedacht hat, ich hätte das Pferd gestohlen. Aber wie auch immer: Er hat mir das Leben gerettet!"

Suchend sah sich Maucler um. „Und wo ist er jetzt, dein Lebensretter?"

„Zuhause, nehme ich an. Nachdem ich ihm – anscheinend zu seiner Zufriedenheit – geschildert habe, dass ich das Pferd nur noch bis nach Grafeneck bringen müsse, und er sich davon überzeugt hat, dass ich mir keine größeren Blessuren zugezogen hatte, hat er mich gehen lassen. Auch egal, hat er gemeint: Selbst wenn es nicht stimmt, was du da sagst! Den hohen Herrschaften geht es gut genug, die können ruhig einmal auf einen Gaul verzichten! Opernhäuser bauen, während die Menschen vor Hunger zugrunde gehen..."

„Das ist ja unglaublich!" brauste Phull-Rieppur auf.

„Es ist nur zu verständlich", beschwichtigte ihn der Kronprinz. „Wir selbst haben doch vor ein paar Stunden noch dieselben Ansichten geäußert, oder?" Fritz hielt inne und lächelte kurz in sich hinein, dann sprach er weiter. „Komisch: Er hat mich dann noch gefragt, weshalb ich einen so merkwürdigen Dialekt spräche. Das sei doch kein Schwäbisch – und auch nicht Badisch! Da habe ich ihm halt erklärt, dass ich meine Jugendjahre in einem Nest namens Lüben in Niederschlesien verbracht habe. So etwas prägt eben! Dennoch: Wie misstrauisch die Leute hier oben gucken, wenn einer ihren Dialekt nicht beherrscht! Da ist man von vornherein verdächtig! Na ja: Sie werden ihre Gründe haben! Aber schaut mal: Wer kommt denn dort hinten angaloppiert?" Er erhob sich und kniff angestrengt die Augen zusammen. Zwei Reiter waren in der Ferne zu erkennen, die allem Anschein nach in wilder Hast durch die Allee auf das Schloss zu galoppierten. Fritz stieß einen überraschten Laut aus, als er die sich rasch nähernden Reiter erkannte. „Das sind ja die beiden Hartmanns! Der Gestütsmeister und sein Sohn! Wer ist denn hinter denen her, dass sie ihren Pferden dermaßen die Sporen geben müssen?"

Wenige Sekunden später erhielt er die Antwort. „Majestät! Gott sei

Dank! Ihr seid wohlauf!" Erleichtert atmete der ältere der beiden Reiter durch. „Ich habe schon das Schlimmste befürchtet!"

„Der junge Holder aus Gomadingen ist bei uns vorbeigekommen und hat gemeint, dass der Dieb, der vorher wohl eines unserer Pferde gestohlen habe, am Doldersbach gelegen hat und sich fast das Genick gebrochen habe. Außerdem wäre jener Dieb beinahe ertrunken!" keuchte der Sohn des Gestütsmeisters.

„Wir haben ihn den angeblichen Dieb dann beschreiben lassen, und zu unserem großen Schrecken ist uns dann gleich klar geworden, dass es sich bei dem Verunglückten eigentlich nur um Eure Majestät handeln konnte! Aber Gott sei Dank scheint Euch ja nichts passiert zu sein!"

„Wie mans nimmt!" verzog Fritz schmerzlich die Mundwinkel. „Aber zumindest handelt es sich nur um einige Blessuren! Das Leben ist nicht in Gefahr – nicht mehr! Dafür hat dieser junge Bauer gesorgt! Wie war doch gleich sein Name!"

„Holder heißt der Bursche! Robert Holder! Wie hämisch der gelacht hat, als er uns von dem angeblichen Diebstahl erzählt hat! Mit Eurer Erlaubnis werden wir gleich aufbrechen und den unverschämten Kerl dingfest machen!" Der Gestütsmeister tippte grüßend an seine Mütze, um sich rasch zu verabschieden. „Komm Junge! Den erwischen wir noch, bevor er Gomadingen erreicht hat!"

„Moment!" gebot ihnen der Kronprinz mit fester Stimme Einhalt. „Ihr werdet ihn ganz unbehelligt lassen! Im Gegenteil sogar! Ihr werdet ihn morgen aufsuchen und ihm in meinem Namen ein Geldgeschenk überreichen!"

Überrascht starrten die beiden Reiter in das Gesicht des Prinzen. „Aber Majestät..." stammelte Hartmann schließlich.

„Nichts aber: Er hat es sich verdient!" fiel ihm Fritz ungehalten ins Wort. „Ich muss dem Holder auf ewig dankbar sein. Vergesst es nicht: Er ist mein Lebensretter!"

29

„Ach du meine Güte! Worin unterscheidet sich denn dieser ganze Protz und Prunk von dem der Bourbonenkönige, die sie ja unbedingt haben zum Teufel jagen müssen, die bürgerlichen Revolutionäre? Das ist ja noch großspuriger als bei dem unglücklichen Ludwig XVI.!" Verwundert registrierte Ernst August von Phull-Rieppur die Prachtentfaltung am französischen Kaiserhof, die alles in den Schatten stellte, was er diesbezüglich bisher erlebt hatte.

„Psst!" Ein amüsiertes Lächeln umspielte die Mundwinkel des württembergischen Kronprinzen, während er warnend den Zeigefinger an die Lippen legte. „Ein falsches Wort und sie schicken uns ebenfalls auf das Schafott!" flüsterte er leise. „Die Pagen hier haben Ohren, denen nichts entgeht. Und ehe du deinen Satz richtig vollendet hast, weiß Bonaparte schon, was du gesagt hast!"

Es war mittlerweile Anfang Juni des Jahres 1806, und der Kronprinz von Württemberg befand sich auf diplomatischer Mission in Paris. Eine Reise, gegen die er sich lange gesträubt hatte. Seine anfängliche Bewunderung für den Korsen, der es in imponierender Manier geschafft hatte, sich an die Spitze der mächtigsten europäischen Nation zu stellen, war längst tiefer Abneigung für das ränkevolle Spiel gewichen, mit dem Napoleon, dem dies ein geradezu diebisches Vergnügen zu bereiten schien, ein dichtes Spinnennetz aus Intrigen und Finten über den gesamten Kontinent gezogen hatte.

„Ich bin ja gespannt, was dieser Bonaparte nun in Wirklichkeit von uns will! Irgendwie habe ich da ein komisches Gefühl..." sinnierte Fritz, während sie mittlerweile im Empfangsraum angekommen waren und sich auf den prunkvollen Sesseln niedergelassen hatten, die ihnen angeboten worden waren, nachdem man ihnen bedeutet hatte, dass sich der Kaiser um eine knappe halbe Stunde verspäten würde. „Und dass ich plötzlich selbst nach Paris reisen darf, als offizieller Vertreter meines Vaters, das macht mich halt doch misstrauisch! Wo ich doch ansonsten nicht einmal die Erlaubnis erhalte, neuen Siegellack für den Hof zu bestellen!"

„Abwarten", beschwichtigte sein Begleiter, „könnte aber auch sein, dass der König doch allmählich dazu lernt!"

„Aber einen konkreten Auftrag habe ich doch gar nicht bei mir! Außer der Tatsache, dass ich wohl erfahren soll, wie sich Napoleon das formelle Ende des Heiligen Römischen Reiches vorstellt. Ob er den Kaiser nun direkt zur Abdankung zwingen will oder ob wir dabei eine Art Vermittlerrolle übernehmen sollen. Ein ekelhaftes Spiel, in dem wir aber von vornherein sowieso keine Chance haben, selbst eine wirklich aktive Rolle zu spielen! Und ich? Ich soll also wohl nur als eine Art reitender Bote dienen und mir mit demütig geneigtem Haupt anhören, was mir dieser Korse mitzuteilen hat! Wie ein besserer Dienstbote also!" zischte Fritz ungehalten.

„Abwarten!" mahnte Phull-Rieppur zum zweiten Mal. „Immerhin scheint Bonaparte ja ein glänzender Taktiker zu sein. Ich bin schon gespannt darauf, ihn einmal von Angesicht zu Angesicht erleben zu können. Und ich bin mir im Übrigen sicher, dass er in Wirklichkeit längst schon eingetroffen ist und uns hier ganz bewusst noch ein bisschen schmoren lässt. Das nimmt einem erst mal den Wind aus den Segeln und gehört längst zur diplomatischen Taktik, die er ja wie kein Zweiter zu beherrschen scheint!"

„Ein meisterhafter Diplomat? Den kann ich bei mir immer gebrauchen!" Überrascht fuhren die beiden Besucher herum. Unmittelbar hinter ihnen hatte sich ein hoch gewachsener Mann aufgebaut und musterte sie mit einem zynischen Lächeln. Talleyrand! Der französische Außenminister und enge Vertraute Napoleons! Eine peinliche Situation! Er hätte darauf eigentlich gefasst sein müssen, ärgerte sich der Kronprinz. Denn es war doch alles andere als ein Geheimnis, dass man sich am französischen Kaiserhof niemals unbeobachtet und unbelauscht unterhalten konnte, dafür hatte Fouché, Napoleons gefürchteter Polizeiminister, bestens gesorgt. Hatte er selbst seinen Freund nicht noch zur Vorsicht gemahnt?! Und nun hatte sich also Talleyrand unbemerkt an sie herangeschlichen. Woher der auch immer gekommen sein mochte! Seit wann er sie wohl bereits belauscht hatte? Die Miene, die der trickreiche Diplomat zur Schau stellte, war, wie stets, unergründlich.

„Von welchem begabten Menschen war denn nun die Rede?" lächelte dieser weiterhin freundlich.

„Exzellenz!" Der Kronprinz erhob sich und machte einen Schritt auf den Außenminister zu. Am besten schien es ihm, die Frage einfach zu ignorieren. „Wie schön, Euch gesund und wohlbehalten nach so langer Zeit wieder einmal gegenübertreten zu dürfen!" heuchelte er Freude über das unerwartete Zusammentreffen.

Gerade als sich Talleyrand zu einer Erwiderung anschickte, wurde die Türe des Salons geöffnet. Erleichtert atmeten die beiden durch. Dem Außenminister hätte es mit absoluter Sicherheit ein diebisches Vergnügen bereitet, sie noch weiter in die Enge zu treiben, darüber war sich Fritz im Klaren. Umso besser, dass Napoleon nunmehr bereit war, sie zu empfangen.

Doch dieser Empfang verlief ganz anders, als sie dies im Vorfeld vermutet hatten. Nach einer übertrieben herzlichen Begrüßung des Prinzen war der Kaiser schnell zur Sache gekommen. Und es handelte sich um keine Botschaft für den König, die er dem Gast aus Württemberg mit auf den Weg zu geben gedachte. Nein, in diesem Fall ging es um den Prinzen selbst. Es ging um seine ganz persönliche Zukunft – und um die seiner Schwester Katharina!

Mit wachsendem Unmut registrierte Fritz das abgekartete Spiel, das ganz offenkundig zwischen Napoleon und seinem Vater im Vorfeld dieses Besuches stattgefunden hatte. Nachdem der König zu seinem großen Verdruss wohl inzwischen so weit zur Einsicht gekommen war, dass seine Vorschläge vom Kronprinzen grundsätzlich verworfen wurden, hatte er beschlossen, seinen Sohn unter einem Vorwand persönlich zu Napoleon zu schicken. Damit war Friedrich aus der Schusslinie und Napoleons Zorn würde sich direkt auf den Prinzen richten, falls dieser es wagen sollte, Bonaparte die Stirn zu bieten.

Es sei hohe Zeit, die freundschaftlichen Beziehungen zwischen den beiden Ländern nun auch auf persönlicher Basis weiter voran zu treiben, hatte Napoleon gesagt. Vor allem sei es ihm um ein enges familiäres Verhältnis zwischen den beiden regierenden Häusern zu tun: dem altehrwürdigen Haus Württemberg und der stolzen Familie Bonaparte. Er schlage daher einen doppelten Ehebund vor: Friedrich Wilhelm und seine Schwester Katharina auf der einen Seite und seinen Bruder Jérome sowie Stéphanie Tascher de la Pagerie, eine Verwandte seiner Frau Josephine aus erster Ehe, auf der anderen Seite.

Dies auch vor dem Hintergrund, dass das mittlerweile ebenfalls zum Königshaus aufgestiegene Haus Wittelsbach in Bayern sich zu einer Ehe der Prinzessin Auguste mit seinem Stiefsohn Eugen Beauharnais bereit erklärt hatte. Und nun also die Frage: Was war mit Württemberg? Klar war allen Beteiligten natürlich die Absicht, die in Wirklichkeit hinter Napoleons Plänen steckte: Nämlich der Wunsch, die bürgerliche Familie des Mannes, der sich selbst zum Kaiser gekrönt hatte, mit den hochadligen europäischen Geschlechtern zu verbinden und somit die Herrschaft des Hauses Bonaparte für immer abzusichern.

Also darum ging es! Wieder einmal! Schon vor einigen Wochen hatte ihm der französische Gesandte in Württemberg eine Ehe mit dieser Stéphanie ans Herz legen wollen, bei der es sich in Wirklichkeit nur um die niederadlige, bislang völlig bedeutungslose Nichte des ersten Mannes der jetzigen Kaiserin handelte. Napoleon zog im Hintergrund wirklich alle Register und entdeckte selbst bei weitläufigsten Verwandten seiner Frau noch angeblich enge Familienbeziehungen.

Dem württembergischen König selbst war dieser Plan alles andere als willkommen, denn noch immer betrachtete er den Korsen als Emporkömmling und hoffte inständig, dass dieser genauso schnell von der Weltbühne wieder vertrieben werden könne, wie er vor wenigen Jahren gekommen war. Eine Haltung, die er freilich auf gar keinen Fall öffentlich zu äußern wagte, schon gar nicht Napoleon gegenüber, von dessen Gunst das kleine Königreich ja in existenzieller Weise abhängig war. Auch darüber machte sich Friedrich keine Illusionen. Es galt also, Bonapartes Plan zu durchkreuzen, freilich ohne sich diesen dadurch zum Feind zu machen. Ein schwieriges Unterfangen! Württemberg steckte in einer Zwickmühle! Und so hatte der König dem Kronprinzen vorgeschlagen, so rasch wie möglich seine Cousine Luise, die Tochter von Herzog Wilhelm von Württemberg, zu ehelichen. Doch Fritz hatte empört abgelehnt: Er lasse sich nicht vorschreiben, wenn er heiraten werde. An eine erzwungene Ehe mit seiner Cousine sei nicht im Entferntesten zu denken! Aber wenn es denn unbedingt sein müsse mit einer Heirat, dann ziehe er seiner Cousine auf jeden Fall eine Französin vor. Denn diese könne er schnell wieder zum Teufel jagen, wenn der napoleonische Spuk eines Tages vorüber wäre.

Das waren die Gedanken, die dem Prinzen während des Zusammentreffens mit Bonaparte durch den Kopf jagten. Er befand sich in einer Zwickmühle! Eine Situation, in die ihn sein Vater mit List und Tücke hinein manövriert hatte! Und bei allem Zorn über dessen Vorgehensweise: Er musste zähneknirschend anerkennen, dass ihn der Dicke dieses Mal nach allen Regeln der Diplomatie geradezu brillant an der Nase herumgeführt hatte!

„Ihr wisst, dass sich auch Euer Nachbar für die Dame interessiert?", ging Napoleon, dem die Unsicherheit von Fritz nicht entgangen war, in die Offensive. „Erbprinz Karl von Baden wäre sehr gerne bereit, Mademoiselle de la Pagerie zu heiraten! Doch ich würde es vorziehen, eine Verbindung mit Euch vermitteln zu können."

Mit lauerndem Blick beobachtete der Außenminister, der ihnen in den Salon gefolgt war, den württembergischen Kronprinzen. Tausend Gedanken schossen durch dessen Kopf. Wie konnte er die Sache noch umbiegen? Wie sollte er sich ausdrücken, um dieser Ehe doch noch zu entgehen – und Napoleon andererseits nicht zu brüskieren? Die Lage schien aussichtslos! Es war zum Verrücktwerden!

„Ich muss sagen, sehr hübsch ist sie ja nicht!" stieß er schließlich hervor.

Napoleon lachte amüsiert auf. „Na ja! Ihr sollt sie ja auch nur heiraten! Du meine Güte: Eure anderen Beziehungen braucht Ihr doch deswegen nicht aufzugeben..." machte er eine generöse Handbewegung.

„...meine... anderen Beziehungen", stotterte der Prinz überrascht. „Woher... woher wollt Ihr wissen..."

„Wissen ist Macht!" Der Kaiser reckte stolz das Kinn in die Höhe. „Wer seine Augen und Ohren nicht überall hat und sich nicht ständig mit den neuesten Informationen versorgen lässt, der braucht sich nicht zu wundern, wenn er fällt! Seid unbesorgt: Mein lieber Talleyrand und seine Diplomaten unterrichten mich regelmäßig über alles Wissenswerte an den europäischen Höfen, nicht wahr?" schenkte er dem spöttisch grinsenden Außenminister einen dankbaren Blick.

Tiefe Röte überzog nach dieser Aussage das Gesicht des Prinzen, der Hilfe suchend zu seinem Freund Phull-Rieppur hinübersah. Doch Ernst-August, der sonst nie um eine treffende Formulierung verlegen war, bedeutete ihm mit einem leichten Schulterzucken, dass auch er dieses Mal keinen Ausweg wusste.

„Und eine gute Partie ist sie ebenfalls nicht. Soweit ich informiert bin, verfügt die Mademoiselle de la Pagerie über so gut wie kein Vermögen!" spielte er die nächste Trumpfkarte aus, die ihm in letzter Sekunde noch in den Sinn gekommen war. „Eine gute Mitgift wäre aber durchaus erwünscht von meinem Vater."

Doch auch dieses Argument verfehlte seine Wirkung auf den Kaiser völlig. „Nun gut: Dem kann man abhelfen!" Napoleon blinzelte listig. „Wisst Ihr was? Dann adoptiere ich sie eben! Mademoiselle de la Pagerie wird meine Adoptivtocher!"

Fritz war, als habe er nicht richtig gehört! Nicht zu fassen! Was immer er auch vorbrachte, Napoleon schien unbeeindruckt. Mit aller Gewalt wollte ihn dieser Emporkömmling an sich binden! Kalte Wut stieg in dem Prinzen auf. Nein! Er würde sich von nichts und niemandem bestimmen lassen! Schließlich war es sein Leben! Er drückte den Rücken durch und nahm eine stramme militärische Haltung an: „Verzeihung Majestät! Aber ich heirate doch niemanden aus Eurer Pagerie!" stieß er mit mühsamer Beherrschung zwischen den Lippen hervor.

Erschrocken hielt sich Phull-Rieppur bei diesen Worten die Hand vor den Mund, und selbst der sonst so gelangweilt-gleichgültig dreinschauende Talleyrand blickte überrascht auf. Es handelte sich ja in der Tat um eine Ungeheuerlichkeit, die sich der junge Kronprinz von Württemberg gegenüber dem mächtigsten Mann der Welt hier in geradezu unverschämter Art und Weise erlaubt hatte! Das Heiratsangebot einfach so, kalt lächelnd gewissermaßen, zurückzuweisen! Und dann auch noch die Frechheit zu besitzen, die Herkunft der Kaiserin Josephine als einer geborenen de la Pagerie mit den Dienstboten am Hofe in Verbindung zu bringen. Gespannt warteten sie auf die Reaktion von Napoleon. Auch dieser hatte bei den harschen Worten des Kronprinzen die Stirn in kritische Falten gelegt. Sekundenlang herrschte völlige Stille in dem Raum. Dann klatschte Napoleon mit gespielter Begeisterung in die Hände. „Gut gekontert, junger Mann!" Er lachte dröhnend. „Die Pagerie! Was wohl die Kaiserin dazu sagen wird, wenn ich ihr das erzähle!"

Auch Talleyrand stimmte nun in das Gelächter ein, während Fritz verlegen auf den Boden starrte. Er war zu weit gegangen! Das spürte er genau!

Aber: Was gesagt war, war gesagt! Es ließ sich nicht mehr rückgängig machen! Sein Temperament war eben wieder einmal mit ihm durchgegangen. Klar war ihm in diesem Augenblick nur dieses: Der zweiten vorgeschlagenen Verbindung zwischen dem Haus Bonaparte und Württemberg würden sie nun auf keinen Fall mehr widerstehen können. Eine Ehe zwischen seiner Schwester Katharina und Napoleons Bruder Jérome ließ sich nicht auch noch verhindern! Und er selbst, er würde sich ebenfalls so schnell wie möglich nach einer geeigneten Heiratskandidatin umsehen müssen. Ein weiteres Mal würde er sich sonst einem Vorschlag von Napoleon nicht mehr entgegenstellen können. Zumindest dem Schein nach musste er nun eine Ehe eingehen. Zwar widerwillig, aber dennoch ließ es sich jetzt nicht mehr vermeiden! Das Heft des Handelns würde er sich auf gar keinen Fall aus der Hand reißen lassen!

30

„Habt ihr schon gehört: Es ist geschehen!" Ohne anzuklopfen war Eugen von Maucler in das Arbeitszimmer des Kronprinzen hereingeplatzt und wedelte aufgeregt mit einem Brief in seiner Hand. Überrascht musterten Fritz und seine Schwester Katharina den jungen Mann. Sie hatten gerade ernste Gespräche über Katharinas Zukunft geführt. Schweren Herzens hatte sich die Prinzessin nämlich vor wenigen Stunden dem Willen ihres Vaters gebeugt, der ihre Heirat mit Jérome Bonaparte am gestrigen Tag sozusagen befohlen hatte. „Der Wille des Königs bestimmt naturgemäß den meinen!", hatte sie mit bitterer Stimme die rein formelle Frage des Vaters beantwortet, als dieser sie nach ihrer Einstellung zu der Hochzeit befragt hatte.

Friedrich Wilhelm, dem das panische Entsetzen in der Miene seiner Schwester nicht entgangen war, hatte es fast das Herz gebrochen, als er sie mit gesenktem Haupt aus dem Schloss hatte wanken sehen. Natürlich war ihm klar, dass Katharinas Schicksal allein mit seiner Entscheidung zu tun hatte, die „Pagerie" nicht heiraten zu wollen. Hätte er nämlich diesen Schritt getan, dann wäre Napoleon zu seinem ursprünglichen Vorhaben zurückgekehrt und hätte seinen Bruder Jérome mit der Prinzessin von Sachsen verheiratet. Doch nachdem der württembergische Prinz mit seiner Verweigerungshaltung diese Pläne durchkreuzt hatte, musste nunmehr die arme Katharina dieses Opfer bringen. Fritz war seiner Schwester hinterher geeilt und hatte die mittlerweile hemmungslos weinende junge Frau mitleidsvoll in die Arme genommen.

Sie hatte doch völlig andere Pläne gehabt, nachdem sie im vergangenen Jahr in das evangelische Damenstift von Oberstenfeld eingetreten war, eine Besitzung, die durch den Reichsdeputationshauptschluss wie so viele andere ebenfalls an Württemberg gefallen war. Sehr zum Entsetzen ihres Bruders hatte sie damals diesen Schritt unternommen. Gleich bei ihrem Eintritt in das Stift war ihr als Äbtissin eine wichtige Rolle zugefallen. Eine Rolle, mit der sie vollkommen zufrieden war, wie sie Fritz mehrfach beteuert hatte. Die etwas korpulente Prinzessin – sie hatte, im Gegensatz zu ihren Brüdern, die Leibesfülle von ihrem Vater geerbt – sah darin für sich die Möglichkeit zu einem erfüllten und glücklichen Dasein. Denn an den europäischen Höfen war bereits gemunkelt worden, dass keiner der jungen Männer Neigung verspüre, die dicke Katharina heiraten zu wollen, und so galt es als so gut wie sicher, dass sie dereinst als alte Jungfer enden würde. Insofern bedeutete der Eintritt in das Stift und ihre neue Rolle als Äbtissin die Erfüllung von Katharinas Lebenstraum. Das hatte sie Fritz überzeugend dargelegt und so dessen Sorgen um die Zukunft seiner geliebten Schwester zerstreut. Sie habe dort in Oberstenfeld ihr Glück gefunden und würde gerne für immer dort bleiben. Nein, eine Heirat komme für sie ohnehin nicht in Frage...

Und nun diese plötzliche Wendung!

Die Verbindung mit einem Mann eingehen zu sollen, den sie nur einmal im Leben zu Gesicht bekommen hatte! Und dann werde überdies von ihr, der protestantischen Äbtissin, auch noch verlangt, ihres Mannes wegen zum katholischen Bekenntnis überzuwechseln! Eines Mannes, der sich aus ihr nicht das geringste zu machen schien, der noch nicht einmal persönlich um ihre Hand angehalten hatte! Ein leichtlebiger Bursche, an den sie nun allein aus Gründen der Staatsräson gekettet werden sollte!

Fritz hatte seiner verzweifelten Schwester fest versprochen, sie nach der Hochzeit regelmäßig in Kassel zu besuchen. Denn es galt mittlerweile als sicher, dass Jérome von Napoleon ein eigens auf ihn zugeschnittenes neu geschaffenes Königreich mit der Bezeichnung Westfalen erhalten würde.

Andererseits, mit diesem Argument hatte der Kronprinz versucht, seine todunglückliche Schwester zu trösten, auch für ihn selbst werde die Luft allmählich dünn. Mit seinem Alter von 25 Jahren gebe es für ihn nun keine andere Möglichkeit mehr, als selbst eine Ehe einzugehen. Und wenn sie formell auch nur auf dem Papier bestünde. Die erst 14 Jahre alte Prinzessin Charlotte von Bayern, eine Tochter des neuen bayerischen Königs also, habe man für ihn auserkoren, hatte er Katharina dargelegt. Es handle sich dabei um eine abstoßend hässliche Frauensperson, die zudem mit einer bemerkenswerten Dummheit gesegnet sei. Und erst die Umgangsformen der dummen Gans! Schlimmer als bei jedem Rossknecht, hatte Fritz verdrießlich hinzugefügt. Aber das helfe alles nichts: Wenigstens könne er mit dieser Scheinheirat wenigstens einer verwandtschaftlichen Bindung an den ihm mehr und mehr verabscheuten Napoleon entgehen.

Was aber wollte denn ausgerechnet jetzt Eugen von Maucler von ihnen? Weshalb platzte der mitten in dieses ernste Zwiegespräch, in dem sich Fritz und Katharina so nahe waren wie schon seit langen Jahren nicht mehr?

„Was ist denn? Kannst du denn nicht wenigstens anklopfen, bevor du hereinstürmst, als wäre dir der Leibhaftige auf den Fersen?!" fuhr Fritz seinen Freund unwirsch an.

Doch Maucler ließ sich davon nicht beeindrucken. Nach wie vor schwenkte er aufgeregt den Brief in seiner Hand. „Habt Ihr denn noch nicht gehört? Es ist soweit!"

„Was gehört? Was ist so weit?"

„Es ist zu Ende! Endgültig! Vor einer Woche, am 6. August, hat Kaiser Franz II. definitiv auf die Kaiserkrone verzichtet! Auf die Krone des Heiligen römischen Reiches deutscher Nation! Für alle Zeiten!"

„Verzichtet! Endgültig!" Nun war auch der Kronprinz aufgesprungen und griff nach dem Schreiben in der Hand seines Freundes. „Tatsächlich! Er hat resigniert! Endgültig! Das Heilige römische Reich hat aufgehört zu bestehen! Nach eintausend Jahren!" Betroffen senkte er den Kopf und starrte nachdenklich auf einen imaginären Punkt vor seinen Füßen. Es war ja zu erwarten gewesen! Im Grunde genommen hatte es sich auch nur noch um eine Frage der Zeit gehandelt, bis der Kaiser in Österreich aufgeben würde. Alle hatten es gewusst. Allen war es klar gewesen. Und dennoch! Es war schon ein merkwürdiges Gefühl, das nun auch die drei jungen Leute ergriffen hatte. Eine tausendjährige Epoche war nun auch formell zu Ende gegangen. Mit allen Höhen und Tiefen, die es dabei gegeben hatte. Eine andere, eine neue Zeit war angebrochen! Eine neue Epoche womöglich. Eine neue Zeitrechnung, die ein Mann mit brachialer Gewalt und brutalem Durchsetzungsvermögen erzwungen hatte: Napoleon Bonaparte!

Sie alle waren, das wurde Fritz in diesem emotional so ungemein aufwühlenden Augenblick schmerzlich bewusst, nichts anderes als wehrlose Marionetten in der Hand des machtgierigen Korsen! Der selbst ernannte Kaiser der Franzosen hatte die Fäden in der Hand – und er zog an diesen nach Lust und Laune! Auch ihre ganz persönlichen Schicksale lagen weitestgehend in dessen Händen! Das hatten der Kronprinz und seine Schwester ja heute erfahren müssen! Aber so konnte es nicht weiter gehen! Es war an der

Zeit, den Widerstand gegen den Usurpator zu organisieren! Höchste Zeit! Sonst würden sie allesamt eines Tages untergehen! Er musste vorsichtig ans Werk gehen, dessen war sich Fritz bewusst! Aber er musste es versuchen! Zumindest versuchen...

31

„Das wird er mir bezahlen! Teuer bezahlen! Was glauben diese Franzosen denn eigentlich! Sie führen sich auf, als seien sie die Herren der Welt! Ich werde diese Demütigung nicht auf uns sitzen lassen, das schwöre ich dir hiermit feierlich!" Fritz war außer sich vor Zorn! Schamrot und wehrlos hatte er mit ansehen müssen, wie die französische Delegation seine widerstrebende Schwester Katharina angewiesen hatte, an der Rheinbrücke bei Kehl ihre Kutsche zu verlassen und zu Fuß über die Brücke nach Frankreich zu gehen. Katharina hatte sich zunächst standhaft geweigert, dieser Anordnung Folge zu leisten. Doch die Franzosen waren keinen Deut von ihrer Forderung abgerückt. Über eine Stunde lang war die Kutsche so bewegungslos in der brütend heißen Augustsonne des Jahres 1807 an der Brücke gestanden, bis Katharina schließlich erschöpft und schweißüberströmt ausgestiegen war, mit bitterer Miene und tränenfeucht funkelnden Augen langsam die Brücke überquerte, um auf deren anderer Seite von der zynisch lächelnden französischen Formation empfangen zu werden, die eigentlich zu ihren Ehren entsandt worden war.

„Und wo ist eigentlich dein Mann, dieser nichtsnutzige Jérome? Nicht einmal bei deiner Einreise nach Frankreich ist er zur Stelle!" schäumte Fritz, der es kaum fassen konnte, dass es der frischvermählte Ehemann seiner Schwester nicht einmal bei deren Reise nach Paris für nötig befunden hatte, sie wenigstens an der Rheinbrücke zu empfangen, nachdem er ja schon zum großen Ärger des gesamten württembergischen Hofes seiner eigenen Hochzeit in Stuttgart ferngeblieben war! Kurz vor Beginn der Trauungszeremonie war ein Bote aus Frankreich eingetroffen und hatte dem verblüfften König ein Schreiben seines künftigen Schwiegersohnes überreicht, in dem dieser mit kühlen knappen Worten darlegte, dass ihm der Aufwand für eine Reise nach Stuttgart zu lästig wäre und man doch bitte dafür sorgen wolle, seine zukünftige Ehefrau ohne seine dazu notwendige körperliche Anwesenheit auf anderem Wege an ihn zu binden.

Anstelle von Jérome hatte so der württembergische Kronprinz, also Fritz, seine auf den Tod traurige Schwester Katharina am 13. August vor den Traualtar in der Stuttgarter Stiftskirche geführt. Stellvertretend für den Bräutigam hatte er sich „per procurationem", wie sie diesen entwürdigenden Vorgang nannten, vor dem Pfarrer niedergekniet und ihr das Jawort gegeben, nachdem Katharina das Treuegelöbnis für ihren künftigen Ehemann abgeleistet hatte.

Noch während der Hochzeitsfeierlichkeiten, die von einer gedrückten Stimmung überschattet waren, hatte Fritz seiner Schwester, die es nur mit äußerster Mühe und Disziplin geschafft hatte, nach außen hin Haltung zu bewahren, in die Hand hinein versprochen, sie nach Frankreich zu begleiten und seinem nichtsnutzigen Schwager deutliche Worte ins Gesicht zu schleudern. Und nun war der König von Westfalen nicht einmal hier persönlich aufgetaucht. Nicht einmal diese Ehre hatte er seiner frisch angetrauten Ehefrau erweisen wollen! Im Gegenteil: Die in pompöser Aufmachung erschienenen Franzosen hatten die eher bescheidene Delegation aus Württemberg durch ihre Anordnung, die Rheinbrücke zu Fuß zu überqueren, zusätzlich gedemütigt! Das Maß war voll! Er würde das nicht auf sich und seiner Schwester sitzen lassen, das schwor sich Fritz in diesem bitteren Augenblick! Doch nun galt es erst einmal, den nächsten von Napoleon erzwungenen Willkürakt zu ertragen: seine eigene Hochzeit mit dieser hässlichen und strohdummen Charlotte von Bayern! Der Kronprinz spürte, wie ihm eine Gänsehaut den Rücken hinunterlief, wenn er nur an diese Verbindung dachte. Doch es half alles nichts: Es musste sein – wenngleich auch nur zum Schein. Sollte sich hinterher doch seine Stiefmutter um die dumme Göre kümmern, während Fritz selbst weiterhin seine Kreise ziehen würde! Immerhin hatte er die nächste Eroberung bereits längst geplant! Dabei handelte es sich – wieder einmal – um eine besonders hübsche und adrette Dame! Und eines nicht allzu fernen Tages würde er wieder frei sein! Spätestens dann, wenn Napoleon eines nicht allzu fernen Tages über seinen grenzenlosen Eroberungsdrang gestrauchelt war, dann würde er die dumme Pute wieder zurück zu ihrem nicht minder grobschlächtigen Vater schicken!

Die Menschentraube, die sich an diesem sonnendurchfluteten Junitag des Jahres 1808 am Stuttgarter Schlossplatz versammelt hatte, war schier unüberschaubar. Zu tausenden jubelten die Württemberger dem jungen Kronprinzenpaar bei dessen Einzug nach Stuttgart zu. Eine Woche zuvor hatten sich der 26-jährige Friedrich Wilhelm und die zehn Jahre jüngere Charlotte in München das Ja-Wort gegeben. Viele Hoffnungen setzten die Menschen in diese Heirat. Die Zeiten waren unsicher genug und so war es mehr als angebracht gewesen, dass der einem beunruhigend unsteten Lebenswandel verhaftete Kronprinz endlich ein Einsehen gezeigt hatte und die lange erwartete Ehe mit der Prinzessin von Bayern eingegangen war. Doch nun hatte er in Charlotte eine Frau gefunden, deren Äußeres zwar nicht sonderlich attraktiv sein mochte, von deren warmer und herzlicher Art und Weise man jedoch schon viel Positives gehört hatte. Und außerdem konnte eine engere Verbindung der beiden neuen Königreiche Bayern und Württemberg nur wünschenswert sein angesichts der am Horizont herauf dämmernden neuen Kriegsgefahren. Im Übrigen erwarteten auch die Landstände eine deutliche Verbesserung zwischen dem Monarchen und dem Volk, wenn erst einmal Friedrich Wilhelm nach dem Ableben seines cholerischen und autoritär regierenden Vaters den württembergischen Königsthron besteigen würde. Die Ansichten des Prinzen deckten sich ja in vielerlei Hinsicht mit denen der bürgerlichen Politiker, das hatte man in den vergangenen Jahren oft genug erfahren können. Und deshalb war auch in diesem Lager die Freude groß gewesen, als die Heiratspläne des Prinzen bekannt geworden waren. Er würde nun endlich zur Ruhe kommen und sich als verheirateter Mann auch hoffentlich der Verantwortung bewusst sein, die er dereinst würde übernehmen müssen.

Natürlich hatte sich am Hof zwar ebenfalls herumgesprochen, dass der Kronprinz nicht gerade mit Begeisterung auf Brautschau gegangen war und dass es sich auch auf gar keinen Fall um eine Liebesheirat handele, die Fritz mit der 16-jährigen Charlotte verbunden hatte. Im Gegenteil: Sogar die Prinzessin selbst hatte ihren Bräutigam dem Hörensagen nach mehrfach aufgefordert, es sich lieber noch einmal zu überlegen – und dabei unter anderem auch auf ihr eher unvorteilhaftes Äußeres hingewiesen. Doch Fritz hatte diese Argumente unwirsch beiseite gewischt. Es war also kein Geheimnis unter der Dienerschaft, dass die Ehe wohl mehr ein Zweckbündnis darstellte, auch um die Heiratspläne zu durchkreuzen, die Napoleon immer noch schmiedete. Nun denn: Schon aus mancher Vernunftehe hatte sich eine mustergültige Partnerschaft zum Wohle des ganzen Landes entwickelt. Abwarten also! Man würde sehen, so lautete die hoffnungsvolle Devise in Württemberg!

„Welcher Schwachkopf hat mir denn das eingebrockt!" knurrte Fritz säuerlich und bedachte Eugen von Maucler mit einem vorwurfsvollen Blick. „Hättest du mich denn nicht wenigstens vorwarnen können? Dann hätte ich unsere Ankunft um einen Tag hinausgeschoben, bis sich der ganze Spuk wieder verlaufen hätte! Ich habe mir diesen ganzen Zirkus doch eindeutig verbeten!"

Maucler hob mit einer hilflosen Geste die Schultern. „Ich hatte ja selber keine Ahnung! Ich weiß nur, dass sich dein Vater höchstpersönlich darum gekümmert hat! Der hat es mit diesem Prunk und Protz dem ganzen Land beweisen wollen!"

„Was denn beweisen wollen?"

„Na, dass er seinen renitenten Sohn nun endlich zur Räson gebracht hat..."

„...und dass die württembergische Damenwelt um eine Abwechslung ärmer geworden ist, nachdem unser stürmischer Freund ja nun den ruhigen Hafen der Ehe angelaufen hat!" ergänzte Phull-Rieppur grinsend.

„Wer den Schaden hat, muss sich auch noch den Spott seiner so genannten Freunde anhören!" schüttelte der Prinz unwirsch seinen Kopf.

„Jetzt beruhige dich wieder! War doch nicht so gemeint! Wir können ja auch nichts dafür! Also komm: Nimm Haltung an und mach endlich gute Miene zum bösen Spiel! Da, schau", deutete Maucler mit dem Kinn zu der mädchenhaften Prinzessin hinüber, die ein schüchternes Lächeln an den Tag legte und die damit offenbar die Herzen der Württemberger im Sturm erobert hatte. „So musst du es machen! Lächeln, immer nur lächeln! Sonst bist du für die Leute hier bald nur noch der Miesepeter an ihrer Seite! Auf geht's! Haltung jetzt!" Er versetzte dem Freund einen Klaps auf dessen Rücken und schob ihn gleichzeitig energisch an die Seite seiner frisch angetrauten Gemahlin.

In der Tat war es Maucler und Phull-Rieppur nicht entgangen, wie die Menschen verwundert auf den griesgrämig dreinblickenden Kronprinzen gedeutet hatten und sich die miserable Laune von Friedrich Wilhelm ganz offenkundig nicht erklären konnten. Gerade eben hatte Eugen vernommen, wie eine ältere Frau kopfschüttelnd zu ihrem Mann gesagt hatte: „Die Allerschönste ist sie ja tatsächlich nicht. Aber dafür ist sie doch ein so nettes Mädchen! Also ich finde, er hat eine gute Wahl getroffen! Da muss er doch nicht so sauertöpfisch gucken, oder?" Der Mann hatte seiner Frau kopfnickend beigepflichtet. „Na ja, vielleicht ist er halt nur unsicher bei so vielen Menschen, unser schüchterner Prinz! Aber ein bisschen netter könnte er zu seiner Frau schon sein, da hast du Recht!"

Fritz bedachte Maucler mit einem leidenden Blick, dann jedoch drückte er den Rücken durch und grüßte huldvoll in die Menge.

„Na ja: Lächeln kann man das ja nicht gerade nennen, oder?" stupste Phull-Rieppur seinen Gefährten grinsend in die Seite.

„Nein, wirklich nicht", verzog Eugen von Maucler in gespielter Verzweiflung die Mundwinkel. „Aber immerhin: Er guckt jetzt wenigstens nimmer so, als wolle er den erstbesten Zuschauer am liebsten auffressen!"

„Wisst Ihr, was das Beste unter all diesen grässlichen Hochzeitsgeschenken gewesen ist?" wandte sich der Kronprinz in diesem Moment zu seinen beiden Begleitern um.

Ratlos zuckte Phull-Rieppur mit den Schultern.

„Das sind diese Blumenzwiebeln, die mir der Sultan aus der Türkei hat verehren lassen! Er hat sie eigentlich ja zwar der Kleinen geschenkt, aber die hat sie bloß angeschaut, als wären es Rossbollen! Ich sags euch ja: die Unschuld vom Lande!" Fritz deutete mit einem leichten Kopfschütteln an, wie ihn die Unwissenheit seiner Frau einmal mehr verdrießlich gestimmt hatte. „Na wie auch immer: Ich werde mich persönlich um diese botanischen Kostbarkeiten kümmern. Denn bei dem Geschenk handelt es sich mit Sicherheit um eine ganz besondere Tulpensorte. Ich habe deshalb in der letzten Nacht beschlossen, sie im Herbst also eigenhändig einzupflanzen. Ich weiß auch schon wo: nämlich an dem Hanggelände oberhalb des Neckars in Cannstatt! Das ist aber nur der Anfang. Hier werde ich später einen richtigen Botanischen Garten anlegen lassen, mit allen botanischen Kostbarkeiten, die es auf der Welt gibt. Die Orangerie in Potsdam wird eine unbedeutende Hütte dagegen sein!"

„Du hast vielleicht Sorgen!", wunderte sich Maucler über die ehrgeizigen Pläne seines Freundes. „Ist das alles, was dich gerade beschäftigt?"

„Es ist zumindest angenehmer, als an diese Hochzeit hier denken zu müssen", knurrte der Prinz, während er weiterhin den jubelnden Menschen zuwinkte. „Ihr werdet es schon noch erleben: Wenn der Dicke erst einmal den Platz auf dem Thron freigemacht hat, dann werde ich diesen Garten anlegen lassen! Ich weiß schon ganz genau, wie er aussehen wird! Ein Botanischer Garten, in maurischem Stil, den ihr ansonsten landauf-landab nirgendwo ..."

Er unterbrach sich und blieb im selben Augenblick wie angewurzelt stehen.

Verdutzt blickte Maucler hoch. Beinahe wäre er auf den Kronprinzen aufgelaufen, so überraschend hatte Fritz inne gehalten. „Was ist denn? Wieso läufst du denn nicht weiter?" brummelte er unwirsch.

Doch der Prinz gab keine Antwort. Regungslos starrte er in die Menschenmenge. Das gesunde Rot seiner Gesichtsfarbe war schlagartig einer fahlen Blässe gewichen.

„Fritz! Was ist los?" Auch Phull-Rieppur konnte sich das seltsame Verhalten nicht erklären. Angestrengt kniff er die Augen zusammen und folgte dem Blick seines Freundes. Es war nahezu unmöglich, in dieser Masse von Leuten einzelne Personen zu erkennen. Aber allem Anschein nach hatte Fritz jemanden entdeckt! Da sah er sie!

„Therese!" Phull-Rieppur deutete mit einem vorsichtigen Augenaufschlag in die dritte Reihe der Schaulustigen. „Dort hinten steht die Therese von Abel!" flüsterte er Maucler leise zu.

Auch Charlotte war nun stehen geblieben und musterte ihren Mann mit verwunderter Neugier. „Was gibt es denn da zu sehen? Vielleicht eine Überraschung für uns?" lächelte sie arglos.

„Blödsinn!" fauchte Fritz und machte eine unwirsche Handbewegung. Er wandte sich um und schritt kommentarlos weiter, ohne sich um die erschrockene Prinzessin zu kümmern, deren Augen angesichts dieser schroffen und rücksichtslosen Behandlung wässrig schimmerten.

Besorgt registrierte Eugen von Maucler, wie die Zuschauer verständnislos die Köpfe schüttelten und die peinliche Szene hinter vorgehaltener Hand weiter tuschelten. Spätestens heute Abend würde es ganz Stuttgart wissen, wie gemein und abweisend sich der Erbprinz seiner unschuldigen jungen Frau gegenüber verhalten hatte. Das war kein guter Beginn für diese Ehe, von der man sich doch so viel für die Zukunft versprochen hatte. Aus den Augenwinkeln sah er, wie sich Therese von Abel mit traurigem Blick abwandte und in der Menge untertauchte. Hoffentlich hatte wenigstens niemand bemerkt, weshalb der Prinz stehen geblieben war und wem dabei seine ganze Aufmerksamkeit gegolten hatte. Andererseits: Es wäre zu schön um wahr zu sein! Die Gerüchteküche würde heftig zu brodeln beginnen! Weshalb um alles in der Welt hatte sich Fritz aber auch nicht zusammenreißen können? Maucler stieß einen ärgerlichen Seufzer aus, während er den anderen langsam folgte.

„Also dann, Gute Nacht, und vergesst nicht, Herr Schwager: Morgen sind wir wieder lustig!" Der schlaksige junge Mann in seiner prächtigen goldbestickten Uniform ließ ein kurzes meckerndes Lachen vernehmen, dann torkelte er, mühsam gestützt von einer jungen, kokett gekleideten Frau, mit unsicherem Gang davon.

Mit amüsiertem Grinsen verfolgte Fritz das ungleiche Paar. „Du meine Güte, hat der aber wieder geladen! Wenn ich nur die Hälfte von dem konsumieren würde, was mein lieber Jérome da so alles in sich hineinschüttet... Also, ich glaube, ich wäre dann zu nichts mehr zu gebrauchen!"

„Na, da bin ich aber völlig gegenteiliger Ansicht!" lächelte die elegante Dame maliziös, während sie sich eng an die Seite des württembergischen Kronprinzen kuschelte. „Zumindest die gestrige Nacht habe ich in gänzlich anderer Erinnerung, mon chér!" hauchte sie ihm einen zarten Kuss auf die Wange.

Stirnrunzelnd betrachtete Phull-Rieppur die beiden. „Turteltauben! Wenn das irgendjemand am Hof mitbekommt! Das gibt einen Skandal! Fritz, bitte!"

Die Dame ließ ein glucksendes Lachen vernehmen. „Einen Skandal! Hier! In Kassel! Ausgerechnet in Kassel!" Sie schlang die Arme eng um den Prinzen. „Was haltet Ihr denn davon: ein Skandal am Hofe! Und wir beide mitten drin!" Mit dem Handrücken streichelte sie zärtlich seine Wange.

Fritz ließ ein wohliges Brummen vernehmen. „Tja, was soll ich dazu sagen? Es gibt schlimmere Dinge, als einen Skandal mit Euch erleben zu dürfen, meine verehrteste Blanche!" Er wandte sich um und musterte Phull-Rieppur spöttisch. „Jetzt steh nicht hier herum wie ein Moralapostel! Da drüben, in den anderen Sälen, warten die zahlreichen Damen doch bereits sehnsüchtig auf dich. Such dir eine hübsche aus und verbringe eine angenehme Nacht mit ihr! Morgen früh sehen wir uns wieder! Und nun: ab mit dir! Ich will nichts mehr hören!"

Phull-Rieppur strich sich müde über die Stirn und schüttelte vorwurfsvoll den Kopf. „Du kannst es einfach nicht lassen!"

„Warum sollte ich auch", gab der Getadelte unbekümmert zur Antwort. „Und nun hinaus mit dir, du Trauerkloß! Du störst im Augenblick nur! Wir haben zu tun!" Ohne sich weiter um seinen Freund zu kümmern, drückte Fritz die lustvoll aufstöhnende Frau nun fest an sich und rieb seine Nase an ihrer nackten Schulter.

Missmutig schlurfte Phull-Rieppur zur Tür. Gerade in dem Moment, als er die Klinke herunterdrücken wollte, stürmte eine dickliche, recht einfach gekleidete junge Frau in den Raum und betrachtete die Szenerie mit missbilligenden Blicken.

Die Dame stieß einen entsetzten spitzen Aufschrei aus und befreite sich rasch aus der Umarmung des Prinzen. Mit kleinen hastigen Schritten trippelte sie hinaus, während sie erschrocken die Hand vor den Mund hielt. Fritz blieb wie angewurzelt stehen.

„Nein, so etwas! Also das hätte ich aber nun wirklich nicht von dir gedacht!" Die Ruhestörerin baute sich direkt vor dem verblüfften Fritz auf und stemmte kopfschüttelnd die Hände in die Hüften. „Mein Herr Bruder, der unverbesserliche Charmeur! Macht sich nun schon an die Mätresse des eigenen Schwagers heran! Wenn das mein Gemahl erfährt!" Mit gespielter Missbilligung schüttelte sie den Kopf, während ein spöttisches Lächeln um ihre Mundwinkel zuckte. „Hat es die La Flèche also wieder einmal geschafft!"

Der Kronprinz legte seine Stirn in ärgerliche Falten und musterte seine Schwester vorwurfsvoll. „Katharina! Machst du das immer so und erschreckst deine Besucher auf den Tod? Und übrigens: Was heißt hier Mätresse? Und wieso La Flèche? Das war die Baronin von Keudelstein!"

„Die Baronin von Keudelstein!" Katharina lachte trocken. „Da siehst du einmal, wie weit man es in diesen heutigen Zeiten doch bringen kann!"

„Wie meinst du das?"

„Ich meine, dass du gerade tatsächlich die Mätresse meines geliebten Mannes Jérome, König von Westfalen, in den Armen gehalten hast. Das heißt, eigentlich ist es so auch wieder nicht korrekt erklärt", machte die Königin eine abwehrende Handbewegung. „In Wirklichkeit müsste ich ehrlicherweise sagen, sie ist die dienstälteste all seiner Mätressen, aber beileibe natürlich nicht die Einzige!"

„Katharina! Wie sprichst du von deinem Mann, dem König?!" Empört war Fritz in die Höhe gefahren und funkelte seine Schwester zornig an.

„So, wie er es verdient hat – und wie es der Wahrheit entspricht", setzte sie noch hinzu. „Nachdem du dich ja in der Zwischenzeit offenbar bestens mit Jérome arrangiert hast und keinen Gedanken mehr daran zu verschwenden scheinst, wie sehr du ihm für die Demütigung, die er mir und uns allen an der Rheinbrücke bei Kehl vor zwei Jahren angetan hat, Rechenschaft abverlangen wolltest! Nun ja: Männerworte! Schnee von gestern!" machte sie eine wegwerfende Handbewegung. „Oder handelt es sich bei deinem amourösen Techtelmechtel mit der La Flèche etwa um jene Rache, die du seinerzeit geschworen hast?"

„La Flèche! Weshalb nennst du die Baronin von Keudelstein immer wieder La Flèche!" entgegnete Fritz unwirsch.

„Weil es sich bei der vornehmen Dame in Wirklichkeit um ein Gassenmädchen aus Marseille handelt, das sich dort irgendwann einmal einen Kaufmann namens La Fléche geangelt hat. Kurz danach hat mein unglücklicher Jérome, der ja bekanntlich jedem Rock hinterherzulaufen pflegt, ihren Weg gekreuzt. Und da hat er sie zu seiner Mätresse Nummer 1 erkoren und sie zusammen mit ihrem beschränkten Mann hierher nach Westfalen geholt, wo die beiden sich seitdem mit dem Titel Baron und Baronin von Keudelstein schmücken dürfen. So einfach ist das!" Katharina verschränkte die Arme vor der Brust und musterte ihren verdutzten Bruder mit einem überlegenen Lächeln.

Fritz rieb sich erstaunt die Augen. „Das ist nicht dein Ernst!"

„Mein voller Ernst! Blanche Carréga, geboren im hintersten Winkel von Marseille, verheiratete Blanche La Fléche, in den Adelsstand erhobene Baronin von Keudelstein, Mätresse ihrer Majestät, des Königs von Westfalen", kommentierte Katharina trocken.

„Und das sagst du einfach so..." Verwundert schüttelte Fritz den Kopf. „Es scheint dir also nichts auszumachen, dass sich dein Mann mit anderen Frauen herumtreibt. Und dabei habe ich immer gedacht, ihr würdet eine glückliche Ehe führen, so wie du das zu meinem zugegebenermaßen großen Erstaunen in deinen Briefen an mich und unsere Stiefmutter immer wieder geschildert hast!"

„Papier ist geduldig!" entgegnete die Königin von Westfalen. „Was hast du denn erwartet, was ich schreibe? Dass alles furchtbar ist und öde? Nicht nur dieses entsetzliche Kassel, sondern auch meine Ehe? Und was hätte das geändert? Wärst du dann gekommen und hättest Jérome zur Rede gestellt? Oder unser verehrter Herr Vater womöglich, der mich einzig und allein aus Gründen der Staatsräson mit Jérome verheiratet hat?"

Der Kronprinz zog es vor, auf diese Vorhaltung nicht zu antworten. Betroffen starrte er zu Boden.

„Nun denn: egal! Es ist, wie es ist!" beendete Katharina mit einem lauten Händeklatschen die peinliche Stille, die sich zwischen den beiden Geschwistern ausgebreitet hatte. „Ich möchte dich nur warnen: Der König ist zwar ein ewiger Lebemann und Trunkenbold, doch im Hinblick auf seine Mätressen gilt es, vorsichtig zu sein! Ich glaube nicht, dass er dir anerkennend auf die Schulter klopfen würde, wenn er dich in eindeutiger Pose mit der Baronin erwischt!"

„Aber er ist doch erst vor wenigen Minuten selbst mit einer anderen jungen Frau davongezog..." erschrocken hielt sich Fritz die Hand vor den Mund und starrte seine Schwester mit peinlich-berührter Miene an. „Verzeihung Katharina, ich wollte damit nicht etwa ausdrücken, dass..."

„Lass gut sein, Fritz!" winkte diese mit bitterem Lächeln ab. „Ich weiß schon, was du damit gemeint hast. Aber Jérome ist nun wirklich kein Kostverächter. Schon gar nicht, wenn er, wie heute mit dir und deinem Gefolge, kräftig gebechert hat. Aber das heißt andererseits noch lange nicht, dass er gewillt ist, La Fléche dir zu überlassen, nur weil er selbst sich in der heutigen Nacht mit einer anderen vergnügt!"

„Aber, das ist ja..." Fritz fehlten die Worte. „Er treibt sein Spiel also in aller Öffentlichkeit?"

„So ist es", nickte Katharina.

„Und an deinen Ruf denkt er dabei nicht? Dass er dich mit seinem Verhalten auf das Äußerste kompromittiert und dem Hohn und Spott des gesamten Hofes preisgibt?"

„Das ist ihm einerlei", winkte Katharina achselzuckend ab. „Falls er überhaupt jemals in der Lage war, sich darüber Gedanken zu machen!"

„Das ist ja ein starkes Stück!" empörte sich der Erbprinz.

„Du musst dich deshalb nicht empören", wehrte die Königin ab. „So bin ich wenigstens ständig auf dem Laufenden, was mein Gemahl tagtäglich tut und treibt. Im Gegensatz zu deiner Charlotte..." setzte sie mit bedeutungsvollem Augenaufschlag noch hinzu.

„Was hat das alles mit Charlotte zu tun?" schnaubte Fritz ungehalten.

„Nur so viel, dass der Unterschied zwischen dir und Jérome doch so groß wiederum nicht ist! Du treibst doch klammheimlich dasselbe Spiel, wie mein verehrter Herr Gemahl dies in aller Öffentlichkeit zu tun pflegt! Und was ich ganz sicher weiß, das kann deine arme Charlotte allerhöchstens vermuten. Darüber wird getuschelt, unter der Dienerschaft gemunkelt, gelacht, gespöttelt! Nein," entschieden schüttelte sie den Kopf. „Bevor ich mich in quälender Unwissenheit ergehen muss, ist es mir schon lieber, dass ich Bescheid weiß über das Spiel, das hinter meinem Rücken gespielt wird!"

„Katharina! Du wirst dich doch nicht mit dieser dummen Gans vergleichen wollen, die ich gezwungenermaßen habe heiraten müssen! Und mich? Mich stellst du auf eine Stufe mit deinem König Lustig?! Das ist... das kannst du..."

„Jetzt beruhige dich aber bitte wieder!" fiel ihm Katharina ins Wort. „Kein Mensch hat es gerne, wenn man seine negativen Verhaltensweisen mit denen anderer Leute vergleicht. Aber so wirkt es eben auf mich! Schluss jetzt damit! Es ist eben nicht zu ändern! Ich bin nun einmal hier in Westfalen und damit gezwungen, das Beste aus diesem tristen Dasein zu machen!"

„Du solltest endlich Kinder bekommen! Dann würde sich manches zum besseren wenden!"

„Was du nicht sagst!" kommentierte Katharina bitter. „Ich bin aber bislang nicht schwanger geworden! Fast scheint es mir, als könne ich gar keine Kinder bekommen! Jérome macht mir diesbezüglich bereits mehr als genug Vorhaltungen! Genauso wie unser verehrter Herr Vater im Übrigen! Und jetzt kommst auch du noch mit derselben Leier daher..."

„Katharina! So habe ich das doch nicht gemeint!" Erschrocken hatte Fritz bemerkt, wie es mit der Fassung seiner Schwester nun vorüber war. Dicke Tränen tropften von ihren Wangen auf den Boden. Er streckte den Arm aus und drückte die traurige junge Frau zärtlich an sich. „Das wird sich schon noch einrenken", versuchte er Trost zu spenden.

„Nie und nimmer!" schluchzte die Königin. „Du musst ja nur einmal in die Stadt gehen und dich dort umschauen! Da ist man geradezu umzingelt von Jéromes Bastarden! Es ist... es ist geradezu abscheulich!" Schluchzend umklammerte die verzweifelte Katharina ihren Bruder. „Du kannst es dir nicht vorstellen: Es ist die Hölle für mich!"

Bekümmert strich Fritz der nun hemmungslos weinenden Frau über die Haare. „...und du hast mir nie etwas davon geschrieben! Warum bloß?" Lange erhielt er keine Antwort auf seine Frage.

„Weil es nichts an den Tatsachen geändert hätte", flüsterte Katharina schließlich mit tränenerstickter rauer Stimme. „Wie unserer Mutter damals auch niemand geholfen hat, als sie sich in Not befand! Als sie sogar die Zarin um Hilfe angefleht hat! Es hat ihr nichts genützt! Es scheint unsere Bestimmung zu sein..."

„Dummes Zeug!" Der Vergleich mit dem Schicksal ihrer Mutter hatte Fritz einen schmerzhaften Stich ins Herz versetzt. Schlagartig war ihm bewusst geworden, welchen Zwängen auch er sich mit seiner ungewollten Heirat unterworfen hatte. Wieder einmal unterworfen hatte. Auch er war nichts anderes als nur eine kleine Figur im großen Spiel. Eine austauschbare Figur. Und: Er würde es nicht wagen, aktiv in dieses Spiel einzugreifen und sich die Finger dabei verbrennen. Noch nicht! Seine Zeit war noch nicht gekommen! Die Zeit, sich gegen den immer despotischer agierenden korsischen Usurpator aufzulehnen! Später einmal! Hoffentlich...

„Was sind denn das für Briefe?" Ungehalten streckte der dicke König seinem Sohn ein Schriftstück entgegen. „Es handelt sich um eine Baronin, die Euch allem Anschein nach regelmäßig zu schreiben scheint!" Erschöpft lehnte sich Friedrich zurück und tupfte sich vorsichtig die dicken Schweißtropfen von der Stirn, die mittlerweile schon geringste Bewegungen bei ihm hervorriefen. Angesichts seiner geradezu unglaublichen Leibesfülle war das freilich kein Wunder. Mehr als einmal hatte sich Fritz schon die beunruhigende Frage gestellt, ob sich wohl eines schlimmen Tages auch bei ihm das väterliche Erbteil durchsetzen würde und er dann ebenfalls aufgehen würde wie eine überdimensionale Dampfnudel! Viel frische Luft und Bewegung hatte er sich selbst verordnet, um diesem Schicksal entrinnen zu können. Und bisher hatte es Gott sei Dank geklappt – im Gegensatz zu seiner immer rundlicher werdenden Schwester Katharina, die das warnende Gegenbeispiel für ihn darstellte.

Also: Was machte ihm der aufgeblasene Dicke denn jetzt schon wieder für Vorhaltungen? Konnte man denn nicht wenigstens einmal nur einen Monat lang friedlich nebeneinander her leben? Ohne ständige Meinungsverschiedenheiten? Ohne Vorwürfe? Ohne Streit? „Wen meint Ihr denn?" fragte Fritz ohne sonderliches Interesse.

Empört hieb der König mit der flachen Hand auf die Schreibunterlage. „Mein Herr Sohn! Der vergessliche Casanova! Tummelt sich in der Damenwelt wie ein Hecht im Karpfenteich und ist schon gar nicht mehr darüber im Bild, welchen Damen er die Aufwartung macht!" Interessiert beugte sich der Dicke vor, so gut es sein Bauchumfang eben erlaubte. „Wie viele sind es denn im Augenblick?" fragte er lauernd.

Fritz zuckte gelangweilt die Schultern. „Ich pflege darüber keine Statistik zu führen", gab er mit maliziösem Lächeln zurück.

„Aber im Falle der Baronin von Keudelstein scheint es sich doch um einen etwas intensiveren Kontakt zu handeln!" Der König setzte eine wissende Miene auf. „Es handelt sich hier immerhin um ein halbes Dutzend Briefe, die mir zugegangen sind", deutete er auf einen kleinen Stapel von

Schriftstücken auf der rechten Seite seines Sekretärs, dem Fritz bis dahin keinerlei Beachtung geschenkt hatte.

„Die Baronin von Keudelstein!" wiederholte er überrascht. „Woher habt Ihr denn Kenntnis über mein Verhältnis zu der Baronin?"

Friedrich lächelte überlegen. „Wissen ist Macht! Diese Lektion solltet Ihr inzwischen ja eigentlich gelernt haben! Euer Schwager, der König von Westfalen, war in diesem Fall so nett, mich über Eure amourösen Bestrebungen an seinem Hof auf dem Laufenden zu halten..."

„Jérome! Diese falsche Natter!" Empört ballte der Kronprinz die Fäuste. „Wie kommt er dazu, sich in meine Angelegenheiten zu mischen..."

„Weil Eure Angelegenheiten ganz offenkundig auch seine Angelegenheiten sind", grinste der König hämisch. „Denn bei dieser Baronin scheint es sich ja überdies um die Lieblingsmätresse meines verehrten Herrn Schwiegersohns zu handeln. Und deshalb betrachtet dieser Euer Treiben durchaus mit Argusaugen und hat die sehnsuchtsvollen Briefe abfangen lassen, die Ihr an diese Dame verfasst habt. Natürlich hat er außerdem dafür gesorgt, dass auch die beiden Schreiben der offenbar ja höchst attraktiven Baronin, die sie an Euch gerichtet hat, niemals angekommen sind." Er deutete auf eines der Schriftstücke. „Sie hat sich darin im Übrigen sehr sehnsuchtsvoll nach Eurem Wohlergehen erkundigt und ihrer Trauer darüber Ausdruck gegeben, dass Ihr sie anscheinend wohl vergessen hättet..."

„Gebt her!" Erregt machte Fritz einen Schritt auf den Schreibtisch zu und griff nach den Briefen. „Dieser Jérome! Ich werde ihn zur Rechenschaft ziehen!" Zitternd vor Wut schwor der Kronprinz Vergeltung für das infame Vorgehen seines Schwagers. War die fast überbordende Freude, die Jérome bei den zahlreichen Besuchen des Kronprinzen in Kassel an den Tag gelegt hatte, also nur bloße Fassade gewesen? Sie waren in den letzten Jahren schon beinahe Freunde geworden, sehr zum Verdruss von Katharina, die ihrem Bruder immer öfter Vorhaltungen über den sittenlosen Lebenswandel gemacht hatte, den Fritz am Hofe seines königlichen Schwagers in vollen Zügen genossen hatte. Es war aber auch jedes Mal ein ganz besonderes Vergnügen, dem lebensbejahenden König Lustig, wie er mittlerweile in ganz Westfalen genannt wurde, die Aufwartung zu machen. Eine prachtvolle Hofhaltung, gepaart mit viel Musik, Feierlichkeiten und zahlreichen offenherzigen attraktiven Hofdamen, das alles hatte Fritz in seinen Bann gezogen. Und natürlich vor allen Dingen die Möglichkeit, seiner Blanche wieder zu begegnen, einer Frau, die den jungen Prinzen vollkommen in ihren Bann geschlagen hatte. Zwar waren hier und dort einige scharfe Worte zwischen Jérome und Fritz gewechselt worden, als der König mit wachsendem Unmut darauf hingewiesen hatte, dass es sich bei La Flèche um seine Hauptmätresse handle, die er sich nicht so ohne weiteres von einem dahergelaufenen württembergischen Prinzen würde ausspannen lassen, doch dann war der Zwist auch schon wieder im Trubel der zahlreichen Vergnügungen untergegangen. Schließlich war für Abwechslung in Kassel ja wirklich überreich gesorgt!

Und nun also musste er erfahren, dass der heimtückische Jérome doch ein doppeltes Spiel gespielt hatte! Er würde es ihm heimzahlen! „Es handelt sich um Euren Schwiegersohn, Majestät! Um den Mann Eurer Tochter Katharina! Es scheint Euch offenbar einerlei zu sein, dass dieser offen von seiner Mätresse schreibt und somit Eure Tochter auf das unhaltbarste kompromittiert!"

„Der Prinz von Württemberg – ein Moralapostel!" lachte der König blechern. „Ich bitte Euch: Ihr selbst tummelt Euch tagtäglich bei einer anderen Herzensdame – sehr zum Verdruss Eurer verehrten Stiefmutter, der Königin, die Euch ansonsten ja immer hilfreich zur Seite steht. Habt Ihr denn jemals Rücksicht auf Eure Frau Charlotte genommen, von der mir durch deren Bruder Prinz Ludwig im übrigen berichtet wird, dass sie an Eurer Seite todunglücklich sei?"

„Dann soll sie doch gehen, die dumme Pute!" ereiferte sich der Kronprinz. „Und was erlaubt sich dieser Ludwig eigentlich, sich hinterrücks über mich zu beklagen! Ich werde ihm die passende Antwort zukommen lassen!"

„Das werdet Ihr bleiben lassen! Ihr werdet Euer feuriges Talent künftig zügeln oder es zumindest etwas weniger öffentlich einsetzen! Zumal Euch in der nächsten Zeit auch die Gelegenheit dazu fehlen wird! Zumindest hierzulande..."

Fritz begriff nicht, worauf sein Vater mit dieser Andeutung hinauswollte. „Wie meint Ihr das?"

Der König lehnte sich in seinem Sessel zurück und ließ einen tiefen Seufzer vernehmen, bevor er sich erklärte. „Nun, ich kann Napoleon nicht mehr länger widerstehen. Ich werde noch heute unsere Truppen mobilisieren müssen! Schon wieder. Es wird Krieg geben! Keines der üblichen Scharmützel allerdings! Dieses Mal befürchte ich das Schlimmste! Und deshalb habe ich dem Drängen des Franzosen auch widerstanden, solange dies nur möglich war. Ich habe gehofft, er würde in seinem ganzen ungestümen Größenwahn die Geduld verlieren und auf eigene Faust losstürmen – in seinen sicheren Untergang hinein! Aber nun hat er mir ein Ultimatum gestellt: Ich kann mich seinen Forderungen nicht mehr entziehen! Auch unsere Soldaten müssen mit ihm marschieren!" Bekümmert starrte der König in die Augen seines überraschten Sohnes. Noch nie zuvor hatte sich eine derartige Vertrautheit zwischen den beiden Männern aufgebaut, wie für wenige Sekunden in diesem kurzen Augenblick. „Es wird dramatisch werden dieses Mal! Es wird viele Tote und Verletzte geben. Mehr Opfer als jemals zuvor!" Friedrich senkte seinen Kopf und schwieg. Wie ein unheilverkündendes Menetekel schwangen seine Worte durch den Saal. Auch Fritz war sich der Konsequenzen bewusst, die Napoleons Vorgehen nach sich ziehen würde. Ehrlich gesagt hatte er diese Entwicklung kommen sehen. Es war ja eigentlich auch nur noch eine Frage der Zeit gewesen, bis die Entscheidung fallen würde!

Spätestens seit den ersten Märztagen dieses Jahres 1812 war klar geworden, dass sich der geballte Zorn des Korsen nunmehr gegen Russland richten würde, dessen Zar Alexander im Dezember 1810 die von Napoleon verhängte Kontinentalsperre gegen den französischen Erzfeind Großbritannien aufgehoben hatte. Für den Feldzug gegen das riesige Reich im Osten hatten die Franzosen eine gewaltige Armee aufgestellt: insgesamt 600.000 Soldaten aus allen Teilen Europas! Sämtliche Verbündeten hatten der Forderung Napoleons nachkommen und ein eigenes Kontingent für die Große Armee bereitstellen müssen. Im Falle von Württemberg bedeutete dies immerhin 16.000 Soldaten.

„Mir wäre es nun lieb, wenn Ihr selbst den Oberbefehl über unsere württembergischen Truppen übernehmen würdet", fuhr der König schließlich fort. „Damit vermeiden wir wenigstens, dass sie unter das Kommando irgendeines französischen Generals gestellt werden, wie dies bisher immer der Fall gewesen ist. Napoleon wird das zwar alles andere als recht sein, er wird es jedoch bei dem momentanen Stand der Dinge nicht wagen, Euch abzusetzen! Er hat andere Sorgen, auf die er sein Hauptaugenmerk richten muss!"

Fritz nickte anerkennend. Ein wirklich kluger und gut durchdachter Schachzug seines Vaters! Zumindest eine gewisse Freiheit blieb den Württembergern inmitten des riesigen Armeehaufens so erhalten. Und für ihn, den Kronprinzen, stellte dieser Oberbefehl natürlich einen großen Vertrauensbeweis dar. Eine große Ehre bedeutete es obendrein. Er legte die rechte Hand auf sein Herz und verneigte sich dankbar. „Auch wenn ich – genauso wie Ihr – mit durchaus zwiespältigen Gefühlen in diesen Feldzug gehe, bin ich mir der Ehre, die Ihr mir damit angedeihen lasst, durchaus bewusst. Ich hoffe nur, dass meinen Württembergern ein direktes Aufeinanderprallen mit dem Armeekorps meines verehrten Onkels Eugen erspart bleiben wird", deutete er den Konflikt an, in dem sich nicht der Kronprinz, sondern vor allen Dingen auch sein Vater selbst befand. Dessen Bruder Eugen stand nämlich als General in russischen Diensten, ganz abgesehen von der Tatsache, dass es sich bei Napoleons Gegner, dem Zaren Alexander I., um Friedrichs Neffen, den Sohn seiner Schwester Sophie Dorothea handelte, die unter dem Namen Maria Feodorowna eine herausragende Rolle am St. Petersburger Zarenhof spielte.

Der König nickte kummervoll. „Ihr habt recht: Auch mir ist der Gedanke an ein direktes Aufeinandertreffen unerträglich. Und im Übrigen: Was soll man sich im Hinblick auf den Ausgang dieser Schlacht denn wünschen? Behält Napoleon auch gegen Russland die Oberhand, dann hat er endgültig die Kontrolle über Europa, und der Fall von England wird nur noch eine Frage von Monaten sein. Verliert er aber diesen Krieg, dann befinden auch wir uns im Strudel der Niederlage. Dann wird es viele tausend Tote unter unseren Soldaten gegeben haben, aber nicht nur das: Dann wird die Ordnung, die nun eben erst wieder Einzug in Europa gehalten hat, aufs Neue erschüttert! Lasst uns hoffen, dass es doch noch Mittel und Wege gibt, dieses Aufeinandertreffen zu verhindern!" Zur Überraschung des Kronprinzen faltete der König die Hände und schien zu beten. Eine menschliche Regung, die er an seinem Vater bislang noch nie wahrgenommen hatte. In der Tat schien dessen Sorge um die Zukunft geradezu existenziell zu sein! Er hatte eine gewaltige Verantwortung übernommen, dessen war sich Fritz bewusst! Es lag nun einzig und allein an ihm, seine schwäbischen Landsleute möglichst unversehrt aus diesem von allen Seiten gefürchteten Krieg wieder nach Hause zu führen. Eine fast unlösbare Aufgabe! Eiskalte Angst stieg in ihm auf und ließ ihn von nun an monatelang nicht mehr zur Ruhe kommen.

„Schaut Euch das an, Majestät!" Heinrich von Roos, der Regimentsarzt der württembergischen Truppen, deutete mit ausgestrecktem Arm auf die öde Landschaft vor ihren Füßen. „Wie sollen wir da unsere Leute bloß alle satt bekommen?" Er schüttelte bekümmert den Kopf und forschte im Gesicht seines Gegenübers vorsichtig nach einer Reaktion.

Auch der Kronprinz nickte düster. „Ihr habt ja recht, Roos! Ich weiß beim besten Willen selber nicht, wie sich die Franzosen diesen Aufmarsch eigentlich vorgestellt haben. Noch ehe wir auch nur ein einziges Mal auf den Gegner gestoßen sind, ist es mit der Disziplin schon so gut wie vorbei!" Fritz schauderte, wenn er an die vergangenen Tage zurück dachte. Französische Truppen in Festtagslaune, die tagein-tagaus nur zu feiern schienen und mehr wankend als marschierend über die polnisch-preußische Grenze nach Russland vorgerückt waren, marodierende Haufen, die alle Städte, Dörfer und Bauernhöfe, die auf ihrem Weg lagen, ausgeplündert hatten, als wäre ein Schwarm Heuschrecken über die armen Menschen dort gekommen. Jetzt, nach Überschreiten der Grenze zu Polen, eine trostlose Landschaft mit wenigen armseligen Bauernhöfen, denen die Jahre der von Napoleon verhängten Kontinentalsperre endgültig den wirtschaftlichen Garaus bereitet hatten. Zusammen mit der kürzlich eingeschleppten Rinderpest hatten sie einst reiche Bauern zu Bettlern werden lassen! Dazu gesellte sich eine zutiefst feindselige polnische Bevölkerung, die von den Schrecken der bereits durchgezogenen Heerhaufen geprägt und in Mitleidenschaft gezogen worden war. Wie ein Blitz durchzuckte den Kronprinzen bei diesem Anblick die Erkenntnis, dass Napoleon dieses Mal zu weit gegangen war. Nein, diesen Krieg, den sie mit all ihren Kräften bis zum letzten Tag zu verhindern gesucht hatten, den würde nicht einmal er siegreich beenden können. Dieses Mal hatte der „große Korse", als den er sich mittlerweile nur allzu gerne bezeichnen ließ, den Bogen überspannt. Wer eine dermaßen gewaltige Armee aufstellte und schließlich auch in Marsch setzte, eine Armee, die alle Vorstellungskraft der Zeitgenossen bei weitem sprengte, der durfte nicht jenen verhängnisvollen Fehler begehen, dem Bonaparte zweifellos zum Opfer fallen würde: Nämlich den Nachschub und die Verpflegung dieser unvorstellbaren Anzahl von Menschen nicht generalstabsmäßig sichergestellt zu haben. Aber dafür hätte es Monate gebraucht. Monate der Planung, die dem erfolgsverwöhnten und ungeduldigen Kaiser der Franzosen schlichtweg zu lange gedauert hatten. Während der arrogante Korse im Übrigen noch in Paris verweilte und erst im Lauf des nächsten Monats gedachte, sich an die Spitze seines Heeres zu stellen, gewahrte Fritz bereits zu diesem frühen Zeitpunkt die ersten Anzeichen der sich ankündigenden Katastrophe. Wenn sie es schon jetzt nur mit Mühe und Not schafften, sich mit dem notwendigen Proviant zu versorgen, wenn die Franzosen schon heute in den Durchzugsgebieten wüteten wie die Berserker, wie sollte es dann erst hinterher mit der Versorgung bestellt sein? Nach einem eventuellen Sieg über Russland! Aber was würde das denn für ein Sieg sein können, wenn die Sieger genauso wenig zu essen hatten wie die Besiegten? Und den langen harten russischen Winter? Hatte Napoleon wirklich bedacht, mit welcher Eiseskälte die erschöpften Soldaten dann konfrontiert werden würden? Sicher nicht! Vor dem Einzug des Winters wollte er den Zaren längst in die Knie gezwungen haben. Diese Nachrichten aus Paris hatten die Spitzen des Heeres mittlerweile erreicht und sollten zur Stärkung der nachlassenden Moral nunmehr verkündet werden. Doch vor dem Winter kam erst einmal dieser unsägliche Frühsommer! Und mit diesem hatte Napoleon ganz offenkundig nicht gerechnet! Nein, er befand sich ja wie gesagt noch in Paris, während Fritz als Oberbefehlshaber des württembergischen Kontingentes in diesen Aprilwochen des Jahres 1812 bereits tief im Schlamassel steckte – und sich auch dementsprechend fühlte! Im wahrsten Sinn des Wortes! Die vereiste Landschaft rings um die Oder taute nämlich mittlerweile zögernd auf – mit der beunruhigenden Folge, dass sich die kilometerweiten Eisflächen in unergründliche Sümpfe verwandelten, in denen jeder Schritt zur Qual wurde und wo das Heer nur noch stockend vorwärts kam. Von der alles durchdringenden Feuchtigkeit ganz zu schweigen! Und wo sollte man in dieser Sumpflandschaft sein Lager aufschlagen? Wo gab es genügend trockene Flächen, Brennholz und Proviant? Nein, für Fritz stand bereits vor dem eigentlichen Beginn des Feldzuges fest: Dieses Mal hatte Napoleon den Bogen überspannt. Diesen Krieg würde er nicht gewinnen können. Auf keinen

Fall! Doch: Wie sollte er sich nun verhalten? Was konnte er für die ihm anvertrauten 16.000 Menschen bewirken? Wie konnte er es bewerkstelligen, wenigstens das Leben der meisten Soldaten zu retten?

„Sorgt für unsere Leute, so gut es eben geht, Roos! Ich werde noch einmal mein möglichstes versuchen und bei der Konferenz des Generalstabs auf die Unmöglichkeit hinweisen, dieses mächtige Heer zu versorgen! Aber ich fürchte, ich werde mich gegen die Franzosen nicht behaupten können!" Fritz zuckte hilflos mit den Schultern und streckte dem Regimentsarzt die Hand zum Abschied entgegen. „Und sagt den Leuten ruhig, der Kronprinz sei derselben Ansicht wie sie. Wir haben die Entscheidung jedoch nicht selbst in der Hand – leider! Sie sollen erst einmal ruhig weiter ziehen! Offene Auflehnung bringt in dieser Situation gar nichts", spielte er auf die sich häufenden Fälle von Befehlsverweigerung an, die ihm in den letzten Tagen zu Ohren gekommen waren. „Wir müssen zunächst einmal gute Miene zum bösen Spiel machen – ob uns das nun gefällt oder nicht. Es liegt nicht in meiner Macht! Aber die Leute sollen ruhig wissen, dass ich auf ihrer Seite stehe! Und wenn Napoleon das erfährt, ist es mir auch einerlei!" Immerhin hatte Fritz bereits ein erstes warnendes Schreiben seines Vaters erreicht, in dem ihn dieser dringend auf seine Loyalitätspflichten den Franzosen gegenüber erinnert hatte. Offenbar war es sogar schon bis an den fernen württembergischen Hof gedrungen, wie eindeutig sich der Kronprinz und württembergische Oberkommandierende in letzter Zeit gegen seiner Ansicht nach unsinnige Anordnungen der französischen Marschälle zur Wehr gesetzt hatte.

Kummervoll betrachtete der fröstelnde Kronprinz von seinem Beobachtungsposten aus den unendlich scheinenden Lindwurm, der sich in west-östlicher Richtung zu beiden Seiten der Oder ausbreitete. Die Zukunft präsentierte sich wenig verheißungsvoll. Es würde um das Überleben der ihm anvertrauten Menschen gehen! Nicht um Sieg oder Niederlage, nein: nur um das nackte Leben! Seine Verantwortung!

„Aha! Hoheit persönlich!" Der kleine Mann in der prächtigen Uniform hatte sein Pferd ungestüm gezügelt und betrachtete den württembergischen Kronprinzen mit einem stechenden Blick. „Endlich also bekomme ich den Herrn General also einmal direkt zu sehen!" schleuderte Napoleon dem verblüfften jungen Mann ins Gesicht.

Fritz, der angesichts dieser Behandlung in Anwesenheit seiner Soldaten innerlich vor Wut und Scham bebte, schaffte es dennoch, sein Temperament zu beherrschen und zog den Hut vor dem Kaiser der Franzosen. „Immer zu Diensten, Majestät", murmelte er mit gesenktem Haupt. Diese Begegnung hatte er seit langem gefürchtet. Irgendwann, darüber war er sich geradezu alptraumhaft klar gewesen, irgendwann würde sich ein solches Zusammentreffen aber nicht mehr vermeiden lassen. Und nun? Nun war es eben geschehen! Natürlich hatte längst auch Napoleon persönlich Kenntnis von der Skepsis des württembergischen Oberkommandierenden erhalten, die dieser bei jedem Zusammentreffen des Generalstabs geäußert hatte. Und dem Kaiser war es ja bekanntlich von vornherein ein Dorn im Auge gewesen, dass der König von Württemberg ausgerechnet den jungen Kronprinzen zum Kommandeur seiner Hilfstruppen gemacht hatte. Einen Mann, bei dem sich die anfängliche Bewunderung für Napoleon Bonaparte längst ins Gegenteil verkehrt hatte. Auch diese Tatsache war dem Korsen natürlich nicht verborgen geblieben, und durch seine Spione, die er seit dem vergangenen Jahr gezielt auf den Prinzen angesetzt hatte, war dieser Verdacht mehr als bestätigt worden. Und nun war also Napoleon völlig überraschend hier in Kowno, der Stadt am Ufer des Njemen, aufgetaucht, wo die Württemberger Ende Juni vorübergehend ihr Lager aufgeschlagen hatten.

„Einen herrlichen Hengst reitet Ihr da", hielt sich der Kaiser nicht lange mit dem Austausch von Förmlichkeiten auf, während er das Pferd des Prinzen mit neidvollem Blick musterte. „Da lässt mir mein lieber König Friedrich jahrein-jahraus versichern, wie arm und elend es in seinem Königreich zugehe und dass er weitere Truppenaushebungen nicht mehr finanzieren könne, und was ist dann?" ein spöttisches Lächeln spielte um die Mundwinkel des Feldherrn, als er seinen Begleitern einen vieldeutigen Blick zuwarf. „Dann lässt er seinem Sohn, über dessen schlechtes Betragen er mir seit Jahren schon in den Ohren liegt, ein dermaßen prächtiges Pferd verehren! Wohl auch zu dem Zweck, damit der junge Mann sich wenigstens ein kleines Stück von seinem bescheidenen Umfeld abhebt, aus dem er ja durch keinerlei besondere Erfolge herausragt! Womöglich will er mit diesem Pferd sogar mich selbst in den Schatten stellen?" lachte Napoleon meckernd. „Aber merkt euch eins, Herr General: Hochmut kommt vor dem Fall!"

Hätte ihn in diesem Augenblick nicht sein Adjutant, der württembergische General von Theobald, geistesgegenwärtig am Ärmel gepackt, wäre die Situation mit Sicherheit eskaliert, darüber war sich Fritz Zeit seines Lebens im Klaren, wenn er sich an diesen Zusammenstoß mit Napoleon erinnerte. Es hatte sich um eine gezielte Provokation gehandelt, mit der der Kaiser den Kronprinzen aus der Fassung hatte bringen wollen. Und: Es wäre ihm ja auch beinahe gelungen. Nur mit Mühe unterdrückte Fritz eine scharfe Erwiderung und unwirsch schüttelte er die Hand seines Adjutanten von der Schulter. „Schon gut, General", nickte er diesem zu. „Ihr braucht euch nicht mehr um mich zu sorgen!"

Dann wandte er sich mit gespielter Nonchalance wieder an Napoleon. „Es ist ein Araberhengst. Aus eigener Zucht. Und insofern haben wir dafür keine Reichtümer aufzuwenden brauchen. Wir sind inzwischen in unserem Land durchaus in der Lage, solche Pferde selbst zu züchten. Ganz ohne großen Aufwand! Der Fleiß und die Tüchtigkeit unserer Menschen waren schon immer das größte Kapital von Württemberg", lächelte er dem Kaiser milde ins Gesicht.

„Große Worte, junger Mann!" zog der die Stirn in kritische Falten. „Ich wollte, Ihr hättet Eure Truppen und Eure Generäle genauso unter Kontrolle wie die Pferdezucht, bei der Ihr offenkundig mehr Talent an den Tag legt, als beim Führen eines Heeres!"

Wieder war es die Hand des Adjutanten, die sich im richtigen Moment auf seine Schulter legte und die den Prinzen vor einer wütenden Reaktion mit unübersehbaren Folgen bewahrte. „Wie darf ich diese Worte verstehen, Majestät?", presste er schließlich mühsam zwischen seinen Lippen hervor.

„So, wie ich es gesagt habe", entgegnete Napoleon scharf. „Ihr sprecht ein ganz passables Französisch, habt also durchaus ganz genau verstanden, was ich meine. Nun gut, um keine Missverständnisse aufkommen zu lassen: Eure Truppen, so ist mir berichtet worden, plündern und brandschatzen wie die Mongolen! Während Eure Generäle unbeteiligt dabei stehen und es geschehen lassen. Französischen Offizieren gegenüber kommt es des Öfteren zu offener Befehlsverweigerung und Aufsässigkeiten – auch dies unter den Augen Eurer Generäle!"

Fritz schluckte tapfer den Kloß hinunter, der sich vor Aufregung in seinem Hals ausgebreitet hatte. „Meine Soldaten suchen verzweifelt ein trockenes Quartier und dementsprechende Verpflegung! Selbstverständlichkeiten also, ohne die kein erfolgreicher Feldzug gelingen kann! Doch die französische Vorhut hat leider ganze Arbeit geleistet und das Land mit Hunger und Elend überzogen, noch bevor wir nachgerückt sind!"

„Der junge Mann scheint die Fragen von Taktik und Kriegsführung in geradezu mustergültiger Art und Weise auswendig gelernt zu haben", wandte sich Napoleon spöttisch an seine Begleiter. Dann jedoch reckte er das Kinn in die Höhe und nahm den Prinzen streng in sein Visier. „Ich hoffe, Ihr begreift, was ich Euch hier zu sagen habe. Ich dulde keinerlei weitere Aufsässigkeiten Eurer Generäle gegen französische Offiziere. Die Grande Armée wird von Franzosen geführt und nicht von irgendwelchen machtgierigen Württembergern! Jede weitere Meldung über Befehlsverweigerung und Ungehorsam werde ich von nun an als versuchten Aufruhr werten und die Rädelsführer sofort vor ein Kriegsgericht stellen! Und auch vor hochwohlgeborenen Umstürzlern werde ich dabei nicht Halt machen, wenn Ihr versteht, was ich meine! Ich bin noch nicht fertig!" erstickte er den Versuch einer Rechtfertigung, die ihm der empörte Fritz entgegen zu schleudern gedachte, schon im Keim. „Ich verlange von Euch ferner die sofortige Bestrafung der besagten Offiziere und deren Entfernung von ihren Aufgaben! Wir haben uns hoffentlich verstanden!" Der Kaiser tippte sich grüßend an die Stirn, dann hieb er seinem Pferd brutal die Sporen in die Weichen und galoppierte ungestüm davon, gefolgt von seinen vieldeutig grinsenden französischen Begleitern.

„Dieser Emporkömmling! Dieser Dreckskerl! Was glaubt der eigentlich, wen er vor sich hat?! Behandelt mich wie einen kleinen Schuljungen – und das vor den Augen meiner Leute!" Am ganzen Körper vor Wut zitternd starrte der Kronprinz dem Korsen und dessen Gefolge hinterher. „Das wird er mir büßen!" reckte er die Faust drohend in die Richtung, in der die Franzosen rasch verschwanden.

„Bitte Majestät!" zischte der Adjutant leise. „Zügelt Euren Ärger! Wir sind hier mit Sicherheit nicht unter uns!" wies er mit dem ausgestreckten Arm über die zahlreichen Soldaten in ihrer Umgebung, die den Zusammenprall mit Napoleon ungläubig staunend verfolgt hatten. „Er hat seine Ohren überall, auch unter unseren Leuten", flüsterte General Theobald mit warnendem Blick.

„Und was soll ich nun Eurer Meinung nach tun?" Fritz schüttelte unwillig den Kopf. „Soll ich etwa den Anweisungen von Bonaparte folgen und meine braven Offiziere, die sich lediglich um die Versorgung der ihnen anvertrauten Männer gekümmert haben, vor ein Kriegsgericht stellen?"

„Natürlich nicht!" gab der Adjutant zur Antwort.

„Aber ich muss etwas tun! Ihr habt es ja selbst gehört: Er erwartet eine Reaktion auf seine Anordnung! Und wenn ich diesem Befehl nicht nachkomme, dann bin ich selbst an der Reihe! Das hat er uns ja deutlich genug zu verstehen gegeben!"

Der General nickte nachdenklich. „Eine teuflische Zwickmühle, in die er Euch gebracht hat. Napoleon ist und bleibt ein geradezu genialer Stratege und Ränkeschmied. Das muss man ihm lassen! Verzeiht meine Worte, Majestät, aber es ist so!"

„Womit Ihr leider recht habt, Theobald! Ihr braucht Euch deswegen nicht zu entschuldigen!" Nachdenklich rieb sich der Kronprinz die Nase. Dann sah er entschlossen hoch. „Es bleibt uns nur eine einzige Möglichkeit, um dieser Falle zu entkommen: Ich werde Woellwarth und Walsleben ablösen und nach Württemberg zurückschicken!"

„Nach Württemberg zurückschicken?" Der Adjutant hielt sich erschrocken die Hand vor den Mund. In der Tat würde es für erhebliches Aufsehen sorgen, wenn Fritz ausgerechnet seine beiden tüchtigsten Generäle ihrer Funktionen enthob und sie darüber hinaus auch noch nach Hause schickte. „Andererseits..." Theobald nickte nachdenklich. „Mag sein, dass dies die beste aller Lösungen ist. Ihr habt damit ein Zeichen gesetzt und seid Napoleons Anweisungen nachgekommen. Zwar anders, als von diesem erwartet, aber immerhin. Und damit habt ihr Woellwarth und Walsleben sogar das Leben gerettet!"

„Möglich! Doch nun liegt es an Euch, die beiden davon zu überzeugen, dass meine Anordnung keine Missbilligung ihres Wirkens ist, sondern eine schiere Notwendigkeit, auch wenn es im Augenblick nach einer schmachvollen Degradierung aussieht! Aber unsere Zeit wird noch kommen, da bin ich mir ganz sicher! Falls wir diesen Feldzug überleben sollten..." setzte er nachdenklich hinzu.

Während sich der Adjutant eilig aufmachte, um den beiden Generälen die Entscheidung des Kronprinzen zu überbringen, näherte sich ein älterer grauhaariger Mann in abgerissener Kleidung dem Kronprinzen. Zwei Meter vor dem Reiter blieb er stehen, zog die Mütze von seinem Kopf und räusperte sich verlegen. Stirnrunzelnd musterte Fritz den Alten. Schon wieder einer dieser Bewohner von Kowno, der ihm jammervolle Vorhaltungen über das Verhalten der Soldaten machen würde, und der es letztendlich nur darauf anlegte, einige Gulden Entschädigung für sich zu erbetteln.

„Verzeihung Majestät", begann der Alte stockend. „Ihr seid doch der Kronprinz von Württemberg!"

„Mag sein", knurrte Fritz ungehalten und straffte die Zügel seines Hengstes. „Aber ich habe jetzt andere Sorgen als mir das ewige Gejammer wegen eurer aufgegessenen Vorräte anhören zu wollen. Geh zu meinem Zahlmeister und versuche dort dein Glück!" Damit wandte er sich ab und schnalzte mit der Zunge.

„Moment noch! Bitte Majestät!" Der Mann war rasch vorgetreten und hatte die Zügel ergriffen.

„Was wagst du da?! Lass augenblicklich los, sonst wird es dir Leid tun!", donnerte der Prinz zornig und legte die Hand an seinen Säbel. Das hatte ihm heute gerade noch gefehlt: Ein Bettler, der sich ihm frech in den Weg stellte. „Lass auf der Stelle los, sonst garantiere ich dir für die entsprechende Antwort!"

„Bitte Majestät! In Eurem eigenen Interesse!" Geradezu flehentlich sah der Mann zu Fritz auf.

Doch dieser ließ sich nicht erweichen. Er zog den Säbel aus der Scheide und schwenkte ihn drohend vor dem Kopf des Mannes. „Aus dem Weg! Sofort! Verschwindet!"

Doch noch immer machte der Kerl keine Anstalten, der Aufforderung Folge zu leisten. Nun gut: Sollte er die Quittung für sein ungebührliches Verhalten bekommen! Aus den Augenwinkeln nahm der Kronprinz wahr, dass auch die Soldaten, die sich in seiner Nähe befanden, den Vorfall bemerkt hatten und mit gespannten Mienen verfolgten, wie sich Fritz verhalten würde. Auch unter diesem Aspekt wäre es gar nicht so unangebracht, nunmehr ein Exempel zu statuieren. Er reckte den Säbel in die Höhe. „Ein letztes Mal: aus dem Weg!"

„Majestät! Es geht um Eure Mutter!"

Wie vom Donner gerührt ließ Fritz die zum Hieb bereite Waffe sinken. „Wie? Was sagst du da?!"

„Es geht um Eure Mutter!" wiederholte der Mann. „Um Schloss Lohde, den letzten Aufenthaltsort in ihrem Leben!"

„Meine Mutter..." stammelte Fritz, dessen Gesicht sich mit einer fahlen Blässe überzogen hatte. „Was... was weißt du von meiner Mutter?"

„Ich bin dort in Estland geboren und auf dem Schloss aufgewachsen, zu dem man Eure Mutter damals gebracht hat..."

Sekundenlang herrschte gespannte Stille. Zu plötzlich, zu unerwartet, so völlig unvorbereitet war er mit dieser Nachricht konfrontiert worden. Ausgerechnet jetzt, in dieser krisenhaften Situation, wo seine Nerven bis zum Zerreißen gespannt waren! Es war zu viel! Zu viel auf einmal! Mühsam machte Fritz einen tiefen Atemzug, um seine in wildem Chaos durcheinanderwirbelnden Gedanken zu sammeln. „Du hast sie also gesehen? Du warst anwesend, als sie nach Schloss Lohde gekommen ist? Du... du weißt Bescheid... über ihr Schicksal..."

Der Mann nickte ernst. „So ist es, Majestät. Ich habe dort damals als Gärtner gearbeitet. Ich war ja seinerzeit noch ein junger Mann. Und Eure Mutter hat sich so sehr an den Blumen erfreut, die ich gepflegt habe. Immer wieder habe ich ihr einen Strauß bringen dürfen..." Ein Schatten huschte über das Gesicht des Grauhaarigen. „Es war ja die einzige Freude, die sie noch gehabt hat. So hat sie sich selbst mir gegenüber ausgedrückt..."

Fritz schien es bei diesen Worten, als würde sich sein Herz schmerzhaft zusammenkrampfen. Nachrichten von seiner Mutter. Fast ein Vierteljahrhundert nach deren Tod! Wie oft hatte er sich schon um Aufschluss über das Schicksal der gerade in seinen Jugendjahren so schmerzlich vermissten Mutter bemüht?! Nie hatte er es geschafft, tatsächlich etwas herauszufinden! Und nun ausgerechnet jetzt! Jetzt, wo er sich auf diesem verhängnisvollen Feldzug gegen Russland befand! Wo er es, das musste er sich bitter eingestehen, aufgegeben hatte, weiter nachzuforschen. Ausgerechnet jetzt kam dieser alte Mann auf ihn zu und wollte ihm etwas mitteilen. Hier in Kowno! Nun gut, diese Stadt lag so weit nicht von Estland entfernt. Längst nicht so weit wie Württemberg.

„Und wie kommt nun ausgerechnet Ihr dazu, mir etwas über meine Mutter mitteilen zu wollen", fragte er den Mann mit belegter Stimme.

„Ich habe oft mit ihr gesprochen damals. Mir gegenüber hat sie ihr Leid geklagt, mir hat sie geschildert, wie sehr die Sehnsucht nach ihren Kindern sie verzehrt hat, wie sie ihr allmählich die Kraft geraubt hat", bekannte der Mann mit niedergeschlagenen Augen. „Nach ihrem Tod bin ich dann weggekommen aus Lohde. Keiner aus der Dienerschaft sollte dableiben, hat es damals geheißen. Über viele Umwege bin ich so schließlich als alter Mann nach Kowno gekommen und habe nun von der Anwesenheit Eurer Majestät gehört. Ich habe mir deshalb ein Herz gefasst und gewagt Euch dahingehend anzusprechen, Majestät! Denn damals habe ich mir geschworen, die Wahrheit zu erzählen, die ganze Wahrheit! Wenn sich mir als Leibeigenem jemals die Gelegenheit dazu bieten würde – unwahrscheinlich genug, wie Ihr Euch denken könnt! Aber nun hat es die Vorsehung so gefügt, und aus diesem Grund stehe ich nun vor Euch! Falls ich überhaupt darüber reden soll..."

Vor Rührung und aufgestauten Emotionen schnürte es Fritz beinahe die Kehle ab. „Aber natürlich sollt Ihr erzählen", presste er mühsam hervor. „Aber nicht hier, unter aller Augen und Ohren! Lasst uns in mein Quartier gehen, so schnell wie möglich!" Mit einer raschen Bewegung stieg der Kronprinz von seinem Pferd und winkte den Mann zu sich. Unter den verwunderten Blicken der zahlreichen Soldaten schritten sie eilig dem Haus entgegen, in dem sich Fritz für die Dauer seines Aufenthaltes in Kowno eingerichtet hatte.

37

„Es ist zu viel! Es ist mehr, als ein Mensch ertragen kann!" Friedrich Wilhelm von Württemberg lehnte erschöpft an der Zimmerwand und starrte verzweifelt durch das milchige Fensterglas nach draußen, während dicke Tränen über seine Wangen liefen und auf den Boden tropften, ohne dass er sich im Geringsten darum kümmerte oder sich dieser Tränen gar schämte.

Mit angehaltenem Atem hatte er dem Bericht des alten Mannes gelauscht. So behutsam wie es ihm möglich war, hatte dieser das Schicksal der Auguste von Braunschweig-Wolfenbüttel, der Mutter des Kronprinzen, geschildert. Die Gerüchte, die sich um deren Verbannung aus St. Petersburg rankten. Die Lebensumstände in dem einsamen düsteren Schloss irgendwo in Estland. Die immer bedrängender werdenden Annäherungsversuche des Jägermeisters an die verzweifelte Frau, in dessen Obhut man Auguste gegeben hatte. Und schließlich: ihr qualvolles Ende. Alles! Zu viel! Und dennoch...

„Ich würde ihn umbringen! Mit bloßen Händen würde ich diesen Kerl erwürgen! Ganz langsam und gnadenlos würde ich ihn ersticken! Mit den eigenen Händen! Zu schade, dass er nicht mehr am Leben ist! Diese Bestie! Dieses Scheusal!" Mit geballten Fäusten trommelte Fritz gegen die Zimmerwand. „Es ist schrecklich! Und keiner hat ihr geholfen! Niemand! Wirklich niemand?"

Der grauhaarige Mann schüttelte bekümmert den Kopf. „Keiner! Es war uns nicht möglich! Sie haben uns unter Aufsicht von Lohde weggebracht. Unter strenger Aufsicht! So sehr ich es auch gewollt habe: Ich habe ihr nicht helfen können, es war mir nicht möglich. Mir nicht und keinem anderen. Allein Pohlmann hätte es in der Hand gehabt! Aber es war ja gerade Pohlmann, der jegliche Hilfe verhindert hat..."

Fritz nickte langsam. Sie mussten zur Hölle geworden sein, die letzten Lebensmonate seiner Mutter. Erst die sich mehr und mehr häufenden Auseinandersetzungen mit ihrem Mann, Friedrich von Württemberg, mit dem sich die lebenslustige junge Frau längst auseinander gelebt hatte. Friedrich, der am Hof der Zarin Katharina das Amt des Gouverneurs von Finnland bekleidete und seine Frau nach Strich und Faden betrog. Seit Jahren – mit wechselnden Mätressen. Die attraktive Auguste, die innerhalb von nur vier Jahren vier Kinder zur Welt gebracht hatte, die also im Alter von 21 Jahren bereits vierfache Mutter war. Die einsame todunglückliche Frau, die sich am ränkedurchsponnenen St. Petersburger Hof nicht zurecht fand und sich hoffnungslos in dessen Intrigen verstrickte. Die jungen Adligen, die ihre Vereinsamung selbstsüchtig zum Anlass nahmen, Auguste zu hofieren und auf das heftigste zu umschwärmen. Sehr zum Missfallen der ewig eifersüchtigen alternden Zarin Katharina, die mit Argusaugen betrachtete, welcher ihrer zahlreichen Liebhaber hinter ihrem Rücken in Wirklichkeit eine Affäre mit jüngeren und attraktiveren Damen der Gesellschaft einging. Schließlich die unselige Liaison der Frau des Gouverneurs mit Fürst Kutussow, einem der vornehmsten russischen Adligen! Die Beziehung zwischen den beiden wurde entdeckt und sprach sich wie ein Lauffeuer am Zarenhof herum, was dem Fürsten freilich zu keinem sonderlichen Nachteil gereichte. Eine harsche Auseinandersetzung mit der vor Eifersucht schäumenden Katharina, ein darauf folgendes amouröses Techtelmechtel mit der Zarin und schon leuchtete über Kutussow wieder die Sonne der kaiserlichen Gnade.

Ganz anders dagegen bei Auguste! Natürlich war das Gerücht über die Liebschaft seiner Angetrauten auch Friedrich zu Ohren gekommen, und dieser hatte Auguste deswegen heftige Vorhaltungen gemacht! Immer zorniger war er im Lauf der Auseinandersetzung geworden, auch angestachelt durch die Tatsache, dass seine Frau nicht im Mindesten daran dachte, klein beizugeben oder sich aufgrund dieser Vorwürfe gar zu entschuldigen. Im Gegenteil: Hatte sie sich in der Vergangenheit schon mehrfach lautstark über die Untreue des Gatten beklagt, so wies sie ihn auch dieses Mal mit nunmehr umso deutlicheren Worten auf seine zahlreichen eigenen Fehltritte hin. Mehr und mehr hatte sich der Streit hochgeschaukelt, bis Friedrich schließlich sogar handgreiflich geworden war und in rasender Wut auf seine Frau eingeprügelt hatte. In höchster Not war es Auguste gelungen, aus dem Raum zu flüchten. Verängstigt und verzweifelt war sie zum Hoftheater geeilt und dort mitten in eine Aufführung geplatzt. In der Loge der Zarin hatte sie sich vor deren Füße geworfen und die Regentin um Schutz vor ihrem tobenden Ehemann angefleht.

Die Reaktion von Katharina war freilich anders ausgefallen, als erwartet. Über Auguste war strenger Hausarrest verhängt worden, während Friedrich auf der Stelle seines Amtes als finnischer Gouverneur enthoben und aufgefordert wurde, Russland binnen drei Tagen zu verlassen – samt seinen Kindern!

Der Hof in Petersburg war schockiert! Damit hatte nun wirklich niemand gerechnet. Friedrichs Schwester, die Schwiegertochter der Zarin, hatte zwar noch geradezu verzweifelt versucht, die auf das Äußerste erzürnte Katharina umzustimmen, doch vergeblich. Auf diese Art und Weise hatte sich die ewig eifersüchtige Zarin einer lästigen Nebenbuhlerin entledigt, die dank ihres blendenden Aussehens die Herzen der Kavaliere mehr entflammt hatte, als die alternde Zarin, die sich der Tatsache wohl bewusst war, dass ihr nur deshalb die männliche Aufmerksamkeit zuteil wurde, weil sie die Regierungsmacht über Russland in ihren Händen hielt. Überdies war sie der ständigen Auseinandersetzungen zwischen den beiden längst überdrüssig geworden, die natürlich auch des Öfteren Tagesgespräch am Petersburger Hof gewesen waren. Weshalb sie die beiden nicht zusammen des Landes verwiesen hatte, war ein Rätsel. Womöglich deshalb, weil sie in diesem Fall wohl Schlimmstes für Auguste befürchtete? Weil sie den beiden einen neuen Anfang – unabhängig voneinander – ermöglichen wollte? Es blieb für immer das Geheimnis der Zarin. Das brodelnde Leben am Zarenhof ließ die Erinnerung an das unselige Paar aus Württemberg schnell verblassen, und bald schon war Auguste aus Katharinas Gedächtnis verschwunden ...

Dass es der vereinsamten jungen Frau das Herz gebrochen hatte, durch diesen bloßen Willkürakt praktisch über Nacht ihre Kinder zu verlieren, das hatte die Zarin nur mehr achselzuckend zur Kenntnis genommen. Die beiden hatten den Bogen überspannt, sie hatten deshalb die Konsequenzen zu tragen.

Um den jammervollen Anblick der ehemaligen Nebenbuhlerin nicht mehr ertragen zu müssen, hatte Katharina verfügt, sie nach Schloss Lohde in Estland verbringen zu lassen, unter strenger Aufsicht des pensionierten 60-jährigen Jägermeisters von Pohlmann. Dort in der völligen Einsamkeit des abgelegenen Landschlosses sollte sie endlich zur Ruhe kommen und zu sich selbst finden, um sich schließlich auf ein neues Leben vorzubereiten.

Doch der Bewacher begann im Lauf der Zeit, sein eigenes unseliges Spiel zu spielen. Immer mehr war ihm bewusst geworden, wie sehr das Leben der jungen Frau an seine direkten Entscheidungen gekettet war. Er war es, der bestimmen konnte, ob sie an einem Tag im weitläufigen Park spazieren gehen durfte oder im Schloss verbleiben musste. Allein an seinem Gutdünken ließ sich der Tagesablauf von Auguste festmachen. Immer stärker geriet die mehr und mehr verzweifelnde Prinzessin unter die Gewalt des immer rücksichtsloser agierenden ehemaligen Jägermeisters. Über anderthalb Jahre dauerte ihr Martyrium, bis es im September des Jahres 1788 zur Katastrophe kam! Pohlmann hatte sich die willenlose Auguste in den letzten Monaten gefügig gemacht. Nach Lust und Laune hatte er sie als seine Geliebte missbraucht, und so war Auguste schließlich schwanger geworden! Eine Tatsache, die jedoch auf gar keinen Fall an das Licht der Öffentlichkeit geraten durfte, darüber war sich Pohlmann rasch im Klaren. Er war zu weit gegangen, und die Zarin würde ihm mit absoluter Sicherheit eine brutale Strafe angedeihen lassen, wenn sie von diesen skandalösen Umständen Kenntnis bekäme! Er, der in Katharinas Auftrag lediglich als Bewacher hatte fungieren sollen, er hatte es gewagt, sich an einer Prinzessin zu vergehen, die noch immer unter dem Schutz der Zarin stand. Zumindest formell: Diese hatte Auguste zwar längst vergessen, würde sich aber voller Zorn wieder an ihre Anweisungen erinnern, sobald ihr der Skandal zu Ohren käme. Die Konsequenzen daraus konnte sich Pohlmann nur allzu gut selbst ausmalen.

Und so hatte der Jägermeister einen teuflischen Plan gefasst, den er mit unbegreifbarer Gefühlskälte in die Tat umsetzte. Kaum hatten bei Auguste nämlich die Wehen eingesetzt, ließ Pohlmann das Schloss von sämtlichen Bediensteten räumen. Niemand durfte sich mehr in dem Gebäude aufhalten: kein Arzt, keine Hebamme, keine Begleiterin. Einsam und ohne jegliche Hilfe und menschliche Anteilnahme blieb die Gebärende in dem Schloss zurück. Die Geburt zog sich über Tage hin, die Schmerzen der jungen Frau müssen unvorstellbare Dimensionen angenommen haben. Selbst im Schlosspark, wohin sich der schaudernde Gärtner heimlich geschlichen hatte, waren ihre verzweifelten jämmerlichen Schreie noch zu hören. Doch niemand stand ihr bei. Schließlich breitete sich Totenstille aus. Kein Schrei, kein Stöhnen, kein Ton drang mehr nach draußen. Dennoch ließ Pohlmann einen weiteren Tag verstreichen, bis er zweien seiner Bediensteten gestattete, das Schloss zu betreten. Und hier breitete sich vor den entsetzten Männern die ganze Wahrheit aus: Auguste war verblutet, war an den Folgen einer Totgeburt elendiglich gestorben. Sie musste Höllenqualen ausgestanden haben. Tagelang!

Auf Anordnung des Jägermeisters wurde die Tote in einem roh zusammengezimmerten Sarg neben dem Schloss bestattet. Ohne Trauerfeier, ohne jegliche Anteilnahme! Einfach verscharrt – beseitigt...

Der Dienerschaft hatte er unter Androhung von schlimmsten Konsequenzen verboten, sich jemals auch nur andeutungsweise zu den möglichen Todesumständen zu äußern. Die beiden Männer, die Auguste aufgefunden und in dem verschlossenen Sarg aus dem Schloss gebracht hatten, waren wenig später unter mysteriösen Umständen bei einer Jagdgesellschaft ums Leben gekommen. Die einzigen direkten Zeugen des Dramas, das sich in dem einsamen Schloss in Estland zugetragen hatte, waren damit beseitigt!

Und so hatte man in St. Petersburg mit bedauerndem Achselzucken vom überraschenden Tod der jungen Frau Kenntnis genommen. Eine Marginalie der Geschichte. Schade um die junge Frau! Doch das turbulente Leben am Zarenhof ging weiter...

„Ich danke Euch, dass Ihr mir diese bittere Wahrheit erzählt habt!" Fritz, der nach einer langen wortlosen Pause mühsam um seine Fassung rang, ergriff die Hand des alten Mannes und drückte sie innig. „Endlich weiß ich Bescheid! Und ich verspreche Euch: Ich werde das Gedenken an meine Mutter wachhalten! Ich werde ihr eine würdige und angemessene Grabstätte bereiten lassen! Ich werde der Wahrheit zum Durchbruch verhelfen – auch noch nach so vielen Jahren! Das Andenken an meine unglückliche Mutter wird reingewaschen werden, das schwöre ich, so wahr mir Gott helfe! Sobald dieser französische Spuk hier ein Ende hat! Falls ich diesen Feldzug jemals mit heiler Haut überstehen sollte!", deklamierte der Prinz mit vibrierender Stimme.

38

„Wir haben es geschafft!" Abrupt zügelte der über und über mit Staub und Dreck besudelte junge Mann sein Pferd. Mit wässrig schimmernden Augen betrachtete er die Stadt, das Ziel seiner langen Reise, das endlich vor seinen Füßen lag. „Ernst-August! Wir haben es tatsächlich geschafft!" flüsterte er leise, während sich die Tränen nun nicht mehr zurückhalten ließen. „Ich... ich hätte es nicht mehr für möglich gehalten: Wir haben überlebt! Wir sind wieder zu Hause!"

Auch sein Begleiter nickte langsam. Ergriffen und vor Rührung unfähig, sich zu äußern, sog er den Anblick in sich auf. Sie hatten es tatsächlich geschafft! Nach so vielen Tagen! Sie waren über die Filderhöhe gekommen und befanden sich nun direkt am Steilabfall des Neckartales, von dem aus der Blick weit hinein ins ganze Land streifte. Unten im Tal die ehemalige Freie Reichsstadt Esslingen, dann Uhlbach, Untertürkheim, Cannstatt, Stuttgart, der Neckar, der sich wie ein silbern schimmerndes Band durch das breite Tal schlängelte. Auf der gegenüberliegenden Seite der Württemberg, die mächtige alte Stammburg des Geschlechts. Im Hintergrund Fellbach, Waiblingen, selbst der schwäbische Wald war heute im gleißenden Sonnenlicht dieses herrlichen Oktobertages noch schemenhaft zu erkennen. In Untertürkheim und an den Hängen des Württembergs sah man die Menschen mit ihren Pferdefuhrwerken und Ochsengespannen in den Weinbergen. Die Weinlese hatte begonnen! Ein Anblick, wie er friedlicher und paradiesischer nicht sein konnte! Und dennoch: Viele Kilometer von hier entfernt tobte das Grauen. Weit, ganz weit weg von Württemberg, ließen tausende von Kindern dieses Landes ihr Leben! Auch jetzt, in dieser Stunde! Männer und Söhne der Menschen, die da drüben arglos die Ernte einbrachten. Eine ganze Armee, die auf den Schlachtfeldern und in den Sümpfen von Russland den Tod gefunden hatte. Weingärtnersöhne, die zwangsweise als Soldaten ausgehoben worden waren und auf Befehl von Napoleon nach Russland marschiert waren. Männer, die ihre Heimat nie mehr wieder sehen würden!

Aber weshalb Napoleon? Waren die tausend und abertausend Soldaten denn in Wirklichkeit nicht unter seinem Oberbefehl in ihr Verderben marschiert? Er, Kronprinz Friedrich Wilhelm von Württemberg, hatte doch mit stolz geschwellter Brust das Kommando über das 16.000 Mann umfassende württembergische Kontingent übernommen! Um den Überblick zu behalten! Um die Württemberger nicht der Willkür der arroganten französischen Offiziere auszusetzen! Er würde das schon schaffen! Er sei sich der Ehre und der Verantwortung, die er damit übernehme, wohl bewusst, hatte er selbstbewusst seinem Vater, dem König, gegenüber verlauten lassen, als dieser ihm das Oberkommando zugebilligt hatte! Und jetzt? Was war jetzt? Wie viele würden wiederkommen? Wie viele würden die Katastrophe dieses Feldzugs überleben? Tausend? Fünfhundert? Allerhöchstens! Mit anderen Worten: Mehr als 15.000 Männer würden nicht zurückkehren, mehr als 15.000 hatten ihr Leben irgendwo in Russland verloren! Männer, die unter seinem Kommando standen! Und er selbst? Er stand nun hier am Rand des Stuttgarter Talkessels und feierte den Triumph seiner mehr oder minder unversehrten Rückkehr! Ein General, der seine Soldaten einsam und alleine im Feindesland verrecken ließ, während er selbst sich weit entfernt vom Schlachtgetümmel die warme Sonne auf den Pelz scheinen ließ!

„Ernst-August, ich glaube, ich ertrage das alles nicht mehr! Wie kann ich denn jemals meinem Vater unter die Augen treten? Wie soll ich je einem verzweifelten Vater und einer Mutter erklären, wo ich ihren Sohn gelassen habe? Und weshalb ich zurückgekehrt bin, während sie vergeblich auf ihr Kind gewartet haben? Es ist einfach zu viel!" Fritz senkte den Kopf und starrte blicklos vor sich auf den Boden.

Was hatte sich nicht alles an Tragödien ereignet in den letzten Monaten? Mehr, als ein einzelner Mensch ertragen konnte!

Die Zustände hatten sich mehr und mehr verschlimmert, als die gewaltige Grande Armée in Richtung Moskau vorrückte. Waren es zu Beginn des Feldzuges hauptsächlich die Plünderungen der Vorhut gewesen, mit denen sich die nachrückenden Truppen hatten auseinander setzen müssen, dann der fehlende Nachschub, der für so viele Menschen einfach nicht aufzutreiben war, hatten sich nun massive gesundheitliche Beeinträchtigungen dazu gesellt. Damit hatte offenbar nicht einmal der geniale Feldherr Napoleon gerechnet! Noch schlimmer als die äußerst verlustreichen Aufeinandertreffen der beiden Heere wütete inzwischen das Fieber in den sich mehr und mehr lichtenden Reihen der Soldaten. Und natürlich waren die mitgereisten Ärzte und Sanitäter darauf genauso wenig vorbereitet, wie der Oberbefehlshaber. Es fehlte schlichtweg an allem: an Medikamenten, an Betreuungsmöglichkeiten, an Pflegepersonal! Selbst die ansonsten so arrogant und überheblich auftretenden französischen Marschälle mussten mittlerweile voller Entsetzen zur Kenntnis nehmen, dass sie einem Feind gegenüberstanden, dessen Übermacht sie hoffnungslos unterlegen waren. Seit Mitte Juli häuften sich die Hiobsbotschaften, die aus dem schlammigen Dreck der russischen Sümpfe zwischen dem verlustreich überschrittenen Njemen und der Düna im Hauptquartier eintrafen. Dazuhin traf die Armee auf einen verwüsteten Landstrich: Wohin das entsetzte Auge reichte, sah man nur zerstörte Bauernhäuser, verwüstete Felder, deren heranreifende Ernte vernichtet war, umgestürzte Transportwagen, zu Tausenden am Wegesrand verendete Pferde, deren bestialisch stinkende Kadaver man einfach hatte liegen lassen. Und welche Nachrichten erreichten den württembergischen Prinzen aus dem Hauptquartier? Sie waren niederschmetternd! Denn anstatt Einsicht zu zeigen, hörte man nur, dass Napoleon bei jeder dieser Nachrichten außer sich vor Wut geriet. Als Jammerlappen und Übelkrähen beschimpfte er seine Marschälle und drohte ihnen ein um das andere Mal mit dem Kriegsgericht, falls sie nicht schneller vorrückten als bisher. Das Opfer einiger schwächlicher Soldaten müsse man eben in Kauf nehmen. Am Ende zähle nur eines: nicht die einzelne verlorene Schlacht, sondern der siegreich beendete Feldzug, der Endsieg!

Fritz war sich bei diesen Meldungen im Laufe der Zeit alptraumhaft darüber im Klaren geworden, dass er sich in einer auswegslosen Situation befand. Sie würden diesen Krieg nicht gewinnen können – auf gar keinen Fall! Das musste auch Napoleon spüren, soviel stand fest! Und nur so konnte man sich das irrsinnige Gebaren erklären, das der Korse an den Tag legte. Die Brutalität, die Menschenverachtung, die Leichen, die seinen rücksichtslosen Weg pflasterten!

Es war an der Zeit, den Spuk zu beenden! Doch mit welchem der französischen Marschälle sollte man darüber ein Gespräch suchen? Es war brandgefährlich! Und es würde Hochverrat heißen, wenn auch nur die kleinste Überlegung nach außen drang! Doch so sehr der württembergische Kronprinz auch von der Notwendigkeit eines raschen Handelns überzeugt war, so drängend nahmen ihn die aktuellen Probleme immer wieder in Beschlag. Zum Hunger kam die Disziplinlosigkeit der verwahrlosten Soldaten. Kaum hatte man einen Bauernhof oder ein wundersamerweise noch unversehrtes Kloster entdeckt, waren die Soldaten nicht mehr zu halten: Nicht einmal die Androhung eines Standgerichts hielt sie mehr davon ab, die Objekte rücksichtslos zu stürmen und auszuplündern. Und wehe, es fanden sich im Keller womöglich Branntweinvorräte! Dann half den Offizieren nur noch die schnelle Flucht! Es dauerte Tage, bis der sich an die Exzesse anschließende Katzenjammer den letzten Rest von Aufsässigkeit erstickt hatte.

Das Fieber! Immer stärker grassierten Ruhr und Cholera! Die hygienischen Verhältnisse waren grauenhaft. Und den Kranken konnte keiner helfen: Geschwächt vor Hunger und Fieber hockten sie inmitten der Pferdekadaver und ihrer sterbenden Kameraden auf dem feuchten sumpfigen Boden am Wegesrand und warteten vergeblich auf einen Transport, der sie in das hoffnungslos überfüllte Lazarett bringen würde. Und dort blieb vielen nichts anderes, als auf den Tod zu warten.

Zwei Szenen würde Fritz zeitlebens nicht mehr vergessen: Da war zum einen das Bild dieses Unteroffiziers, den der Prinz mit gespielter Zuversicht um die Mittagszeit herum aufgefordert hatte, sich doch wieder zu erheben und seinen Kameraden mit gutem Beispiel voranzugehen. Mühevoll hatte der Mann sich aufgerafft und seinen General aus blutunterlaufenen hoffnungslosen Augen angestarrt. Dann war er hinter ein Gebüsch gewankt, hatte sein Gewehr in den geöffneten Mund gesteckt und abgedrückt. Die anderen Soldaten hatten den Anblick ihres auf dem Boden liegenden, noch röchelnden und blutüberströmten Kameraden mit unbeteiligten Mienen zur Kenntnis genommen und waren, ohne sich weiter um den Mann zu kümmern, einfach weiter getorkelt.

Nur wenige Stunden danach hatte der Prinz eine Auseinandersetzung zwischen einem seiner Leutnants und dessen Oberst verfolgt. Der Oberst hatte dem entkräfteten Mann, der sich erschöpft auf seinen Tornister hatte niedersinken lassen, befohlen, sofort wieder aufzustehen und weiter zu marschieren. Der Leutnant hatte sich daraufhin einige Meter weiter geschleppt, dann war er wieder stehen geblieben. Der wütende Oberst drohte dem Mann nun mit ernsten Konsequenzen. Er würde dieses Verhalten keinesfalls dulden, sondern den Leutnant als Befehlsverweigerer aburteilen lassen, sollte er sich nicht auf der Stelle wieder in Bewegung setzen. Noch bevor der Kronprinz oder irgendjemand von den Kameraden hatten einschreiten können, hatte der verzweifelte Soldat plötzlich mit seiner letzten Kraft das Bajonett vom Gewehr seines Nachbarn abgeschlagen und rammte sich die Waffe vor den Augen der entsetzten Männer in die Brust. Fast 24 Stunden hatte sein Todeskampf anschließend gedauert, dann erst war der junge Leutnant von seinen rasenden Schmerzen erlöst worden.

War dieses Drama, das sich in seiner unmittelbaren Umgebung ereignet hatte, der Auslöser für den Fieberschub gewesen, der Fritz nur wenige Stunden nach dem Tod des Mannes ergriffen hatte? War seine Widerstandskraft angesichts des Elends um ihn herum dermaßen in Mitleidenschaft gezogen, dass sich die Infektion ungehindert in seinem Körper hatte ausbreiten können? Es gab keine Antwort auf diese Frage, eine Frage, die sich der um sein Leben ringende Prinz in den schweren Fieberphantasien, die in den folgenden Tagen durch sein gepeinigtes Gehirn rasten, wieder und wieder stellte. Mit Mühe hatte er es noch geschafft, sich in das Spital nach Wilna zu schleppen. Das Spital! Ein Hohn, angesichts der unglaublichen Zustände in dem mit Toten, Schwerkranken und Sterbenden überfüllten Haus überhaupt von einem Spital zu sprechen! War dies das Ende? Sollte er also hier, in Wilna, diesem elenden, vom Krieg zerstörten und geschundenen Nest im Niemandsland irgendwo zwischen Njemen und Düna, den Tod finden? Nicht, wie es sich für einen Offizier gehörte, ehrenhaft auf dem Schlachtfeld, sondern elendiglich krepierend im Feldlazarett! Tagelang kämpfte der württembergische Regimentsarzt von Roos zusammen mit Leibarzt Fiedler verzweifelt um das Leben des Kronprinzen, der wie so viele andere Männer schwer an der Ruhr erkrankt war. Und lange schien es so, als kämpften sie diesen Kampf vergebens. Von Zeit zu Zeit drangen verworrene Stimmen an das Ohr des Schwerkranken, kaum zu verstehende Worte, die in seinem gepeinigten Gehirn wie ein überlautes Echo hin- und herschwangen. Wortfetzen wie: „...sollte man genauso verrecken lassen, wie unsere Kameraden!", „Hält sich eben doch für etwas besonderes, dieses Adelspack...", „Diese Typen sind doch an allem schuld...", „Geschieht ihm gerade recht, dass nun auch er an die Reihe kommt..." Zornige Zischlaute, böse Blicke aus hageren abgekämpften Gesichtern: Dies alles vermischte sich zu einem undurchdringlichen Nebel, der die Gedanken erstickte, der das Atmen schwer machte, der sich gnadenlos in jeder Körperzelle ausbreitete, der ihn zur willenlosen fiebergeschüttelten Hülle machte! Das Ende...

Der Patient war in einer gnädigen Ohnmacht versunken.

Erst Tage später schlug er zum ersten Mal wieder die Augen auf. Erleichtert nickten sich die beiden Ärzte zu, als sie den matten Blick des Prinzen bemerkten, der nur langsam wieder zu Bewusstsein kam. „Majestät! Gott sei Dank! Ihr habt es überstanden! Ihr seid gerettet!" Die Augen des Leibarztes schimmerten feucht, als er den schwachen Puls des Kranken fühlte. „Ihr seid über den Berg! Es ist geschafft!"

Mühsam versuchte Fritz, sich aufzurichten. Langsam hob er den Arm. Ein erschöpfter Seufzer drang aus seiner Kehle.

„Vorsicht Majestät!" warnte der Regimentsarzt. „Es ist noch zu früh! Ihr seid völlig entkräftet! Es wird noch Wochen dauern, bis Ihr Euch einigermaßen von dieser schlimmen Seuche erholt habt. Wir dürfen jetzt nichts überstürzen!"

„Aber..." Es kostete Fritz eine fast übermenschliche Anstrengung, die Worte zu formulieren. „Aber, ich muss zu meinen Leuten..." War es überhaupt seine Stimme, die er da leise, ganz leise und heiser vernahm?

Der Arzt schüttelte energisch den Kopf. „Auf gar keinen Fall! Ihr müsst Euch erholen, Ihr seid viel zu geschwächt, um Euer Lager in den nächsten Tagen zu verlassen!"

„Aber... meine Leute! Meine Soldaten... Ich muss... ich muss zu ihnen..."

„Sie sind längst weiter gezogen! Ihr aber, Ihr müsst Euch nun ausruhen!"

„Weitergezogen..." murmelte der Prinz schwach. „Aber sie stehen unter meinem Kommando... Ich habe die Verantwortung für meine Soldaten..."

„Den Oberbefehl hat schon vor Tagen ein französischer General übernommen – auf ausdrückliches Geheiß von Napoleon im Übrigen. Sie sind längst schon weiter marschiert, ohne Euch. Euer oberstes Ziel muss nun sein, wieder zu Kräften zu kommen, die Gesundheit wiederzuerlangen! Nichts anderes!"

Die letzten Worte des Arztes drangen nur noch undeutlich in sein Bewusstsein. Wieder war der Prinz in eine erschöpfte Ohnmacht gefallen. Er hatte seinen eigenen Kampf zu kämpfen, während seine Soldaten weiter, immer weiter in ihr Verderben marschierten! In den sicheren Untergang! Und er, Fritz, er konnte nichts mehr für sie tun...

„Fritz! Dich trifft doch wirklich keine Schuld! Fritz!" Ernst-August von Phull-Rieppur hatte seine Hand schwer auf die Schulter des Prinzen gelegt. „Du darfst dir keine Vorwürfe machen! Du hattest es nicht mehr in der Hand! Hör endlich auf damit! Es ist Napoleons brutaler Wahnsinn, der uns gefesselt hat: Er allein trägt die Verantwortung für die Katastrophe, in die seine Soldaten hinein marschieren!"

„Seine Soldaten!" Fritz sandte einen bitteren Blick zu seinem Freund hinüber. „Es sind aber Württemberger! Württembergische Soldaten, die unter meinem Kommando standen! Mir sind sie treu ergeben gefolgt! Ich bin es, der diesem Wahnsinn nicht widerstanden hat!"

„Und was bitte hättest du denn machen wollen? Napoleons Befehle verweigern? Dich vor ein Kriegsgericht stellen und erschießen lassen!?"

„Ich weiß es nicht!" Der Prinz schnaubte unwillig. „Ich weiß es einfach nicht. Aber ich bekomme diese Bilder nicht mehr aus meinem Kopf. Wieder und wieder muss ich an diesen armen Soldaten denken, den wir gleich zu Beginn unserer Rückreise in der Nähe von Wilna haben sterben sehen..."

Fritz verstummte und wischte sich eine Träne aus dem Augenwinkel. Auch Phull-Rieppur schwieg betroffen. Er wusste, worauf sein Freund anspielte. Auch ihm zerriss es fast das Herz, wenn er an diese Begegnung zurück dachte.

Am 10. September, also mehr als sechs Wochen nachdem Fritz so schwer erkrankt war, waren sie aus Wilna aufgebrochen. Erst jetzt hatte ihnen der Leibarzt gestattet, sich auf die schwierige Rückreise durch das vom Durchzug der Grande Armée völlig verwüstete Land zu begeben. Es würde eine gewaltige Herausforderung für den Prinzen und seine noch immer stark angeschlagene Gesundheit bedeuten. Doch sie mussten es unbedingt jetzt versuchen. Es war die letzte Möglichkeit, bevor der Herbst mit seinen Stürmen und starken Regenfällen die Straßen unpassierbar machen würde. Und vor allem: Bevor der russische Winter mit seiner ganzen Macht und Eiseskälte über das riesige Land hereinbrechen würde.

Keinen Tagesritt von Wilna entfernt waren sie auf einen zerlumpten Soldaten getroffen, der zitternd am Rand des Weges neben einem Pferdekadaver kauerte. An den Resten seiner Uniform hatten die beiden Reiter rasch erkannt, dass es sich bei dem verwahrlosten entkräfteten Mann um einen Württemberger handeln musste. Um einen von ihren Soldaten. Entsetzt registrierte Fritz, dass dem Soldaten ein Bein fehlte. Seine Hose war über und über von schwarz verkrustetem Blut überzogen, und ein unerträglicher fauliger Gestank strömte ihnen entgegen. „Wundbrand!" murmelte der Mann heiser, als er bemerkte, wie die beiden Reiter sich ihre Hände vor die Nase hielten. Der Unglückliche musste schon seit Tagen hier gesessen haben, und ganz offenbar hatte er sich von den Überresten des Pferdes ernährt! Fritz fröstelte.

„Was ist passiert?" Phull-Rieppur war abgestiegen und näherte sich dem Soldaten vorsichtig. „Weshalb sitzt du hier? Wer hat dich hier zurückgelassen?"

Der Mann kicherte hysterisch. „Zurückgelassen!" Mit den Händen gestikulierte er wild in der Luft herum. „Zurückgelassen! Sie haben uns überfallen! Überfallen, überfallen..." murmelte er mit immer leiser werdender Stimme.

„Wer hat euch überfallen?"

Lange kam keine Antwort. Stumpf stierte der Soldat auf den Pferdekadaver neben sich.

„Wer euch überfallen hat!" wiederholte Phull-Rieppur ungeduldig seine Frage.

„Wer uns überfallen hat..." echote der andere höhnisch. „Die Russen, die Polen, die Hunnen, die Mongolen: ich weiß es nicht! Spielt doch auch keine Rolle! Sie haben sich gerächt an uns! Das war die Quittung dafür, dass wir ihr Land und ihre Häuser zerstört haben! Sogar Lazarettgespanne überfallen sie deshalb! Rache, nichts als Rache! Blut, Tod, Schweiß, Tränen... Und sie kommen wieder! Sie werden wiederkommen ..." wisperte er verschwörerisch. Dann lachte er laut auf. „Aber bei mir werden sie nichts mehr holen können! Bei mir nicht! Nicht einmal das Leben! Mit mir ist es bald vorbei, ich spüre es! Aber bei Euch, Majestät, bei Euch ist es ganz anders!"

Überrascht war Fritz bei diesen Worten zusammengezuckt. „Du kennst mich? Du weißt, wer ich bin?" Obwohl sie ihre Offiziersuniformen vorsorglich nicht angelegt, sondern sich als einfache Soldaten getarnt hatten, waren sie von dem todkranken fiebergeschüttelten Soldaten erkannt worden.

„Aber ja doch, Majestät", kicherte der Mann. „Ihr scheint mich wohl nicht mehr zu erkennen?" Er hob langsam seinen Kopf und grinste aus blutunterlaufenen Augen zu dem Kronprinzen hoch. „Nun gut, ich habe mich etwas verändert in den letzten Wochen! Noch mehr verändert, als Ihr, Majestät! Die Kriegsumstände haben es mit sich gebracht ..." Ermattet hielt er inne. Mehr und mehr schienen seine Kräfte zu schwinden.

Gespannt wartete Fritz, dass der Mann fortfuhr. Woher kannte ihn dieser? Wo waren sie sich schon einmal begegnet?

„Wisst Ihr denn nicht mehr?" flüsterte der Soldat erschöpft. „Vor vielen Jahren – in einem anderen Leben, wie mir scheint. Damals, auf der Schwäbischen Alb, in Marbach... beim Husarensprung... Ihr lagt bewusstlos im Bachbett... und ich habe Euch herausgezogen ... Holder ... Robert Holder ist, nein: war mein Name ..."

„Holder!" Die Erinnerung daran versetzte dem Kronprinzen einen Stich ins Herz. „Ihr seid mein Retter von damals?!" Diese armselige geschundene Kreatur! Bei ihm sollte es sich um den lebenslustigen, kräftigen jungen Mann handeln, der ihm seinerzeit nach dem verunglückten Sprung über den Doldersbach bei Grafeneck das Leben gerettet hatte?

„Ja, so hat man mich genannt..." Das Sprechen schien ihm schwerer und schwerer zu fallen. „Auf der Schwäbischen Alb, in meiner Heimat, die ich nie mehr wiedersehen werde... Bitte, Majestät!" Er faltete bittend die Hände. „Bitte helft mir! Bitte! Nehmt mich mit..." Der Kranke stieß einen gequälten Seufzer aus, dann sank er kraftlos in sich zusammen.

„Um Gottes Willen!" Schreckensbleich starrte Fritz auf den Sterbenden herunter, der in eine gnädige Ohnmacht gefallen war. „Was sollen wir bloß tun, Ernst-August?" Verzweifelt blickte er sich um. „Wir müssen Hilfe holen! Sofort!"

Phull-Rieppur hatte betroffen seinen Kopf geschüttelt. „Es wird nichts mehr nützen! Er wird den nächsten Morgen nicht mehr erleben! Das Beste wäre eine Pistolenkugel, die ihn auf der Stelle von seinem Leiden erlösen würde ... Aber nein, ich kann es nicht!" fügte er schnell hinzu, als er den entsetzten Ausdruck in den Augen des Freundes bemerkte. „Wir können nur noch eines für den Ärmsten tun: Wenn wir im nächsten Dorf auf einen unserer Posten treffen, dann werden wir sie bitten, nach dem Mann zu sehen und ihn zu begraben. Wenigstens ordentlich begraben sollten sie ihn! Bevor die Wölfe kommen und sich ihre Beute holen..." hatte er schaudernd noch hinzugefügt.

Während ihrer gesamten, mehr als vier Wochen dauernden, beschwerlichen Heimreise hatte Fritz das Bild des sterbenden Soldaten verfolgt. Er würde es nie vergessen können, dass er ausgerechnet diesen Mann, dem er sein eigenes Leben verdankte, einsam hatte zurücklassen müssen. Noch nicht einmal bis zu Holders letzter Stunde war er bei ihm geblieben! Es wäre – auch angesichts seiner eigenen, immer noch schwachen Gesundheit – zu gefährlich gewesen. Diese Fakten hatte er widerstrebend anerkennen müssen, und dennoch...

Fritz wandte den Blick seufzend von dem friedlichen Bild des sonnendurchfluteten Neckartals ab und ergriff die Zügel seines Pferdes. „Am liebsten würde ich dem Robert Holder einen Gedenkstein errichten lassen! Ihm, dem einfachen Soldaten. Nicht diese ewigen Monumente für meinesgleichen, die schließlich nur deshalb auf ihren Marmorsockeln stehen, weil viele unschuldige einfache Menschen in der Schlacht ihr Leben für sie verloren haben! Wo wären sie denn geblieben, die großen Generäle und Kriegsherren – ohne Leute wie Robert Holder? Geopfert auf dem Altar der Willkür und des Größenwahns! In einem ihm unbekannten Land hat er sein junges Leben sinnlos ausgehaucht. Ich sage es dir ganz ehrlich, Ernst-August: Am liebsten würde ich resignieren und auf die Thronfolge verzichten! Ein für alle Mal!"

Erschrocken fuhr Phull-Rieppur herum. „Fritz! Was sagst du da? Das darfst du noch nicht einmal denken! Fritz: Du hast diese Katastrophe doch nicht zu verantworten..."

„Auch ich habe feige geschwiegen – wie all die anderen!" fuhr ihm der Prinz erregt dazwischen. „Und damit habe ich mich mitschuldig gemacht!"

„Und wer würde nach dir kommen? Einer deiner kriegslüsternen Cousins etwa, wären diese dir lieber? Nein Fritz!" Immer mehr redete sich der Freund nun in Rage. Mit zorniger Entschlossenheit funkelte er den Prinzen an. „Du hast eine Aufgabe! Und du hast auch eine Pflicht: Die Pflicht, dieses Land nach Napoleons Niederlage aus der Katastrophe in eine sichere Zukunft zu führen! Wer denn, wenn nicht du? Du darfst nicht aufgeben! Und: Du wirst nicht aufgeben! Dafür werde ich Sorge tragen! Worauf du dich verlassen kannst!"

Er hieb seine Sporen in die Weichen seines Pferdes und galoppierte in wilder Hast davon.

„Fritz! Sie sind da!" Mit hochrotem Kopf stürmte Eugen von Maucler in das Arbeitszimmer des Kronprinzen und wedelte erregt mit seinen Armen. „Du musst das sehen, Fritz! Es ist unglaublich!"

Überrascht blickte der Prinz auf. Was hatte den ansonsten so ruhigen und bedächtigen Maucler denn dermaßen aufgestachelt, dass dieser wie ein Wilder durch das Schloss jagte und an der erstaunten Dienerschaft vorbei ohne anzuklopfen in den Raum geplatzt war? Die Bediensteten schauten nicht minder erstaunt. Zwar waren sie einiges an Nachlässigkeit gewohnt, die anstelle der üblichen strengen Hofetikette in den Räumen des Kronprinzen an der Tagesordnung war, aber ein derart unkonventionelles Auftreten, dazuhin noch – ausgerechnet – von Maucler, das war schon durchaus ungewöhnlich zu nennen.

„Wer ist da, Eugen? Der Leibhaftige etwa? Du siehst ja aus, als ob das wilde Heer hinter dir her sei!"

Mühsam schnappte der völlig außer Atem geratene Maucler nach Luft. „Womit du gar nicht so daneben liegst", presste er keuchend hervor. „Es sind die letzten Reste unserer Truppen! Gerade eben nähern sie sich dem Schlossplatz! Das musst du gesehen haben! Es ist... es ist unglaublich!"

Es war mittlerweile März geworden, der März des Jahres 1813. Napoleons Russlandfeldzug hatte in der erwarteten Katastrophe geendet. Nur ein Bruchteil der einst so stolzen Grande Armée mit ihren über 600.000 Soldaten hatte den verhängnisvollen Krieg überlebt. Hunderttausende aber hatten in den russischen Sümpfen, in den erbittert geführten Schlachten und im erbarmungslosen eiskalten Winter den Tod gefunden. Der Hunger und das Fieber hatten dazuhin grausame Ernte gehalten. Die zunächst mehr und mehr zurückweichenden Russen hatten den entsetzten Eroberern nichts als verbrannte Erde hinterlassen. Die Taktik des Oberkommandierenden, des Fürsten Kutussow, im „Großen Vaterländischen Krieg" hatte darin bestanden, dem unter enormen Versorgungsengpässen leidenden französischen Heer von vornherein die Möglichkeit zu nehmen, den notwendigen Proviant in den russischen Dörfern und Bauernhöfen zu requirieren. Und so hatten die Russen ihr eigenes Land verwüstet. Dazuhin waren die Kämpfe für beide Seiten äußerst verlustreich verlaufen: Allein in der Schlacht von Borodino hatten am 7. September 80.000 Soldaten ihr Leben verloren, darunter 53.000 Russen. 60.000 Kanonenkartuschen und 1.400.000 Gewehrkugeln waren allein von den Franzosen abgefeuert worden, die Leichen der Opfer türmten sich meterhoch. Es war ein grauenvolles Gemetzel gewesen, in dem selbst auf Seiten der Sieger zwölf Generäle den Tod fanden, 37 von ihnen waren teilweise schwer verwundet worden.

Dennoch war der immer irrsinniger kommandierende Napoleon weitermarschiert und hatte im Oktober tatsächlich Moskau eingenommen, sein Ziel also erreicht. Doch dies stellte sich schnell als tragischer Fehlschluss heraus: Die von ihrer Bevölkerung kurz zuvor verlassene Stadt wurde an unzähligen Stellen in Brand gesteckt, kaum dass die siegestrunkenen Soldaten der Grande Armée ihre ausschweifenden Feiern begonnen hatten. Wie ein Lauffeuer machte die Nachricht die Runde: Moskau brennt! In wilder Hast flohen die entsetzten Soldaten aus der brennenden Stadt: Der Proviant war vernichtet, die Menschen entkräftet und nun hielt auch noch der eisige russische Winter mit seiner gnadenlosen Kälte Einzug. Dem zähneknirschenden Napoleon blieb nicht anderes mehr übrig, als den sofortigen Rückzug zu befehlen. Und so begann ein langer und qualvoller Marsch, der mehr Opfer forderte als all die vorhergegangenen Schlachten zusammen. Die einst so stolze und unbesiegbare Grande Armée kämpfte ihren letzten, vergeblichen Kampf mit einem übermächtigen Gegner! Der Übergang über die Beresina geriet zur Katastrophe. Zehntausende versanken in den eisigen Fluten. Typhus, Hunger und Eiseskälte wüteten schrecklich in den sich mehr und mehr lichtenden Reihen der Soldaten!

„Da, schau sie bloß an!" streckte Maucler den Arm aus und deutete auf den zerlumpten Haufen, der sich vor den entsetzten Blicken der Stuttgarter Bürger mit letzter Kraft über den Schlossplatz schleppte. „Sie sollen vor lauter Hunger sogar das Fleisch ihrer toten Kameraden gegessen haben, erzählt man sich!" Der Kronprinz schauderte, als er die elenden Gestalten erblickte. Das also waren die letzten Reste der fast 16.000 Mann, die vor einem Dreivierteljahr von hier aus nach Russland aufgebrochen waren. Mit ihm, dem Prinzen Friedrich Wilhelm, an ihrer Spitze. Und nun? Einige hundert mochten es vielleicht noch sein, die sich mehr tot als lebendig den fassungslosen Betrachtern präsentierten!

Wie sahen diese Unglücklichen nur aus: Die Füße in Lumpen gehüllt, der Körper notdürftig bedeckt mit Fetzen von Kleidern und Strohmatten. Blutverkrustete Tierfelle hatte der eine oder andere noch umhängen. Vom Rauch der Lagerfeuer geschwärzte, geisterhafte Gesichter, unter denen blasse hohle Wangen hervorstachen. Diese Augen! Dieser stumpfe, irrsinnige Blick! Die Arme, die Beine: übersät von Dreck und verkrusteten Wunden! Zerfressen von Krankheiten, ausgesaugt von Ungeziefer! So waren sie nun endlich zurückgekommen, diese Elenden, die dem Tod unmittelbar ins Auge geschaut hatten. Hier also standen sie, ratlos, verblüfft über die Tatsache, es geschafft zu haben. Plötzlich da zu sein! Zu Hause! Mit zitternden Knien, überwältigt von ihren Gefühlen, von Not und Elend der vergangenen Monate. Sie hatten genug gesehen, zu viel erleben müssen! Mehr als ein Mensch ertragen konnte!

Lebende Leichen! Ein einziger zerlumpter Vorwurf!

„Tot! Alle tot! Nur ich, ich ihr Anführer: Ausgerechnet ich bin unversehrt!" Krampfhaft umklammerte Fritz den Arm seines Freundes. „Aber ich werde sie rächen! Und wenn es das Letzte ist, was ich tue: Ich werde sie rächen! Jeden Einzelnen! So wahr ich hier stehe!"

40

„Vorsicht!" Noch ehe völlig der überraschte Prinz zur Gegenwehr fähig war, hatte sich der neben ihm stehende Soldat auf ihn geworfen und Fritz mit sich zu Boden gerissen. Nur einen Sekundenbruchteil später vernahm er das hässliche schwirrende Zischen der knapp über ihre Köpfe hinweg pfeifenden Kanonenkugel, deren Opfer sie um Haaresbreite geworden wären. Nur mit knapper Not war er dem Tod entgangen.

„Das war heftig!" keuchte er erschrocken. „Du hast mir das Leben gerettet!" Er streckte die Hand aus und legte sie dem noch immer neben ihm auf dem Boden kauernden Soldaten dankbar auf die Schulter. „Ich bin dir zu ewigem Dank verpflichtet!"

„Ist schon in Ordnung!" grinste der Soldat verlegen und spähte angestrengt durch sein Fernrohr zu den gegnerischen Linien hinüber.

„Kannst du etwas erkennen? Siehst du das Geschütz, das auf uns gefeuert hat?"

Wortlos reichte der Soldat dem Prinzen das Rohr und deutete nach vorne. Es dauerte einige Sekunden, bis Fritz das Objekt entdeckt hatte. Dann jedoch stieß er einen überraschten Schrei aus. „Napoleon! Das ist ja... unglaublich! Napoleon persönlich!" Erregt rappelte er sich auf. „Das wirst du mir büßen!"

„Majestät! Vorsicht!" Energisch packte ihn der Soldat am Mantel und riss ihn wieder zu Boden. „Ich rate Euch dringend, liegen zu bleiben! Die Gefahr ist noch nicht vorüber!"

Fritz nickte dankbar. „Du hast Recht! Ich habe kurz die Kontrolle über mich verloren! Aber es ist ja auch wirklich unfassbar!" Wieder richtete er sein Fernrohr nach vorne auf die Stelle, von der die Kanonenkugel abgefeuert worden war. Und wenig später hatte er den Mann wieder im Visier, dem seine ganze Aufregung gegolten hatte. Er war es! Unverkennbar! Der kleine Korse in der prächtigen kaiserlichen Uniform! Napoleon höchstpersönlich! Und was war das für eine Bewegung, die der erstaunte Kronprinz in diesem Augenblick wahrnahm? Bonaparte ließ sein Fernrohr sinken, deutete mit dem ausgestreckten Arm genau in die Richtung, in der er Fritz auf dem Boden liegend erblickt hatte und zuckte nun – konnte es denn möglich sein?! – bedauernd mit den Schultern, gefolgt von einem höhnischen Lächeln und dem jetzt drohend in die Höhe gereckten Zeigefinger!

Napoleon! Bonaparte hatte ihm, Fritz, gedroht, hatte ihn als Gegner ganz genau ins Visier genommen, als persönlichen Erzfeind sozusagen. Napoleon, der große Kaiser, als der er vielen noch immer galt, hatte den Kronprinzen des kleinen unbedeutenden Württemberg zu seinem persönlichen Gegner erhoben. Und da, was war das? Napoleon warf sein Fernrohr achtlos zu Boden und applaudierte anerkennend! Und das galt ohne jeden Zweifel ihm: Friedrich Wilhelm von Württemberg, dem kommandierenden General des IV. Alliierten Armeekorps! Unglaublich! Man musste es dem verhassten Korsen lassen: Trotz der erbitterten Feindschaft, die zwischen den beiden Männern inzwischen herrschte, besaß der Kaiser der Franzosen auch jetzt noch, da sein Stern eindeutig am Verlöschen war, die Größe und die Souveränität, eine militärische Leistung gebührend zu würdigen. Selbst dann, wenn er selbst damit eine Niederlage erlitten hatte. Tatsächlich war es den ganzen Tag über ja auf des Messers Schneide gestanden, auf welche Seite sich das Kriegsglück an diesem Februartag des Jahres 1814 neigen würde. Lange hatte es so ausgesehen, als würde die Übermacht der französischen Truppen mit Sicherheit als Sieger aus der Schlacht um die Brücke von Montereau hervorgehen, nachdem sich nun auch Napoleon persönlich an der Spitze seiner Garde in den Kampf geworfen hatte, doch dann hatte Fritz als kommandierender General doch noch die nicht mehr für möglich gehaltene Wende geschafft. Die verbissen kämpfenden Württemberger hatten die Franzosen schließlich über die Brücke gedrängt und das strategisch wichtige Terrain somit gehalten, wenngleich auch um den Preis von enormen Verlusten: 800 tote und verwundete Soldaten, fast 2000 weitere waren in Kriegsgefangenschaft geraten. Und dennoch: Das Wunder von Montereau, wie es später im Land die Runde machte, stellte eine der vorentscheidenden Wendemarken im Befreiungskampf gegen Napoleon dar. Und dieser, mit einem Bein am Rande des Abgrundes, zeigte dennoch Größe und applaudierte seinem Todfeind, den er gerade eben um ein Haar getötet hätte, respektvoll!

Es waren in der Tat unglaubliche Zeiten: Die Ereignisse hatten sich förmlich überschlagen, bis Fritz endlich an der Spitze des alliierten, aus Österreichern und Württembergern bestehenden IV. Armeekorps am 30. Dezember 1813 endlich den Rhein hatte überschreiten können und so zum letzten entscheidenden Schlag gegen Bonaparte ausholte.

Keine drei Monate zuvor, in der Völkerschlacht von Leipzig, die drei volle Tage vom 16. bis zum 18. Oktober grausam gewütet und über 100.000 Opfer gefordert hatte, war Württemberg noch an der Seite der Franzosen gestanden und somit Teil der furchtbaren Niederlage geworden. Auch die Württemberger hatten tausende von Toten zu beklagen. Der Kronprinz hatte seinem Vater schwerste Vorwürfe gemacht, dass dieser sich von Napoleon wieder die Teilnahme an diesem Waffengang hatte aufzwingen lassen. Nicht freiwillig zwar, aber eben dennoch. Der zaudernde König, in Wirklichkeit ja alles andere als ein Freund der Franzosen, hatte der Erpressung dennoch nicht widerstanden. Die zahlreichen Opfer habe deshalb auch ganz allein er zu verantworten, hatte der zornige Fritz seinem Vater ins Gesicht geschleudert. Ebenso wie der nun drohende Untergang des Landes! Denn die alliierten Mächte wie Preußen, Russland und Österreich hatten mit großem Zorn zur Kenntnis genommen, dass König Friedrich immer noch mit den Franzosen gemeinsame Sache machte, Zwangslage hin oder her! Die Zeit der Entscheidung war gekommen!

Und so hatte es im Vorfeld der Schlacht von Leipzig bereits Geheimgespräche unter den Verbündeten gegeben, im Falle eines Sieges den König von Württemberg abzusetzen und ihn durch seinen bekanntermaßen Frankreich-kritischen Sohn Friedrich Wilhelm, also Fritz, zu ersetzen. Der Kronprinz selbst hatte an diesen Gesprächen zwar nicht aktiv teilgenommen, andererseits für den Fall des Falles jedoch seine Zustimmung signalisiert: Um schlimmeres zu verhindern, so rechtfertigte er sich schließlich vor seinem zornbebenden Vater, als dieser Kenntnis von den Umsturzplänen erhalten und Fritz heftige Vorhaltungen deswegen gemacht hatte. Doch auch der König hatte begreifen müssen, dass Württemberg immer mehr in eine ausweglose Situation geriet, und so hatte er schließlich dem heftigen Drängen des Kronprinzen nachgegeben und sich unmittelbar nach der katastrophalen Völkerschlacht von Leipzig auf die Seite der drei Großmächte Preußen, Russland und Österreich geschlagen. In buchstäblich letzter Minute! Das machten ihm die drei Regenten, der Zar, der König und der Kaiser, verbunden mit strengen Vorhaltungen, überdeutlich!

Doch die Wende war vollzogen, das letzte Kapitel somit (hoffentlich) eingeläutet!

Bereits vier Wochen nach dem württembergischen Seitenwechsel war der allseits geschätzte Fritz zum Oberbefehlshaber des alliierten IV. Armeekorps ernannt worden. Mit stolz geschwellter Brust hatte der König dabei zur Kenntnis genommen, dass seinem Sohn damit die Ehre zuteil geworden war, nicht nur die eigenen, württembergischen Truppen zu führen, sondern auch österreichische Einheiten unter sein Kommando gestellt zu bekommen!

Es schien so etwas wie der Beginn einer neuen Zeitrechnung zu sein, die nunmehr angebrochen war: Napoleon auf dem Rückmarsch, Württemberg endlich wieder auf Seiten der altbekannten europäischen Großmächte und das Verhältnis zwischen König und Kronprinz erstmals respektvoll und geprägt von gegenseitiger Achtung. Im persönlichen Umgang zwar nach wie vor distanziert, einfach zu viel hatte sich zwischen dem Vater und seinem Sohn ereignet in den letzten Jahrzehnten, aber immerhin: Man anerkannte die Fähigkeiten des jeweils anderen und dessen Bemühungen im Dienste des Landes Württemberg.

Und noch etwas hatte sich geändert: Fritz war bis über beide Ohren verliebt! Wieder einmal! Natürlich hatten ihm die Freunde genau jene Vorhaltungen gemacht: Man kannte sich ja gut genug, um wissen zu können, wie schnell sich der Prinz für eine schöne Frau begeistern konnte, wie rasch er Feuer und Flamme war, wenn es galt, eine dementsprechende Eroberung zu machen. Trotz der Tatsache, dass er seit immerhin gut fünf Jahren verheiratet war, hatte Fritz, in amouröser Hinsicht „nie etwas anbrennen lassen", wie sich die Freunde lachend ausdrückten. Aber dieses Mal: Dieses Mal war alles ganz anders. Zum einen war da die nicht mehr wegzudiskutierende Tatsache, dass die Ehe mit der unglückseligen Charlotte von Bayern ja nur aufgrund des Druckes zustande gekommen war, den Napoleon seinerzeit ausgeübt hatte. Doch nun neigte sich Napoleons Herrschaft ihrem raschen Ende zu, und das war das Signal für Fritz, seinerseits die Rechtmäßigkeit der erzwungenen Ehe mit Charlotte öffentlich in Frage zu stellen. Dies umso mehr, als es ihm eine junge bildhübsche Dame angetan hatte, auf die er schon vor Jahren ein Auge geworfen hatte, die ihn aber damals zurückgewiesen hatte. Doch nun war anscheinend alles ganz anders. Seine bezaubernde, dazuhin im Gegensatz zu der biederen Charlotte auch geistreiche und gebildete Cousine Katharina, die Großfürstin von Russland, hatte sich um das Jahr 1808 in derselben Bedrängnis befunden wie der württembergische Prinz. Nur war es in ihrem Fall Napoleon persönlich, der Interesse an Katharina signalisiert hatte. Mittlerweile war dem Korsen klar geworden, dass ihm seine Frau Josephine keinen Thronfolger würde schenken können, und deshalb war es nur noch eine Frage der Zeit, bis es zur Trennung kommen würde. Die hübsche junge Frau aus Russland wäre eine durchaus überlegenswerte Partie, hatte er deren Mutter Maria Feodorowna (der Schwester des württembergischen Königs) ausrichten lassen. Doch Katharina selbst hatte empört abgewunken. Lieber würde sie die Ehe mit einem Ofenheizer aus Zarskoje eingehen oder werde sie die Frau eines sibirischen Popen, als dass sie auch nur im Traum daran dächte, Kaiserin von Frankreich zu werden. „Ein Ofenheizer mag schmutzig sein, aber ich kann ihn ja waschen! Der Bürger Bonaparte dagegen bleibt auch danach noch immer nur der Bürger Bonaparte!", hatte sie sich mehrfach entschieden geäußert. Weil jedoch eine einfache Zurückweisung des Heiratsangebotes eine aus diplomatischen Gründen kaum vermittelbare Brüskierung des Korsen bedeutet hätte, war es nun an der Zeit, so schnell als möglich einen Ehemann für Katharina zu präsentieren. Der am Zarenhof tätige Diplomat Georg von Oldenburg schien der dafür geeignete Kandidat – zu dessen eigener Überraschung! Doch entgegen allen Befürchtungen entwickelte sich die Ehe durch und durch positiv, und so versank Katharina in tiefste Trauer, nachdem ihr geliebter Mann im Jahr 1812 an den Folgen einer Typhusinfektion verstorben war.

Die junge attraktive Witwe also hatte es Fritz angetan! Nicht, dass er auf die eine oder andere hübsche Frau nicht noch ein Auge geworfen hätte, nein! Aber sie, Katharina von Russland, wäre eine hervorragende Partie für den Kronprinzen. Und dies sowohl aus persönlichen wie auch aus diplomatischen Gründen! Was also wollte man mehr? Dazu kam die Tatsache, dass Katharina, die ihren Vetter vor Jahren noch als zu leichtlebig und wenig charakterfest zurückgewiesen hatte, nun durchaus Interesse an einer solchen

Verbindung bekundet hatte.

Also galt es nun nur noch ein Hindernis zu beseitigen: die Ehe mit der von Fritz verachteten Charlotte. Kaum war er an der Spitze des alliierten Heeres nach Stuttgart zurückgekommen, hatte er seinem entsetzten Vater und der nicht minder schockierten Stiefmutter diesen Plan auseinander gesetzt. Während sich die Königin, die sich in geradezu rührender Art und Weise um die einsame und unglückliche Prinzessin gekümmert hatte, fassungslos zeigte, hatte sich bei Friedrich schließlich das Kalkül durchgesetzt, dass es sich auch aus diplomatischen Gründen in der Tat um einen glänzenden Schachzug handeln könnte, die Verbindung mit Russland auch auf persönlicher Ebene wieder zu intensivieren. Und so hatte der König sein Einverständnis zur Annullierung der Ehe erteilt und die dafür notwendigen Schritte eingeleitet.

Die Dinge entwickelten sich gut! Sehr gut! Ein zufriedenes Lächeln umspielte die Mundwinkel des Prinzen. Langsam erhob er sich und spähte ein weiteres Mal konzentriert mit dem Fernrohr zur gegnerischen Seite. Auch Napoleon hatte sich noch einmal sein Glas reichen lassen, um den Blick über die feindlichen Linien schweifen zu lassen. Das war die Gelegenheit! Mit einer würdevollen Bewegung hob Fritz den rechten Arm in die Höhe und grüßte über die Brücke hinüber. Ja! Napoleon hatte ihn erkannt! Und tatsächlich: Er grüßte respektvoll lächelnd zurück! Sie würden Todfeinde bleiben – und dennoch: Napoleon hatte zurück gegrüßt! Eine Woge von Emotionen schwappte über Fritz hinweg: Sie befanden sich auf Augenhöhe! Mit einem Mal: Der württembergische Kronprinz und der Kaiser der Franzosen auf Augenhöhe!

Es versetzte ihm einen heftigen Stich ins Herz, als er seine Schwester so vor sich stehen sah: Nachlässig gekleidet, schweißüberströmt und leichenblass. Doch was sollte er tun? Was verlangte sie denn von ihm? Es war beim besten Willen nicht zu machen! „Katharina, sei doch vernünftig! Es geht nicht! Nicht jetzt! Nicht in dieser Situation!"

„Nicht in dieser Situation!" wiederholte die verzweifelte Frau mit tonloser Stimme. „Fritz! Das sind doch nicht deine eigenen Worte! Das habe ich vorhin von unserem Vater gehört! Aber doch du nicht! Du musst doch eine andere Meinung haben! Du kannst doch nicht dasselbe denken wie unser Vater! Fritz, bitte!" Katharina sank vor ihrem entsetzten Bruder auf die Knie und faltete die Hände. „Bitte, Fritz! Sag doch, dass es nicht wahr ist! Du findest doch eine Lösung! Bitte, Fritz! Jetzt, wo dir das ganze Land zu Füßen liegt!"

„Katharina! Steh auf! Ich bitte dich!" Mühsam schaffte es der Prinz, seine Schwester wieder in die Höhe zu ziehen. Mit festem Griff drückte er sie an sich. Zärtlich strich er über ihre Haare. „Katharina, wir schaffen das schon", murmelte er leise. „Lass uns nur machen! Du brauchst doch nur auf den Vorschlag unseres Vaters einzugehen..."

„Niemals!" Abrupt löste sich Katharina aus der Umarmung ihres Bruders. „Auf gar keinen Fall! Ich bin mit Jérome verheiratet und ich werde es auch bleiben!" Entschlossen stampfte sie mit dem Fuß auf. „Und ein derartiges Verhalten, wie du es bei deiner Frau Charlotte an den Tag legst, das wirst du von mir ebenfalls nicht erleben. Wenn du dich nun scheiden lässt, einfach so, ohne dass sie dir etwas Böses angetan hat.."

„Das ist meine Sache!" fuhr Fritz ungehalten dazwischen.

„...ohne dass sie dir etwas angetan hat, dann ist das Deine Sache. Aber ich, ich werde Jérome nicht verlassen! Schon gar nicht in dieser Lage, in der er sich nun befindet!"

„Aber Katharina", machte Fritz einen Schritt auf Katharina zu. Besorgt registrierte er den sich unübersehbar hervorwölbenden Bauch seiner Schwester. Sie musste mittlerweile im siebten oder achten Monat schwanger sein.

Jetzt, im Frühsommer des Jahres 1814, jetzt, wo alles verloren war, jetzt war sie schwanger geworden. Jahrelang hatte sein Schwager Jérome vergeblich auf ein Kind der ganz offenkundig unfruchtbaren Katharina gewartet, während seine Mätressen einen Bastard um den anderen geboren hatten. Und jetzt, ausgerechnet jetzt war Katharina schwanger. Jetzt, wo sie sich mit Jérome, dem mittlerweile abgesetzten und vertriebenen König von Westfalen, auf der Flucht befand. Jetzt erwartete sie ein Kind! Aber nun gut: Auch das konnte man regeln! „Es ist doch so einfach, was unser Vater dir vorgeschlagen hat: Du bleibst hier bei uns und bekommst hier in Württemberg Asyl, bis wir eine standesgemäße Ehe für dich gefunden haben, und jagst diesen Bonaparte zum Teufel!"

„Fritz! Das kann doch nicht euer Ernst sein! Ich kann doch Jérome nicht einfach im Stich lassen!"

„Er hat sich um dich doch nie gekümmert – weshalb also machst du dir nun seinetwegen Gedanken!"

„Aber um Feste zu feiern und ein ausschweifendes Leben mit dieser La Flèche zu genießen, der du jetzt sogar, wie man hört, in Stuttgart Asyl gegeben hast, da war er dir bei deinen zahlreichen Besuchen in Kassel immer recht!", warf Katharina bitter ein.

Der Prinz zuckte unangenehm berührt mit den Schultern. „Nun gut! Aber es waren andere Zeiten! In der Zwischenzeit hat sich alles verändert: Napoleon ist geschlagen, Württemberg steht auf der Seite der Sieger. Du hättest ihn niemals hierher bringen dürfen! Unser Vater hat es dir doch auch verboten!"

„Unser Vater! Fritz, um Gottes Willen! Was ist bloß aus dir geworden! Seit wann vertrittst du denn die Ansichten unseres Vaters?" Bittere Tränen liefen über das Gesicht der Schwangeren. „Denkt denn gar niemand an mich – und an mein Kind?"

„Aber freilich! Katharina, begreif doch endlich: Wir wollen dir helfen und wir werden dir helfen! Dir natürlich, Jérome aber auf gar keinen Fall! Und deshalb musst du auf unseren Vorschlag eingehen! Es ist in diesen Zeiten doch nichts ungewöhnliches, sich von einem Mann scheiden zu lassen, wenn die Ehe nur unter Napoleons Zwang zustande gekommen ist. Denk doch an Marie Luise, die Kaiserin. Auch sie ist mittlerweile von Napoleon geschieden worden und nach Österreich zurückgekehrt! Was also ist so verwerflich an unserem Vorschlag!"

„An unserem Vorschlag!" wiederholte Katharina bitter die Worte ihres Bruders. „Als wenn du mit unserem Vater plötzlich einer Meinung wärst!" Sie richtete sich kerzengerade auf und nahm Fritz ernst in ihr Visier. „Ich lasse mich auf keinen Fall scheiden. Auf gar keinen Fall wird diese Ehe annulliert. Denn, wenn ich nicht seine Gattin war, dann wäre ich ja lediglich seine Mätresse gewesen!"

Verblüfft zog Fritz die Stirn in Falten. „Aber was ist das denn für eine Logik! Was wirst du die Mätresse dieses dahergelaufenen Jérome gewesen sein! Du bist Katharina, die Tochter des Königs von Württemberg!"

„Ich?" Katharina schüttelte traurig den Kopf, während sie mit den Fingern ihrer rechten Hand auf ihre Brust deutete. „Ich bin niemand mehr! Gar niemand! Ich war die Tochter des Königs von Württemberg, dann die Königin von Westfalen ... Aber nun ..." sie geriet ins Stocken. „Nun bin ich nur noch eine schwangere Frau auf der Flucht. Die Frau von Jérome Bonaparte, den plötzlich niemand mehr kennen will! Aber", ihre Stimme war kaum noch zu vernehmen, „ich werde ihn nicht verlassen. Wenn ihr nicht wollt, dass mein Kind hier in Württemberg geboren wird ..."

„Aber das stimmt doch nicht! Dein Kind schon, nur diesen Jérome, den können wir beim besten Willen nicht aufnehmen!"

„... wenn ihr alle uns nicht wollt, dann ziehen wir eben weiter!" ließ Katharina sich im ihrem bitteren Fazit nicht beirren. Um den letzten Rest von Fassung ringend, sah sie noch einmal ernst in das Gesicht ihres Bruders. „Fritz! Was um alles in der Welt ist nur mit dir geschehen?! Ist das noch der Bruder, der mir damals in der Stuttgarter Stiftskirche ewigen Beistand geschworen hat!? Und nun: Nun hast du alles zerstört! Du bist in Wirklichkeit kein bisschen anders, als unser Vater: erst das Land, dann die Gefühle! Ich hasse dich Fritz! Nein, schlimmer noch: Du tust mir Leid!" Ohne ein weiteres Wort wandte sie sich um und verließ mit gesenktem Haupt langsam den Raum.

Lange verharrte Fritz regungslos und stierte traurig vor sich auf den Boden. Sie hatte ja weiß Gott nicht Unrecht, seine Schwester. Und nur allzu gerne hätte er ihr geholfen. Aber was war das für ein merkwürdiges Verhalten, das sie mit einem Mal an den Tag legte? Sie, die zwangsweise verheiratete, die ungeliebte Frau, hundertfach betrogen, ausgerechnet sie hielt nun diesem abgesetzten König Lustig die Treue. Unbegreiflich! Aber deshalb die Zukunft des Landes aufs Spiel zu setzen? Nein und nochmals nein! So sehr Fritz das Schicksal seiner Schwester auch bewegte und anrührte: Jeder musste in dieser Situation Opfer bringen. Das erforderte schlicht und einfach nun die Staatsräson! Sie hatten ihr ein Angebot gemacht: Wenn sie dieses nun ablehnte, nun ja, dann war das ihre Sache... Bedauerlicherweise... Auch er würde Opfer bringen müssen, hatte schon genügend persönliche Freiheiten im Interesse des Landes preisgegeben...

Unwillig schüttelte Fritz den Kopf: Er hasste sich! Er hasste sich für seine Worte! Er hasste sich für diese Gedanken, die tagein-tagaus seinen Tageslauf bestimmten! Und: Er hasste sich dafür, dass er seiner Schwester nicht geholfen hatte – nicht den Mut aufbringen würde, ihr doch noch hilfreich zur Seite zu stehen! Er hasste sich!!!

42

Aufatmend blinzelte der junge Mann in das rötliche Licht der aufgehenden Sonne. „Schon weit nach halb sieben! Der wird nicht mehr erscheinen! Glaub es mir!"

Sein Gegenüber wandte den Blick langsam von den beiden kostbaren Pistolen, die auf dem Tisch vor ihm in einem mit rotem Samt ausgeschlagenen Kästchen lagen. „Da magst du Recht haben! Ich habs ja immer gewusst: Die taugen allesamt nichts, diese ganzen Wittelsbacher! Alle miteinander! Große Sprüche, aber nichts dahinter!" Verächtlich zog er die Mundwinkel herunter und deutete auf das Kästchen mit den beiden Pistolen. „Dann können wir also wieder einpacken! Schade! Ich hätte ihm schon ganz gerne einen Schuss in den Allerwertesten gebrannt!"

„Meine Güte, Fritz!" Empört ballte Eugen von Maucler die Fäuste. „Sei froh, dass es so endet! Ausgerechnet jetzt, in dieser Situation, solch ein Eklat! Das hätte weiß Gott nicht gut ausgesehen! Denk nur an das Gesicht von Metternich, wie der sich gefreut hätte, wenn sich die beiden hoffnungsvollen Kronprinzen von Bayern und Württemberg gegenseitig eliminieren – oder sich zumindest unmöglich gemacht hätten!"

„Unmöglich gemacht, das hat sich nur einer: Und zwar mein verehrter Herr Schwager Ludwig! Erst großartig ein Duell zu fordern und dann nicht zu erscheinen: also wirklich..."

„Du weißt ganz genau, dass er keine Chance gegen dich gehabt hätte! Insofern ist es nur vernünftig, dass er auf dieses verrückte Treffen verzichtet!"

„Verzicht ist das eine – Feigheit das andere. Aber zu einem definitiv vereinbarten Duell einfach nicht zu erscheinen, das ist wirklich das erbärmlichste Verhalten, das man sich vorstellen kann! Was glaubst du, wie das die Runde machen wird in Wien!"

„Wird es nicht!" Ernst legte Maucler den Zeigefinger an die Lippen. „Den Teufel wirst du tun und von deiner Seite etwas darüber verlauten lassen! Wir werden schweigen und die Sache auf sich beruhen lassen! Es gibt momentan weiß Gott wichtigere Aufgaben, als die Zeit für das Imponiergehabe zweier mittelprächtiger Kronprinzen zu verplempern!"

„Mensch! Sag das noch einmal!" Wütend fuhr Fritz herum. „Auf welcher Seite stehst du eigentlich?"

Abwehrend hob Maucler die Hände. „Jetzt mach aber mal langsam! Das weißt du doch hoffentlich ganz genau! Aber gerade deshalb: Wir sollten nicht noch zusätzlich Öl ins Feuer gießen, sondern vorsichtig und überlegt zu Werke gehen. Ludwig ist doch gar kein Maßstab für dich! Der wird eines Tages König von Bayern werden und hat damit dann aber auch alles erreicht, was für ihn im Bereich des möglichen liegt, während sich für dich momentan doch ganz andere Perspektiven eröffnen!"

„Und anscheinend bin ich durchaus eine Person von öffentlichem Interesse", deutete Fritz mit dem ausgestreckten Arm zur gegenüberliegenden Praterallee hinüber. „Schau mal, da stehen sie: die Spione von Metternich und den anderen!"

„Ist doch wunderbar! Dann wird es sich auf diese Art und Weise wie ein Lauffeuer in Wien herumsprechen, wer von euch beiden feige gekniffen hat! Und das ist doch um ein Vielfaches besser, als wenn die Nachricht aus unserem Munde gekommen wäre", nickte Maucler befriedigt. „Du siehst: es entwickelt sich alles von ganz alleine in unserem Sinn!"

Es waren in der Tat turbulente Tage und Wochen, die der württembergische Kronprinz und sein Gefolge hier in Wien verlebten. Seit dem endgültigen Sturz von Napoleon und dessen Verbannung auf die Insel Elba hatten sich in Wien Diplomaten aus ganz Europa versammelt, um eine neue und hoffentlich dauerhafte Ordnung für den von Bonaparte so gründlich durcheinander gewirbelten Kontinent aufzustellen. Ein Vorschlag jagte seitdem den anderen, ein Gerücht folgte auf das nächste. Und was heute als sicher ausgemacht galt, war morgen bereits wieder der Schnee von gestern. Ein diplomatisches Tauziehen hatte begonnen, wie es noch keiner der Teilnehmer jemals erlebt hatte. Vor allem die Österreicher unter Führung des Fürsten Metternich erwiesen sich als Meister des politischen Ränkespiels, in dem auch immer wieder der württembergische Kronprinz eine wichtige Rolle einnahm.

Gerade Friedrich Wilhelm von Württemberg war es, der als großer Hoffnungsträger galt und nicht nur bei der württembergischen und der österreichischen Bevölkerung größte Sympathien genoss: Als eines der ganz wenigen Mitglieder eines europäischen Herrscherhauses hatte er als General aktiv am Befreiungskampf gegen Napoleon teilgenommen. Trotz seiner großen Popularität war es aber dennoch nichts weniger als eine politische Sensation, dass Kaiser Franz von Österreich den Prinzen mit einer Aufsehen erregenden Maßnahme auf eine Stufe mit dem König von Preußen und dem Zaren von Russland stellte: Alle drei nämlich ernannte er zu Oberstinhabern von österreichischen Regimentern. Der Spross aus dem nur mäßig bedeutenden Württemberg neben den Regenten der mächtigsten Staaten von Europa! Unglaublich! Doch dank der Tapferkeit und des Geschicks, das Fritz in den letzten Monaten des Krieges gegen die Franzosen an den Tag gelegt hatte, war sein Stern geradezu kometenhaft emporgestiegen. Selbst der spätere Feldmarschall Radetzky sprach mit äußerster Hochachtung von dem jungen Württemberger als dem besten General, den die Alliierten besessen hätten.

Und so sah sich Fritz zu seiner großen Überraschung mit einem Mal im Zentrum der kühnsten Überlegungen: Auf Vorschlag des Reichsfreiherrn vom Stein war beispielsweise ernsthaft erwogen worden, den Kronprinzen erst zum General der Reichsarmee zu befördern, dann sogar an die Spitze des deutschen Bundesheeres zu stellen, und ihn eventuell dann eines Tages sogar zum Kaiser von Deutschland zu krönen. Beim russischen Zaren waren diese Vorschläge auf fruchtbaren Boden gefallen, wenngleich mit einem Mal noch eine weitere, geradezu unglaubliche These die Runde machte: Wie wäre es, den als liberal geltenden Württemberger zum König von Frankreich zu machen? Zumal die von Napoleon vertriebenen Bourbonen sich beim Wiener Kongress als äusserst undankbar und geradezu ärgerlich selbstbewusst präsentierten.

Im Hintergrund dieses atemberaubenden Ränkespiels stand ein Mann, dessen Erscheinen bei Fritz erst Verwunderung und dann große Empörung hervorgerufen hatte: Talleyrand, der ehemalige Außenminister Napoleons. Ausgerechnet Talleyrand! Er hatte die Zeichen der Zeit rechtzeitig erkannt und in letzter Minute noch auf die Seite der späteren Sieger gewechselt! Unglaublich! Wie ein Fettauge auf der Suppe: Der geniale Ränkeschmied schien immer oben zu schwimmen!

Fritz und seine Berater waren sich einig gewesen in der Beurteilung der Lage: Der Mann war und blieb brandgefährlich! Sich nur nicht zu eng an diese Leute binden! Schroffe Ablehnung war freilich genauso peinlich zu vermeiden, wer weiß welcher Bundesgenosse sich ansonsten wieder brüskiert fühlen würde. Denn die Tatsache, dass der württembergische Kronprinz für allerlei ehrenvolle und bedeutende Zukunftsaufgaben permanent gehandelt wurde, hatte natürlich für Neid und Ablehnung in vielen anderen Delegationen gesorgt. Es war ein gefährliches Spiel, das hier in Wien gespielt wurde: Heute noch König, morgen schon konnte man zwischen den Mühlsteinen der großen Politik zermalmt sein. Und so gingen die Württemberger behutsam vor und setzten sich mit Augenmaß und Bescheidenheit vor allem für die Existenzsicherung ihres Königreiches ein. Eine Tatsache, die ja bekanntlich vor einem knappen Jahr ebenfalls noch drohend auf der Kippe gestanden hatte.

Zur großen Politik fügten sich die gesellschaftlichen Ereignisse. So manches Mal fragten sich nicht nur die Württemberger angesichts der immensen Anzahl von Bällen, Festlichkeiten und Empfängen verwundert, ob man sich tatsächlich in hochwichtigen politischen Verhandlungen befand, oder ob in Wirklichkeit nicht doch die Vergnügungssucht des aus ganz Europa angereisten Hochadels im Mittelpunkt des Kongresses stand.

Auch Fritz genoss das gesellschaftliche Leben neben der Politik in vollen Zügen. Die Herzen der zahlreichen vornehmen Damen hatte er im Sturm erobert, kein Wunder, denn er galt ja als jugendlicher Held, als einer aus der neuen Garde, die Napoleon sozusagen im Alleingang verjagt hatten und auf die nun eine große Zukunft wartete. Vor allem seine Cousine Katharina von Russland war es, um die sich seine Gedanken drehten. Die junge attraktive Witwe hatte ihre Trauerkleidung endlich abgelegt, und schon bei einem Zusammentreffen der beiden in England, einige Wochen vor dem Wiener Kongress, waren sie sich näher gekommen. Auch Katharina stand nun völlig im Bann des selbstbewussten Prinzen, der seinerseits nun konsequent eine Ehe mit ihr anstrebte. Das freilich war nicht unbedingt im Sinne von Katharinas Bruder, des Zaren, der sich eine Verbindung an wichtigere europäische Höfe offen halten wollte. Und so sah sich Fritz spätestens in Wien mit der Tatsache konfrontiert, dass sowohl er als auch Katharina nicht ohne weiteres alleine die Souveränität über ihre Zukunftspläne besaßen. Er, Fritz, galt immer noch als verheirateter Mann. Und auch wenn er die Scheidung längst eingereicht hatte, streute der zutiefst über Fritz verärgerte Schwager aus Bayern kräftig diese Tatsache in den Wiener Salons. Und Katharina selbst hatte sich inzwischen schon zahlreicher anderer Heiratsanträge zu erwehren: Ob vom Herzog von Sussex, vom Herzog von Clarence, dem Erzherzog Karl von Österreich bis hin zu Erzherzog Johann und Erzherzog Joseph, alle buhlten um die Gunst der Großfürstin von Russland.

Und so war es beileibe nicht ohne Brisanz, dass sowohl Fritz als auch Katharina letztendlich standhaft blieben und gegen den Willen des verärgerten Zaren genauso wie gegen den ausdrücklichen Wunsch des enttäuschten Kaisers ihre Beziehung weiter vertieften. Für das kleine Land Württemberg stellte allein schon diese Hartnäckigkeit eine nicht zu unterschätzende Gefahr in Zeiten dar, in denen man gemeinhin persönliche Interessen dem großen Ganzen unterzuordnen hatte.

Mit Kräften versuchten die Ränkeschmiede nun, über gezielt gestreute Gerüchte, einen Keil zwischen die beiden zu treiben. Waren es im einen Fall besorgte Meldungen über gelegentliche Krampfanfälle, die Katharina seit dem Tod ihres ersten Mannes heimsuchten und in deren Zusammenhang man Fritz darauf hinwies, dass bekanntlich der Vater der Großfürstin, also Zar Paul I., in geistiger Umnachtung gestorben war, erreichten Katharina zahlreiche Hinweise über amouröse Eskapaden des jungen Württembergers. In der Tat hatte sich Fritz wieder einmal Hals über Kopf in eine Affäre gestürzt. Während er einerseits mit glühender Leidenschaft um die Hand von Katharina warb, pflegte er gleichzeitig eine innige Beziehung mit der Fürstin Bagration. Diese war in Kreisen der Gesellschaft bestens bekannt für ihren üppigen und ausschweifenden Lebensstil nebst äußerst freizügiger Kleidung und hatte deshalb den bezeichnenden Beinamen „schöner nackter Engel" verpasst bekommen. Affären mit dem Zaren sagte man der Dame genauso nach, wie eine Beziehung mit Metternich. Umso skandalöser wurde deshalb die Nachricht in den Wiener Salons aufgenommen, dass man nun auch den Prinzen von Württemberg in den Fängen der lasterhaften Fürstin beobachtet hätte. Und natürlich wurde von den Gegnern des Kronprinzen alles unternommen, um diese unglückselige Liaison bekannt zu machen. Doch Katharina schien den Gerüchten keinen Glauben zu schenken und hielt an ihren Heiratsplänen fest.

Auch Fritz ließ sich davon ganz offenkundig nicht aus der Ruhe bringen: Mit derselben Beharrlichkeit, mit der er weiterhin die geplante Ehe mit Katharina betrieb, tummelte er sich im brodelnden Wiener Leben. Lediglich die besonders scharfen Kommentare von bayrischer Seite bezüglich seiner Eskapaden mit dem nackten Engel hatten ihn gewaltig gewurmt. Klar stammte seine von ihm verschmähte Frau Charlotte aus Bayern, und die verstimmte Reaktion des Hauses Wittelsbach auf seine Scheidungspläne war infolgedessen nur allzu verständlich, aber dennoch: Was brauchte ausgerechnet sein Noch-Schwager Ludwig sich dermaßen das Maul über ihn zu zerreißen? Sollte der doch besser selbst nach seiner langweiligen Schwester schauen und ihm diese endlich vom Hals schaffen. Zwar war die Ehe kürzlich ja von einem württembergischen Gericht formell geschieden worden und Charlotte danach unverzüglich von Stuttgart nach Würzburg abgereist, aber die Verhandlungen in Rom wegen einer auch kirchlichen Annullierung der nach den Worten von Fritz niemals vollzogenen Ehe dehnten sich geradezu unerträglich in die Länge. Eine Tatsache, hinter der die rachedürstigen Bayern vermutet wurden, was jedoch keiner der Württemberger hundertprozentig belegen konnte.

Anlässlich eines Empfangs der Fürstin von Thurn und Taxis auf dem Kongress war Fritz der ungeliebte Schwager Ludwig nun gerade recht gekommen. Den ganzen Abend über hatte er gestichelt und den Kontrahenten mit abwertenden Bemerkungen über dessen Schwester zur Weißglut gebracht. Als ihm Fritz während des Blinde-Kuh-Spiels dann auch noch hämische Vorhaltungen machte, er brauche sich die Augen doch gar nicht verbinden zu lassen, er wirke doch auch sonst geradezu wie ein Blinder in der Sonne, da war das Maß endgültig voll. Der zutiefst getroffene und bis ins Mark in seiner Ehre verletzte Prinz Ludwig forderte seinen Schwager zum Duell! Am nächsten Morgen, bei Sonnenaufgang, sollte die unglaubliche Entgleisung des Württembergers im Wiener Prater gesühnt werden. Ein Duell mit Pistolen! Auf Leben und Tod! Damit hatte sich der aufs äußerste erregte Bayernprinz abgewandt und war gegangen. Der folgende Tag würde die Entscheidung bringen!

„Du schau mal, da kommt doch noch jemand!" deutete Maucler zur Allee hinüber. Tatsächlich, zwischen den Bäumen hindurch näherte sich ein

Reiter rasch den auf der feuchten Wiese wartenden Duellanten. „Es ist Wrede! Fürst Wrede! Ludwigs Adjutant!" flüsterte Maucler aufgeregt.

Kurze Zeit später hatte der Reiter die beiden erreicht, tippte sich grüßend an die Schläfe und überreichte Fritz stumm ein versiegeltes Schreiben. Dann wendete er sein Pferd und galoppierte grußlos davon.

„Na, jetzt bin ich aber gespannt, was der Herr mir mitzuteilen hat! Womöglich ist er unpässlich und hat die Nacht auf dem Abtritt zugebracht, vor lauter Angst", knurrte Fritz trocken, während er mit dem Zeigefinger den Briefumschlag aufschlitzte. Wenig später lachte er laut auf und ließ das Schriftstück sinken. „Du kannst einpacken, Eugen! Es wird nichts mit dem Duell!"

„Und weshalb nicht?" drängelte der andere ungeduldig. „Ganz einfach: Weil mein lieber Herr Schwager in der Tat die Hosen voll hat! Er entschuldigt sich bei mir hiermit in aller Form für die gestrige Szene und bittet mich, auf das Duell zu verzichten und diese Entschuldigung anzunehmen! So ein elender Hasenfuß!" Kopfschüttelnd reichte Fritz das Schreiben weiter. „Und so einer will einmal König von Bayern werden! Was für eine Blamage!"

„Eben!" Maucler bedachte seinen Freund mit einem sorgenvollen Blick. „Es wird sich herumsprechen, keine Frage. Ludwig hat sich unsterblich blamiert. Das wird er dir niemals vergessen! Du bist es, dessentwegen er sich dieser Blamage hat aussetzen müssen. Du hast einen Feind fürs Leben gewonnen! Und er wird alles daransetzen, es dir eines Tages heimzuzahlen. Hier in Wien und auch später noch! Wir müssen auf der Hut sein!"

„Ach was", der immer noch kichernde Prinz machte eine wegwerfende Handbewegung. „Jetzt wird erst einmal gefeiert! Komm mit, Eugen! Und danach: Da mache ich meinem schönen nackten Engel eine kurze Aufwartung! Zur Feier des Tages ...

„Die Bagration!"

„Wer sonst? Es gibt keine feurigere Liebhaberin als die Fürstin – mit Ausnahme meiner Blanche La Flèche vielleicht!" fügte er grinsend noch hinzu.

„Fritz, Fritz! Du kannst es einfach nicht lassen! Wenn dir das nicht eines Tages noch bitter aufstoßen wird!" Mit bekümmerter Miene trottete Maucler seinem ungestüm davoneilenden Freund hinterher.

43

Donnernd hallten die Salutschüsse über Stuttgarts Talkessel und überzogen den strahlend blauen Aprilhimmel mit langen weißen Fahnen aus Pulverdampf. Von allen Kirchtürmen ertönte der feierliche Klang der Glocken der wie ein nicht enden wollendes Echo durch die Stadt schwebte, in der sich zehntausende von jubelnden Bürgern versammelt hatten. Es handelte sich um ein ganz besonderes Ereignis, das die festlich gekleideten Menschen ausgelassen zu feiern gedachten: die prunkvolle Hochzeit des Thronfolgers Friedrich Wilhelm von Württemberg mit seiner Cousine, der bereits jetzt legendenumwobenen Großfürstin Katharina von Russland. Endlich! Endlich hatten sie sich am 24. Januar dieses Jahres 1816 in St. Petersburg das Ja-Wort geben dürfen, nachdem die erste Ehe des Kronprinzen vom Papst erst nach einem langen und nervenaufreibenden diplomatischen Ränkespiel mit dem Vatikan am 2. Januar auch offiziell für nie vollzogen und damit aufgehoben erklärt worden war. Und auf diese Tatsache hatte die im katholischen Glauben erzogene Charlotte, die sich ansonsten tapfer in ihr bitteres Schicksal ergeben hatte, großen Wert gelegt.

Aber nun, nun war der Weg endlich frei! Napoleon nach dessen Flucht von Elba und seiner Herrschaft der hundert Tage endgültig geschlagen und auf das abgelegene St. Helena verbannt, das Königreich Württemberg nach dem Wiener Kongress definitiv in seinem Bestand gesichert! Und selbst der König und sein Sohn, der Kronprinz, die sich jahrelang wie Fuchs und Hase gegenübergestanden hatten: Zwar einander nicht gerade in einem innigen Verhältnis zugetan, aber sie hatten nunmehr doch immerhin einen Weg gefunden, sich respektvoll zu begegnen, und vermieden es peinlichst, den anderen auf eine wie auch immer geartete Weise zu brüskieren, so wie das früher immer der Fall gewesen war. Und dann diese Heirat: Diese wiederum erneuerte und gefestigte Verbindung zwischen dem kleinen Württemberg und dem mächtigen großen Russland. Die burschikos wirkende und dennoch so märchenhaft-strahlend erscheinende Prinzessin Katharina mit diesen ganzen unermesslichen Kostbarkeiten, die sie auf den unzähligen Wagen mit sich führte. Die Stuttgarter kamen aus dem Staunen gar nicht mehr heraus! Und tatsächlich: Sie hatte sogar ihre eigene über und über mit Gold und Edelsteinen geschmückte orthodoxe Hauskapelle mitgebracht, die sie in das neue Domizil des Prinzenpaares, in das von ihrem stolzen Schwiegervater repräsentativ renovierte Kronprinzenpalais in der Königstraße, einbauen würde. Und: Hinter vorgehaltener Hand flüsterten die Stuttgarter Bürger das süße Geheimnis weiter, das erst vorgestern unter den Hofbediensteten wie ein Lauffeuer die Runde gemacht hatte. Die Prinzessin befand sich in anderen Umständen! Die Landeskinder würden in diesem Jahr noch einen weiteren Grund zum jubeln haben. Endlich! Nachdem die erste Ehe des Prinzen ja kinderlos geblieben war – falls man nun überhaupt noch von einer solchen Ehe sprechen durfte... Es schien an diesem sonnigen Apriltag des Jahres 1816, als befände sich ganz Stuttgart im Freudentaumel!

„Wenn ich ehrlich bin, dann habe ich eine solche ausgelassene Fröhlichkeit noch niemals erlebt! Nicht einmal bei den Feiern unseres Sieges über Napoleon!" staunte der Kronprinz, während er seinen Blick dankbar über die jubelnden Bürger schweifen ließ. Er tastete nach der Hand seiner frisch angetrauten Katharina und atmete tief durch. „Es ist viel schöner als damals vor acht Jahren, wo die Leute ja auch jubelnd an der Straße standen! Aber jetzt: Jetzt kann auch ich mitjubeln! Jetzt habe ich die Frau meines Herzens gefunden! Jetzt wird alles gut!" Unter dem begeisterten Beifall der Menge drückte er einen innigen Kuss auf Katharinas Wange und winkte den Menschen zu. Endlich! Er würde feiern, die mehrtägige prunkvolle Gala am Hof in vollen Zügen auskosten, die sein Vater aus Anlass dieser Hochzeit angeordnet hatte. Er würde feiern und das Leben genießen – endlich! Kein Schatten würde sich über seine Zukunft mehr legen. Noch am heutigen Morgen hatte sich seine Stimmung beträchtlich verdüstert, als ihm Phull-Rieppur ein Schreiben überreicht hatte, das ihm ein Bote aus Triest eigenhändig hatte überbringen müssen. Aus Triest? Fritz hatte kurz gestutzt, dann jedoch war sein Blick auf die Handschrift gefallen, mit der die Absenderin den Adressaten ihres Briefes angegeben hatte. Katharina! Seine Schwester Katharina! Die unglückliche Frau des ehemaligen Königs von Westfalen! Mit wenigen Zeilen hatte sie ihren Bruder davon in Kenntnis gesetzt, dass sie nach langer Irrfahrt durch halb Europa nun in Triest ein neues Obdach für sich, ihren Mann und ihren Sohn gefunden habe. Ja, einen

Sohn hatte sie kurz nach ihrer Abreise aus Württemberg geboren und diesen – ausgerechnet – auf den Namen Jérome taufen lassen. Als einfache Bürger lebten sie nun in der Stadt am Mittelmeer, in der Hoffnung auf bessere Zeiten, die sicherlich eines Tages kommen würden. So sehr sie ihr geliebtes Württemberg auch vermisse und so wenig ihrer Gesundheit auch das feucht-warme Klima von Triest zugute komme, so wenig wolle sie sich über ihr Schicksal beklagen. Mit herzlichen Grüßen und ohne jede Bitterkeit hatte sie geendet, nicht ohne ihrem Bruder und seiner frisch vermählten Frau die allerbesten Glück- und Segenswünsche mit auf ihren weiteren Lebensweg zu geben. Es hatte Fritz einen schmerzlichen Stich ins Herz versetzt, als er diese Zeilen gelesen hatte. In der Tat war in ihm ein ungutes Gefühl zurückgeblieben, seitdem er sich seiner Schwester gegenüber so feige und berechnend verhalten hatte. Und so hatte er an diesem Morgen sofort den König aufgesucht, um von diesem an jenem für das ganze Land so besonderen Tag eine versöhnliche Geste seiner Schwester gegenüber zu erbitten. Erstaunlicherweise war der von Stolz über die glänzende Heirat erfüllte König an diesem Morgen äußerst zugänglich gewesen und hatte seine Tochter und deren Ehemann per eigenhändigem Dekret in den Stand eines Fürsten und einer Fürstin von Montfort erhoben, was den beiden nun zumindest einen standesgemäßen Lebenswandel ermöglichte. Eine Rückkehr nach Württemberg blieb freilich aber dennoch vorerst ausgeschlossen. Doch wenigstens diese Maßnahme im Interesse seiner Schwester hatte Fritz an seinem heutigen Festtag noch bewerkstelligen können. Die Feier konnte beginnen!

„Da schau mal! Da drüben!" Mit dem ausgestreckten Arm deutete der Kronprinz auf ein wunderschön mitten in einem Park gelegenes Landhaus oberhalb des Neckars bei Cannstatt, das mit einem Gerüst umgeben war, von dem die Arbeiter begeistert zu dem Hochzeitszug hinüber winkten.

„Ach ja! Die netten Menschen!" strahlte Katharina und winkte fröhlich zurück. „Ein herrliches Anwesen! So romantisch und so verwunschen! Wem gehört es denn?"

„Es gehört Ihrer Majestät, der Prinzessin von Württemberg, Großfürstin Katharina von Russland!" deklamierte Fritz mit feierlicher Stimme. „Doch, das stimmt. Es ist mein Ernst", setzte er grinsend hinzu, als er die verdutzte Miene seiner Frau bemerkte. „Allerdings ist es noch ein Geheimnis, das ich dir gar nicht hätte verraten dürfen! Der König will es dir nämlich zu deinem 28. Geburtstag schenken. In vier Wochen also gehört es dir! Du siehst ja: Die Renovierungsarbeiten sind gerade noch in vollem Gang!"

„Das ist ja herrlich!" jubelte Katharina ausgelassen. „Das ist ein Traum von einem Landgut!"

„Psst! Nicht so laut!" legte der Kronprinz verschwörerisch den Zeigefinger an die Lippen. „Du darfst es doch noch gar nicht wissen!"

„Schon gut!" wisperte Katharina, während ein verschwörerisches Lächeln ihren Mundwinkel umspielte. „Aber eines darfst du mir doch verraten: Wie heißt es denn, unser künftiges Schlösschen?"

„Dreimal darfst du raten: Bellevue! Ein Begriff, wie er passender nicht sein kann, nicht wahr?"

„Bellevue! Wie herrlich!" Begeistert klatschte Katharina in die Hände.

„Psst! Nicht so laut! Da: Der König hat sich schon umgeschaut! Nicht, dass er noch etwas merkt..." warnte Fritz, um leise hinzuzufügen. „Und dereinst werde ich dort meinen zweiten Traum verwirklichen..."

„Welchen Traum?"

„Dort werde ich einen botanischen Garten anlegen lassen. Dieses Gelände da, das hat es mir nämlich schon seit langem angetan. Ich habe das noch nie jemandem erzählt, du bist die Erste! Und ausgerechnet dieses Gelände hat mein Vater nun dir geschenkt: wenn das kein gutes Omen..." Fritz stockte.

„Was ist denn?" Überrascht wandte sich Katharina um. „Was hast du?"

„Ach, nichts!" murmelte der Prinz und versuchte verlegen, die Röte zu verbergen, die in Sekundenschnelle sein Gesicht überzogen hatte.

Katharina musterte ihren Gatten stirnrunzelnd, doch der winkte bereits wieder eifrig den jubelnden Menschen zu. Übertrieben eifrig nach Ansicht der Prinzessin. Doch wenig später wurde sie mitgerissen auf der Woge der Begeisterung, die ihr von der gesamten Bevölkerung zuteil wurde. Und so bemerkte Katharina auch nicht den verstohlenen Blick, den ihr Ehemann hinter der elegant gekleideten Dame her schickte, die er in der Menge entdeckt hatte und die ihn so in Verlegenheit gebracht hatte ...

Der von den Ereignissen der vergangenen Nacht völlig erschöpfte und zum Umfallen müde Kronprinz holte tief Atem. Langsam ließ er die Luft in seine Lungen strömen, ganz langsam und bedächtig atmete er wieder aus. Dann straffte er den Rücken und warf seinem Freund Ernst-August von Phull-Rieppur, der ihn mit gespannter Miene beobachtete, einen fragenden Blick hinüber.

Phull-Rippur antwortete mit einem kurzen, fast unmerklichen Nicken.

Fritz musterte die Umstehenden ernst, dann räusperte er sich heiser: „Meine Herren! Wir schreiben den 30. Oktober des Jahres 1816. Es ist 8 Uhr in der Frühe. Ich eröffne hiermit die von mir anberaumte Sitzung des provisorischen Staatsministeriums." Er machte eine kurze Pause, bevor er mit feierlicher Stimme weitersprach. „Seine Majestät, König Friedrich, ist heute Nacht von uns gegangen. Gemäß den Bestimmungen der Erbfolge im Hause Württemberg habe nunmehr ich die Regierung übernommen. Ich wünsche im Sinne seiner höchstseligen Majestät, des Königs, dass die Regierungsgeschäfte ihren Fortgang nehmen, als befände sich höchstselige Majestät auf Reisen!" Wieder ließ er einige Sekunden verstreichen, bevor er fortfuhr. „Als Regent dieses stolzen Landes werde ich die Wohlfahrt und das Glück der mir anvertrauten Untertanen niemals aus dem Auge verlieren! Als Wilhelm, von Gottes Gnaden König von Württemberg werde ich fürderhin regieren und meine ganze Kraft und all meine Bemühungen einzig und allein diesem Ziel unterordnen!"

Für den Bruchteil einer Sekunde herrschte betretenes Schweigen in der Runde, dann jedoch brach stürmischer Jubel aus, mit dem die Männer den neuen König hochleben ließen. Fritz war sich der Tatsache durchaus bewusst, was er mit dieser Bekanntgabe gleichzeitig symbolhaft deutlich gemacht hatte: Eine neue Zeit für Württemberg war angebrochen. Und bei allen zweifelsohne vorhandenen Verdiensten des verstorbenen Königs ließ der Name des neuen Königs keinen Zweifel daran aufkommen, dass sich die Dinge verändern würden und dass der neue Monarch keineswegs gewillt war, auf den alten ausgetretenen Pfaden seines Vaters weiter zu marschieren. Gerade die vom verstorbenen König jahrzehntelang gedemütigten Landstände erhofften sich von dem bislang immer äußerst liberal und weltoffen aufgetretenen Kronprinzen eine vertrauensvolle Zusammenarbeit. Eine neue Phase in dem schwierigen Wechselspiel zwischen Untertanen und Monarch sollte beginnen, neue, aufgeschlossene Minister die erzkonservativen, dem alten König loyal ergebenen Staatsbediensteten ablösen. Eine neue Epoche würde anbrechen, so zumindest lauteten die Hoffnungen, die landauf-landab in den neuen König gesetzt wurden. Und so handelte es sich durchaus um ein deutliches Zeichen, dass der Kronprinz Friedrich Wilhelm als eine seiner ersten Amtshandlungen verfügte, künftig als König nur noch unter dem Namen Wilhelm zu fungieren, während der erste Teil seines Namens, der an seinen verhassten Vater erinnerte, getilgt war. Als König Wilhelm I. hatte Fritz nunmehr den Thron bestiegen!

„Majestät!" Eugen von Maucler verneigte sich respektvoll vor dem neuen Monarchen. „Immer zu Euren Diensten!"

„Was soll das, Eugen?!" Ungehalten legte Fritz die Stirn in Falten.

„Majestät?" Maucler schien ratlos.

„Lass den Quatsch, du weißt ganz genau, was ich von Förmlichkeiten halte!" zischte der neue König säuerlich. „Was soll das Majestäts-Getue? Mein Freund bleibt mein Freund und damit Schluss!"

Doch auch der sonst so zurückhaltend agierende Phull-Rieppur schüttelte energisch den Kopf: „Es gebietet aber die Staatsräson – zumindest in der Öffentlichkeit! Ihr könnt auf anderen Gebieten umso segensreicher wirken – Majestät, aber bei Hofe sollten wir uns keine Blöße geben!" fügte er mit einer tiefen Verbeugung noch hinzu.

„Das kann ja heiter werden, wenn ich mich nun schon in meinem eigenen Freundeskreis verstellen muss!" knurrte der König unwillig. „Aber ich fürchte, ich muss euch Recht geben! Nur ein Versprechen, das müsst ihr mir geben: Sagt mir Bescheid, wenn ich mich allzu sehr von den Zwängen der Etikette und des Hoflebens treiben lasse! Ich habe nämlich beim besten Willen keine Lust, da fortzufahren, wo mein verblichener Herr Vater geendet hat! Bei allem Zwang zur Diplomatie: Wir haben sein Verhalten oft genug kritisiert, nun liegt es an uns, es besser zu machen! Versprochen?"

In der Tat hoffte der neue König inständig, dass er die Kraft dazu aufbringen möge, andere Zeichen zu setzen als sein Vater, der despotische Herrscher, der Württemberg fast 19 Jahre lang mit harter Hand regiert hatte. Viele von dessen zum Himmel schreienden Ungerechtigkeiten waren mit den Zwängen begründet worden, in denen das Land nun einmal stecke. Und wehe, die Untertanen registrierten zögerliches Handeln oder gar Anzeichen von Schwäche. Dies würde schlimmere Folgen zeitigen, als die eine oder andere Fehlentscheidung, die einem bedauerlicherweise eben unterlaufen konnte. Nach dieser Devise hatte der dicke Friedrich sein Land regiert.

Nun aber lag es an ihm, an König Wilhelm I., zu zeigen, welches Potential in ihm steckte.

Endlich konnte, nein musste er dies nunmehr beweisen. Er würde eine Amnestie erlassen: Eine Amnestie für die zahlreichen politischen Häftlinge, die in den Gefängnissen des Königreichs schmachteten und die oftmals nichts mehr verbrochen hatten, als auf die erbärmlichen Lebensumstände hinzuweisen, in denen sich die Menschen seit der Befreiung aus der französischen Umklammerung befanden. Der König hatte dies gnadenlos als Majestätsbeleidigung ahnden lassen. Und dabei hatten die Leute doch Recht: In der Tat lag das Land übel darnieder. Dieses Jahr 1816 hatte sich zum schlimmsten Hungerjahr seit Menschengedenken entwickelt. Überall in Württemberg herrschten Hunger und beklemmende Armut. Das ganze Frühjahr über war dermaßen verregnet, dass es die Bauern kaum geschafft hatten, die Saat auszubringen. Und das bisschen Korn, das dann in diesem viel zu kühlen Sommer gewachsen war, wurde vom Hagel nahezu vollständig vernichtet. Und schon im Frühherbst setzte wieder dieser Regen ein. Tagelang, wochenlang: Die Kartoffeln verfaulten im Boden, die gesamte Weinlese fiel der Witterung zum Opfer. Bereits am 17. Oktober war der erste Schnee gefallen und unter der gewaltigen weißen Last waren die Bäume umgeknickt wie Streichhölzer. Aus allen Teilen des Landes kamen schlimme Hiobsbotschaften vom katastrophalen Zustand der Wälder. Es waren schlimme Vorzeichen, unter denen sich der Kronprinz auf die Übernahme der Regierungsgeschäfte vorzubereiten hatte. Die Gesundheit des Königs hatte sich in den letzten Wochen rapide verschlechtert, doch allen Warnungen zum Trotz hatte sich Friedrich an Ort und Stelle persönlich über seiner Meinung nach äußerst bedeutende Ausgrabungen von Mammutknochen informieren lassen. Dabei hatte er sich eine üble Erkältung zugezogen, so dass die besorgten Ärzte den Kronprinzen darauf hingewiesen hatten, dass sie mit ihrem Latein am Ende seien und es mit dem König wohl zu Ende gehe. Trotz der zahlreichen Vorhaltungen, die Fritz ihr deswegen machte, hatte ausgerechnet die hochschwangere Katharina ihren Schwiegervater bis zum Schluss gepflegt. Und wieder und wieder hatte sie ihrem Mann bei einer dieser Auseinandersetzungen erklärt, sie bezwecke damit eine Versöhnung zwischen dem Vater und seinem Sohn. Denn obwohl ein Großteil der Regierungsgeschäfte bereits auf Fritz übertragen worden war, so bestand der todkranke König dennoch auf seiner endgültigen Verfügungsgewalt, was gerade im Hinblick auf die furchtbare Hungersnot in der Bevölkerung und der von Fritz geplanten Hilfsmaßnahmen aus dem Privatvermögen des Hauses Württemberg zu heftigen Auseinandersetzungen geführt hatte.

Die Nachricht, dass seine Exfrau Charlotte, von der Fritz nun ein knappes Dreivierteljahr endgültig geschieden worden war, eine neue Ehe eingehen würde, hatte nicht unbedingt zu einem besseren Klima beigetragen. Denn ausgerechnet der bereits dreimal verwitwete kranke österreichische Kaiser Franz I. wurde der Ehemann der verhassten Charlotte, die als Kaiserin Karolina Augusta in Wien Einzug hielt. Und das stellte eine durchaus pikante Arabeske in den vielfältigen Verwandtschaftsbeziehungen der Württemberger dar. Immerhin war Franz ja in erster Ehe mit einer Tante des Kronprinzen verheiratet gewesen und galt damit als Onkel von Fritz, während seine nunmehrige Frau also nun durchaus als Stieftante ihres ehemaligen Mannes angesehen werden durfte. Dementsprechend spöttisch hatte man die Nachricht an den europäischen Höfen belächelt, eine unangenehme Situation, die den todkranken König Friedrich ein letztes Mal zur Weißglut getrieben hatte.

Am 29. Oktober hatten bei Katharina die Wehen eingesetzt und wieder waren es die Ärzte, die sorgenvolle Mienen zur Schau stellten. Es würde alles andere als eine einfache Geburt werden, hatten sie den zutiefst beunruhigten Kronprinzen auf das Schlimmste vorbereitet.

Stundenlang saß der verzweifelte Fritz so an der Seite seiner gequälten Frau und war sich der hilflosen Ohnmacht bewusst, tatenlos mit ansehen zu müssen, wie Katharina allmählich immer schwächer wurde, während die

Wehen mit Wellen brutaler Heftigkeit ihren Körper zusammen krampften. Doch man könne nichts anderes tun, als ihr Trost und Beistand leisten, hatten ihm die Ärzte zerknirscht bedeutet. Der weitere Verlauf der Geburt liege nicht mehr in ihrer Macht...

Und genau jetzt, kurz nach Mitternacht, war ein atemloser Bote zu Fritz vorgelassen worden, der ihn geradezu flehentlich gebeten hatte, mit ihm zurück ins Schloss zu kommen. Der König liege im Sterben! Es hatte Stunden gedauert, bis sich der widerstrebende Prinz im Sinne der Staatsräson untergeordnet hatte und zu seinem sterbenden Vater geeilt war. Erst auf den Hinweis eines weiteren Abgesandten, sein Vater habe den dringenden Wunsch geäußert, noch einmal mit seinem Sohn zu sprechen, hatte er sich geschlagen gegeben. Doch zu spät. Wenige Minuten vor dem Eintreffen von Fritz war der König verstorben. Unmittelbar danach war Friedrich Wilhelm als neuer König festgestellt worden und hatte die erste Sitzung seines Staatsministeriums auf 8 Uhr morgens angeordnet. Dann war er in wilder Hast wieder zu seiner Katharina zurückgeeilt. Doch auch noch Stunden später hatte sich nichts zum besseren gewendet: Das Kind wollte und wollte nicht kommen!

Dann die Sitzung des Staatsministeriums, die der neue König schweren Herzens zu leiten hatte, seine ersten Amtshandlungen und danach... danach die Nachricht, es hätte sich eine neue Entwicklung ergeben: Die Ärzte verströmten mit einem Mal wieder hoffnungsvolle Zuversicht. Es bestehe begründeter Anlass zur Annahme, dass die Geburt doch noch zu einem guten Ende geführt werden könne! Und kaum war der König zurückgeeilt, da hatte Katharina ein Kind zur Welt gebracht: ein Mädchen! Ein gesundes Mädchen! Und auch Katharina hatte die schwere Geburt letztendlich unbeschadet überstanden. Am Ende ihrer Kräfte zwar, aber: überstanden. „Wir nennen es Marie, unser Mädchen. Unsere Marie!" – das waren die letzten Worte gewesen, die der völlig erschöpfte König aussprach, bevor er an der Seite seiner Frau zusammensank – überwältigt von seinen Gefühlen und den Ereignissen der letzten zwölf Stunden.

45

„Gottes Engel setzte seinen Fuß, ach für selige Augenblicke, nur auf die arme, ausgedörrte Flur. Unauslöschlich aber bleibt die Spur, unversiegbar quillt der Segensfluss." Dumpf hallte der Gesang durch die vom Schein zahlreicher Fackeln taghell erleuchtete Gruft und schwebte über den Köpfen der Trauergesellschaft, die sich an diesem 5. Juni des Jahres 1824 hier in der neuerrichteten Grabkapelle versammelt hatte. Immer wieder warfen die Menschen verstohlene Blicke zu dem schwarzgewandeten blassen Mann hinüber, der den Feierlichkeiten mit versteinerter Miene beiwohnte. Fest hatte er die Hände seiner beiden kleinen Töchter umklammert, der siebenjährigen Marie und der dreijährigen Katharina, die ihren Vater wieder und wieder verwundert musterten. War das der gütige, manchmal ausgelassen fröhliche Mann, der so gerne mit seinen beiden Lieblingen herumtollte – zumindest dann, wenn die Augen der Öffentlichkeit gerade einmal nicht auf der Familie ruhten? Weshalb starrte er unentwegt zu diesem prachtvollen weißen Marmorsarkophag hinüber? Wieso drückte er ihre Hände dermaßen kräftig? Und weshalb stand Königin Pauline, die Gemahlin ihres Vaters, mit vor Anspannung zusammengepressten Lippen mehrere Meter hinter ihnen – und nicht an der Seite ihres Mannes?

Es war ein schwerer Gang, den ihr Vater in dieser Stunde ging. Das spürte selbst die kleine Katharina, während die siebenjährige Marie wieder und wieder mühevoll versuchte, ein Bild ihrer Mutter aus dem Gedächtnis zusammenzufügen, was ihr jedoch nur schemenhaft gelang. Nein, nicht diese offiziellen Gemälde, die man von der so früh gestorbenen Katharina kannte, der Großfürstin von Russland, der zweiten Frau des Königs Wilhelm von Württemberg. Ein richtiges Bild aus der eigenen Wahrnehmung sollte es sein! Doch es gelang ihr nicht! Wieder nicht! Sie erinnerte sich an die Worte ihres Vaters, der sie, mit verdächtig funkelnden Augen, neulich innig an sich gedrückt hatte, als Marie ihn um eine Beschreibung ihrer Mutter bat. Schließlich sei sie beim Tod der Königin gerade einmal zweieinhalb Jahre alt gewesen, hatte der Vater ihr erklärt. Da sei es kein Wunder, dass ihr nur eine verwischte Skizze gelinge. Selbst er hätte damals in seiner Jugend große

Mühe gehabt, das Abbild seiner Mutter im Gedächtnis zu behalten, und er sei gut zwei Jahre älter gewesen, als er sie zum letzten Mal in seinem Leben habe sehen können, hatte er seiner Tochter mit belegter Stimme erklärt.

Das also war das Ende. Nach fünfjähriger intensiver Vorbereitung würde hier in der eigens für sie erbauten Grabkapelle auf dem Rotenberg ihre Mutter Katharina die letzte, die endgültige Ruhe finden. Dort in dem weißen Marmorsarkophag befanden sich die sterblichen Überreste der bereits jetzt zur Legende gewordenen jungen Königin, die nur zwei Jahre an der Seite ihres Mannes gestanden hatte, bevor sie viel zu früh verstorben war. Doch die Zeit hatte ausgereicht, um sich für immer einen ehrenvollen Platz in den Herzen der Württemberger zu sichern, die in dankbarer Erinnerung Katharina gedachten, die sich mit unermüdlicher Hingabe und großem finanziellen Aufwand aus ihrem Privatvermögen für die Verbesserung der Lebensumstände der Untertanen eingesetzt hatte. Auch den König peinigte in dieser letzten Stunde des Abschieds von seiner geliebten Frau die Erinnerung. Nicht nur die heftigen Auseinandersetzungen mit den eigenen Ministern waren es, an die er zurückdachte. Die Auseinandersetzung um die Frage, weshalb er ausgerechnet die einst so stolze und bedeutende Stammburg seines Geschlechts auf dem Württemberg abzureißen gedenke und an deren Stelle die klassizistische Grabkapelle zum ewigen Gedenken an Königin Katharina errichten wolle. Angesichts des nach wie vor schlechten Zustandes der Staatsfinanzen sei ein solches Vorgehen alles andere als vernünftig. Die Grablege des Hauses Württemberg in der Stuttgarter Stiftskirche, in der Katharina am 14. Januar 1819 ihre letzte Ruhe gefunden hatte, sei doch angemessen genug. Und wenn es eine eigene Kapelle sein müsse: Man könne diese doch an einer anderen Stelle errichten und spare sich somit die Abbruchkosten – vom symbolhaften Charakter der Zerstörung des Württemberg ganz zu schweigen! Doch König Wilhelm war hart geblieben: Kein Protest, keine Diskussion konnte ihn umstimmen. Auch das erneute Aufbegehren, als er seinen Entschluss bekannt gab, den italienischen Architekten Giovanni Salucci aus Mantua mit dem Bau zu beauftragen – und keinen Baumeister aus Württemberg – hatte er ignoriert. So zugänglich er sich in allen anderen Fragen der Regierung und der Staatsgeschäfte auch gab, hier hatte der junge König unnachgiebige Härte gezeigt!

Selbst seine engsten Freunde Maucler und Phull-Rieppur hatten sich wieder und wieder bemüht, ihn umzustimmen: vergeblich!

Es war zu heftigen Meinungsverschiedenheiten zwischen den dreien gekommen und mehr als einmal hatten sie ihn vorwurfsvoll darauf hingewiesen, dass er mit dieser völlig überzogenen Baumaßnahme in Wirklichkeit doch nichts anderes im Sinn habe, als sein schlechtes Gewissen zu beruhigen! Der König war bei dieser Bemerkung außer sich vor Wut geraten und hatte die beiden langjährigen Freunde zornbebend aus dem Schloss gewiesen. Erst Wochen später hatten sie sich wieder versöhnt, ohne das Gespräch noch einmal direkt auf diesen Punkt zu lenken.

Natürlich hatten Maucler und Phull-Rieppur Recht! In der Tat hatten sie mit ihrer Andeutung den wunden Punkt des Königs getroffen! Auch wenn er es nicht offen zugeben konnte: Nie würde er sich verzeihen können. Niemals würde er von der Schuld befreit werden, die er sich selbst am allzu frühen Tod der Königin beizumessen hatte.

Natürlich war es seine unselige Leidenschaft für schöne temperamentvolle Frauen, die diese Katastrophe letztendlich ausgelöst hatte. Nur mit viel Mühe war es ihm knapp zwei Jahre nach seiner Heirat noch gelungen, die Gerüchte zu zerstreuen, die sich um die Geburt des Kindes Eduard Kallee in Ludwigsburg rankten. Dort pfiffen es sozusagen selbst die Spatzen von den Dächern, dass die Frau des Hofgärtners im Februar nicht den Sohn des Ehepaares Kallee zur Welt gebracht hatte, sondern den Bastard des Königs, wie die Lästermäuler spöttisch höhnten. Diese Gerüchte waren natürlich bis zu Katharinas Ohren gedrungen, wie zahlreiche andere Berichte über die Amouren des Königs auch. Zwar hatte sie ihm – zumindest vorgeblich – Glauben geschenkt, als er die ihm nachgesagten Seitensprünge empört von sich gewiesen hatte, doch ein Rest von Misstrauen war geblieben. Immer wieder hatte Katharina, die ihren zunehmenden Kummer mehr und mehr in zahlreichen sozialen Aktivitäten zu ertränken versuchte, unangekündigte Besuche bei ihrem Mann gemacht. Und so war es schließlich auch zu der Katastrophe im Gestüt Scharnhausen gekommen, wo sich der König vorgeblich um den Stand der ihm tatsächlich sehr am Herzen liegenden Zucht von Araberpferden hatte kümmern wollen. Am 4. Januar des Jahres 1819 war Katharina völlig überraschend in Scharnhausen eingetroffen. Hier hatte die entsetzte junge Frau ihren Mann schnell gefunden: Zusammen mit seiner alten Liebschaft Blanche la Flèche hatte sie ihn in flagranti ertappt! Keine Entschuldigung, keine geradezu panische Bitte, doch nun nichts zu überstürzen, hatte sie mehr zurückhalten können. Trotz der eisigen winterlichen Kälte, die das ganze Land ergriffen hatte, jagte Katharina im offenen Wagen in wilder Hast zurück. Ganz offenkundig – so bestätigten es später die medizinischen Sachverständigen – hatte sie sich dadurch eine schwere Lungenentzündung zugezogen, eine Gürtelrose kam dazu und so starb die Königin schon vier Tage später, ohne dass die verzweifelten Bemühungen der Ärzte sie noch vor ihrem Schicksal hätten bewahren können.

Es war ein Schock! Für das Land und für den König! Tagelang schien Wilhelm völlig gelähmt, kaum fähig zu irgendeiner Reaktion. Fast zwei Jahre lang zeigte er sich nur in schwarzer Trauerkleidung, und natürlich machte er sich heftige Vorwürfe. Vorwürfe, die ihn zeitlebens peinigen würden. Wieder und wieder wurde ihm alptraumhaft bewusst, dass Katharina tatsächlich die einzige Frau in seinem Leben gewesen war, die ihm wirklich etwas bedeutete! Liebe? Ja: Er hatte sie geliebt! Gefühle, die er nie wieder einer anderen Frau gegenüber würde aufbringen können! Doch es war zu spät: Die Tragödie war geschehen. Und er hatte alles zerstört: Ihn traf die alleinige Schuld! König Wilhelm blieb nun nur noch eines: Die selbst auferlegte Verpflichtung, das Andenken an seine so tragisch verstorbene Frau für immer aufrecht zu erhalten. Niemals sollte die Königin aus dem Gedächtnis der Württemberger schwinden! Und so reifte in ihm der Entschluss, es nicht bei der Grablege in der Stuttgarter Stiftskirche zu belassen, sondern ein würdiges Grabmal errichten zu lassen, das für alle Zeiten an Katharina erinnern würde. Ein Denkmal für die Liebe dieser beiden Menschen sollte entstehen, und keiner, niemand, sollte beim Anblick der Kapelle auf dem Rotenberg jemals einen anderen Gedanken hegen, als jenen um die unzerbrechliche über den Tod hinausgehende Liebe zweier Menschen. Freilich hatte ihn auch die Aufregung am russischen Zarenhof mit zu diesem Entschluss gebracht, nachdem Zar Alexander, Katharinas Bruder, mehr als einmal heftige Vorwürfe in Richtung des Königs hatte verlauten lassen. Natürlich waren auch bis nach St. Petersburg die entsprechenden Gerüchte gedrungen. Und dies, obwohl man die ehemalige Hofdame der Königin durch großzügige

Geldgeschenke zum Schweigen verpflichtet hatte. Doch Katharinas Sekretär hatte bereits ganze Arbeit geleistet und nicht nur das Angebot einer weiteren Anstellung am Stuttgarter Hof abgelehnt, sondern auch den letzten Willen der Königin erfüllt und deren Aufzeichnungen an Großherzogin Maria von Weimar weiter gegeben, Katharinas Schwester. Doch die Geschichtsschreibung sollte diese hässlichen Gerüchte ignorieren! Gerüchte? Nun gut: Tatsachen! Tatsachen, derer sich der König bitter schämte! Zu spät! Es war zu spät! Und so sollte mit diesem Denkmal wenigstens die steingewordene Trauer sichtbar werden, die ehrliche Trauer, die König Wilhelm Zeit seines Lebens bewegte, wenn er sich schmerzlich an seine so früh verstorbene Katharina erinnerte.

Schweigend und mit gesenkten Köpfen verließ die Trauergesellschaft die Grabkapelle und trat in die helle Junisonne hinaus, die das Land in einem märchenhaften Licht erstrahlen ließ. Als sie am Ende der großen Treppe angelangt waren, wandte sich die kleine Katharina noch einmal um und deutete anerkennend auf die goldene Schrift über dem Eingangsportal: „Das sind aber schöne Buchstaben, Vater! Kannst du mir sagen, was sie bedeuten?"

Der König schluckte trocken, bevor er mit rauer Stimme zu sprechen begann: „Die Liebe höret nimmer auf!" Dicke Tränen rannen über die Wangen des sonst so stolzen Mannes, während er sich, gestützt von seinen geistesgegenwärtig herbeigeeilten Freunden, mit zitternden Lippen langsam weiter schleppte.

König Wilhelm I. hat sein Land Württemberg 48 Jahre lang regiert. Vom Jahr 1816 bis 1864. Länger als die meisten seiner Vorfahren, über mehrere gewaltige Umwälzungen hinweg. In unruhigen Zeiten, in einer Epoche gewaltiger politischer Eruptionen. Aber: War er nun ein großer König? Ist er als einer der Großen in die württembergische Geschichte eingegangen? Was überhaupt macht einen Regenten zum „großen" König? Die Zahl seiner Kriege, die Zahl der Schlachten, die er geschlagen hat? Die Zahl Toten, die dadurch auf den so zynisch „Felder der Ehre" genannten Schlachtfeldern zurückgeblieben sind? Merkwürdigerweise hat ja gerade der Großonkel von König Wilhelm, also „Friedrich der Große" dieses Attribut erhalten. Trotz der zehntausenden von Opfern, die seine permanenten Kriegszüge gekostet haben. Aber seinem Nachruhm hat man das offenbar nicht angelastet. Wilhelm dagegen hat – zumindest als König – keine Schlachten geschlagen. Ist er dennoch ein „Großer"? Das ist eine Frage, die, wie so vieles in der Geschichte, durchaus kontrovers beantwortet wird und auch werden kann. Doch zumindest in einem Punkt sind wir uns wohl einig: Als „der Landwirt auf dem Königsthron" ist König Wilhelm I. auf jeden Fall in die Landesgeschichte eingegangen und hat hier auch einen würdigen Platz gefunden. Viele Reformen hat er angestoßen, oft auch sicherlich in Erinnerung an die Pläne seiner geliebten Katharina, an deren Seite er sich später auf dem Rotenberg ja auch hat bestatten lassen – nicht an der Seite seiner späteren Frau, der Königin Pauline übrigens. Eine Tatsache, die Bände spricht...

In seinen späten Jahren galt sein Rat in ganz Europa als gewichtig. Und außerdem: Er war es, der zusammen mit dem Fleiß der Württemberger den Grundstein dafür gelegt hat, dass das rohstoffarme Land im Südwesten Jahrzehnte später zur absoluten wirtschaftlichen Nr. 1 in ganz Deutschland aufgestiegen ist.

Das Volksfest verdanken wir genauso seiner Initiative wie die prächtige Wilhelma, die er zunächst erst als botanischen Garten angelegt hat: den heute schönsten Zoologisch-botanischen Garten von ganz Europa. Und und und...

Als Mensch freilich scheint er eher schwach und anlehnungsbedürftig gewesen zu sein. Ein zeitlebens Suchender, nie zur Ruhe kommender Geist, der doch genau diesen Ruhepol seit seiner Kindheit und Jugend so schmerzlich vermisst hat. Die Trennung von der Mutter und deren Schicksal: Wie ein Menetekel hing dieses Drama über seinem Leben. Mag sein, dass er bei seinen zahlreichen Beziehungen und teilweise unbegreiflich scheinenden Affären immer nur das eine gesucht hat: Mutterliebe – eine Zuwendung, die ihm natürlich von keiner dieser Frauen jemals zuteil werden konnte!

Auch nach dem tragischen Tod von Katharina, an dem er sich ja die Schuld gegeben hat, hat er es nie geschafft, eine feste Zweierbeziehung aufzubauen: Weiterhin hat er sich mit Blanche La Flèche getroffen, dann vor allem mit der Schauspielerin Amalie von Stubenrauch. Die mehr oder minder zwangsweise eingegangene Ehe mit Königin Pauline war dementsprechend bald schon zerrüttet, man hatte sich jahrzehntelang nichts mehr zu sagen! Wilhelm I., ein zu seinen Zeiten hochangesehener König, dessen Affären das Volk jedoch verwirrt und immer wieder befremdet haben: Ein Mann, der für eine Ehe aber ganz einfach nicht geschaffen war!

Er hat als König seinen Kindheitsschwur in die Tat umgesetzt und seine so tragisch verstorbene Mutter mit Zustimmung seines Vetters, des Zaren Alexander I., im Jahr 1819 umbetten und würdig bestatten lassen. Bei der Exhumierung kam dabei, wie erwartet, die furchtbare Wahrheit ans Tageslicht: Sie war an den Folgen einer Fehlgeburt ums Leben gekommen. Die Gerüchte hatten sich auf das Bitterste bewahrheitet! Danach hat die Mutter des Königs in Goldenbeck bei Schloss Lohde endlich ein angemessenes kirchliches Begräbnis erhalten – 31 Jahre nach ihrem Tod. Hier hat sie endgültig ihre letzte Ruhestätte gefunden. Und König Wilhelm, der seine Mutter so viele Jahre so schmerzlich vermisst hat, er hat auch sein zweites Versprechen gehalten: Er hat das Bild der Mutter aufgrund der kleinen Abbildung in seinem Amulett neu malen und es in die Ahnengalerie des Hauses Württemberg aufnehmen lassen, wo es dann endlich den ihr zustehenden würdigen Platz gefunden hat. Der spätere (letzte) König von Württemberg, Wilhelm II., hatte dieses Bild übrigens in seinem Arbeitszimmer hängen. Als Mahnung und Erinnerung an das Schicksal einer unglücklichen Frau, seiner Urgroßmutter.

Ein Letztes: Es ist gegen Mitte des vorletzten Jahrhunderts zur guten schwäbischen Tradition geworden, viele Söhne Wilhelm oder Willi zu nennen. Und dies nicht, wie viele behaupten, in Anlehnung an den Deutschen Kaiser! Nein: vielmehr zum Andenken an diesen Wilhelm, den langjährigen Regenten, den immer Suchenden. Eine schöne Erinnerung, eine Art schwäbisch-bescheidener Variante der Geschichtsschreibung!

Dies zumindest findet der Verfasser dieser Zeilen, der mit zweitem Vornamen ebenfalls auf den Namen Wilhelm hört!

Die Reihe ERZÄHLTE LANDESGESCHICHTE wird fortgesetzt:

Gunter Haug

Rebell in Herrgotts Namen

Der kurze Sommer des Pfeiferhans von Niklashausen

Leseprobe:

Ein weiteres Mal atmete die grauhaarige Frau tief durch, dann wandte sie sich vom Fenster ab. Vollständig hatte sich die Dunkelheit in der Zwischenzeit über das Land gebreitet. So ruhig, so friedlich. So still, so tot... Wie viele Schreie waren hier draußen schon verhallt? Wie oft hatten sie das Ende bedeutet? Wie oft war es nicht mehr weitergegangen, hatten die Menschen gemeint, das sei es gewesen, von nun an müsse die Erde stillstehen. Und dennoch: die Erde, sie hatte sich weiter gedreht, immer weiter, bis auf den heutigen Tag. Neue Schicksale, neue Verzweiflung genauso wie neue Hoffnung. Es war eben doch niemals völlig zu Ende, wieder und wieder keimte aus dem Ende ein neuer Anfang, eine neue Hoffnung, tauchte aus dem Dunkel eine Botschaft auf, ein vor Jahrhunderten vermeintlich ausradiertes Schicksal: die Geschichte des Pfeifers von Niklashausen ...

Kaum war er an der letzten Hütte um die Ecke gebogen, präsentierte sich seinen erschrockenen Augen das Drama, das sich hier vor nicht allzu langer Zeit abgespielt haben mußte. Dort hinten, neben dem Eingang zum Kirchhof, stand der kleine untersetzte Pfarrer von Niklashausen. Mit aschfahler Miene starrte dieser auf einen bärtigen Mann herunter, der regungslos an der Friedhofsmauer lag, den Kopf in grotesker Haltung zum Himmel gerichtet. Eine klaffende rote Wunde zog sich über seinen Hals, auch die Kleidung des allem Anschein nach toten Fremden war blutbesudelt. Vorne, auf der Brust, erkannte Hans ein großes blaues Kreuz. Das Zeichen der Waldenser! Bei dem Toten handelte es sich also ganz offensichtlich um einen Waldenser, einen Anhänger jener Glaubensrichtung, deren Prediger ganz Europa bereisten und die Menschen zur Umkehr und zur Buße ermahnten. Zur Abkehr aller Hoffahrt, zur Demut und zum wahren, einfachen Christentum. Während die Botschaft der frommen Menschen beim einfachen Volk auf großen Widerhall stieß, wurden sie von der Obrigkeit gnadenlos verfolgt. Und das schon seit Jahrhunderten. Und dennoch hatte sich ihre Bewegung nicht ausrotten lassen – aller Brutalitäten zum Trotz. Ein Waldenser! Richtig: auch auf seinem Rücken ließ sich der Ansatz des blauen Kreuzes erkennen, mit dem sich die Waldenser als Buße für ihre ungehorsamen Umtriebe und ihre Widerspenstigkeit der heiligen Mutter Kirche gegenüber zu kennzeichnen hatten. Mit dem Zeichen, das sie als Ketzer brandmarkte! Wie die Aussätzigen, war es Hans seinerzeit durch den Kopf geschossen, als er zum erstenmal einem dieser Menschen mit den großen blauen Kreuzen auf Brust und Rücke begegnet war. Wie die Aussätzigen wurden sie von der Gesellschaft ausgeschlossen, nur daß die Waldenser mit keinem Siechenmantel und keinen vor ihrer Anwesenheit warnenden hölzernen Klappern ausgestattet waren, sondern mit einem Kreuz! Was die Menschen einander gegenseitig antun konnten! Und dies alles im Zeichen christlicher Demut und Nächstenliebe! Ausgerechnet! Diese Ketzer sollten bloß froh sein, daß man sie nicht samt ihrer Irrlehre auf dem Scheiterhaufen in Würzburg verbrannt hätte, wo sie immer wieder bei verbotenen öffentlichen Predigten ihr Unwesen getrieben hatten, war Hans damals vom Priester seines Heimatdorfes Helmstadt scharf belehrt worden.

Um einen Waldenser also handelte es sich bei dem Toten an der Friedhofsmauer, sofern sich dies angesichts der grausamen Verletzung überhaupt sagen ließ.

„Ja, wen haben wir denn da?! Hat unser Schäfer seine Herde einfach im Stich gelassen, um hier im Dorf herumzulungern und Maulaffen feilzubieten?" dröhnte in diesem Moment eine laute grobe Stimme unfreundlich an sein Ohr.

Irritiert fuhr Hans herum und erblickte einen Reisigen, der ihn von seinem Pferd herunter scharf ins Visier genommen hatte. Augenblicklich erkannte den Reiter wieder. Einer aus der Mörderbande, die gestern den armen Frieder zu Tode gemartert hatten. „Du! Schon wieder du!" entfuhr es ihm erschrocken.

Der mit einem eisernen Brustpanzer bedeckte Waffenträger hob warnend seine Rechte und bedachte den Hirten mit einem bösen Blick. „Seit wann ist denn der dahergelaufene Schäfer so keck, mir das Du anzubieten? Hält sich wohl für einen Edelmann, nur weil er die gräflichen Schafe hütet?!"

Er drängte sich mit seinem Pferd dicht an Hans heran. „Schon gestern ist er mir unangenehm aufgefallen, wegen seiner aufmüpfigen Widerworte! Paß auf Schäfer, sonst ergeht es dir wie diesem hier!" deutete er mit dem Kopf auf denToten herunter.

Entsetzt zuckte Hans zusammen. „Du... Ihr! Ihr habt ihn also getötet?!"

„Du sagst es, Hirte!" lächelte der Reisige zufrieden.

„Erschlagen! Wie ein wildes Tier!" „Aber..." Der junge Hirte rang um seine Fassung. „Aber was um alles in der Welt hat dir der Mann denn angetan?"

„Er war ein Waldenser!"

„Und? Weiter!"

„Er war ein Waldenser!" wiederholte der Mörder ungeduldig. „Das genügt!"

„Er war ein Mensch!"

„Ein Waldenser! Er hat trotz bischöflichem Verbot gegen den Ablass gepredigt! Und das sogar hier am heiligen Gnadenbild in Niklashausen. Er war ein Ketzer!"

„Du sollst nicht töten! So steht es schon in der Schrift, auf die du dich berufst!"

„Diese da, die darf man töten!" machte der Reiter eine wegwerfende Handbewegung.

„Wer gegen die heiligen zehn Gebote verstößt, fällt der ewigen Verdammnis anheim! Es ist nicht Sache der Menschen, zu richten!" Hans war während des Disputs mehr und mehr in Rage geraten. Das konnte doch einfach nicht wahr sein, daß dieser Mann erschlagen worden war wie ein räudiger Hund, und daß sich sein Mörder nicht das geringste Gewissen daraus zu machen schien! Das durfte nicht sein! Schon gar nicht im Namen Gottes! „Du kommst in die Hölle!" schleuderte er dem Reisigen in seiner wütenden Verzweiflung ins Gesicht.

Doch dieser ließ ein rohes Lachen ertönen. „Von wegen! Ich komme sogar direkt in den Himmel, wenn ich einen Waldenser töte. Das hat mir der Abt von Bronnbach selbst gesagt!" Damit griff er an den Knauf seines Schwertes, zog es aus der Scheide und hielt es drohend in die Höhe. „Und jetzt mach, daß du fortkommst, sonst bist du der nächste!"

Ein entsetzter Aufschrei ertönte hinter dem Reiter. „Um Gottes Willen halt! Haltet ein in Gottes Namen!" Der Pfarrer, der das Geschehen bislang mit starrer Miene verfolgt hatte, hob seine Arme zum Himmel und ließ sich vor dem Pferd auf die Knie sinken. „Ich bitte Euch, haltet ein! Es ist genug für heute!" faltete er flehentlich die Hände. „Nicht noch ein Toter! Es ist genug..."

In der Buchreihe: ERZÄHLTE LANDESGESCHICHTE ***sind weitere Romane von Gunter Haug in Vorbereitung:***

- ***Rebell in Herrgotts Namen.***
  Der kurze Sommer des Pfeiferhans von Niklashausen
- ***Die Rose ohne Dorn.***
  Irene von Byzanz, Frau des Stauferkönnigs Phillip